Rubem Fonseca

Grenzenlose Gefühle, unvollendete Gedanken

Rubem Fonseca

Grenzenlose Gefühle, unvollendete Gedanken

Roman

Aus dem brasilianischen Portugiesisch
von Karin von Schweder-Schreiner

Piper
München Zürich

Die Originalausgabe erschien 1989 unter dem Titel »Vastas emoções e pensamentos imperfeitos« bei Companhia das Letras in São Paulo.

ISBN 3-492-03381-4

Gesetzt aus der Bembo-Antiqua
Satz: Uhl + Massopust, Aalen
Druck und Bindung: May & Co., Darmstadt
Printed in Germany

I

Die Lymphe im Labyrinth

I

Ich wachte auf und suchte verzweifelt nach Halt, alles drehte sich um mich, während ich taumelnd in einen bodenlosen Abgrund stürzte. Ich versuchte, meinen Blick fest auf den frühmorgendlichen Lichtstrahl zu richten, der durch den Vorhangspalt ins Zimmer drang. Der milchige Strich zitterte heftig. Durch die Kopfbewegung zur Helligkeit am Fenster hin war mein Fall noch rasanter geworden. Ich hielt still, den Blick auf den Lichtstreif fixiert, und wartete auf das Ende des Anfalls.

Ich wollte an diesem Tag umziehen. Nach dem, was geschehen war, wollte ich nicht einen Tag länger hier wohnen. Ich hörte es klingeln. Das mußten die Möbelpacker sein. Wenn der Anfall nicht vorüberging, würde ich das Bett nicht verlassen können. Dann würden die Männer unverrichteter Dinge wieder gehen.

Ohne meinen Körper zu bewegen, streckte ich meine Hand aus und griff nach dem Medikament auf dem Nachttisch. Ich zerkaute die Pille zu einem widerlichen Brei und schluckte ihn mühsam runter, was mir Brechreiz verursachte, aber zum Glück war es nur heftiges Würgen, das meinen Körper zum Zittern brachte und mein Schwindelgefühl noch verstärkte. Manchmal wirkte das Medikament schnell, manchmal auch nicht. Zwei Stunden später, als ich unter ebensolchen Ekelqualen die zweite Pille schluckte, hörte der Anfall auf. Ich konnte aufstehen und die Tür öffnen.

Die Männer saßen im Flur vor dem Dienstboteneingang

auf dem Fußboden und warteten. Wir machten uns an den Umzug.

Die neue Wohnung lag im vierten Stock eines Hauses ohne Fahrstuhl. Ohne Fahrstuhl – das ist wichtig. Ich war dabei, Ruth aus meinem Gedächtnis zu streichen, nachdem ich sie aus meinem Leben gestrichen hatte.

Um elf Uhr abends waren wir mit dem Umzug fertig. Ich schickte die Männer weg. Möbel, Bücher, Gegenstände und Kleidungsstücke waren wahllos über die neue Wohnung verstreut. Aus dem ganzen Durcheinander zog ich das Pferd von Rouault und den Koffer mit Ruths Tagebuch und ihren Sachen heraus; dann ging ich ins Bett und legte mich mit Ruths Tagebuch auf der Brust hin. Ich traute mich nicht, es aufzuschlagen. Ich machte das Licht aus. Was würde ich wohl in dieser Nacht träumen? Würden die Schwindelanfälle wiederkommen? Liliana sagte immer, ich sähe wie ein Toter aus, wenn ich mit offenen Augen schlief (und träumte). Ruth hatte das auch immer gesagt. Nein, ich will nicht von Ruth sprechen. Noch nicht.

Jetzt, da mich keine Frau beobachtete, konnte ich unbehelligt wie ein Toter aussehen.

Ich träume von einer großen Frau, die sich bücken muß, um mich zu küssen. Aber ich sehe keine Frau, denn meine Träume haben keine Bilder. Und das ist bei einem Filmemacher immerhin etwas eigenartig. Ich weiß, daß diese Frau im Traum da ist, ich weiß, daß sie einen breiten, altmodischen Hut trägt, an dem ein Schleier hängt, der ihr ganzes Gesicht bedeckt, alles ist weiß, leuchtend hell, phosphoreszierend – trotzdem sehe ich nichts. Ich weiß, daß ihre Augen gelb sind, als könnte ich die Frau sehen, und doch sehe ich sie nicht; ich höre auch ihre Worte nicht, aber es ist so, als ob ich sie hörte. Ich besitze das Wissen, ohne Beteiligung der Sinne, die Kenntnis ohne visuelle Wahrnehmung. Mein Traum besteht aus Gedanken.

Ich wachte vom Klingeln an der Haustür auf.

Ich stand auf und ging zur Sprechanlage. »Wer ist da?«

Eine Kinderstimme: »Hilfe, Hilfe, sonst kriegen sie mich!«

Ich drückte auf den Knopf, der das Schloß am Hauseingang betätigte. Dann öffnete ich die Wohnungstür. Von dem kleinen Flur aus schaute ich ins Treppenhaus hinunter.

»Hallo, ist da jemand?« rief ich.

»Ich komme rauf«, die kindliche Stimme kam von den ersten Treppenstufen und klang jetzt dünner.

Ich hörte das Geräusch der Schritte, die sich langsam auf der Treppe näherten.

Es dauerte, bis sie auf dem Absatz im dritten Stock auftauchte. Das letzte Treppenstück stieg sie noch langsamer herauf. Als sie oben war, lächelte sie. Sie wollte sprechen, konnte aber nicht. Während sie mühsam nach Luft schnappte, legte sie ihre Hände, in denen sie ein kleines Päckchen in Packpapier hielt, auf ihre Brust. Ich winkte sie herein.

Als sie im Wohnzimmer war, ließ sie sich in einen Sessel sinken. Sie sah mich an, als bäte sie mich, Geduld zu haben und sie erst einmal Luft holen zu lassen.

»Vielen Dank«, keuchte sie schließlich. »Ich heiße Angélica.«

Dann schwieg sie. Ich setzte mich, ebenfalls schweigend, neben sie. So allmählich ging Angélicas Atem wieder normal.

»Wer hat Sie verfolgt?«

»Das darf ich nicht sagen.« Ihre Kleinmädchenstimme klang nicht mehr gehetzt.

»Warum nicht?«

»Die bringen mich sonst um.«

»Ich rufe die Polizei an.«

»Nein!« schrie sie mit ihrer piepsigen Stimme. »Um Gottes willen!«

»Dann finde ich es besser, wenn Sie wieder gehen.«

»Tun Sie mir das nicht an.«

»Gehen Sie«, sagte ich.

Angélica verzog die Lippen zu einer spitzen Schnute, als wollte sie gleich losweinen, und versuchte, aus dem Sessel aufzustehen, schaffte es aber nicht. Ich faßte sie an der Hand und half ihr. Angélicas Hände waren weich, warm und feucht. Sie blieb ganz dicht vor mir stehen. Ich konnte die vereinzelten Härchen auf ihrem Kinn erkennen, wie der Bart eines Halbwüchsigen. Angélica war eine dicke, maßlos dicke Frau; auf einmal schien sie noch umfangreicher zu werden – als hätte man sie in den wenigen Minuten unseres Zusammenseins wie einen großen Plastikball aufgepumpt –, und gleichzeitig wurde sie, weil aufgedunsen, zart und hilflos. Aus einem Impuls heraus sagte ich: »Na gut, Sie können hier bleiben, bis es hell wird.«

Angélica hielt meine Hand noch immer fest und schluchzte kurz auf, ihr üppiger Busen hüpfte. Aus ihren Augen kullerten dicke Tränen. »Danke, vielen Dank!«

»Sie können sich da auf das Sofa legen«, sagte ich trocken, damit die dramatische Szene nicht allzu gefühlsselig wurde.

Sie streckte ihren riesigen Körper aus, er nahm das ganze Sofa ein.

»Ich könnte nicht in einem Haus ohne Fahrstuhl im vierten Stock wohnen. Nach einer Woche wäre ich tot«, sagte sie.

»Ich bin extra hergezogen, weil es hier keinen Fahrstuhl gibt.«

»Wem gehört der Rollstuhl da?«

»Mir«, antwortete ich und setzte mich hinein. Ich hatte den Rollstuhl mitgenommen. Und? Wollte ich eigentlich doch nicht vergessen?

»Sind Sie traurig?« fragte sie.

»Ja.« Dieser monströsen Frau gegenüber schämte ich mich nicht zuzugeben, daß ich traurig war.

»Normalerweise werden Männer nicht traurig. Jedenfalls nicht die, die ich kenne. Warum ist in Ihrer Wohnung so ein Chaos? Mein Gott! Es sieht ja aus, als hätte hier ein Taifun gewütet.«

Kaum hatte sie das gesagt, schlief sie ein, noch bevor ich antworten konnte. Sie schnarchte summend wie ein Käfer.

Ich ging ins Schlafzimmer, machte die Tür zu und legte mich hin, ohne die Schuhe auszuziehen. Ruth haßte es, wenn ich mich in Schuhen hinlegte. Ich griff nach einem Buch und schlug es aufs Geratewohl auf. Wie lange ich so auf die Seiten starrte, ohne zu lesen, weiß ich nicht.

Es wurde hell. Ich ging ins Wohnzimmer, um nach Angélica zu sehen.

Sie war weg. Keine Ahnung, wie sie es fertiggebracht hatte, so leise zu gehen. Die Wohnungstür war nur angelehnt. Auf dem Tisch hatte sie das Päckchen in Packpapier liegenlassen und dazu eine Nachricht auf einem Titelblatt notiert, das sie aus einem Buch gerissen hatte. Nun war das Buch mir nicht besonders wichtig, aber diese Verstümmelung ärgerte mich sehr.

»Mein Freund«, Angélicas Schrift war klein und schwer zu entziffern, »vielen Dank, daß Sie mir das Leben gerettet haben. In der grausamen, egoistischen Welt von heute ist es eine Überraschung, einem so großmütigen Menschen wie Ihnen zu begegnen. Bitte bewahren Sie dieses Päckchen für mich auf, verstecken Sie es gut, ich komme irgendwann vorbei und hole es ab. Ihre Freundin Angélica.«

Meine Freundin Angélica. Ich schaute auf das Päckchen. Was sollte ich damit machen? Am besten in den Müll werfen. Als ich mit dem Päckchen zum Mülleimer ging, fiel mir der deutsche Produzent ein, der sich am Nachmittag mit mir treffen wollte. Ich mußte den Brief mit seinem Angebot noch einmal durchlesen. Ich legte das Päckchen dahin zurück, wo es gelegen hatte, nämlich auf den Tisch, und suchte Dietrichs Brief heraus.

Wir waren für den Nachmittag verabredet, aber ich ging vormittags weg und ließ die Wohnung völlig unaufgeräumt zurück. Es machte mir Spaß, durch die Straßen zu schlendern und die Leute anzuschauen. Aber an diesem Tag sah ich niemanden an, ich dachte an Ruth, an Liliana, an die schändliche Arbeit, die ich für meinen Bruder, einen Fernsehprediger, machte, an die Schwierigkeiten, mit denen ich bei der Geldbeschaffung für einen neuen Film zu kämpfen hatte.

Außerdem empfand ich zum erstenmal in meinem Leben so etwas wie Mißtrauen, ja sogar Furcht gegenüber den vorübergehenden Menschen – Männer, die sich hinter ihren Bärten versteckten, durch Kosmetika und Perücken getarnte Frauen, Kinder, die wie Zwerge wirkten oder umgekehrt. Die Autos machten einen nervenaufreibenden Krach, stießen schwarzen Qualm aus und schienen mich unbedingt überfahren zu wollen. Selbst der vollkommen wolkenlose Himmel leuchtete in falschem Blau, wie ein schlecht restaurierter Fra Angelico. Was zum Teufel war mit mir los?

Später bekam ich Hunger und ging in ein Restaurant. In der Nähe war ein Zeitungsstand. Ich kaufte eine Filmzeitschrift.

Nur wenige Tische waren besetzt. Jeder Mensch, egal wer, kann meine Aufmerksamkeit auf sich ziehen, aber an diesem Tag schlug ich, kaum daß ich saß, die Zeitschrift auf und fing an zu lesen, ohne einen Blick auf die Anwesenden zu werfen. Ich bestellte beim Kellner und las weiter, während ich darauf wartete, daß mein Essen serviert wurde. Aber als ich zwischendurch von der Zeitschrift aufsah, war mir, als beobachtete mich jemand. Ich drehte den Kopf und merkte, daß ein Mann mich verstohlen im Blick hatte. In diesem Augenblick sahen er und ich beide schnell weg, als hätten wir voreinander Angst.

Ich las weiter. Aber der Mensch schielte ständig zu mir herüber. Verärgert sah ich ihn absichtlich direkt an. Der Mann erwiderte meinen Blick genauso herausfordernd.

Da stellte ich fest, daß dieser Mensch meinem Vater in seinen letzten Tagen im Krankenhausbett ähnlich sah, die Knochen traten auf den grauen, vom Tod gezeichneten Wangen hervor. Unvermittelt überkam mich ein so großer Schmerz, daß mir die Tränen in die Augen schossen. Als mir bewußt wurde, daß der Mensch am Nachbartisch mein Leid mitansah, fragte ich ihn brüsk: »Wollen Sie mich sprechen?«

Mitten in der Frage stockte ich, und er auch, während unsere Blicke sich überrascht kreuzten. Denn der Mann, den ich in dem Restaurant mit spiegelverkleideten Wänden ansah, saß nicht an einem benachbarten Tisch: Ich sah mich selbst an, mein eigenes Spiegelbild. Der abgezehrte Mensch, der meinem Vater ähnlich sah, war ich. Mir wurde eiskalt ums Herz. Mein Vater war, als er starb, fast vierzig Jahre älter als ich! Dieses alte, verwüstete Gesicht war also meines?

»Wollen Sie nicht essen?« fragte der Kellner und wies auf den Teller vor mir. Ich war eine Ewigkeit in Gedanken versunken gewesen und hatte das Essen nicht angerührt.

Anschließend lief ich wieder durch die Straßen. Was war nur mit mir los?

Mein Vater war ein schöner Mann gewesen, hatte viele Freundinnen gehabt, spielte Tennis, ging schwimmen, hatte nie eine Grippe gehabt – bis er einen Schlaganfall bekam. Er hatte ständig etwas mit »leichten Mädchen«, wie meine Mutter sie bezeichnete, und chronisch geschäftliche Mißerfolge. Er hatte ein Pelzgeschäft gehabt, und das in einer Stadt, in der es fast das ganze Jahr über höllisch heiß war. Natürlich machte er pleite, aber seine Kundinnen, eben leider nur wenige, waren noch nie so schön gewesen. Vorher hatte er einen Hutladen gehabt, aber Hüte waren bei den Frauen aus der Mode gekommen. Zum Schluß hatte er einen kleinen Kurzwarenladen – immer waren es Geschäfte, in denen hauptsächlich Frauen verkehrten – in der Rua Senhor dos Passos. Meine Mutter erschien immer wieder im Geschäft, um zu kontrollieren, ob sich da irgendein leichtes Mädchen herumtrieb. Manchmal stritten sie beim Abendessen, oder vielmehr schimpfte meine Mutter mit ihm, denn er schwieg; wenn sie nicht mit dem Schimpfen aufhörte, stand er vom Tisch auf und ging aus dem Haus. Meine Mutter weinte sich dann im Schlafzimmer aus. Ich ging ans Fenster, spuckte den Leuten, die vorbeikamen, auf den Kopf und guckte auf die Neonleuchtreklame vom Geschäft gegenüber. Ein Licht, das mich noch heute fasziniert und das weder Kino noch Fernsehen bislang richtig wiedergegeben haben. Wenn mein Vater dann sehr viel später nach Hause kam, hatte die Verzweiflung meiner Mutter sich gelegt, und ich sah, wie sie in die Küche ging und ein Glas Milch für ihn warm machte. Eines Tages sagte er zu mir, es sei ein Jammer, daß die Männer wie Rennpferde nach ihrer Vergangenheit beurteilt würden. »Das Problem deines Vaters ist«, sagte meine Mutter mal zu mir, »daß er sehr gut aussieht.« Sie hat ihn nicht als Gelähmten erlebt, sie mußte nicht den Kot und Urin beseitigen, mit denen er die Wäsche beschmutzte, sie brauchte auch nicht die unermeßliche Traurigkeit in seinem Blick zu ertragen, wenn er an die leichten Mädchen dachte. Ja, mein Vater war noch ein schöner Mann, als meine Mutter starb.

Die unerbittliche Klarheit, mit der ich jetzt an meinen Vater dachte, erfüllte mich mit Entsetzen – wir dürfen die Menschen, die wir lieben, nicht ungestraft so sehen, wie sie wirklich sind. Zum erstenmal hatte ich dort in dem Spiegel sein schmerzliches Gesicht gesehen, sein Gesicht, das meines war. Wie war es möglich, daß ich meinem Vater ähnlich wurde, diesem anderen, dem Kranken?

Pünktlich um drei Uhr war ich im Copacabana Palace. Ich rief in Dietrichs Zimmer an, und wir verabredeten, uns in der Bar am Swimmingpool zu treffen. Ich kannte ihn noch nicht. Ich überlegte, wie er wohl aussah.

Er kam mit ausgestreckter Hand, den Worten »I'm Dietrich« und einer Frau, die ein Buch in der Hand hielt.

»Ich weiß, Sie sind ein vielbeschäftigter Mann, genau wie ich, kommen wir also gleich zur Sache«, sagte er, nachdem er Erfrischungsgetränke bestellt hatte. Wir sprachen Englisch. »Wir haben Ihren Film *Der heilige Krieg* gesehen, der auf dem Lateinamerikanischen Festival in Ost-Berlin gezeigt wird, und wir möchten Sie für unser Projekt gewinnen.«

Zwei Jahre waren vergangen, seit ich *Der heilige Krieg* fertiggestellt hatte. Die Geldgeber hatten ihr investiertes Kapital noch immer nicht kassieren können.

»Sie haben meinen Film gesehen?«

»Ja«, sagte er. »Er hat mir sehr gut gefallen.«

Dietrichs Assistentin war das Gespräch anscheinend gleichgültig. Sie beobachtete interessiert die Leute im Swimmingpool.

»Was halten Sie von unserem Angebot?«

Ihr Angebot, das ich zuvor per Brief erhalten hatte, lautete, ich solle *Budjonnys Reiterarmee* von Isaak Babel in Deutschland verfilmen.

»Ich kann Ihnen noch keine Antwort geben. Ich habe in letzter Zeit sehr viel zu tun gehabt.«

Die Frau schob das Buch, das vor ihr lag, zu mir herüber. Sie war also doch nicht so geistesabwesend, wie es den Anschein hatte.

Ich sah das Buch an. *Collected Stories. Isaac Babel.* Auf dem Umschlag ein robuster, fast dicker Mann, der von der Seite her blickte, mit einer Pelzmütze auf dem Kopf, in einem Militärrock mit goldfadendurchwirkten Tressen und langen Ärmeln mit ebenfalls goldenen Streifen. Er sah wie zu einem Karnevalsball in den zwanziger Jahren kostümiert aus. Das Gesicht hatte ich schon einmal gesehen. Gesichter, die ich einmal gesehen habe, und sei's auf einem Foto, vergesse ich nicht mehr.

»Das ist Babel. Es ist praktisch alles, was er geschrieben hat.«

»Ich weiß. Kann ich das Buch behalten? Ich glaube, meines habe ich verloren, jedenfalls weiß ich nicht, wo es ist.«

»Wir haben es für Sie mitgebracht. Wir würden uns freuen, wenn Sie nach Berlin kämen, um mit unseren Leuten zu sprechen. Haben Sie vor, zum Festival zu fahren?«

»Ich habe noch keine Bestätigung der Organisatoren... Das Programm ist nicht angekommen, ich habe noch kein Ticket...«

»Wir lassen bei der Lufthansa ein Ticket für Sie hinterlegen. Mit Umsteigen in Frankfurt und Weiterflug mit der Pan Am. Die Lufthansa darf Berlin nicht anfliegen. Alte Kriegsfolgen.« Er lachte. »Wir würden uns freuen, wenn Sie bald kämen. Für Vorgespräche. Sämtliche Spesen gehen natürlich auf unsere Rechnung.«

»Ich muß noch einige Sachen fertigmachen.«

»Ein paar Tage können wir warten.« Mit diesen Worten stand er auf. Er reichte mir eine Visitenkarte. »Rufen Sie an, wenn Sie Ihr Ankunftsdatum wissen. Ich hole Sie vom Flughafen in Berlin ab.«

2

Dietrich machte einen seriösen Eindruck auf mich. Als ich den Brief aus Deutschland bekam, hatte ich nicht viel auf sein Angebot gegeben, obwohl ich liebend gern wieder filmen wollte. Aber nach unserem Gespräch war mir das Angebot brauchbar vorgekommen und hatte mein Interesse geweckt.

Ich verkroch mich in meiner Wohnung, las Babel vorwärts und rückwärts und machte Notizen. Anfangs entsprang meine Motivation nur dem Wunsch, nach einer zweijährigen Pause, in der ich Werbespots fürs Fernsehen gedreht hatte, wieder einen richtigen Film zu machen. Aber je häufiger ich Babel las, um so größer wurde mein Interesse.

Ich schrieb gerade an dem Teil des Drehbuchs, der Dolguschows Tod beschreibt, um mir eine Vorstellung von den in Babels Text vorhandenen Möglichkeiten zu machen, als mein Bruder José, der Fernsehprediger, mich anrief. Er wollte über den Film reden, den ich gerade für seine wöchentliche Fernsehsendung machte. Er rief jeden Tag mit neuen Vorschlägen an.

»Ich muß die Herzen der Gläubigen ansprechen. Du hast gute Arbeit geleistet«, sagte er, »aber ich glaube, ich muß ganz direkt sein, so wie die Amerikaner, und sagen, daß ich Geld brauche, für die Kinderkrippen, das Altersheim ...«

Ein scheußliches Gespräch. Ich erklärte mich einverstanden, um neun Uhr abends zu ihm nach Ipanema zu kommen.

Zurück zu Dolguschows Tod. Babel sagt nicht, auf welche Weise der Kosake Afonjka Dolguschow den Gnadenschuß gibt. Die Szene ist von Babel so beschrieben: »Sie sprachen kurz miteinander. Ich konnte nicht hören, was. Dolguschow reichte dem Rottenführer sein Soldbuch. Afonjka steckte es in den Stiefel und schoß Dolguschow in den Mund.« Das war viel besser als die Szene, die ich für das Drehbuch verfaßt hatte. Der Leser brauchte nicht zu wissen, was sich abspielte, als Afonjka Dolguschow in den Mund schoß, er brauchte keine Einzelheiten, um sich vorstellen zu können, was geschah. Dem Leser wurde nicht gesagt, wie Afonjkas – oder Dolguschows – Gesicht im Augenblick des Schießens aussah, aber er wußte alles, was in diesem Moment für ihn, den Leser, wichtig war. Im Film konnte ich zum Beispiel die Kamera auf Ljutow richten, so daß der Gnadenschuß nur akustisch wahrnehmbar würde, was allerdings der Erzählung ihre Kraft nehmen würde. Ich konnte auch die Landschaft, den Himmel oder sonstwas zeigen, während man den Schuß hörte. Das wäre ein mieser syntaktischer Trick, die Szene würde noch schwächer und das bei Babel vorhandene Spannungsmoment würde wegfallen. Aber würde das irgend etwas ausmachen? Wer von den in unserem Erziehungssystem produzierten Millionen von Halbanalphabeten und Konsumenten einer durch Popmusik, Kino und Fernsehen verkörperten bequemen Kunst kannte schon Babel? Alles, was sie über Babel wissen würden, wäre mein Film. Also sehr wenig.

Es war Zeit, zu meinem Bruder zu fahren. Im Taxi überlegte ich: Afonjka schießt Dolguschow in den Mund. So. Womit schießt er? Mit einem Gewehr? Babel sagt dazu nichts. Ich hatte Afonjka einen Revolver benutzen lassen. Wie wäre die Szene mit einem Gewehr?

Es war schon nach elf, als ich zu Josés Villa kam, einer der wenigen, die es noch in Ipanema gab.

Er saß allein im Wohnzimmer und sah sich das Video an, das ich gemacht hatte. Den Hüftgürtel, den er sonst immer trug, damit die Gläubigen nicht die ganze Fülle seines Bauches sehen konnten, hatte er abgelegt. »Du kommst zu spät«, sagte er sanft. Er haßte es zu warten, hatte aber gelernt, seinen Unmut unter Kontrolle zu halten. Den bewahrte er sich für seine Predigten auf, wenn er gegen die Sünde und den Teufel wetterte. »Gislaine ist schon schlafen gegangen.« Gislaine war die Frau, die er geheiratet hatte, als er noch mit Gebrauchtwagen handelte.

Er ließ das Video zurücklaufen. »Der Film gefällt mir wirklich. Die Bilder sind schön, ich komm' gut raus. Eine prima Idee, dieses Pärchen reinzubringen, das Mädchen, das von Anfang an glaubt, was ich sage, und der junge Mann, der erst seine Zweifel hat und dann zum Schluß, als ich mein Gebet beende, bekehrt ist und meinen Worten mit Kopfnikken zustimmt.«

»So was hat jeder Fernsehprediger in seinen Werbefilmen«, sagte ich; ich wußte genau, daß er es nicht mochte, so bezeichnet zu werden. Aber José tat, als hätte er meine Bemerkung überhört.

»Nur hier, in diesem Teil gegen Schluß, da könnten wir das einfügen, wovon ich gesprochen habe.« José stoppte den Film. »Hier könnte ich einen direkten, klaren Appell an die Gemeindemitglieder richten, zur Verbreitung unserer Kirche und zur Unterstützung ihrer sozialen Werke beizutragen. Ganz unumwunden. Wie sagte doch der Prophet Maleachi: ›Bringet aber die Zehnten ganz in mein Kornhaus, auf daß in meinem Hause Speise sei, und prüfet mich hierin.‹ Eine direkte Aufforderung.«

Seine Kirche hieß Evangelische Kirche Jesu des Seelenerlösers. Mehr als zehntausend Menschen gaben jeden Monat freiwillig einen Teil ihres Einkommens an die Kirche ab. Die meisten waren Hausangestellte und Arbeiter, die nur den gesetzlichen Mindestlohn verdienten.

»Maleachi . . .» sagte ich.

»Der Name bedeutet Engel des Herrn. Er ist der letzte der zwölf kleineren Propheten.«

José konnte verkaufen. Er war schon als Junge von der Schule gegangen, weil er lieber irgendwas verkaufen wollte. Er hatte als Straßenhändler irgendwelchen geschmuggelten Plunder verhökert, danach hatte er an der Haustür Nachschlagewerke verkauft, dann Gebrauchtwagen, und jetzt verkaufte er die Erlösung der Seelen.

Wir sahen uns den Film mehrmals an. Als er von mir das Versprechen bekam, ich würde die gewünschten Teile einfügen, bot er mir einen Whisky an. Dann fragte er, was ich davon hielte, wenn er bei den anstehenden Wahlen für den Senat kandidiere. »Wir, die Evangelisten, brauchen eine starke Vertretung im Kongreß. Aber ich bin nicht sicher, ob sich das zur Zeit nicht nachteilig auf meine Kirche auswirken würde. Wir haben starken Zuwachs, vielleicht ist dies nicht der geeignete Zeitpunkt, mehrgleisig zu fahren.«

Er verstummte und trank einen Schluck Whisky. Ich schwieg. In seinem Blick blitzte es verschwörerisch. »Ich habe eine Überraschung für dich«, sagte er und trank noch einen Schluck. Ich merkte, daß er zögerte; aber da setzte er bereits zu seiner Eröffnung an: »Mein lieber Bruder, der Tag ist nicht mehr fern, an dem wir auf dem Präsidentensessel dieses Landes einen Pastor haben werden.«

Als ich Josés Haus verließ, war ich deprimiert, wie immer, wenn ich ihn besuchte. Er besaß keine der Grundtugenden – Liebe, Mitgefühl, Barmherzigkeit, Toleranz. Er liebte nicht seinen Nächsten, was ihn wider Erwarten nicht daran hinderte, sich selbst sehr zu lieben.

Es war spät in der Nacht, dennoch waren im unteren Teil von Leblon noch viele Menschen unterwegs. Ich ging zur Pizzaria Guanabara und aß an dem der Rua Ataulfo de Paiva zugewandten Tresen im Stehen eine Pizza, neben mir Taxifahrer, ein Homosexuellenpaar, eine Prostituierte. Dann überquerte ich die Straße und machte mich auf den Weg nach Hause. Ich kam an mehreren jungen Leuten vorbei, die auf den Eingangsstufen vor einer Bank saßen, Mädchen und junge Männer, ein paar davon Drogensüchtige, die auf den Dealer warteten, andere warteten auf Freier, auf Godot, auf ihren Film (ich jedenfalls), auf das Ende der Nacht, das Ende des Lebens. Ich hing also solchen tiefsinnigen Gedanken nach, als ein Mädchen von den Stufen der Bank aufstand und auf mich zukam. Sie trug enge Jeans, ihre Beine waren dick und ihre Arme dünn. Die Art, wie sie Mund und Augen geschminkt hatte, und ihr dunkles Haar verliehen ihrem sehr blassen Gesicht eine morbide Zartheit.

»Hallo«, sagte sie.

Ich wich aus. Sie kam hinter mir her und hielt mich am Arm fest, während wir weitergingen.

»Ich hab' hallo gesagt, und du hast mir nicht geantwortet.«

Ich blieb stehen und sah sie genauer an. Sie war höchstens sechzehn.

»Was soll ich denn sagen?«

»Sag wenigstens auch hallo.«

»Hallo.«

»Willst du mir nicht im Guanabara was zu futtern spendieren?«

Ich sagte nichts und überlegte.

»Wenn du willst, komm' ich nachher mit zu dir.«

Das Gesicht des Mädchens war anständig und ehrlich, wenn auch verkommen, vielleicht war sie eine Schülerin, die auf den Strich ging, um Drogen kaufen zu können. Aber egal, sie versprach Erleichterung und Zärtlichkeit.

»Wie heißt du?«

»Dani.«

»Komm«, sagte ich. Wir gingen über die Straße, zurück auf die andere Seite, wo sich das Guanabara befand.

»Darf ich mir ein Steak mit Pommes bestellen?«

»Du kannst dir bestellen, was du willst.«

Als ihr Essen kam, fragte Dani: »Willst du nichts essen?«

»Nein, ich hab' keinen Hunger.«

Sie aß gierig. Zwischen den einzelnen Bissen hielt sie freundlich inne und lächelte. Sie kaute mal auf der einen, mal auf der anderen Seite, das hatte etwas Harmonisches, Gesundes, Rindhaftes, Perfektes, Beneidenswertes an sich.

»Nun?« fragte sie.

»Was, nun?«

»Und jetzt?«

»Was, und jetzt?«

»Jetzt.«

»Was, jetzt?«

»Jetzt.«

Wir standen auf dem Bürgersteig.

»Gute Nacht«, sagte ich.

Sie hielt mich am Arm fest. »Ich hab' Pariser, du brauchst keine Angst zu haben.«

»Nicht deswegen. Ich bin müde.«

Als ich zu Hause war, setzte ich mich in einen Sessel und starrte an die Decke. Ruths Tagebuch lag noch immer auf dem Fußboden. Die Unordnung schien noch größer geworden zu sein.

Ich setzte mich wieder an das Drehbuch, ich mußte entscheiden, was ich Dietrich antworten wollte, er hatte mir nur eine Woche gegeben.

Ich schrieb die Szene von der Stelle an um, wo der gestürzte Dolguschow an einem Baum lehnend von Ljutow und Grischtschuk gefunden wird. Er liegt mit ausgestreckten, gespreizten Beinen in verdreckten, zerschlissenen Stiefeln da; sein Bauch ist zerfetzt, die Gedärme sind zu sehen, und auch sein klopfendes Herz. Dolguschow bittet Ljutow, ihn zu töten: »Die Polen werden zurückkommen und ihre dreckigen Späße treiben. Hier sind meine Papiere. Schreib meiner Mutter, wie und was.« Doch Ljutow fehlt die Courage, ihn zu töten, er gibt dem Pferd die Sporen und reitet weg. Dolguschow legt sich ganz hin, nachdem er auf seine blau angelaufene Handfläche geschaut hat. »Na gut, dann flieh, du Schwein.« Da kommt Afonjka und fragt, was los ist.

Der Text, den ich schrieb, sah so aus:

Afonjka reitet zu Dolguschow. Er sitzt vom Pferd ab. Die beiden Männer sprechen miteinander, der dasteht, mit Schießpulver verdreckt, kraftstrotzend, und der Sterbende am Boden liegend. Ljutow, der ihnen von weitem zusieht, versteht nicht, was sie sagen. Dolguschow reicht Afonjka seine Papiere. Afonjka steckt sie in die Tasche. Anschließend geht er zu seinem Pferd und nimmt das Gewehr vom Sattelknopf. Dann kehrt er mit langsamen, aber festen Schritten zu Dolguschow zurück, wobei er das Licht des Sonnenuntergangs im Rücken hat. Dolguschow stützt sich auf die Ellbogen, hebt den Kopf leicht an und sieht Afonjka an. Afonjka schiebt den Gewehrlauf in Dolguschows bereitwilligen Mund und drückt ab.

Es war spät, als ich das Licht zum Schlafen ausmachte. Schlafen, für mich war das, war das – was eigentlich?

Ich träume. Eine gesichtslose Frau neben mir, der weißer Schaum auf den Lippen steht, verströmt einen starken, undefinierbaren Geruch und hat dunkle Risse in der Mitte ihres Körpers. (In Wirklichkeit kann ich das nicht sehen, aber genau das geschieht.) »Genierst du dich, vor mir zu tanzen?« frage ich sie – ist Ruth die Frau ohne Gesicht? –, »vor mir, der Schwielen an den Händen und Narben auf dem Schwanz hat und in der Rua Vieira Fazenda auf dem Kachelboden getanzt und ein Mädchen mit einem dunklen Stiftzahn im Mund geküßt hat?« Stahl und Feuer in meinem Kopf, Glut auf der Netzhaut, Speichel und Schweiß, Scheiße und Pisse, Knochen, Muskeln. Es ist drei Uhr, die Nachbarschaft schläft vor dem Farbfernseher. Eine Stimme: »Vorsicht mit der Wunde auf der Stirn!« Das Foto meiner Mutter in einem Bilderrahmen mit Perlmuttrand füllt den unsichtbaren Bildschirm ganz aus.

3

Das Klingeln vom Telefon weckte mich.

Ich erkannte sofort ihre Stimme: »Waren Sie der junge Mann, der mir neulich nachts geholfen hat, als die Halunken hinter mir her waren? Haben Sie mich aufgenommen?«

»Angélica?«

»Oh, Sie wissen noch meinen Namen? Hören Sie, ich rufe wegen der Schachtel an, die ich bei Ihnen gelassen habe. Haben Sie die gut aufbewahrt?«

»Die liegt hier noch irgendwo.«

»Irgendwo?! Mein Gott, irgendwo! Haben Sie die Schachtel etwa verlegt?« Sie schrie, ganz in Panik. »Das sind Sachen, an denen ich hänge, bitte sehen Sie nach, ob sie da ist.«

Ich bat sie, einen Moment zu warten und ging ins Wohnzimmer. Das Päckchen in Packpapier lag noch an derselben Stelle, wo Angélica es liegengelassen hatte.

»Keine Sorge, sie ist hier«, sagte ich.

Angélica schrie vor Erleichterung spitz auf.

»Hören Sie, lassen Sie die Schachtel nicht so rumliegen. In Ihrer Wohnung ist so ein Durcheinander. Nicht, daß irgendwas Wertvolles drin wäre, nur eine Kleinigkeit, aber es wäre besser, wenn Sie die Schachtel gut aufbewahren. Sonst könnte sie sich jemand schnappen.« Ihre Stimme wurde einschmeichelnd. »Sie legen sie gut weg, ja ... Versprechen Sie's mir ...?«

»Ich übernehme keine Verantwortung für diese, dieses – was zum Teufel ist denn eigentlich in dem Päckchen?«

»Ein paar Kinkerlitzchen. Persönliche Sachen. Ich komm' demnächst mal vorbei. Aber bewahren Sie es für mich auf. In einer Schublade. Versprechen Sie, daß Sie es in eine Schublade legen. Irgendwo in Ihrem Tohuwabohu wird's ja wohl eine Schublade geben.«

Um das Thema zu beenden, versprach ich ihr, das Päckchen in eine Schublade zu legen.

»Sie sind ein Engel«, verabschiedete Angélica sich.

Die ganze Nacht hindurch las ich Babel. Aber alle Augenblicke mußte ich an Ruth denken. Ich war in eine andere Wohnung gezogen, um sie zu vergessen, hatte aber ihren Rollstuhl mitgenommen. Aber ich will nicht darüber reden. Nicht jetzt.

Dann schaltete ich den Fernseher ein, um die Mittagsnachrichten zu sehen, und erfuhr etwas, das mich erschreckte.

Ich mag Fernsehen nicht. Zugegeben, vielleicht ist das Fernsehen meine Zukunft und die aller Filmemacher, bedauerlicherweise. Ein düsteres Szenario: Nachdem das Fernsehen sich seine Stellung als wichtigstes Informations- und Unterhaltungsmedium gesichert hat, wird es zum einzigen

Massenkommunikationsmittel, betrieben von Kretins und/oder üblen Schmarotzern, die schäbige und emotional schädigende Unterhaltung für ein passives und apathisches, von Demagogen leicht manipulierbares Publikum produzieren; alle Menschen, sämtliche Gesellschaftsschichten sehen den größten Teil des Tages fern (die Reichen auf riesigen Bildschirmen, so groß wie früher die Leinwand in den Kinos, die inzwischen zu Apotheken oder Bankfilialen geworden sind), im Schnitt zwölf Stunden am Tag – viele lassen den Fernseher sogar zum Schlafen laufen.

Dieses Szenario gefiel mir nicht. Es verstärkte das vorhandene Vorurteil gegenüber der Massenkultur. Aber warum eigentlich die Massenkultur verdammen? Sie ist Abbild und Ausdruck der moralischen und ästhetischen Werte der Mehrheit der Menschen und beeinflußt ihrerseits wiederum Denken, Empfindungen und Verhaltensweisen eben dieser Menschen in einem unheilvollen Kreislauf. Natürlich denken die Manager der Massenkultur nur an Gewinn. Aber ist das nicht die beste Methode, um etwas zu produzieren? Kartoffeln, Computer, Bier, Bücher? Und wer denkt denn nicht an Gewinn? Welcher Künstler, Denker, Wissenschaftler denkt bei der Ausübung seiner Tätigkeit nicht an irgendeine Form von Gewinn? Die Produktion von Kulturgütern in der Neuzeit ist nicht zwanzgsläufig etwas Verwerfliches geworden, nur weil sie nicht mehr eine zur Katharsis oder zum Dilettantismus verdammte Tätigkeit ist. Der Künstler ist ein Spezialist wie jeder andere. Aber ich durfte keine Zeit mit Nachdenken über dieses Thema verlieren. Ich mußte andere Szenenbilder schreiben.

Die Nachricht, die mich beunruhigt hatte, galt dem mysteriösen Mord an einer Frau namens Angélica Maldonado. Angélica Maldonado, hieß es in der Sendung, hatte bei Luxuskostümwettbewerben zur Karnevalszeit Berühmtheit erlangt. Ihre verstümmelte Leiche war von ihrem Hausmädchen aufgefunden worden. Die Polizei nahm an, sie sei vor ihrem Tod gefoltert worden. Ein Mensch namens Áureo de Negromonte, laut Fernsehen »ein berühmter Karnevalist und Gewinner von Kostümwettbewerben« stellte fest, Angélicas Tod sei ein unersetzlicher Verlust für den brasilianischen Karneval. Der Wettbewerb des diesjährigen Karnevals habe irreparablen Schaden genommen. Dann wurde ein Foto von Angélica gezeigt, in einem Kleid mit langer Schleppe, das mit Steinen und vielen Federn besetzt war.

Ich erkannte sie mit Schrecken. Es war die dicke Frau, die in meiner Wohnung gewesen war. »Sie sind hinter mir her«, hatte Angélica in jener Nacht gesagt. Wer immer »sie« waren, sie hatten sie schließlich doch erwischt.

Ich schlug die Nummer der Polizei im Telefonbuch nach. Dann wählte ich 190. Eine weibliche Stimme meldete sich: »Funkstreife, guten Tag.«

Ich zögerte. Was wollte ich sagen? Die Frau am Apparat war mit Sicherheit nicht die Person, die sich meine Geschichte anhören würde. Sie würde mich mit jemand anders verbinden, der mich mit jemand anders verbinden würde und so weiter. Ich sah bedrohliche Männer in Lederjacken und mit Wollmützen auf dem Kopf vor mir, die mit Flinten mit abgesägten Läufen in meine Wohnung stürmten und mich mitten in der Nacht zur Aussage auf eine düstere Wache schleppten. Außerdem wußte ich ja gar nichts über den Fall, nicht einmal, was in dem Päckchen in Packpaier war, das Angélica bei mir hatte liegenlassen und das ich für sie aufbewahren sollte.

»Entschuldigung, falsch verbunden«, sagte ich.

Ich holte das Päckchen aus der Hemdenschublade. Ich hörte ein rasselndes, gläsernes Geräusch, das ich vorher noch nicht wahrgenommen hatte. Ich nahm ein Messer und schnitt die Schnur auf, mit der das Päckchen verschnürt war.

Es war eine Pappschachtel mit der Aufschrift: Casa Turuna – Stoffe – Tisch- und Bettwäsche – Kurzwaren – Karnevals- und Umbanda-Artikel. Ich machte die Schachtel auf. Darin lagen unzählige blaue, grüne, rote Steine in verschiedenen Größen. Die von Angélica erwähnten Kinkerlitzchen. Ich hielt einen Stein gegen das Licht. Dem Funkeln nach schien es ein Edelstein zu sein. Ein paar Sekunden lang stellte ich mir vor, es seien kostbare Rubine und Smaragde. Als ich einen anderen Stein aus der Schachtel nahm, las ich noch einmal die Aufschrift in blauen Lettern: Karnevalsartikel. Daraus schloß ich vernünftigerweise, daß es ordinäre Steine sein mußten, wie Angélica sie auf ihren Karnevalskostümen trug, schließlich waren sie alle bunt. Trotzdem hielt ich die Steine weiter gegen das Licht und war immer mehr davon fasziniert, wie jeder einzelne funkelte. Und wenn sie nun doch echt waren? Ein Freund fiel mir ein, Maurício. Besitzer des Florentino, eines der größten Unternehmen im brasilianischen Edelsteinhandel.

Es war nicht einfach, zu Maurícios Büro im Florentino vorzudringen. Die Sicherheitsvorkehrungen waren sehr streng. Unten befand sich das Geschäft, es erstreckte sich über das ganze Erdgeschoß des Gebäudes. Vor dem Geschäft standen mehrere Wachleute in Zivil, die genau beobachteten, wer hineinging. An der Pförtnerloge des Gebäudes erhielt ich einen Besucherausweis, nachdem ich meinen Personalausweis beim Pförtner hinterlegt hatte. Ein bewaffneter Wachmann fuhr mit mir im Fahrstuhl nach oben. Im Fahrstuhl sowie in allen Räumen, durch die ich kam, befanden sich Fernsehkameras, die meinen Weg registrierten.

Ich mußte durch mehrere Türen gehen, wobei sich die eine immer erst öffnete, wenn die andere sich schloß, ehe ich zu Maurício gelangte.

»Wie sehen Smaragde aus?« fragte ich.

»Smaragde?«

Er lachte. Wahrscheinlich überraschte ihn meine Frage. »Es geht um einen Film, den ich gerade mache«, fügte ich hinzu.

»Na ja ... sie sind grün ...« sagte er scherzend.

»Daß sie grün sind, weiß ich. Ich will genau Bescheid wissen, ich interessiere mich für Edelsteine, ernsthaft.«

»Du willst alles wissen? Das ist viel.«

»Soviel wie möglich, für einen Laien.«

Maurício lachte. Er hatte schon immer einen Humor gehabt, der mir nicht behagte, ich hasse Leute, die ironisch sind und ärgere mich über mich, wenn ich mich selbst dabei ertappe, aber er war mein Freund, also ließ ich es gut sein.

»Ich meine es ernst, deshalb bin ich hier und stehle dir deine Zeit.«

»Soviel wie möglich willst du wissen?« Wieder grinste er. »Smaragde gehören zur Gruppe der Berylle. Auf der Mohsschen Härteskala haben sie den Wert 7,30-8; die relative Dichte beträgt 2,67-2,78; Bruch: muschelig, unregelmäßig, splittrig; Kristallsystem hexagonal, Prisma sechsseitig, Kristalle länglich; Brechungsindex 1,576-1,582; Doppelbrechung -0,006; Streuung 0,014; deutlicher Pleochroismus: Grün, grünstichiges Blau, sogar grünstichiges Gelb; Absorptionsspektrum ...«

»Das reicht ...« sagte ich.

»Unfachmännisch ausgedrückt haben Smaragde eine natürliche sechseckige Form. Alle Kristalle eines bestimmten Minerals weisen denselben Symmetrietyp auf.«

»Und Diamanten? Erzähl mir nichts von Doppelbrechung und diesem ganzen Mist.«

»Diamanten kristallisieren isometrisch als gleichmäßiges Hexaeder oder aber mit acht dreieckigen Seiten in Form eines Polyeders.«

»Und Rubine?«

»Das ist der rote, sehr kostbare Korund. Hexagonales oder trigonales Kristallsystem, Prisma mit sechs Facetten, rhomboedrisch.«

»Sind Smaragde groß?«

»Im Museum von Leningrad gibt es einen, der über zwei Kilo wiegt. In Peru gab es einen, so groß wie ein Straußenei, den die Eingeborenen Madre de las Esmeraldas, die Mutter der Smaragde, nannten und anbeteten.«

»Gibt es in Brasilien viele Smaragde?«

»Ja. Aber die besten kommen aus Muzo in Kolumbien. Gute Smaragde gibt es auch noch woanders, in Simbabwe, in Indien ...«

»Ist Smaragd das gleiche wie Aquamarin?«

»Aquamarin, Smaragd, Morganit, das sind alles Berylle, aber mit Unterschieden in Pleochroismus, Absorptionsspektrum, Irisieren, Opaleszenz, Asterismus und Brillanz, die jedem von ihnen seine eigenen charakteristischen Schönheitsmerkmale verleihen. Ein Smaragd ist ein Smaragd, ein Aquamarin ist ein Aquamarin. Verstehst du? Eine Rose ist eine Rose ist eine Rose.«

Wir schwiegen eine Weile. Irgend etwas an Maurício beunruhigte mich, aber ich wußte nicht, was.

»Falls der Film in Brasilien spielt, sollte es sich bei den Steinen besser um Aquamarine handeln. Die größten Vorkommen dieses Steins befinden sich in Brasilien. Falls es dich sehr interessiert, zeige ich dir die Steine, dann kannst du dir ein besseres Bild machen.«

»Sind Smaragde teuer? Weißt du, warum ich frage? Ich glaube, ich habe zu Hause einen Smaragd.«

»Du hast zu Hause einen Smaragd. Und?«

»Ich glaube, ich habe auch einen Diamanten. Erzähl mir mehr über Diamanten. Aber nicht dieses ganze Zeug. Sag mir nur einfache Sachen wie zum Beispiel, sie sind farblos und funkeln stark.«

»Sie funkeln stark, sind aber nicht immer farblos. Sie können auch gelb, grün, blau, rotstichig oder schwarz sein. In der Härte sind sie unübertroffen. Mohshärte zehn. Perfekte Spaltbarkeit.«

»Wie kann ich feststellen, ob die in meinem Besitz befindlichen Steine wertvoll sind oder nicht? Ich glaube, ich habe auch einen Rubin.«

»Du kannst es nicht feststellen.«

»Ist der Diamant wertvoller, weil er härter ist und mehr glänzt?«

»Ja, so ungefähr.«

»Härte und Glanz als Wertparameter. Wie bei den Menschen. Interessant«, sagte ich. Der Fleming hat sich mit *Diamonds Are Forever* doch wirklich einen guten Titel ausgesucht, dachte ich, aber der Film von Guy Hamilton ist mittelmäßig.

»Hast du wirklich solche Steine oder sind es Imitationen?

Bring sie her, ich seh' sie mir an. Ein ordinärer Glasstein aus reinem Bergkristall, rotem Blei und Kaliumkarbonat kann so manchen Leichtgläubigen täuschen. Neulich erst hat einer unserer Kunden eine Partie Rubine gekauft, die in Wirklichkeit aus Aluminiumoxid geschmolzene Steine waren. Synthetische Rubine kann man nach dem Czochralski-Verfahren herstellen, das von den Bell Laboratories in den Vereinigten Staaten entwickelt wurde. Sie werden fast so gut wie ein Mogok.« Maurícios Miene hatte sich verändert. Oder anders gesagt, die Art, wie er mich ansah, zeugte nicht von Sympathie, wie ich vorher angenommen hatte. Das löste bei mir Unbehagen aus. »Ich würde die Steine gern mal sehen«, sagte er.

»Ich bring' sie dir demnächst vorbei.«

»Aber tu's auch wirklich.« Pause. »Du, diese Sache mit Ruth. Es hat mir sehr leid getan, wirklich.«

»Danke.« Mußte ich mir anhören, wie Maurício über Ruth redete, um seine Meinung zu erfahren? »Ich möchte nicht darüber sprechen.«

»Entschuldige«, sagte Maurício. Wir verharrten in peinlichem Schweigen. Er suchte nach einem Gesprächsstoff und wurde schließlich fündig: »Weißt du, warum mein Unternehmen Florentino heißt?«

»Nein.«

»Weißt du noch, wie wir einmal über Träume gesprochen haben? Du sagtest, du träumtest auf eine sehr merkwürdige Weise.«

Rede ich tatsächlich mit allen Leuten über meine Träume?

»Und ich sagte, ich hätte auch einen merkwürdigen Traum. Weißt du noch?«

Nein, ich wußte es nicht mehr.

»Es ist immer der gleiche Traum. Von dem Diamanten Florentino. Angefangen haben die Träume in der Zeit, als ich noch bei H. Stern arbeitete. Es gibt berühmtere Diamanten als den Florentino – den Cullinan, der größte überhaupt, der das Zepter von Edward VII. schmückte und sich heute im Tower in London befindet; den Dresden; den Hope; den

Koh-i-Noor, was Berg des Lichtes bedeutet, den Namen hat ihm 1739 der Schah von Persien gegeben; den Nassak, der 1918 von den Engländern aus einem Shiva-Tempel gestohlen wurde. Von allen kennt man ihre Geschichte und weiß, wo sie geblieben sind. Aber das Schicksal des Florentino liegt im dunkeln. Im Jahre 1657 befand er sich im Besitz der Familie Medici in Florenz – daher sein Name. Vielleicht hat er zuerst Cosimo gehört, dem Liebhaber der Künste und Förderer von Donatello, Brunelleschi und Della Robbia, oder vielleicht seinem Enkel Lorenzo, dem Dichter und Mörder, Papstmacher, Mäzen und unmoralischen Tyrannen, der Florenz zu dem höchstentwickelten Staat des Mittelalters machte. Wir wissen es nicht. Fest steht, wer sich von dem Stein getrennt hat, kann nur Cosimo III. gewesen sein – er war schwach, eitel, heuchlerisch – oder aber sein Sohn Gian Gastone, ein Genießer, verschwenderischer als sein Vater, dem Klerus und fremden Ländern ergeben, der schließlich das Haus Medici und sein Land in den Ruin führte. Irgendwann zwischen 1723, als Gian Gastone den Thron bestieg, und 1837, seinem Todesjahr, ging der Diamant Florentino aus dem Vermögen der Medici in den Besitz der Habsburger Krone über, genauer gesagt, in den Besitz von Karl VI., der 1711 Kaiser von Österreich wurde. Bei den Habsburgern blieb der Florentino fast zweihundert Jahre, bis zum Ende des Ersten Weltkrieges. Dann forderte Wilson, der Präsident der Vereinigten Staaten, das Selbstbestimmungsrecht der Völker des damaligen österreichisch-ungarischen Reiches anzuerkennen. Polen, die Tschechoslowakei und Jugoslawien wurden zu souveränen Staaten. Am 11. November 1918 verzichtete Kaiser Karl I. auf den Thron, und am Tag darauf wurde die Republik ausgerufen. Dann folgten verschiedene Ereignisse: Die Habsburger wurden 1919 des Landes verwiesen, Karl I. kehrte noch einmal für kurze Zeit als König nach Ungarn zurück und starb 1922. Während dieser Zeit verschwand der Florentino. Wie kann ein als vollkommen geltender Diamant von 137,27 Karat und unschätzbarem Wert einfach verschwunden sein?«

»Vielleicht zerteilt?«

»Kein Diamantenschleifer der Welt würde es wagen, etwas so Stupides, Barbarisches, Brutales zu tun.« Maurício verzog vor Entsetzen sein Gesicht. »Und jetzt kommt mein Traum. In diesem Traum weiß ich, wo der Florentino ist. In einer riesigen Truhe voller Trödel auf dem Dachboden einer großen, alten Villa.«

Maurício packte mich heftig am Arm.

»Ich sehe im Traum alles, die Front eines Hauses, auf der oben, zwischen zwei abschreckenden Gorgonen, auf einem halbmondförmigen Vorsprung die Jahreszahl 1831 geschrieben steht. Ich sehe die bunten Glasfenster, die riesige Holztür. Das Haus steht in einem von Felsgebirge umschlossenen Tal. Der Florentino liegt dort in der Truhe, auf dem Dachboden dieses Hauses, flawless, unzerstörbar, unvergänglich, unbezwingbar funkelnd.«

Maurício sah mich lange mit einem unergründlichen Lächeln an.

4

Als ich von Maurícios Büro nach Hause kam, stand an der Ecke ein Kerl und beobachtete mich merkwürdig, wie verstohlen, während der Portier mir die Haustür aufmachte. Es war ein heißer Tag, aber der Mann trug einen langen, geschlossenen Mantel.

Von meiner Wohung aus sah ich bei einem Blick aus dem Fenster, daß der Mann im Mantel mit einem anderen Typ sprach, als gäbe er ihm Anweisungen.

Ich sah nach, ob die Schachtel noch da war, wo ich sie hingelegt hatte. Ich machte die Schachtel auf und besah die Steine. Sie schienen keine der Eigenschaften zu besitzen, die Maurício genannt hatte. Bestimmt waren es billige Imitationen. So oder so, wenn ich Zeit hatte, wollte ich sie Maurício zum Prüfen bringen. Mit den Worten: »Ich möchte nicht über Ruth sprechen, in Ordnung? Und jetzt sieh dir die Steine an.«

Die Haussprechanlage klingelte. Der Portier sagte mit besorgter Stimme, ein Kripobeamter wolle mich sprechen.

»Hat er seinen Ausweis gezeigt?«

»Nein.«

»Woher wissen Sie dann, daß er von der Polizei ist?«

»Das hat er gesagt.«

»Lassen Sie ihn nur rein, wenn er sich ausweist.«

Kurz danach kam der Polizist rauf. Ein dicker Mann, er sah nicht sehr gesund aus. Er zeigte seinen Ausweis. Kommissar Sarraceno. Er sagte, er untersuche den Mord an einer Frau namens Angélica Maldonado.

»Wir haben Ihre Anschrift und Telefonnummer im Notizbuch der Toten gefunden.«

»So?«

Die Kürze der Antwort seines Gesprächspartners schien ihn zu verwirren.

»Wohnen Sie hier?«

»Ja.«

»Kennen Sie diese Frau? Sie heißt Angélica Maldonado.«

Er zeigte mir ein Bild.

Ohne zu zögern: »Nein, ich weiß nicht, wer das ist.« So oder so hatte das Bild nicht die geringste Ähnlichkeit mit der Angélica, die in meiner Wohnung gewesen war.

»Aber Ihre Anschrift stand in ihrem Notizbuch.«

»Das ist ein Rätsel, das Sie mir vielleicht erklären können.«

Er war kein Idiot. Er sah sich einmal im ganzen Wohnzimmer um.

»Was ist mit dem Rollstuhl da?«

»Der gehörte meiner Frau.«

»Sie war eine berühmte Karnevalistin. Die Tote. Haben Sie nie von ihr gehört?«

»Wie war noch der Name?«

»Angélica Maldonado.«

»Karnevalistin. Als was? Fahnenträgerin?«

»Nein. Bei Kostümwettbewerben.«

»Kannten Sie sie?«

»Ich?« fragte Sarraceno überrascht.

»Ja, Sie.«

»Ich mag keinen Karneval. Eine Ausnahme«, sagte er traurig lächelnd, »die meisten Polizisten feiern gern Karneval.«

»Ich mag auch keinen Karneval.«

Er ließ seinen Blick ein paar Minuten lang auf meinem Gesicht ruhen, um etwas herauszufinden, vielleicht auch, um mich einzuschüchtern.

»Noch was?« fragte ich.

»Nein, nein. Könnten Sie mir vielleicht ein Glas Wasser geben?«

Als der Kripomann weg war, machte ich das Licht aus und ging ans Fenster. Er stieg in ein Polizeiauto, das vor der Tür stand. Kaum war der Wagen abgefahren, trat der Mann im Mantel aus der Dunkelheit und sah sehr schnell zu meinem Fenster hinauf. Mir war, als hätte er mich bei diesem kurzen Blick gesehen. Ich wich erschrocken zurück, lief zur Tür und kontrollierte, ob sie abgeschlossen war. Ich legte das Ohr an die Tür und horchte nach verdächtigen Geräuschen. Nichts. Doch! Was war das? Ein Geräusch von Schritten, ein leises Geräusch von Schritten auf der Treppe, die vor meiner Tür haltmachten!

Das Klopfen an der Tür erschreckte mich. Ich hielt den Atem an. Der Portier ließ niemanden herein, ohne ihn über die Haussprechanlage anzumelden, was mochte passiert sein? Lieber so tun, als sei niemand zu Hause. Aber der Mann im Mantel hatte mich gesehen, er wußte, daß ich hier, hinter der Tür war. Er kann schießen und mich durch das Holz treffen, dachte ich, trat zur Seite und preßte mich an die Wand.

Neuerliches Klopfen. Er wußte es. Besser, mich ihm direkt stellen. Ich hasse es, Angst zu haben. In meinem Leben ist es mehrfach zu Situationen gekommen, in denen ich persönlich Courage bewiesen habe, was in Wirklichkeit das Ergebnis meiner Unfähigkeit war, Angst zu ertragen. Lieber stelle ich mich der größten Bedrohung, als daß ich Angst aushalte.

»Wer ist da?« fragte ich und vermerkte mit Freude, daß meine Stimme fest klang.

»Ich, du Idiot. Mach schon auf.«

Es war Liliana. Ich schloß die Tür auf.

Sie kam schnell herein.

»Da unten stand ein finster aussehender Typ, als ich ins Haus ging«, sagte sie.

»Einer im Mantel?« fragte ich.

»Genau. Ein Typ im Mantel. Er sah wie ein Vergewaltiger aus.« Sie machte eine Pause. »Obwohl mich eigentlich die meisten Männer so ansehen, als wären sie Vergewaltiger. Wer ist der Kerl? Ein Freund von dir? Du hast ja schon immer reichlich merkwürdige Freunde gehabt.«

Ich ging ans Fenster, konnte aber keine Spur von dem Mann sehen.

Warum schickte ich Liliana nicht weg?

Ich merkte, daß sie auf Angélicas Schachtel auf dem Tischchen schaute.

»Eine kuriose Geschichte, das mit dem Päckchen da«, sagte ich.

Dann erzählte ich von Angélicas Besuch, aber nichts von ihrem Tod oder den Steinen.

»Ein Sidney Greenstreet im Rock«, sagte Liliana, als ich fertig war, »aber das Päckchen ist zu klein, da kann kein Malteser Falke drin sein.«

Liliana ging zum Fenster. »Ich konnte nicht zum Friedhof kommen. Ich war verreist.«

»Ich weiß.«

»Es war doch gut so, oder? Daß ich nicht gekommen bin?« Ihre Stimme zitterte. Sie klang, als würde sie gleich weinen, aber Liliana weinte nie.

Ich wechselte das Thema. »Ich fliege nach Deutschland, zum Filmfestival in Ost-Berlin, und bleibe ein paar Monate da«, sagte ich. Dann erzählte ich von Dietrich. »Ich glaube, ich nehme das Angebot an.« Wenn ich sie schon nicht umbringen konnte, warum verabschiedete ich sie nicht wenigstens endgültig?

Liliana lachte.

»Welches Angebot willst du annehmen? Du hast nicht gesagt, was dieser Deutsche dir angeboten hat. Konkret gesagt: wieviel Geld.«

»Das hat noch Zeit.«

»Das Wichtigste hat noch Zeit?«

»Geld ist nicht das Wichtigste«, erwiderte ich.

»Was gibt es Wichtigeres? Die Ökonomen sagen, Geld ist eines der mächtigsten Instrumente der Freiheit, die der Mensch bis zum heutigen Tage erfunden hat.«

»Über Geld habe ich nicht mit ihm gesprochen.«

»Du willst in Deutschland einen Film über einen blöden Krieg drehen, der vor sechzig Jahren in Europa stattgefunden hat? Babel war ein schwacher, französisch beeinflußter Schreiberling. Mach einen Film über den Krieg, der hier und jetzt in deinem Land stattfindet. Über unseren Hobbesschen Krieg aller gegen alle ...«

»Dietrich meint, ich sei der richtige Regisseur für die *Reiterarmee*«, sagte ich. Ich zeigte ihr das Buch mit Babels Foto. »Erinnert dich dieses Foto an irgend jemanden?«

»Nein.« Wieder lachte sie. »Dietrich ist wahrscheinlich ein Idiot oder ein ganz raffinierter Kerl. Der denkt, du machst einen neuen *Heiligen Krieg*. Aber weißt du, warum *Der heilige Krieg* ein Erfolg geworden ist? Erstens, weil Euclides da Cunha die Geschichte geschrieben hat und die Hauptperson Antonio Conselheiro war und kein Scheißbabel. Conselheiro hat nie Maupassant gelesen. Dem war Maupassant scheißegal.«

»Ich habe das Drehbuch geschrieben.«

»Und der zweite Grund für den Erfolg deines Films läßt sich mit demselben Wort erklären, mit dem Orson Welles erklärt hat, wie er die filmischen Innovationen von *Citizen Kane* zustande gebracht hat: durch Unwissenheit. Du wußtest nichts über Kino, als du den Film gemacht hast. Deine Unwissenheit hat dich gerettet.«

Ich hatte Liliana die Geschichte von Orson Welles erzählt, und jetzt setzte sie die Geschichte gegen mich ein, ohne mir zumindest den Trost des zweiten Teils der Antwort zu gönnen, die Welles dem Journalisten von *Cahiers* gegeben hatte: »Falls Sie dieses Wort (Unwissenheit) unpassend finden, können Sie statt dessen Unschuld sagen.« Als ich Liliana kennenlernte, war sie ein kleines Mädchen von fünfzehn Jahren ohne jede Bildung. Jetzt, mit zwanzig, erteilte sie mir Lektionen.

»Ich will dich eine Zeitlang nicht mehr sehen«, sagte ich.

»Ist es wegen Ruth?« fragte sie arglistig.

»Nein, wegen mir selbst.«

»Ich weiß, es ist wegen Ruth.«

»Ich will dich nicht mehr sehen.«

»Nie mehr? So eine Szene ist selbst für einen mittelmäßigen Filmemacher wie dich zu künstlich.«

Als Liliana gegangen war, starrte ich auf den Rollstuhl. Das also war mein Leben?

Über die Haussprechanlage rief ich den Portier an: »Lassen Sie niemanden rein, ohne mir vorher Bescheid zu sagen.«

»Also ... ich laß nie ... die junge Frau ... sie hat gesagt, daß sie mit Ihnen verheiratet ist und daß sie hier wohnt.«

»Sie wohnt hier nicht. Und ich bin mit niemandem verheiratet.«

»Sie sind neu hier im Haus und ich dachte ...«

»Niemand, kein Besuch für mich soll ohne meine ausdrückliche Genehmigung das Haus betreten, verstanden?«

Bevor ich einschlafen und träumen konnte, rief Liliana an.

»Der Typ im Mantel ist mir bis nach Hause gefolgt.«

»Hast du zum Portier gesagt, du wärst meine Frau?«

»Das ist doch egal. Hör zu: Dieser finstere Typ im Mantel hat mich bis nach Hause verfolgt!«

»Im Ernst?«

»Ehrenwort. Ich habe Angst.«

»Du und Angst? Du hast doch vor nichts Angst.«

»Verfolgt der mich womöglich schon länger, und ich hab' nichts gemerkt? Oder hat er's vielleicht auf dich abgesehen?« fragte Liliana.

»Ich glaube, der hat's auf mich abgesehen. Er ist schon um mein Haus rumgeschlichen, bevor du hier aufgetaucht bist. Vielleicht ist er von der Polizei. Die Polizei war heute bei mir, bevor du kamst.«

»Nein, das ist kein Polizist. Danach sieht der nicht aus. Er versteckt sich. Was soll das mit der Polizei, die zu dir kommt?«

»Das ist eine lange Geschichte. Aber die will ich jetzt nicht erzählen.«

»Erzähl schon.«

»Die Frau, die hier war, hat eine Schachtel mit bunten Steinen dagelassen. Erinnerst du dich an das Päckchen in Packpapier, das auf dem Tischchen lag?«

»Ja.«

»Die Frau, die das Päckchen hiergelassen hat, ist ermordet worden. Ich glaube, die Steine sind Smaragde, Rubine, Saphire.«

»Smaragde, Rubine, Saphire?! Meinst du das im Ernst? Wie viele Steine sind es? Hast du sie gezählt?«

»So an die dreißig.«

Mein Traum ging so: Die gleiche gelbäugige Frau, diesmal mit einem knochigen Hintern, nicht ganz so wie eine Äffin. Ich werde von ihr wie von einem Vampir ausgesaugt. Sie redet mir ins Ohr: »Der Wetterdienst hat sich mit seiner Prognose wieder mal geirrt.« Und: »Haben deine anderen hübschen Frauen das auch mit dir gemacht?« Als sie diesen letzten Satz sagt, sind ihre Zähne voller Blut, *meinem* Blut. Ich sage zu ihr, daß ich Angst habe, das Haus würde jeden Augenblick einstürzen, und ich würde unter den Trümmern begraben. Wenn es ein Haus ist, warum mache ich dann nicht die Tür auf und gehe hinaus? Ihre Zungenspitze ist rot, auch dann, wenn sie gerade nicht mein Blut saugt. Ihre Vagina ist immer feucht. Ich bin nervös, denn ich muß Koffer packen und wieder auspacken, Freundschaften schließen und lösen, und auch, weil ich den Menschen, die ich liebe, keinen Gnadenschuß ins Genick geben wollte und deshalb mein Leben verloren habe.

Wie üblich hatte mein Traum keine Bilder. Als Kind und selbst noch in meiner Jugend konnte ich mich beim Aufwachen nicht an meine Träume erinnern; als ob ich nie träumte. In der ersten Zeit, als ich mich an meine eigentümlichen Träume erinnern konnte, dachte ich, daß alle so träumten wie ich. Als ich dann erfuhr, daß meine Träume anders waren, beschäftigte ich mich eine Zeitlang damit. Ich las unzählige Bücher, fragte Mediziner, alles vergeblich. Die Deutung onirischer Phänomene, angefangen von Artemidoros in der Antike bis hin zu Freud in der Neuzeit, spricht kaum über solche Träume wie meine. Freud räumt wohl ein, daß Träume zwar vorwiegend visuell sind, aber auch akustische und andersartige Eindrücke beinhalten können, weiter äußert er sich jedoch nicht dazu. Freud zitiert den Autor J. Delbœuf, der von lateinischen Namen träumte. Aber Delbœuf *sah* auch Dinge. Dann merkte ich mir eine Aussage über Träume, die mir einleuchtend schien: »Eine archaische Welt grenzenloser Gefühle und unvollkommener Gedanken«. Schließlich entdeckte ich in dem Buch *Analogies des phénomènes du rêve et de l'aliénation mentale* von A. Maury eine Definition des Traumzustandes, die beschrieb, was mir widerfuhr: »eine mangelhafte und regellose Assoziation von Vorstellungen«. Es gab Zeiten, da glaubte ich fast, verrückt zu sein.

Am nächsten Tag brachte ich Maurício drei Steine zum Prüfen, von jeder Farbe einen.

In Maurícios Büro zu gelangen, erwies sich erneut als kompliziert. Nachdem ich die diversen Sicherheitskontrollen im Erdgeschoß des Juweliergeschäftes passiert hatte, wurde ich in einen Raum mit zwei Türen geführt, in dem sich nur ein Tisch, ein Stuhl und eine Fernsehkamera befanden, deren rotes Lämpchen leuchtete. Ich untersuchte die beiden

Türen. Sie waren verschlossen. Nach etwa zehn langen Minuten kam eine sehr gut gekleidete und frisierte Frau herein.

»Entschuldigen Sie, daß es so lange gedauert hat. Normalerweise bedienen wir rascher.«

»War irgend etwas nicht normal?«

»Ja, Ihr Versuch, die Türen zu öffnen. Wir mußten Senhor Maurício aus einer Sitzung holen, damit er uns sagt, ob Sie genehm sind.«

»Und? Bin ich genehm?«

Sie lachte, tadellose Zähne, ihr Job verlangte das: »Ja. Leider kann Senhor Maurício Sie nicht empfangen, aber ich stehe zu Ihren Diensten.«

Ich überließ der Frau die in Papier eingewickelten Steine in einem Umschlag. Sie gab mir keine Quittung. Das war wohl üblich in dieser Branche: Sie trauten dir nicht, aber du mußtest ihnen vertrauen.

Das riesige Gelände, das die neuen Räume der Evangelischen Kirche Jesu des Seelenerlösers beherbergte, befand sich in Copacabana.

José erwartete mich.

»Nun?« fragte er, nachdem ich mit ihm seine Besitzervorführrunde gemacht hatte.

»Warum hast du dich für Copacabana entschieden? Hier kann man nirgends auf der Straße parken.«

José lachte. »Erstens hättest du deinen Wagen in unsere Garage fahren sollen.«

»Ich bin mit dem Taxi gekommen.«

»Zweitens haben die Mitglieder unserer Kirche kein Auto.«

»Du hast drei«, entgegnete ich.

»Drittens ähnelt das soziopsychologische Profil der Bewohner von Copacabana sehr stark dem der Bewohner der Nordzone. Copacabana ist ein guter Einstieg für uns, die von der Peripherie gekommen sind. Die Avenida Delfim Moreira in Leblon können wir uns später vornehmen.«

»Aha, du hast eine Marktstudie angefertigt.«

»Ist daran irgend etwas Schlimmes? Mein Bruder, mein Bruder, du trägst nur Haß und Verzweiflung im Herzen. Du solltest dich uns anschließen.«

»Wozu?«

José sah mir in die Augen. »Um mit Hilfe der Lehre Jesu eine ethische und religiöse Revolution zu machen. Die moralische Rechtschaffenheit und die Liebe als Quelle der Erlösung. Die alte katholische Kirche hat mit Jesus nichts im Sinn – sie will nur die Macht, was anderes hat sie nie gewollt; die primitiven afrikanischen Religionen sind unsittlich und hedonistisch. Weder die eine noch die andere haben Die Antwort. Gefällt dir diese grausame, verderbte Welt, in der wir leben?« Bei diesen Worten sah er mir mit klarem, überzeugendem Blick tief in die Augen. Sollte er sich verändert haben? Oder glaubte José nur, wie jeder gute Blender, an seinen eigenen Schwindel? Oder war vielleicht wirklich nur Haß in meinem Herzen? Haß auf ihn? Ja, ich haßte ihn, von klein auf, seit der Zeit, als er Fliegen jagte, ihnen die Flügel ausriß und sie dann auf die Erde setzte und sagte: »So, Fliege, und jetzt will ich sehen, wie du fliegst.« Aber ich haßte ihn nicht, weil er den Fliegen die Flügel ausriß, ich haßte ihn wegen seiner phantastischen Geschicklichkeit beim Fliegenfangen. José sah eine Fliege auf einer Fläche sitzen – die senkrecht oder waagrecht sein konnte – und mit einer extrem schnellen Handbewegung fing er sie, ehe sie weiterfliegen konnte. »Die hat's erwischt«, sagte er und zeigte mir seine geschlossene Hand. Dann hielt er die Hand unter den Wasserhahn, um dem Insekt die Flügel naßzumachen, damit es nicht wegfliegen konnte, wenn er mit seiner Verstümmelungsarbeit begann. Ich konnte keine Fliegen mit der Hand fangen und beneidete ihn um seine Geschicklichkeit. Das war es. Ich war neidisch. Wahrscheinlich wußte ich, daß ein Mensch von solcher Erfindungsgabe und Unbarmherzigkeit eine glänzende Zukunft vor sich hatte, und war deshalb krank vor Neid.

»In dieser Woche arbeite ich die Änderungen in den Film ein«, sagte ich.

»Nach dem Karneval fangen wir mit der neuen Kampagne

an, ich wäre dir sehr dankbar, wenn der Film dann fertig wäre.«

Ich las die ganze Nacht Babel, immer wieder von neuem. Jede einzelne Erzählung war ein Meisterwerk. Ich weiß nicht, was mich am meisten beeindruckte: die Spannung, das Gleichgewicht zwischen Ironie und Lyrik, die Eleganz der Sätze, die Präzision, die Bündigkeit. Ich lese keinen literarischen Text, egal welchen, gern zweimal, es sei denn, ich bearbeite ihn fürs Kino. *Os Sertões*, das Meisterwerk von Euclides da Cunha, habe ich unzählige Male gelesen, und beim fünften Mal bereitete mir die Lektüre nicht mehr das geringste Vergnügen. Und Euclides' Leben hatte mich trotz all seiner dramatischen Momente nie interessiert. Im übrigen interessierte mich das Leben von überhaupt niemandem. Für mich spielte es keine Rolle zu wissen, daß zum Beispiel Gauguin pädophil war, mir lag nur daran, herauszufinden, wie er das Licht und die Farbe seiner Bilder zustande gebracht hatte. Aber über Babels Leben wollte ich unerklärlicherweise etwas erfahren.

Hinten in dem Buch, das Dietrich mir geliehen hatte, stand eine kurze biographische Notiz, die besagte, daß Isaak Babel 1894 in Odessa geboren und in einer jüdischen Mittelschichtfamilie aufgewachsen war. Während der Revolution und des Bürgerkriegs kämpfte er in der Reiterarmee; später machte er in Odessa eine Druckerei auf. 1923 wandte er sich der Literatur zu und veröffentlichte ein paar Erzählungen in Zeitschriften. Er publizierte die *Reiterarmee* und *Geschichten aus Odessa*. Bei den Säuberungen Ende der dreißiger Jahre wurde er verhaftet und starb 1939 oder 1940 in einem Konzentrationslager an Typhus oder durch Erschießen.

Am nächsten Tag fuhr ich vormittags raus, um den Film meines Bruders José zu bearbeiten. Während ich den Film neu schnitt, überlegte ich, inwieweit ich eigentlich die Macht der Prediger stärkte und ihren Ehrgeiz förderte. Für mich waren alle Prediger opportunistische Schlauberger, so wie mein Bruder, und falsch wie alle Priester sämtlicher existierender Religionen. Die Religion war ein großes, von Gaunern betriebenes Geschäft. Der moderne Mensch brauchte nicht Gott, er brauchte eine Ethik, Liebe, Toleranz... Ach du Scheiße, ich war dabei, eine neue Religion zu erfinden, das Rad zu erfinden. Die können mich mal.

Was mich dazu veranlaßte, weiß ich nicht, jedenfalls griff ich unvermittelt zum Telefonbuch und suchte den Namen Negromonte heraus. Es gab fünf Negromontes im Telefonbuch. Áureo war einer davon.

»Ja, ich bin Áureo de Negromonte.« Kühl und mißtrauisch.

»Sind Sie der, der an den Kostümwettbewerben teilnimmt?«

»Wer spricht da, bitte?«

Ich erklärte, ich sei Filmregisseur und an Kostümwettbewerben interessiert.

Sein Tonfall veränderte sich plötzlich: »Es wird aber auch Zeit, daß man einen Film über uns macht.«

»Ja, eben, ich würde gern mit Ihnen sprechen.«

»Wann?«

»So bald wie möglich.«

»Ich bin im Streß, der Wettbewerb ist in drei Tagen und mein Kostüm ist noch nicht fertig. Eine grauenhafte Situation.«

»Ich werde Sie nicht lange beanspruchen. Ich möchte erst ein Vorgespräch führen, das wird Sie nicht viel Zeit kosten. Kann ich zu Ihnen nach Hause kommen?«

»Hier ist die Hölle los, ein einziges Durcheinander. Ich möchte nicht, daß Sie meine Wohnung in so einem Zustand sehen.«

»Ich bin unaufgeräumte Wohnungen gewohnt. Meine eigene, zum Beispiel.«

»Wirklich?«

»Ja, wirklich. Ich werde von der Unordnung in Ihrer Wohnung gar nichts merken.«

Negromonte nannte mir seine Anschrift. Eine Wohnung in Tijuca. Wir verabredeten uns für denselben Abend.

Negromonte wohnte in einem kleinen Apartment. Er war ein Mann von schwer einzuschätzendem Alter, vielleicht lag das an seinem Make-up.

»Hab' ich's Ihnen nicht gesagt?« sagte Negromonte, nachdem er die Tür geöffnet hatte. Im ganzen Wohnzimmer, auf Tischen und Stühlen lagen Unmengen von Stoffen, bestickt mit Pailletten, Straß, Stabperlen und mit bunten, glitzernden Steinen besetzt. Zwei Frauen bestickten die Stoffe.

»Oh, mein Gott, nur noch drei Tage, ich bin so verzweifelt, daß ich mich manchmal umbringen könnte!«

»Es wird fertig, Seu Áureo. So geht es doch jedes Jahr, eigentlich müßten Sie sich inzwischen daran gewöhnt haben«, sagte eine der beiden Frauen, eine dicke Mulattin.

»Du weißt, ich sage das nicht zum Scherz, Mildred. Wenn das Kostüm nicht fertig wird, bringe ich mich um! Und du... ihr beide seid dann schuld daran. Das hinterlasse ich schriftlich in einem Brief an die Polizei.« In plötzlich verändertem Tonfall und nun zu mir gewandt: »Ganz in Gold und Schwarz. Ich trage immer Kostüme in Gold und Schwarz. Áureo bedeutet auf Latein Gold, wußten Sie das? Natürlich, Sie als Filmmensch wissen das bestimmt. Meine Mutter hat mir diesen Namen gegeben, meine geliebte Mami, die der Herrgott im letzten Jahr zu sich genommen hat – was habe ich gelitten, ich war so allein. Sie wußte, daß dieser Name perfekt zu mir passen würde. Gold. Stellen Sie sich vor, ich hieße Mildred.«

»Mildred war eine Königin«, sagte Mildred.

»Eine Königin? Von wo?« fragte Negromonte ironisch. »Aus Angola jedenfalls nicht. So heißen nur Weiße. Hol uns einen Kaffee, Marijó, solange erzählt mir dieser junge Mann von dem Film, den er mit mir machen will.«

»Eigentlich wollte mir bei diesem Projekt Angélica Maldonado helfen. Kannten Sie sie?«

»Angélica, die Dicke? Natürlich. Sie war ein guter Mensch, aber sehr mißtrauisch. Sie ließ niemanden ihr Kostüm sehen, nicht so wie ich, der es jedem zeigt. Ich sage sogar, wie es heißt – der Name des Kostüms ist ein Geheimnis, das man sorgfältig hüten muß, sonst benutzen sie deinen Namen im ganzen Land. Ich zeige alles. Wissen Sie, wie mein Kostüm heißt? König Salomos Schatzkammer. Gefällt Ihnen der Name?«

»Ja. Erzählen Sie mir noch etwas von Angélica. Hatte sie Verwandte? War sie verheiratet? Ich kannte sie kaum.«

»Nein, sie war ledig – wer heiratet schon eine Frau von solchen Ausmaßen? – und hatte keine Verwandten. Eine kuriose Geschichte: Sie wuchs in einem Waisenhaus auf und war sehr arm, unter großen Opfern hat sie sich hochgearbeitet. Sie war sehr fleißig und nähte ihre Kostüme selbst. Damit niemand das Modell kopiert, sagte sie. Aber Angélicas Modelle hätte kein Mensch kopiert, ihre Kostüme waren nichts Großartiges. Da aber Diderot sie protegiert hat, trat sie im Glória, im Monte Líbano, im Scala, im Português in Recife auf, überall, sogar im Ausland.«

»Wer ist Diderot?«

»Sagen Sie bloß, Sie wissen nicht, wer Diderot ist?«

»Nein, ich weiß es nicht.«

»Sie wissen nicht, wer Diderot Assunção ist?«

»Nein, ich weiß es nicht.«

»Der wichtigste Manager der Branche. Ein großer Manager. Alle, die bei ihm unter Vertrag stehen, reisen nach Europa, in die Vereinigten Staaten, führen ihre Kostüme in großen Hotels und Klubs vor und verdienen gutes Geld.«

»Stehen Sie bei ihm unter Vertrag?«

»Noch nicht. Aber wenn er König Salomos Schatzkammer sieht, nimmt er mich mit Sicherheit unter Vertrag. Sehen Sie, dieser Cabochon hier«, sagte er und zeigte mir einen riesigen abgerundeten Stein, »haben Sie je etwas so Schönes gesehen? Als hätte ihn Mutter Natur geschaffen. Meine Steine sind alle so, mein Straß ist französisch, die Pailletten, die Stabperlen auch – alles Importware, nur vom Feinsten. Dieses Jahr wird das ›Jahr der Wiedergutmachung‹, das Jahr, in dem alles Unrecht, das man mir angetan hat, gerächt wird. Ich hatte im letzten Jahr mit ›Mein Reich für eine Liebe‹ den ersten Platz verdient und kam nur auf den zweiten. Und im vorletzten Jahr war es noch schlimmer. ›Nebukadnezar und die Hängenden Gärten von Babylon‹ kam auf den dritten Platz, ein Meisterwerk, ein prachtvolles, atemberaubendes Werk und dann der dritte Platz. Was habe ich alles gelesen, um dieses Kostüm zu machen! . . . Ich recherchiere nämlich, wissen Sie, in Büchern, in Enzyklopädien, ich spreche mit Fachleuten, mit Gelehrten, kein Mensch macht so was, ich sammle sämtliche Informationen über das Thema meines Kostüms, ehe ich es kreiere . . . nicht wahr, Mildred? Am liebsten hätte ich mich umgebracht, als ich auf den dritten Platz kam. Sie kommen dieses Jahr zu meinem Auftritt, ja? Am besten ins Glória, wissen Sie, da gibt es keinen Tanz, nur die Kostümshow. Man kommt da nicht so leicht rein, wissen Sie, die Show wird fürs Fernsehen gemacht, und zusehen dürfen nur die Hotelgäste und ein halbes Dutzend geladene Gäste. Aber ich besorge Ihnen eine Einladung. Wo bleibt der Kaffee, Marijó!?«

5

Maurício suchte mich zu Hause auf.

»Ich möchte mit dir über die Steine sprechen, die du im Büro abgegeben hast.«

Maurício griff in die Tasche und zog ein in Seidenpapier gewickeltes Päckchen heraus. Er machte es auf. »Wo hast du dir noch mal diese Steine beschafft?«

»Ich hab' sie mir nirgendwo beschafft. Ich hab' sie schon immer besessen. Sie gehörten meiner Mutter.« Ich benutzte meine Mutter genau wie Negromonte.

»Die Steine sind sehr kostbar«, sagte Maurício. »Sie sind ein kleines Vermögen wert. Willst du sie verkaufen?«

»Ich weiß nicht.« Ich versuchte, meine Überraschung zu überspielen. Kostbar! Was mochte ein kleines Vermögen sei? Wenn drei Steine ein kleines Vermögen wert waren, wieviel waren dann dreißig wert? Ich stellte mir Millionen Dollar vor. Mit zwei Millionen Dollar – was in der Filmbranche nicht viel Geld ist – konnte ich einen noch besseren Film als *Der heilige Krieg* machen. Ob die Steine so viel wert waren? Am liebsten hätte ich Maurício gefragt, hielt aber den Mund aus Angst, er könnte Verdacht schöpfen. Ich mußte vorsichtig sein.

»Hast du noch mehr? Falls du verkaufen willst, wir kaufen sie.«

»Kann sein, daß ich noch mehr habe, aber ich muß nachsehen.«

»Dann sieh nach, Junge, wenn du viele hast, kannst du damit den Film finanzieren.« Der verdammte Kerl konnte offensichtlich meine Gedanken lesen! »Aber, hör zu, falls es wirklich viele sind, muß ich wissen, woher sie kommen.«

Wieder dieses Unbehagen, das ich in seinem Büro verspürt hatte. Ich kannte Maurício seit vielen Jahren, wir waren zusammen aufgewachsen, noch nie hatte er mir so ein Gefühl vermittelt. Argwöhnte er womöglich, ich hätte die Steine unrechtmäßig an mich gebracht?

»Ich sehe nach, und falls ich noch mehr habe, sage ich dir Bescheid«, sagte ich und brachte ihn zur Tür, um ihn loszuwerden, ehe er etwas herausfand.

»Über die Karnevalstage fahre ich weg, aber Mittwoch bin ich zurück. Ruf mich an.« Pause. »Du kannst mir vertrauen ...«

Nachdem Maurício gegangen war, las ich wieder Babel. In dem schmalen Band befanden sich sämtliche Erzählungen, die Babel im Laufe seines Lebens veröffentlicht hatte: die Geschichten aus Odessa; die Geschichten, die von seinen Erlebnissen in der Ersten Reiterarmee unter dem Befehl von General Budjonny auf dem Feldzug gegen die Weißen in der Ukraine und im östlichen Polen berichteten; und schließlich die Geschichten aus seiner Kindheit. Erzählungen habe ich seit jeher gern gelesen, schon von klein auf. Die Literatur, die ich mit zehn Jahren konsumierte, hatte Titel wie: *Die besten russischen Erzählungen, Die besten amerikanischen Erzählungen, Die besten französischen Erzählungen, Die besten italienischen*

Erzählungen und so weiter. Mit vierzehn glaubte ich, sämtliche Erzählungen gelesen zu haben, die auf der Welt geschrieben worden waren. (Keine Ahnung, wieso ich Filmemacher geworden bin und nicht Autor von Erzählungen.) Eine Zeitlang glaubte ich, mein Lieblingserzähler sei Maupassant; dann wieder meinte ich, es sei Poe; und ich hatte selbstverständlich auch meine Tschechow-Phase. Jetzt war gerade meine Babel-Periode. Ich kann mich erinnern, daß es einen Versuch gegeben hat, Babel durch den Umstand bekannt zu machen, daß er ein Opfer der stalinistischen Säuberungen geworden war. Sie hatten ihn zu einem Märtyrer abgestempelt. Dabei sind Märtyrer so was Blödes.

Warum interessierte mich Babels Leben so sehr? Konnte es für mich wichtig sein zu wissen, daß Babel anfangs Maupassant imitiert und auf französisch geschrieben, aber am Ende besser geschrieben hatte als das Vorbild, dem er nacheiferte? Konnte die Geschichte wichtig sein, daß er eines Tages mitangesehen hatte, wie sein Vater vor einem Kosakenoffizier kniete und ihm die Stiefel küßte? (Sollte er sich vielleicht deshalb später zu der Reiterarmee gemeldet haben, um selbst Kosake zu werden?) Warum starrte ich so lange auf sein Bild, das ihn im Militärrock mit goldenen Litzen zeigte? Nur ein Jude konnte ein so widerstrebend ausdrucksvolles Gesicht, eine solche Mischung aus Ironie und Skepsis und Mitgefühl im Blick haben. Wer war dieser Mann? Ich wollte tatsächlich mehr über Babel wissen. Ich wollte alles wissen.

Ich verbrachte zwei Tage im Schneideraum und nahm die von meinem Bruder gewünschten Änderungen an dem Film für die Kirche Jesu des Seelenerlösers vor. Im Grunde waren seine Vorschläge genau wie alle anderen, die er schon vorher geäußert hatte, sehr gut und machten das verdammte Filmprodukt noch überzeugender. Danach würden noch ein paar tausend Unselige mehr zehn Prozent ihres Gehaltes der Kirche geben, und ich war mitschuldig an dieser Ausbeutung.

Am Freitag vor dem Karneval war der Videofilm fertig. Ich rief bei José zu Hause an. Gislaine nahm ab.

»José ist nach Brasília geflogen, zu einer Unterredung mit dem Staatspräsidenten.« Gislaine klang, als sagte sie: Ob der Präsident dich armen neidischen Teufel empfangen würde, weiß ich nicht.

»Ich dachte, freitags wäre niemand in Brasília, und schon gar nicht vorm Karneval...«

Gislaine zögerte und wußte nicht recht, was sie sagen sollte. »Er kommt morgen zurück...«

»Ich gebe den Film ins Labor, damit sie die Kopien machen können. José weiß, wo es ist.«

Vom Labor aus fuhr ich zu meinem Freund Boris Gurian, einem weisen alten Juden. Gurian war in Rußland geboren, und seine Familie war auf der Flucht vor den Kommunisten nach Österreich emigriert, als er noch ein Junge war. Zwanzig Jahre später lehrte er russische Literatur an der Universität in Wien und mußte wieder fliehen, dieses Mal vor den Nazis. Er ging nach Holland, von Holland nach Frankreich, die Nazis ihm immer auf den Fersen. Schließlich landete er zusammen mit seiner Schwester Sara in Brasilien. Die Mutter, der Vater und ein Bruder hatten sich nicht vor dem Holocaust retten können. Aber Gurian sprach nicht über die Vergangenheit, und außer diesen Dingen wußte ich sehr wenig über sein Leben.

Es war vier Uhr nachmittags. Gurian war schon leicht betrunken. Der Alkohol hatte keine sichtbare Wirkung bei ihm, bis auf den fast unmerklichen Tick, ständig mit der Zungenspitze über die Lippen zu fahren. Mühsam gehend – nicht aufgrund des Alkohols, er hatte sich einmal ein Bein gebrochen und war niemals wieder ganz hergestellt worden –, führte Gurian mich in sein Arbeitszimmer, einen Raum, dessen Wände mit verstaubten, chaotisch vollgestopften Bücherregalen bedeckt waren. Auch auf dem Fußboden lagen Bücher.

Wir setzten uns in verschlissene, ausgeblichene Sessel.

»Willst du einen Whisky?« fragte er und wies auf eine Flasche, Gläser und einen Eisbehälter auf dem Schreibtisch.

»Normalerweise trinke ich einheimischen Whisky, aber weil du dich angesagt hattest, habe ich einen echten Scotch besorgt.«

»Was weißt du über Babel?« fragte ich, nachdem unsere Drinks fertig waren, meiner mit Eis, seiner pur.

»Alles«, antwortete Gurian. »Glaubst du etwa, ich würde den größten jüdischen Schriftsteller des 20. Jahrhunderts nicht kennen? Wo soll ich anfangen?«

Er fing damit an, daß Babels Eltern zu Hause miteinander Jiddisch sprachen und mit den Kindern Russisch. Sie stammten aus Odessa. Isaak wurde im Alter von sechs Jahren in eine jüdische Religionsschule geschickt. Von großer Bedeutung für seinen Werdegang war die Beschäftigung mit französischer Literatur und Kultur an der Handelsschule Nicolai I. Mit fünfzehn Jahren schrieb er Geschichten auf französisch. Er hätte sich dafür entscheiden können, sein Werk auf französisch zu schreiben, rückte aber bald davon ab.

»Auf jiddisch schreiben, so wie Singer zum Beispiel, oder wie Kaniuk auf hebräisch, wollte er auch nicht.« Er stockte, nachdenklich geworden. Ich bemerkte, daß Gurian blasser und gebrechlicher aussah als das letzte Mal, als ich ihn gesehen hatte. »Ein Kritiker hat gesagt, Hebräisch und Jiddisch seien für Babel das Ghetto gewesen, dem er entfliehen wollte. Er habe lieber in der Sprache der Gojim, also Russisch, geschrieben.«

Mit sechzehn Jahren ging Babel nach Kiew, um am Institut für Finanz- und Verwaltungswesen zu studieren. Weil er Jude war, wurde ihm der Besuch der Universität von Odessa verwehrt.

In Kiew lernte er Eugenia Gronfein kennen, die Tochter eines Freundes seines Vaters, die er dann 1919 heiratete. Noch in Kiew veröffentlichte er in einer Zeitschrift seine erste, auf russisch geschriebene Erzählung. Gleich nach seinem Abschlußexamen im Jahre 1915 zog er illegal nach Petersburg um, in die literarische Hauptstadt des Landes.

»Mit falschen Papieren in der Tasche«, fuhr Gurian fort,

»ging er durch die Straßen von Petersburg – als Jude hatte er keine Erlaubnis bekommen, in der Stadt zu wohnen – und trug im Winter keinen Mantel. Er erzählt das selbst, daß er zwar einen Mantel besaß, ihn aber aus Prinzip nicht anzog. In Petersburg lernte er Gorki kennen, der zwei seiner Geschichten in der Zeitung *Letopis* veröffentlichte, von da an gehörte er zu der Gruppe Intellektueller, die sich um Gorki scharte – die Futuristen Brik, Schklowskij, Majakowski. Babel sagt, Gorki habe ihm geraten ›vom Volk zu lernen‹. Nun ja, bald kam der Krieg, und Babel meldete sich. Im Oktober 1917 wurde er an die rumänische Front geschickt. Weißt du, was dann passierte?«

»Er bekam einen Tapferkeitsorden«, antwortete ich.

»In Babels Leben gibt es keine Höhepunkte. Er bekam Malaria und wurde zurückgeschickt.«

In diesem Augenblick bekam Gurian einen Hustenanfall, der mir sehr lange vorkam, aber vermutlich nicht mal eine Minute dauerte. Als er zu husten aufhörte, versuchte er zu sprechen, aber es ging nicht.

»Warte ein bißchen«, sagte ich.

Wir tranken schweigend; Gurian keuchte besorgniserregend.

»Ich habe nicht mehr viel Zeit«, sagte er schließlich.

»Ich kann morgen wiederkommen.«

Gurian lachte amüsiert, weil ich ihn mißverstanden hatte.

»Ein paar Monate halte ich noch durch . . .« Wieder lachte er: »Vielleicht.« Seine Stimme war sehr schwach. Er strich sich mit seiner zitternden, fahlen, von blauen Adern durchzogenen und mit Leberflecken gesprenkelten Hand über das Gesicht. Ehe ich ihn festhalten konnte, neigte sich sein Körper nach vorn und fiel auf den Fußboden.

Er war ohnmächtig geworden, atmete aber normal. Ich hob ihn hoch und setzte ihn in den Sessel. Da saß er in einer Stellung, die mir selbst für einen Bewußtlosen sehr unbequem vorkam. Ich trug ihn ins Schlafzimmer. Er wog sehr wenig.

Auch im Schlafzimmer lagen Bücher auf dem Fußboden

und übers Bett verstreut. Dazwischen fand ich etwas Platz und legte Gurians schmächtigen Körper hin. Dann lief ich ins Wohnzimmer zurück und rief bei einem Krankenhaus mit Notdienst an, dem erstbesten, das ich im Telefonbuch fand.

Bis der Arzt kam, suchte ich in Gurians Bibliothek nach einem Buch über Babel. Es war unmöglich, in den Regalen, in denen sich die Bücher ohne jede Ordnung und System stapelten, auch nur halbwegs methodisch zu suchen. Da fiel mir seine Schwester Sara ein. Auf einem Tisch lag ein Adreßbüchlein, in dem ihre Telefonnummer stand. Niemand nahm ab.

Der Arzt kam mit einem Krankenpfleger. Er untersuchte Gurian.

»Sind Sie ein Verwandter?«

»Nein, ein Freund.«

»Wir müssen ihn mitnehmen. Übernehmen Sie die Verantwortung?«

Ich fuhr in der Ambulanz mit.

Als wir ankamen, bat mich der Arzt, ins Sekretariat der Klinik zu gehen, wo man mich aufforderte, einen Scheck als Sicherheit für die Kosten von Gurians Behandlung zu hinterlegen.

Ich rief wieder bei Sara an. Dieses Mal nahm sie ab.

»Hier spricht ein Freund von Gurian.«

»Ach, ein Freund von Gurian . . . Boris hat viele Freunde . . . aber keiner hilft Boris . . . Und Boris hilft allen . . . Ich habe viel zu tun, mein Herr.«

»Dona Sara, Gurian ist im Krankenhaus.«

»Boris im Krankenhaus? Wegen der Trinkerei, stimmt's? Ich sage ihm ständig, Boris, du bist zu alt zum Trinken, aber er hört ja nicht auf mich.«

In Krankenhauswartezimmern vergeht die Zeit sehr langsam.

Es dauerte, bis Sara kam. Sie war im Laufe der Jahre zusammengeschrumpft. Sie wirkte viel gebrechlicher als Gurian, aber ihr Blick war sehr intelligent.

»Boris hat nicht genug Geld für so eine Klinik«, sagte sie.

»Machen Sie sich deswegen keine Sorgen.«

»Er gibt sein ganzes Geld für Bücher und Schnaps aus«, sagte Sara. »Aber ich habe Ersparnisse. Sagen Sie dem Krankenhaus, sie sollen die Rechnung an mich schicken.«

»Das ist schon geklärt.«

»Junger Mann, ich sagen Ihnen, die sollen die Rechnung an mich schicken. Denken Sie, ich hätte kein Geld?«

Ehe sie ging, versuchte Sara, allerdings vergeblich, ihren Bruder auf der Intensivstation zu sehen. Schließlich verließen wir gemeinsam das Krankenhaus.

Liliana stand vor dem Haus, in dem ich wohnte, und wartete auf mich. Wir begrüßten uns.

»Willst du mich nicht auffordern, mit reinzukommen?«

Als wir in die Wohnung kamen, fragte Liliana: »Sieht's im Schlafzimmer auch so aus, so irre?«

Unaufgefordert ging sie ins Schlafzimmer.

»Hier sieht's etwas besser aus«, sagte sie und setzte sich aufs Bett.

Ich setzte mich auf einen Stuhl.

»Setz dich zu mir«, sagte sie.

»Ich sitze hier gut.«

»Du willst dich nicht ... mit mir amüsieren?«

»Nein.«

»Hast du keine Lust?« Liliana fragte das ohne jede sinnlich aufreizende Inszenierung, sie wußte, daß Frauen dabei immer wie billige Imitationen von Marilyn Monroe wirken. Liliana sah mich bei ihrer Frage direkt an. Sie wollte eine aufrichtige Antwort hören.

»Mit dir ins Bett gehen, ist im Moment schön. Hinterher ist es grauenhaft.«

»Du tust mir leid.«

Ich sagte nichts.

»Wenn ich dich nicht kennen würde, würde ich meinen, du bist genauso wie die meisten Männer. Männer mögen nicht die Frauen, die sie mögen. Das ist eine Tatsache.« Sie machte eine Pause. »Hast du dir 'ne neue Freundin zugelegt?«

»Nein.«

»Du bist sehr merkwürdig, weißt du das? Als du mit Ruth verheiratet warst, hast du dich mit mir getroffen... Dann...«

»Ich will nicht darüber sprechen.«

Ich ging aus dem Schlafzimmer. Sie kam hinterher.

»Habe ich etwas verbrochen?«

»Geh«, sagte ich.

»Irgendwann werde ich dich noch hassen«, sagte sie an der Tür. »Du solltest zur Analyse gehen. Ich glaube, du bist krank.«

Als Liliana gegangen war, nahm ich das Buch von Babel in die Hand, betrachtete sein Porträt und versuchte mich zu erinnern, wo ich es schon einmal gesehen hatte. In einem Film? Es ähnelte Alexander Knox in *Man in the Middle*, aber es war nicht in einem Film, wo ich so ein Gesicht wie seines gesehen hatte. Es war in einem Buch oder in einer Zeitschrift gewesen. Da fiel es mir ein: ein Maler, das war es, ein Maler! Ich machte die Umzugskartons mit meinen Büchern auf und fing an zu suchen. Ich wollte schon aufgeben, als mein Blick auf ein Buch mit Bildern von Goya fiel. Da war der Mensch, der Babel ähnlich sah und nach dem ich suchte – Goya persönlich, auf einem 1787 gemalten Selbstbildnis, das im Goya-Museum in Castres hängt.

Aufgeregt legte ich den Maler und den Schriftsteller nebeneinander. Beide blickten von der Seite her auf die Welt, beide durch eine metallgefaßte Brille. Goya, vielleicht ein bißchen dicker, läßt in seinem Blick den Pessimismus, die resignierte Verzweiflung dessen erkennen, der zu allem bereit war, um ein vollendetes Werk schaffen zu können: mit den französischen Invasoren zu kollaborieren, mit schlauen Tricks und Kompromissen den Drohungen der Inquisition auszuweichen und den Argwohn des Adels zu zerstreuen, dem er diente, dessen Häßlichkeit und Vulgarität er aber unbarmherzig porträtierte. Babels Blick ist ironischer, noch hat ihn nicht die Verzweiflung bezwungen, die ihn später überkommen wird, als er erkennt, daß er außerstande ist, der

Revolution zu dienen, zu einer aufkommenden neuen Ordnung zu gehören. So wie der spanische Maler wird auch der russische Schriftsteller sich nur einem widmen können – der Schaffung eines Meisterwerks. Zwei Künstler, die vor der Alternative standen, sich für die Vollkommenheit ihres Lebens oder für die Vollkommenheit ihres Werkes zu entscheiden, so wie Yeats. Babel und Goya entschieden sich für das Werk. Die *Reiterarmee* von Babel und *Los Desastres de la Guerra* von Goya hielten gleichermaßen schonungslos die Schrecken des Krieges fest, seine grausamen Auswirkungen. Die *Geschichten aus Odessa* entsprachen andererseits den *Caprichos* des Malers. Diese Koinzidenz fand ich sehr aufregend. Ich beschloß, für den Film das gleiche Licht wie Goya zu benutzen, die gleichen Schwarztöne, die Braunnuancen, das dunkle Rot seiner Kriegsbilder. Und keinerlei Auflagen von irgendeinem ideenreichen Produzenten zu akzeptieren. Ich wollte einen Kameramann engagieren, der mir helfen konnte, diese Farben, dieses Licht, dieses Dunkel einzufangen.

Ich träume, daß ich mit einem Brief in der Hand an einer Straßenecke stehe und ein glühendes, unbestimmtes Verlangen verspüre. Leuchten und Krach von Blitz und Donner (die ich aber weder sehe noch höre). Ich weiß, daß ein bläuliches Licht einen großen Abfluß beleuchtet, in dem die Dinge wie schmutziges Wasser verschwinden. Ich habe eine Zyste in der Nase und werde gleich darauf in einen fahrenden Zug verfrachtet. An den Fenstern Hände von Trittbrettfahrern mit gebrochenen Fingern und mein Spiegelbild im Legionärskostüm in der Fensterscheibe. Weg durch den Abfluß. Dann ist noch das Bewußtsein von Brüsten eines jungen Mädchens da, das nach Apfelblüten duftet und eine große Flasche mit blauer Farbe. Weg durch den Abfluß. Bis sie (wer? wer?) den Fuß auf den Abfluß setzt und auf der dunklen Leinwand sagt: »Töte mich, erwürge mich, schieß mir in den Kopf, hier in diesem Lokal, da an der Ecke, und geh dann zu meiner Beerdigung, nichts wird mich glücklicher machen. Warte,

warte ein bißchen, laß uns nach Hause gehen, es gibt Dinge, die man nur zu Hause machen kann.« Sie nimmt den Fuß vom Abfluß.

José hatte jeden Sonntagvormittag eine zweistündige Sendung im Fernsehen. Ich haßte die Sendung, aber aus irgendeinem mir selbst unerklärlichen Grund schaltete ich immer den Fernseher ein, sah sie mir kurz an und schaltete dann mit dem Vorsatz aus, es nie wieder zu tun.

Die Sendung wurde diesmal direkt aus der neuen und trotz des Karnevalssonntags vollbesetzten Kirche in Copacabana übertragen. José war an diesem sündigen Sonntag als einziger Prediger auf Sendung.

»Also weiß der Herr die Frommen aus der Versuchung zu erretten, die Ungerechten aber zu behalten auf den Tag des Gerichts«, sagte José. Er machte eine Pause. Der Bildchef holte José in Großaufnahme heran und zeigte dann eine Gläubige, eine Frau, die ganz verschreckt zuhörte. Noch eine Großaufnahme von José, sehr ausdrucksvoll: »Der Herr behält die Ungerechten auf den Tag des JÜNGSTEN GERICHTS, SIE ZU STRAFEN!«

José hatte sämtliche möglichen Nuancen der biblischen Redekunst erlernt. Ich hatte schon erlebt, wie er die Verzweifelten tröstete, die Mutlosen ermutigte, die Kranken aufmunterte, den Schwachen Courage, den Bezwungenen Hoffnung, den Unschlüssigen Zuversicht gab. Aber nun war Karnevalssonntag, ein Tag, der sich hervorragend eignete, die Versuchung der Menschen anzuprangern. Und das tat José mit der Eloquenz eines Burt Lancaster in *Elmer Gantry*.

»Aber vor allem jene zu strafen, die es nach Unzucht gelüstet; frech und eigensinnig zittern sie nicht vor der Lästerung, wo doch die Engel, die größere Stärke und Macht haben, kein lästerndes Urteil wider sie fällen vor dem Herrn.«

Ich hatte mitten in der Sendung eingeschaltet, und da ich mich sehr wenig in der Bibel auskannte, wußte ich nicht, welchen Apostel mein Bruder an diesem Tag zitierte. Eines aber war sicher: Dies durften kaum die ipsissima verba des Apostels sein, denn mein Bruder pflegte die biblischen Texte für seine melodramatischen Zwecke zu bearbeiten.

»Aber diese Sünder aus Sodom und Gomorrha, die wie Tiere ohne Vernunft sind und nur der Natur folgen, dazu geschaffen, gefangen und geschlachtet zu werden, lästern, was sie nicht kennen, und werden in ihrer eigenen Verderbnis umkommen. Sie sind schandbare Schmutzflecken, ergötzen sich an ihren Betrügereien und haben Augen voll Ehebruch; und da sie immerfort weiter sündigen und ihr Herz von der Begehrlichkeit des Fleisches durchdrungen ist, sind sie Kinder des Fluches, sie haben geirrt und sind dem Wege Bileams gefolgt, des Sohnes Beors; sie sind Brunnen ohne Wasser, von der Kraft des Windes getriebene Wolken, ihr Teil ist auf immer die dunkelste Finsternis.«

José war von der Kanzel heruntergekommen und schritt durch den Gang. Die Gläubigen verdrehten den Hals nach ihm.

»Aber«, José hob bedrohlich den Arm, »wenn sie durch die Erkenntnis des Herrn und Heilands Jesus Christus der Verderbtheit der Welt entflohen sind, aber wieder von ihr betört und überwältigt werden, dann ist's mit ihnen am Ende ärger geworden als zuvor. Denn besser wäre es für sie, den Weg der Gerechtigkeit nicht erkannt zu haben, als daß sie ihn erkennen und sich abkehren von dem heiligen Gebot, das ihnen gegeben ist.« Nach einem Schwenk der Kamera über die Zuhörerschaft: »So ist ihnen widerfahren, was ein wahres Sprichwort sagt: ›Der Hund frißt wieder, was er gespien hat, und die Sau wälzt sich nach der Schlemme wieder im Kot.‹«

Als die Predigt zu Ende war, interviewte eine Frau die Gläubigen in der Kirche. Die Interviewpartner waren sorgfältig ausgesucht worden.

»Der Pastor hat recht«, sagte ein großer Mann mit ehrlichem Gesicht, »diejenigen, die um diese Zeit wie die Schweine schlafen, nachdem sie sich die ganze Nacht in Unzüchtigkeiten ... in Unzüchtigkeiten ...«

»Gesuhlt haben«, half ihm die Interviewerin weiter. Die Frau war intelligent.

Der nächste, diesmal eine Frau: »Hier sind nur einige wenige der vielen, die sich nicht der Sünde und der Lasterhaftigkeit hingeben. Derjenigen, die wissen, daß ihre unsterbliche Seele nicht befleckt werden darf, die wissen, daß sie Jesus helfen müssen, die Welt zu retten, indem sie unserem Pastor José helfen, dem Stellvertreter Jesu auf Erden.«

Noch einer: »Dadurch, daß wir Jesus helfen, den Mangel an Nächstenliebe zu überwinden, retten wir unsere Seelen für die Ewigkeit und schaffen auch für uns hier auf Erden ein Leben in Frieden und Liebe.«

Der letzte: »Wir alle – und das sind nicht nur wir, die sich hier befinden, wir sind viele, über das ganze Land verteilt –, wir alle zusammen tragen mit unserem Glauben, unserer Liebe, unserem Zehnten zum Ruhme Jesu bei. Jesus ist unsere Erlösung.«

Auf dem Bildschirm erschien Anschrift und Telefon der Kirche Jesu des Seelenerlösers. Eine einschmeichelnde Stimme sagte: »Warte nicht bis morgen, Jesus braucht dich.«

Ich schaltete den Fernseher aus, die Leute, die auf meinen Bruder hörten, taten mir leid. Das sehe ich mir nie wieder an, dachte ich.

Ich rief im Krankenhaus an. Gurian lag nicht mehr auf der Intensivstation. Ich ging ihn besuchen. Er war im Zimmer, trug ein Nachthemd und wirkte noch mitgenommener.

»Geht's besser?« fragte ich. Dann erzählte ich ihm von meiner Begegnung mit seiner Schwester.

»Seit dem Tod meiner Mutter hat Sara ihre Rolle übernommen.« Er machte eine Pause. »Wo waren wir in dem Gespräch über Babel stehengeblieben?« Er schien darauf zu brennen, mir alles zu erzählen, was er wußte.

»Babel bekam Malaria und wurde zurückgeschickt.«

»Ach ja . . . Im März 1918 war er in Petersburg und arbeitete für Gorkis Zeitung *Letopis*. Im Jahr darauf kehrte er nach Odessa zurück und heiratete Eugenia Gronfein. 1920 arbeitete er für einen Nachrichtendienst der Regierung. Unter dem Namen Ljutow schrieb er in der Zeitung der Ersten Reiterarmee, die sich *Der Rote Kavallerist* nannte.«

»Warum schrieb er unter einem Pseudonym?«

»Um zu verheimlichen, daß er Jude war.«

»Warum wollte Babel in Budjonnys Regiment? Um selbst Kosake zu werden und die Szene mit dem Vater, der einem Kosaken die Stiefel küßt, zu tilgen?«

»Ich weiß nicht, ob das stimmt, diese Geschichte vom Vater, der einem Kosaken die Stiefel küßt. Die Juden wurden damals sehr gedemütigt, und daß so etwas vorkam, ist nicht auszuschließen. Aber ich glaube, Babel suchte Stoff zum Schreiben. Schriftsteller tun das, sie ziehen los und suchen nach Themen für ihre Bücher. Die Ironie der Situation ist, falls meine These der Wahrheit entspricht, daß die Geschichten, die Babel während des Krieges schrieb und im Kampf bei sich trug, verlorengegangen sind, wie er in seinem Tagebuch sagt.«

»Ich würde gern wissen, wie Eugenia Gronfein war. Frauen interessieren mich.«

»Keine Ahnung. Wenn Babel, der mit ihr verheiratet war, es nicht wußte, woher soll ich es dann wissen?«

Gurian sah sich nach allen Seiten um und stellte mir eine überraschende Frage: »Du hast nicht zufällig ein Fläschchen mit etwas Trinkbarem in der Tasche?«

»Ein Fläschchen in der Tasche?«

»Als ich ein Junge war, hatten alle Erwachsenen so was.. Die sind wohl aus der Mode gekommen.«

»Darfst du trinken?«

»Nein. Das heißt, das werden dir die Ärzte sagen, wenn du sie fragst.«

»Soll ich was für dich kaufen gehen?«

Ja, das wollte er. Er brauchte gar nicht zu antworten.

In der Nähe des Krankenhauses gab es ein Lebensmittelgeschäft, dort kaufte ich eine Flasche schottischen Whisky.

Ich goß zwei Finger breit Whisky in ein Glas, das auf seinem Nachttisch stand.

»Willst du nichts trinken?« fragte Gurian.

Wir stießen auf Babel an.

»Er verlor die Erzählungen und wurde krank«, fuhr Gurian, jetzt etwas angeregter, fort. »Er war nicht sehr gesund. Deshalb lebte er sogar einige Zeit im Kaukasus. Als er nach dem Feldzug nach Odessa zurückkam, war er ein berühmter Mann, immerhin hatte er unter Budjonny gedient und sich mit Gorki angefreundet. Später wurde seine Situation schwierig. Auf dem Schriftstellerkongreß im Jahre 1934, drei Jahre vor seiner Verhaftung, hielt Babel eine Rede, in der er sich rechtfertigte, warum er so wenig schrieb. ›Wenn wir hier vom Schweigen sprechen wollen‹, sagte Babel, ›wird man nicht umhinkönnen, über mich zu reden, da ich der große Meister dieser Gattung bin.‹ Er meinte das aber nicht ernst. Auf diesem Kongreß erklärte Babel sich zum Anhänger der Revolution, was wohl so stimmte, lobte aber die geltenden literarischen Normen, was nur ironisch gemeint sein konnte. Genauso sarkastisch war seine Forderung nach dem Recht, ›schlecht zu schreiben, das man uns genommen hat‹. Jeder Idiot konnte an seinen Texten erkennen, daß er ein Perfektionist war. In Wirklichkeit wollte Babel, ›der große Meister des Schweigens‹, das Recht des Schriftstellers aufs *Nicht-Schreiben* einfordern, was von den sowjetischen Schriftstellerverbänden als Ketzerei angesehen wurde. Oder besser gesagt, er zog es vor, nicht zu schreiben, sofern er dabei keine uneingeschränkte Freiheit genoß.«

Gurian bat mich, ihm noch etwas Whisky ins Glas zu gießen. Er trank, runzelte die Augenbrauen und sah nach rechts und links, als versuche er, sich an etwas zu erinnern.

»Noch was«, sagte er und hielt mir das Glas hin. Ich goß nur wenig ein.

»In Odessa freundete er sich mit einem Menschen an, der später sein Biograph werden sollte, Konstantin Paustowski. Ich habe das Buch von Paustowski zu Hause, *Geschichte eines Lebens*. Kannst du Russisch lesen?«

»Nein. Ich habe Babel auf englisch und portugiesisch gelesen«, antwortete ich.

»Die Schreibweise der russischen Wörter in deinem Drehbuch wird sich wohl nach Thomas Shaws *The Transliteration of Modern Russian for English-Language Publications* richten«, sagte Gurian. »Ich hoffe, du meldest dich unverzüglich für einen Russischkurs an. Zurück zu Paustowski. Er war es, der gesagt hat, Babel sei der erste große *sowjetische* Schriftsteller. Aber Babel ist mehr als das. Er steht den großen russischen Schriftstellern vor ihm – Dostojewski, Tolstoi, Tschechow, Puschkin, Turgenjew, Gogol – in nichts nach, und auch nicht seinem Zeitgenossen Gorki. Ein Jammer, daß du nicht Russisch lesen kannst. Die jungen Leute von heute sind sehr ungebildet. Russisch ist eine wunderschöne Sprache. Genauso schön wie Portugiesisch.«

»Ist Babel größer als Tschechow?«

»Es gab eine Zeit, da teilte man die Schriftsteller russischer Sprache in zwei Kategorien ein, in russische Schriftsteller und sowjetische Schriftsteller. Babel galt als der erste – und größte – sowjetische Schriftsteller. Aber diese Einteilung ist künstlich.«

»Du hast meine Frage nicht beantwortet. Ist Babel größer als Tschechow?«

»Um das beantworten zu können, brauche ich noch einen Schluck von dem Nektar da«, sagte Gurian listig und lächelte verschmitzt. »Die nastrojenie, die Atmosphäre bei Babel läßt keinen Vergleich mit Tschechow zu. Du bist sehr schlau. Hättest du mich gefragt, ob Babel größer als Dostojewski ist, hätte ich dir leichter antworten können.«

Ich goß Gurian noch einen Schluck ein. Die Spitze seiner dunklen Zunge wurde zwischen den Lippen sichtbar.

»Babel strebte Normen an, die so hoch angesetzt waren, daß kein Künstler sie je hätte erreichen können. Deshalb hat er so wenig geschrieben, von einer Exaktheit und glänzenden Knappheit. In dieser Hinsicht ist er größer als Tschechow, dieser andere Dämon des Perfektionismus.«

»Ich habe in den letzten Tagen über Dolguschows Tod gearbeitet. Ich untersuche gerade, wie man die *Reiterarmee* verfilmen könnte.«

»Kino, das ist so eine Sache ... Wie willst du die gleiche Knappheit wie Babel erreichen, das heißt, den unvermittelten Abbruch der Erzählung, wenn gesagt ist, was gesagt werden muß, also das Wesentliche?«

»Keine Ahnung, noch weiß ich nicht, wie ich das löse.«

»Puschkin hat immer gesagt, Präzision und Kürze sind die wichtigsten Tugenden der Prosa. Babel wußte das ... Dostojewski wußte es nicht ... Wenn du mir noch einen Whisky gibst, sage ich dir etwas Wichtiges.«

Wir stießen noch einmal auf Babel an.

»Der Film verfügt nicht über die metaphorischen und polysemantischen Mittel der Literatur. Das Kino reduziert, vereinfacht, verflacht. Kino ist überhaupt nichts.«

»Kino ist überhaupt nichts?«

»Wenn ich mich in den Krankenhausflur setze, sehe ich einen Film – wie die Menschen sich bewegen, reden, weinen, Sachen tragen, warten und so weiter. Kino ist nichts anderes als das.«

»Du kannst auch ein Buch sehen, wenn du den Flur betrachtest. Literatur ist auch nichts anderes als das.«

»Darauf müssen wir noch einmal anstoßen. Tiefe Gedanken sind es immer wert, daß man auf sie trinkt«, sagte Gurian.

»Ich lass' dich jetzt etwas ausruhen. Morgen komme ich wieder.«

»Laß die Flasche hier.«

Ich nahm die Flasche mit.

6

Als ich nach Hause kam, gab mir der Portier einen Umschlag. Es war die Eintrittskarte für die Kostümshow mit einer Notiz von Negromonte: »Sie müssen unbedingt kommen und mich unterstützen.«

»Die Senhora war hier.«

»Welche Senhora?«

»Na, die.« Wahrscheinlich meinte der Portier Liliana.

Ich ging nach oben in meine Wohnung. Bis es Zeit wurde, zum Kostümwettbewerb zu fahren, der um sieben Uhr abends anfangen sollte, starrte ich auf Ruths Rollstuhl und Babels Porträt. Auf dem Fußboden und auf sämtlichen Stühlen und Möbeln lagen Bücher, Kleidungsstücke, Kassetten, eine Unmenge von verschiedenen Sachen, aber Ruths Rollstuhl war frei. Ich bekam Lust, ein Bild von Ruth anzusehen. Ich machte den Koffer auf, in dem ihre Sachen waren, die ich beim Umzug mitgenommen hatte.

Ich nahm die Sachen aus dem Koffer. Ein Buch, *Modern Dance*. Ein halbvolles Parfümfläschchen. Eine Glasperlenkette. Ein Seidentuch. Eine Packung Binden. Bei diesem Anblick überkam mich eine stechendscharfe Erinnerung an Ruth wie noch nie zuvor: Ich sah Ruth zum erstenmal als ein lebendiges und verletzliches Wesen, das sich mir durch eine Monatsbinde in seiner ganzen Schönheit offenbarte. Warum hatte ich dieses Ding, das sich mit der Vitalität meiner Liebsten verband, nicht schon früher mit den gleichen Augen wie jetzt gesehen? Warum war ich immer so weit weg von Ruth gewesen, warum hatte ich nie erkannt, wie sie wirklich war?

Ich behielt das Ding aus Papier und Zellstoff eine Weile in der Hand, fühlte einen Schmerz und dachte zurück. Aber ich wollte nicht zurückdenken.

Ich legte die Binde in den Koffer. Anschließend fuhr ich zum Kostümwettbewerb.

In dem Veranstaltungsraum stand ein langer Tisch, an dem die Juroren saßen, die über die Kostüme urteilen sollten, Männer und Frauen in Abendkleidung, Leute aus der guten Gesellschaft und Künstlerkreisen, deren Namen von einem Fernsehsprecher verkündet wurden. Die Vorführung sollte im Fernsehen gezeigt werden. Einige wenige Zuschauer stellten sich gegenüber vom Jurorentisch auf.

Durch eine Seitentür gelangte man in andere Salons, in

denen die Teilnehmer – etwa fünfzig, durch Vorentscheidung ermittelt – sich schminkten und ihre Kostüme anzogen.

Es war nicht schwierig, Áureo de Negromonte mit Mildred und Marijó im Gefolge im großen Salon voller Säulen zu finden. Er war bereits geschminkt, aber nicht so wie beim letzten Mal, als ich ihn gesehen hatte, das Make-up auf Lippen, Wangen und Augen war sehr viel kräftiger. Sein Kostüm hatte er noch nicht angezogen.

Zuerst sollten die Teilnehmer auftreten, die sich um den Preis für Originalität, männlich und weiblich, bewarben, und anschließend die Kandidaten der Luxusklasse, weiblich und männlich, in genau dieser Reihenfolge. König Salomos Schatzkammer zählte, versteht sich, zu letzterer Kategorie.

»Ich bin so aufgeregt...« sagte Negromonte. »Mein Gott! Ich bin doch schon ein alter Hase, aber wenn es losgeht... Meine Hände, fühlen Sie mal!« Sie waren eiskalt und schweißnaß.

Mildred wischte unentwegt mit einem kleinen Batisttuch den Schweiß ab, der sich auf Negromontes Stirn und seiner Oberlippe sammelte.

»Ist Diderot Assunção hier?« fragte ich.

»Diderot Assunção? Wozu wollen Sie Diderot Assunção kennenlernen?«

»Wegen des Films. Ich habe Ihnen doch von dem Film erzählt.«

»Aber soll der Film nicht mit mir gemacht werden? Wozu dann Diderot? Der ist eine alte, häßliche Tunte.«

»Ich will nur mit ihm sprechen.«

»Wenn ich Ihnen ein paar schreckliche Sachen erzähle, die ich über Diderot weiß, dann werden Sie ihn wahrscheinlich nicht mehr um Rat fragen wollen.«

»Ich will ihn nicht um Rat fragen. Ich will mich nur mit ihm unterhalten.«

»Worüber?«

»Über die Shows. Zum Beispiel darüber, wieviel ein Hotel zahlt, um so eine Show zu bekommen und dergleichen.«

»Sie wollen Diderot aber nicht bitten, daß er Ihnen jemand anders für den Film nennt, oder?«

»Nein.«

»Bestimmt nicht?«

»Sie können mir vertrauen.«

Áureo nahm mich am Arm und führte mich durch das phantastische Getümmel der Salons, in denen die Teilnehmer sich ankleideten. Schließlich gelangten wir zu einem Menschen mit Spitzbart, rotgefärbten Haaren, dünnen, schlaffen Armen und mit einem schwarzen Paillettenhemd bekleidet. Es war Diderot.

Negromonte erklärte, ich wolle einen Film über die Kostümshows machen.

Diderot sah mich prüfend an.

»So?« sagte er schließlich.

»Ich möchte mit Ihnen sprechen.«

»Dann tun Sie das«, sagte er herablassend. »Du kannst gehen«, fügte er, zu Negromonte gewandt, hinzu.

Negromonte biß sich auf die Lippen und ging. Ich merkte, daß er in einiger Entfernung hinter einer Säule im Salon stehenblieb und zu uns herübersah.

»Ich wollte einen Film mit Angélica Maldonado machen, aber dann ist das passiert.«

»Ich hab' gehört, du siehst traumhaft aus, Lulu«, sagte Diderot zu einem Teilnehmer, der noch ohne Kostüm dicht an uns vorbeiging, »ich platze schon vor Neugier.« Die beiden küßten sich. Dann sah Diderot mich an, als wäre er überrascht, daß ich noch immer dastand und sagte flüchtig: »Ja?«

»Es geht um den Film.«

»Welchen Film?« Er tat ahnungslos.

»Den Film, den ich mit Angélica Maldonado machen wollte.«

»Ach, ja . . . Die Ärmste ist tot, nicht? Dann müssen Sie ihn mit jemand anders machen. Machen Sie ihn mit Áureo, der ist doch Ihr Freund, oder?«

»Ja, aber Áureo geht nicht auf Tournee. Ich möchte den

Film mit jemandem machen, der auf Tournee geht. Ich möchte den Betreffenden auch bei Auftritten im Ausland filmen, verstehen Sie? Ich weiß, daß Sie die Reisen organisieren.«

Zum erstenmal sah Diderot mir direkt in die Augen. Ein schneller, vielsagender Blick. Er ahnte jedoch nicht, wieviel er mir damit enthüllt hatte.

»Cláudio, du wirst *die* Sensation«, sagte Diderot und hielt einen großen, schwarzhaarigen Mann im Vorbeigehen am Arm fest.

»Meinst du? Dabei sterbe ich vor Angst. Ich fühle, wie sich alles in mir umdreht. Ich glaube, ich muß sterben!«

Während Cláudio und Diderot sich unterhielten, spürte ich, daß mich jemand beobachtete. Es war ein sehr blasser Mann, der an einer Säule im Salon lehnte. Er stach deutlich von der Umgebung ab. Er war so bleich, daß man meinen konnte, er hätte sein Gesicht mit Bleiweiß geschminkt, wie die japanischen Schauspielerinnen in Samurai-Filmen. Seine Augen waren schwarz und fiebrig.

»Nun?« fragte ich Diderot.

»Ich werde nachdenken«, sagte er. »Haben Sie Telefon?«

Ich gab ihm meine Telefonnummer und Anschrift.

Diderot ging und verschwand gleich darauf zwischen bunten Federn und glitzernden Umhängen und Schleppen. Der wachsbleiche Mensch war ebenfalls verschwunden. Ich schlenderte durch die Salons, als Negromonte plötzlich dastand.

»Der ist eine Schlange«, sagte Negromonte.

»Wer?«

»Diderot. Nach der Show möchte ich mit Ihnen sprechen. Warten Sie auf mich?«

»Ja.«

Ich sah mir die ganze Show an. In jeder Kategorie wurden drei Preise vergeben. Áureo gewann keinen.

Als die Show zu Ende war, leerten die Salons sich allmählich. Zum Schluß befanden sich im großen Säulensalon nur noch Negromonte, der immer noch in seinem prachtvollen, riesigen Kostüm König Salomos Schatzkammer auf einer Bank saß, außerdem Mildred, Marijó – und ich.

»Ich bringe mich heute um, nicht wahr, Mildred?«

Mildred drehte sich zu mir um: »Ja, er bringt sich um, junger Mann.«

»Sechstausend Pfauenfedern«, sagte Negromonte, »zweitausend Straußenfedern, Millionen und aber Millionen Glasperlen und Stabperlen und Pailletten und Straßsteine, die Arbeit eines ganzen Jahres, nicht wahr, Mildred?«

»Dreitausend Straußenfedern«, korrigierte Mildred traurig.

Marijó fing an zu weinen.

»Ich habe recherchiert, Tage und Tage in der Nationalbibliothek verbracht... Nie waren die Bücher da... Und ich bin immer wieder hingegangen... Immer wieder hingegangen... Ich habe alle Bücher gelesen, in denen etwas über König Salomos Schatzkammer stand...« Er seufzte tief. »Jeder einzelne Cabochon symbolisiert etwas anderes, hat seine eigene Bedeutung... Alles umsonst...«

»Im nächsten Jahr haben Sie wieder eine Chance, wer weiß...« sagte ich.

»Im nächsten Jahr trete ich in einer anderen Welt auf. Da gibt es ganz bestimmt mehr Gerechtigkeit!«

»Das walte Gott!« sagte Mildred. »Verdient haben Sie es, nach all diesen Opfern.«

»Hier auf Erden bin ich gescheitert...«

»Machen Sie keine Dummheiten, Negromonte«, sagte ich.

»Negromonte, Negromonte... So heiße ich in Wirklichkeit gar nicht. Sag ihm, wie ich heiße, Mildred.«

Mildred blieb stumm.

»Sag ihm meinen widerlichen Namen!« schrie Negromonte. Seine Stimme hallte durch den Salon.

Ein Typ in Wachmannuniform kam zu uns und sagte, gleich werde geschlossen.

»Sag ihm meinen widerlichen Namen, Mildred!«

»Benedito«, sagte Mildred.

»Ach! Ach!« schrie Negromonte und erhob sich von der

Bank, auf seinem Rücken noch immer die fünf Meter hohe Konstruktion aus Draht, Holz, Plastik, Pappe, Stoff, Steinen, Federn und diversem Zierat, so daß der Wachmann erschrocken zurückwich. Dann drehte Negromonte mit ausgebreiteten Armen schwerfällig eine Pirouette und fiel auf den Fußboden, wo er schluchzend liegenblieb.

Mildred, Marijó und ich richteten Negromonte mit Unterstützung des Wachmanns auf. Wir zogen ihm das Kostüm aus. Dann fuhren wir mit dem unglücklichen Künstler und seinem Gewand in zwei Taxen zu ihm nach Hause. Ich dachte, dort würde ich Áureo fragen können, was für schreckliche Dinge er über Diderot wußte.

Leider war das nicht möglich. Kaum hatte ich Diderots Namen erwähnt, fing er an zu weinen und stammelnd von den Ungerechtigkeiten zu reden, die man ihm in all diesen Jahren angetan hätte.

Als ich ging, lagen Mildred und Marijó mit Negromonte im Bett; er unter dem Laken schlafend, die Frauen in Kleidern und auf dem Quivive wie zwei Wachhunde.

Vor meinem Haus waren zwei Polizeiautos und eine Menschenansammlung.

Ein Polizist versperrte mir den Weg.

»Ich wohne hier.«

»Man hat den Portier umgebracht«, sagte der Polizist.

»Wieso das?«

»Da waren Einbrecher in einer Wohnung, und der Portier hat was gehört und versucht, den Diebstahl zu verhindern.«

»Ich gehe schlafen«, sagte ich zu dem Polizisten. Ich hatte schon genug Probleme und wollte nicht noch eins.

Während ich die Treppe hinaufstieg, kamen zwei Männer, ein Militärpolizist und ein Mann mit einem Fotoapparat, eilig an mir vorbei. Das geht mich nichts an, Sachen mit der Polizei interessieren mich nicht, dachte ich, ich geh' schlafen.

Meine Wohnungstür stand offen, und in der Wohnung waren mehrere Leute. Als ich hereinkam, unterbrachen sie ihre Arbeit und sahen mich an.

»Wohnen Sie hier?« fragte einer.

»Ja.«

»Bitte stellen Sie fest, ob etwas fehlt«, sagte ein Mann, der wohl von der Polizei war, mit taxierendem Blick auf das Chaos im Wohnzimmer. »Diebe haben Ihre Wohnung aufgebrochen und den Portier hier vom Haus getötet.«

»Den Portier getötet?«

»Genau hier. An der Tür. Er lag im Flur.«

Ich blickte beschämt auf das Durcheinander im Wohnzimmer. Aber die Polizei glaubte, das hätten die Einbrecher angerichtet.

Im Beisein des Polizisten inspizierte ich die einzelnen Räume der Wohnung.

»Ich glaube, es fehlt nichts«, sagte ich.

»Alles weist darauf hin, daß sie die Wohnung gerade durchwühlt hatten, als der Portier dazukam. Sie haben auf ihn geschossen und sind dann geflohen. Der Portier vom Nachbarhaus hat gesehen, wie zwei Männer aus dem Haus gelaufen und in ein Auto gestiegen sind. Die Nummer hat er sich nicht notiert.«

»Um wieviel Uhr war das?« fragte ich.

»Gegen acht Uhr abends. Der Portier sah gerade mit seiner Frau die Nachrichten im Fernsehen, als er den Lärm hörte und nachsehen ging.«

»Ich war auf einem Kostümwettbewerb«, erklärte ich.

»Ihre Wohnung ist freigegeben. Die Spurensicherung ist bereits abgeschlossen. Sie erhalten dann eine Aufforderung, zur Aussage auf die Wache zu kommen.«

»Meinen Sie, die Diebe kommen wieder?« fragte ich.

»Ob die wiederkommen? Das glaube ich nicht. Möchten Sie, daß ein Polizist heute nacht hierbleibt?«

»Nein, das ist nicht nötig. Ich verbarrikadiere die Tür mit einem Möbelstück. Morgen lasse ich das Schloß reparieren.«

Ich ging zur Wohnung des Portiers. Eine Frau mit tränenverquollenem Gesicht machte die Tür auf. Sie war dunkelhäutig, aber in dem schwachen Licht einer Glühbirne, die an der Decke hing, sah sie grau aus.

»Ich bin der Mieter aus der Wohnung 401«, sagte ich. »Sie sind ... waren ... die Frau von ... von ...«

»Von Edmílson«, sagte sie.

Ich sah über ihre Schulter: ein kleiner Raum, in dem drei Betten mit billigen Matratzen und ein alter Kleiderschrank standen; in einer Wandnische ein kleiner zweiflammiger Herd; auf einem der Betten saßen zwei Kinder, die verängstigt zu mir herübersahen.

»Wenn Sie etwas brauchen, sagen Sie mir nur Bescheid«, sagte ich.

Das Weinen der Frau wurde heftiger.

»Lassen Sie niemanden herein«, sagte ich.

Sobald die Polizisten weg waren, kehrte ich in meine Wohnung zurück und baute eine Barrikade vor der Tür. Sämtliche Möbel, die ich schieben konnte, mit Ausnahme des Rollstuhls, türmte ich in mehreren Reihen übereinander. Die hintere Tür hatte einen Vorlegeriegel, der beim Aufbrechen großen Lärm machen würde. Dann sah ich nach, ob die Schachtel mit Angélicas Steinen noch in der Schublade lag. Für mich stand außer Zweifel, daß die Diebe ihretwegen die Wohnung aufgebrochen hatten.

Die Steine waren noch da. Ich sah mir jeden einzeln an.

Dann legte ich mich angezogen, in Schuhen und mit der Edelsteinschachtel in der Tasche auf eine Matratze oben auf die Barrikade. Ich mußte an Mildred und Marijó denken, wie sie als Wache auf Negromontes Bett gelegen hatten. Endlich schlief ich ein.

Mein Traum war so: Eine Frau sieht fast ein halbes Jahrhundert lang unentwegt fern, synchronisierte Filme, Nachrichten, Serien, Werbung, Interviews mit Idioten, mit allem stopft sie sich den Schädel voll. Mehrere hundert Male wechselt sie Kleidung, Gesicht und Stimme, die Sprechweise, das Waschpulver, das Deodorant, die Zigarettenmarke, die Margarine. Sie sagt: »Inzwischen renne ich nicht mehr in den Pausen los, um Popcorn zu machen oder den Eisschrank zu plündern.« Jetzt steht sie gar nicht mehr auf. Sie streckt einen Arm aus, greift nach dem billigen Whisky und holt Eis aus der Styroporbox. Sanft sind die Farben der Gleichgültigkeit: Niemand hat ihr mehr etwas zu sagen.

Ich wurde von Dietrichs Anruf geweckt.

»Hallo«, sagte ich erschrocken.

»Ist es bei Ihnen schon sehr spät?«

»Nein, nein.«

»Das Festival in Ost-Berlin ist verschoben worden.«

»Davon hat mir hier in Brasilien niemand etwas gesagt.«

»Doktor Plessner, der den Film finanzieren wird, bittet Sie, sofort zu kommen. Sie können sich Ihr Ticket bei der Lufthansa abholen. Doktor Plessner hat jede Menge Ideen. Er wartet schon ganz ungeduldig auf Sie.«

Es gibt nichts Schlimmeres auf der Welt als einen ungeduldigen Produzenten, der jede Menge Ideen hat.

»Er will Ihnen vorschlagen, den General Budjonny zum Bösewicht des Films zu machen.«

»Ich dachte, Sie wären der Produzent.«

»Ich bin der Executive Producer. Wer hat doch gesagt: ›Die goldene Regel fürs Kino heißt: je perfekter der Bösewicht, um so perfekter der Film‹?« fragte Dietrich.

»Hitchcock, das wissen Sie doch genau. Aber das gilt nur für Krimis. Die *Reiterarmee* ist kein Krimi.«

Budjonny hätte ein perfekter Bösewicht sein können, das mußte ich zugeben, wenn die Person im Film Babel-Babel und nicht Babel-Ljutow gewesen wäre. Sicherlich, Budjonny hatte dazu beigetragen, Babel-Babel zu vernichten. Aber Budjonny hatte Babel nicht in der Reiterarmee unter seiner Tarnung als Ljutow erkannt. Budjonnys Haß kam später, als er las, was Babel geschrieben hatte, und das war keine Verherrlichung der Militärs, wie er es von Babel erwartet hatte. Budjonny vertrat die Ansicht, die Aufgabe des Schriftstellers sei die eines Propagandisten. Endgültig kompliziert wurde es, weil der Protagonist des Films Ljutow war, und Ljutow war Babel, das mußte ich berücksichtigen.

»Hören Sie«, sagte ich, »hier ist alles im Moment etwas kompliziert. Ich rufe in den nächsten Tagen an...«

»Doktor Plessner...« unterbrach mich Dietrich.

Ich legte auf.

7

Ich fand niemanden, der mir an einem Rosenmontag mein Schloß reparierte. Bei sämtlichen Schlossern, die ich anrief, blieb das Telefon stumm.

Ich ließ die Barrikade unverändert vor der Wohnungstür stehen – genauer gesagt, stellte ich noch einen kleinen Tisch obendrauf – und ging, die Schachtel mit den Edelsteinen in der Tasche, durch den Hintereingang hinaus.

Ich kaufte Birnen, Mangos, Pfirsiche, Annonen, Papayas und eine große Scheibe Wassermelone.

Als ich im Krankenhaus zu Gurian ins Zimmer kam, sagte er nach einem Blick auf die dicke Markttasche in meiner Hand enttäuscht: »Sag bloß, das ist Obst.«

»Ja«, sagte ich, ebenfalls enttäuscht, »magst du kein Obst?«

»Steckt dazwischen vielleicht eine Flasche?«

»Zum Trinken ist es noch zu früh«, erwiderte ich.

»Erst ab einer bestimmten Tageszeit zu trinken, das ist doch nur eine englische Anstandsregel und so idiotisch wie alle englischen Anstandsregeln. Die Russen trinken zu jeder Tageszeit. Willst du nicht über die Russen reden?«

Ich ging los und kaufte noch eine Flasche Scotch.

»Ist das nicht schädlich für dich?« fragte ich, als ich den Whisky eingoß.

»In meinem jetzigen Zustand ist alles schädlich für mich. Sogar magere Hühnerbrühe«, sagte Gurian.

Wir tranken.

»Nachdem du gegangen warst, habe ich darüber nachgedacht, was du über Dolguschows Tod gesagt hast. So wie

Dolguschow zu sterben, an einen Baum gelehnt, mit herausquellenden Gedärmen, ist besser als das, was mich erwartet.«

Was konnte ich darauf erwidern? Ich sagte nichts.

»Es ist so schrecklich, in einem Krankenhausbett zu liegen, daß man irgendwann denkt, Sterben kann nicht schlimmer sein, und schließlich abkratzt, um der Langeweile zu entfliehen.« Er sah mich an. »Du hältst das für eine leere Drohung eines alten Mannes, stimmt's?«

»Ich weiß nicht.«

»Du möchtest, daß ich über Babel spreche, richtig?«

»Wenn dir danach ist.«

»Erinnerst du dich an die Geschichten *Salz* und *Der Brief*?«

»Ja.«

»Was hältst du von den beiden Erzählungen?«

»Für mich gibt es bessere. Aber ich habe vor, sie im Film zu verwenden. Wie Balmaschow die Frau aus dem fahrenden Zug schmeißt und dann auf sie schießt – das gibt eine hochdramatische Sequenz. Und wie Semjon Kurdjukow den eigenen Vater vor den Augen des ganzen Regiments umbringt, um den Tod seines Bruders zu rächen, ist auch sehr interessant.«

»Ich glaube nicht, daß interessant das richtige Wort zur Beschreibung dieses tragischen Berichtes ist. Was die Geschichte so faszinierend macht, ist nicht ihre Brutalität. Sondern die Art und Weise, wie sie von Wassilj Kurdjukow, dem jüngsten, von der Tragödie verschont gebliebenen Bruder in einem Brief an seine Mutter erzählt wird. Denk daran, wenn du deinen Film machst. In der Zeitung kann man zwar so was lesen – Eltern töten ihre Kinder und umgekehrt –, aber das ist höchstens eine abscheuliche Nachricht, die man wieder vergessen sollte. Wie die Kurdjukows sich in Babels Worten gegenseitig umbringen, das ist keine Zeitungsnotiz. Noch ein bißchen«, sagte Gurian und wies auf sein Glas.

»Diese beiden Erzählungen und *Dolguschows Tod* waren Babels Lieblingsgeschichten.« Seine Stimme war jetzt wie ein Raunen. »Babel hat gesagt, er habe erst 1923 gelernt, seine Gedanken auszudrücken. ›Meine literarische Karriere begann Anfang 1924‹, sagte er. 1924 war das Jahr, in dem er diese drei Geschichten in Majakowskis Zeitschrift *Lef* veröffentlichte.«

Gurian, der bislang im Bett gesessen hatte, murmelte etwas und legte sich, das Glas umklammernd, hin.

»Was?« fragte ich, über ihn gebeugt.

»Die Kunst führt uns die Dinge deutlicher vor Augen«, sagte er noch einmal. Seine Stimme war sehr schwach geworden. Ich rückte den Stuhl näher ans Bett.

Er schloß die Augen. Sein hageres, eingefallenes Gesicht machte mich sehr traurig. Noch immer mit geschlossenen Augen, sagte er: »Ich habe eine Theorie, aber darüber können wir ein andermal diskutieren, heute bin ich zu müde. Ich will sie dir nur mitteilen.«

Er verstummte. Ich dachte, er sei eingeschlafen, und stand vorsichtig vom Stuhl auf.

»Ich glaube«, sagte Gurian und schlug die Augen auf, »wenn Babel nicht ermordet worden wäre, hätte er Selbstmord begangen, wie Majakowski.«

Dann schloß er wieder die Augen.

»Ich komme morgen wieder.«

»Kannst du die Flasche hierlassen?«

Ich nahm die Flasche mit.

Der Straßenverkehr war durch den Karneval stark behindert, und es dauerte lange, bis ich bei Negromonte eintraf.

Zum erstenmal sah ich ihn ohne jedes Make-up. Sein Gesicht war bleich und faltig. Anscheinend hatte er die Qualen vom Abend zuvor verwunden.

»Für mich?« fragte er und nahm mir die Flasche aus der Hand. »Scotch! Danke, mein Lieber. Ach, mein Gott! Eine Wohltat, wenn man einen intelligenten und sensiblen Menschen kennenlernt!«

»Geht es Ihnen gut?«

»Ich habe mich berappelt. Man muß ja stark sein, sich hängen lassen, sich rumstreiten und die beleidigte Leberwurst spielen gilt nicht. Das Leben ist dazu da, daß wir es leben. Ich lasse mich nicht von den Halunken unterkriegen. Möchten Sie was trinken? Whisky ist da, Wodka, ein kaltes Bierchen. Ich darf nicht viel trinken, heute abend gehe ich nämlich zur Gay Gala. Wollen Sie mein Kostüm sehen? Nein, ich zeig's Ihnen doch nicht, ich genier' mich. Einen Augenblick, ich hole was zu trinken.«

Negromonte verließ das Wohnzimmer. In einem Farbfernseher liefen Szenen vom Umzug einer Sambaschule, ohne Ton.

»Hier ist Wodka. Ich hab' Lust, den Scotch zu probieren, den Sie mitgebracht haben. Nur ein bißchen, viel darf ich wegen des Balls heute abend nicht trinken.«

Er trank schnell.

»Und was ist mit Diderot?«

»Reden Sie nicht von der Kanaille. Da vergeht einem jede Lust.«

»Sie haben gesagt, Sie hätten Schreckliches zu erzählen.«

»Ich will nicht über diesen Scheißkerl reden. Ich möchte Ihnen mein Kostüm zeigen.« Negromontes Stimme wurde schon schleppend. Er vertrug nicht viel Alkohol.

»Erst erzählen Sie mir die schreckliche Geschichte über Diderot, und dann zeigen Sie mir Ihr Kostüm.«

»Ich geniere mich, Ihnen mein Kostüm zu zeigen. Sie sind so genau ...«

»Aber ich will Ihr Kostüm sehen.«

»Wirklich?«

»Ja. Aber erst erzählen Sie mir die schreckliche Geschichte über Diderot.«

»Und dann sehen Sie sich mein Kostüm an?«

»Ja.«

»Zeigen Sie mich damit im Film?«

»Ja.«

Ehe er anfing, über Diderot zu sprechen, trank er noch zwei große Schlucke.

»Diderot ist ein Mörder.«

»Das ist alles?« Ich ahnte, daß Negromonte noch mehr zu erzählen hatte.

»Das ist alles?! Finden Sie das nicht genug?«

»Sie wollen mir noch mehr erzählen. Nun mal los.«

»Woher wissen Sie das?«

»Das weiß ich. Erzählen Sie.«

»Und danach sehen Sie sich mein Kostüm an?«

»Ja.«

»Diderot arbeitet für einen Edelsteinschmuggler, ein ganz bleicher, mysteriöser Typ, er heißt Alcobaça. Angeblich ist er steinreich. Aber welcher Dieb wird in diesem Land nicht reich? Wissen Sie, wie sie die Steine schmuggeln?«

Dann war also der weiße Mann der Oberboß der Bande. Alcobaça... Merkwürdiger Name...

»In den Kostümen«, fuhr Negromonte mit schwerer Zunge fort. »Die Edelsteine werden zusammen mit den wertlosen Glassteinen in die Kostüme eingenäht. Angélica hat für Alcobaça geschmuggelt und mir davon erzählt. Wir waren sehr befreundet.«

»Glauben Sie, die haben Angélica umgebracht?«

»Ich will nicht mehr darüber reden. Hören Sie, Sie dürfen niemandem sagen, was ich Ihnen erzählt habe.«

»Keine Sorge. Wissen Sie, ob Alcobaça sein richtiger Name ist?«

»Das weiß keiner. Ich glaube, nicht mal Diderot.«

»War er bei der Kostümshow? Dieser Alcobaça?«

»Keine Ahnung. Und jetzt warten Sie ein Momentchen, ich geh' mir mein Kostüm anziehen.«

Er verließ schwankend den Raum.

Während ich auf Negromonte wartete, dachte ich daran, wie Kurdjukow seinen eigenen Vater, der nicht um Gnade bittet, vor den, wie es die Militärordnung vorschreibt, in strammer Haltung angetretenen Kosaken des Regiments auspeitscht. Das würde eine gute Szene geben.

Endlich kam Negromonte zurück. Durch den Schleier, der sein Gesicht verdeckte, war zu erkennen, daß er sich sorgfältig geschminkt hatte. Er trug ein Diadem auf dem Kopf, einen kurzen Bolero aus schwerem Lamé, durchsichtige Pluderhosen und ein Paillettenhöschen.

»Lieblingsodaliske aus dem Sultansharem! Gefällt es Ihnen?«

»Sehr hübsch.«

»Sie wollen schon gehen?«

»Ich habe jetzt eine Verabredung«, sagte ich, inzwischen schon an der Tür, mit einem Blick auf die Uhr.

»Sind Sie böse auf mich?«

»Nein, natürlich nicht. Nächstes Jahr komme ich mir Ihre Show ansehen und hoffe, daß Sie den ersten Preis gewinnen.«

»Nächstes Jahr? Und der Film?«

»Wegen des Films rufe ich Sie demnächst an.«

Er hielt mich am Arm fest. »Sie sind doch mein Freund, oder? Mein Gott! Ich brauche so dringend einen Freund!«

»Mildred ist Ihre Freundin. Ich muß gehen, Negromonte, wirklich.«

Ich ging, verärgert über mich selbst, weil ich einem so verletzlichen Menschen wie Negromonte gegenüber so hinterhältig gewesen war. Vom ersten öffentlichen Telefon aus rief ich Liliana an.

»Kann ich bei dir vorbeikommen?«

Ich nahm ein Taxi. Als wir in die Rua Barata Ribeiro einbogen, wurde der Verkehr stockend.

»Das sind die Karnevalsblocks«, sagte der Fahrer mißgelaunt, »dieses Sauvolk zieht am liebsten durch die Straßen mit viel Verkehr ... Alle andern, alle, die arbeiten, die können zum Teufel gehen ... Dieses Land ist eine einzige Scheiße ... Keine Ordnung mehr, nur noch Lotterwirtschaft ... Die haben alle nur Schweinkram im Kopf ... Haben Sie gestern im Fernsehen die Karnevalsbälle gesehen? Wo sie einen gezeigt haben, der 'ne Frau leckte? Im Fernsehen! Können Sie sich so was vorstellen? Und was ist mit den Familien zu Hause? Das Fernsehen kommt doch zu den Leuten ins Haus.«

»Es gibt Schlimmeres im Fernsehen«, sagte ich.

»Schlimmer als ein Kerl, der 'ne Fotze lutscht?« rief er

wütend. »Und diese ganzen Schwulen, die unanständiges Zeug reden?« Er sah mich im Rückspiegel an. »Haben Sie Familie?«

»Nein.«

»Ach so, deshalb ist Ihnen alles scheißegal. Aber wenn Sie Töchter hätten, so wie ich, da möcht' ich Sie mal erleben.«

Der Rest der Fahrt verlief schweigend. Hin und wieder sah der Taxifahrer mich im kleinen Rückspiegel an und haute auf das Armaturenbrett und das Steuer.

Liliana machte die Tür mit den Worten auf: »Du bekommst was zu sehen, was noch kein Mann je zu sehen bekommen hat.«

Ich sah mich suchend im Wohnzimmer um.

»Sieh mich an«, sagte Liliana und schloß die Tür. »Mich.«

»Das tue ich.« Ich sah ein hübsches Mädchen von zwanzig Jahren in Leinenshorts, die den Anblick von so schönen Beinen boten, daß es mich trotz allem, was geschehen war, nicht kalt ließ, in einer dünnen Baumwollbluse, unter der sich die Brustspitzen abzeichneten – mir fiel plötzlich der Satz »ah! les poitrines des jeunes filles« aus Godards Film *Detective* ein –, und mit einem Tuch um den Kopf. »Ich sehe nichts«, sagte ich.

»Aber jetzt«, sagte sie und nahm das Tuch vom Kopf.

Ich sah noch immer nichts, abgesehen von ihren roten Haaren auf einer Unmenge von Wicklern.

»Die Wickler! Die Wickler!« sagte sie.

»Ich war bis eben bei einem pathetischen Menschen, der mich zu der Erkenntnis gebracht hat, daß ich keine Freunde habe.«

»Und dein Bruder?«

»Der ist nicht mein Freund.«

»Und die Leute, die mit dir zusammengearbeitet haben?«

»Die waren unwichtig.«

»Ruth?«

»Ich will nicht von Ruth sprechen.«

»Und ich? Bin ich deine Freundin?«

»Ich weiß nicht. Zwischen uns ist etwas. Aber Freunde sind wir nicht, ich hasse dich.«

»Ich weiß, warum du glaubst, daß du mich haßt«, sagte Liliana.

»Ich bin nicht hergekommen, um darüber zu sprechen.«

»Ich will auch nicht über dieses Thema reden. Jedenfalls vorläufig nicht«, sagte Liliana. »Reden wir also über Freundschaft ... zwischen Männern. Erzähl mir von deinem pathetischen Freund.«

»Er ist nicht mein Freund. Er ist ein Mensch, der ein verzweifeltes Bedürfnis nach Freunden hat.«

»Komm, erzähl mir die Geschichte, während ich die Wickler rausnehme«, sagte sie und ging zum Schlafzimmer, ich hinterher, »heute hat kein Friseur geöffnet und ich will zum Ball im Scala.«

Liliana setzte sich vor den Frisiertisch im Schlafzimmer und fing langsam an, die Wickler aus dem Haar zu nehmen, wobei sie verzückt ihr Gesicht im Spiegel betrachtete. In diesem Augenblick existierte für sie nichts außer ihrem eigenen Bild.

Ruth hatte schwarze Haare. Liliana rote. Ruth war schüchtern, zurückhaltend, sensibel. Liliana war aggressiv, vulgär, hart. Ruth hatte kräftige Beine und für eine Tänzerin vielleicht etwas zu große Brüste. Liliana hatte lange Beine und kleine Brüste. Ruth sagte immer, Liliana sähe aus wie ein »Knabe«.

»Und wie steht's mit den Freuden des Sex?« fragte Liliana, während sie die Wickler aus dem Haar drehte.

»Kein Interesse.«

»Wirklich nicht?« sagte Liliana und zog sich aus. Ihre Brüste hatten rote Spitzen. »Was treibst du eigentlich? Askeseübungen? Masturbation? Oder hast du dir eins von diesen Schauspielermädchen geangelt, die es mit jedem Regisseur machen, nur um in einem Film mitspielen zu dürfen? Komm schon, leg dich zu mir.«

Sie machte das Licht aus. Ich sah sie im Dunkeln – Liliana

machte zur Liebe immer das Licht aus – neben mir auf dem Bett wie glühendes Eisen leuchten.

»Mach das Licht an, sonst gehe ich. Ich will deine rote Möse sehen.«

»Du bist verrückt!«

Ich stand vom Bett auf. »Ich meine es ernst.«

Liliana machte das Licht an.

»Du bist wohl nicht ganz klar im Kopf, so hast du noch nie mit mir geredet«, sagte sie, »ich weiß nicht, warum ich tue, was du willst.«

Ich spreizte Lilianas Beine und sah hin. Ihre scharlachrote Möse war feucht und schimmernd, als liefe es rot aus ihr, aber nicht Blut, eher wie Nagellack.

»Jetzt dreh dich auf den Bauch.«

Behutsam drückte ich die beiden straffen Gesäßhalbkugeln von Lilianas muskulösem Po auseinander – ihre Gesäßbacken stießen, wie bei allen Tänzerinnen, nicht aneinander – und betrachtete das kleine rosige Loch, das sich unter meinem Blick zusammenzuziehen schien.

»Davon bekomm' ich ein komisches Gefühl«, sagte sie, »ich glaube, das ist Lust.«

Nachher fragte Liliana mich, ob ich mit ihr zum Ball im Scala gehen wollte. Nein.

»Wartest du, bis ich zurück bin? War es nicht schön?«

»Ich habe zu tun«, sagte ich und zog mich an.

»Abends? Willst du an dem Drehbuch arbeiten? Ich verstehe nicht, warum ich auf so einen Mann scharf bin.«

Ich war unzufrieden und bereute, daß ich mit ihr ins Bett gegangen war.

»Apropos Drehbuch«, fuhr Liliana fort, »neulich hab' ich wieder diesen Typ im Mantel gesehen. Den Kerl, der dein Haus beobachtet hat, weißt du noch, und deinen Verfolgungswahn stimuliert hat.«

»Ist er dir gefolgt?«

»Das weiß ich nicht. Ich glaube nicht. Er stand vor dem Schaufenster einer Buchhandlung. Wer sich ein Schaufenster mit Büchern ansieht, kann so schlecht doch nicht sein, oder?«

»Wo war das?«

»Bei der Buchhandlung hier in der Nähe.«

»Das gefällt mir nicht.«

Lilianas Kostüm war diskret und hübsch. Auf dem Ball im Scala würden jede Menge nackte Frauen sein, Liliana wußte, daß Zurückhaltung mehr auffallen würde als Nacktheit.

Ich begleitete sie bis zum Eingang vom Scala. Eine schaulustige Menge begaffte die ankommenden Karnevalsgäste.

»Dieser Mulattenpöbel macht mich nervös«, sagte Liliana und bahnte sich den Weg zwischen den Leuten. Schließlich gelangten wir zu der Stelle, wo die Gäste kontrolliert wurden. Nachdem Liliana ihre Eintrittskarte vorgezeigt hatte, stieg sie eine Treppe zu dem Laufsteg hinauf, der zu den Ballräumen führte.

Liliana ging über die extra für den Karneval gebaute Überführung, ihre roten Haare glänzten im grellen Licht der Scheinwerfer.

Ich machte mich auf den Weg zur Rua Ataulfo de Paiva. Die Straße war nun dunkel und menschenleer. Da fiel mir die Schachtel mit den Steinen in meiner Tasche ein. Ich sehnte mich danach, an einem sicheren Ort zu sein und Babel zu lesen.

Ich nahm ein Taxi und fuhr zu dem Krankenhaus, in dem Gurian lag. Sicheren Schritts ging ich an dem Mann in der Pförtnerloge vorbei. »Guten Abend«, sagte ich, als hätte ich das Recht, um diese Zeit hineinzugehen. »Guten Abend«, antwortete der Pförtner. Ich fuhr nach oben in das Stockwerk, in dem sich Gurians Zimmer befand. Die Flure lagen im Halbdunkel. Ich gelangte zu Gurians Zimmer und ging leise hinein, um ihn nicht zu wecken, falls er schlief.

Gurian saß leicht aufgerichtet im Bett und sah fern.

»Sara hat mir den Fernseher gebracht«, sagte er. »Ich habe mir gerade den Umzug der Sambaschulen angesehen. Das ist schon ein Erlebnis – eine Stunde lang. Danach wird's langweilig. Für mich ist das wie ein großer Brand. Ich liebe Brände. Anfangs bin ich von einem großen Brand fasziniert, ganz gebannt, aber nach einiger Zeit – Brände und Umzüge von Sambaschulen dauern immer so lange – ödet es mich nur noch an. Am aufregendsten fand ich die Brände der Hochhäuser Andraus und Joelma – weißt du, daß ich sogar ins Flugzeug gestiegen und nach São Paulo geflogen bin, um die beiden noch rauchend zu erleben?« Er lachte. »Heute sind Brände auch nicht mehr das, was sie mal waren. Würdest du bitte den Fernseher ausschalten?«

Ich machte den Fernseher aus.

»Willst du nicht schlafen?« fragte ich.

»Ich habe heute schon viel geschlafen.«

»Hier in meiner Tasche habe ich eine Schachtel voller Edelsteine, die einer Frau gehörten, die ermordet worden ist. Man hat meine Wohnung aufgebrochen und den Portier umgebracht. Ein finsterer Kerl im Mantel verfolgt mich, aber meine Gedanken beschäftigt weder das eine noch das andere.«

»Was beschäftigt sie denn?«

»Daß ein Schriftsteller sich als Meister des Schweigens betrachtet.«

»Willst du über ihn sprechen?«

»Ja.«

Gurian schloß die Augen und versenkte sich in die Erinnerung. Seine Lider verfärbten sich neuerdings schwarz.

»Ein Mensch namens Konstantin Fedin schrieb 1924 in einem Brief an Gorki: ›Alle hier in Moskau sind von diesem Mann namens Babel hingerissen.‹ Moskau war zum Mittelpunkt des literarischen Lebens in der Sowjetunion geworden. Zwischen den verschiedenen Gruppen herrschten große Rivalitäten und Kämpfe. Babels Erzählungen waren Anlaß zu Kontroversen und Streitgesprächen. General Budjonny hatte festgestellt, er betrachte das Porträt, das Babel von ›seinen Männern‹ gezeichnet habe, als beleidigend. Es gibt einen Brief von Babel, den er während des Polenfeldzugs geschrieben hat, in dem er von seiner Verzweiflung spricht angesichts ›der grausamen Rohheit, die auch nicht eine Minute lang aussetzt ... ich bin für diese Zerstörungsarbeit nicht geschaffen‹. Und weiter sagt Babel in diesem Brief, es falle ihm schwer, die Vergangenheit zu vergessen, die zwar vielleicht schlecht gewesen sei, aber den Duft der Poesie besessen habe, so wie der Bienenkorb den Duft des Honigs habe. ›Einige werden die Revolution machen, und dann? Ich, ich werde die Dinge am Rande tun, das, was tiefer geht.‹ Diese und andere Aussagen – ›Ich bin der Meister des Schweigens‹ – und seine Sicht der Revolution wurden auf den Versammlungen diskutiert. In einem Brief an seine Schwester sagte Babel: ›Wie alle in meinem Beruf fühle ich mich von unseren Arbeitsbedingungen in Moskau erdrückt.‹ Und dann fügte er noch einen in der damaligen Zeit unverzeihlichen Satz hinzu: ›Man läßt uns auf Sparflamme in einem Klima ohne Kunst und ohne schöpferische Freiheit schmoren.‹ Im November 1925 erhielt Babel eine Reiseerlaubnis nach Frankreich. Er wollte sich – in welcher Rangfolge, weiß ich nicht – freimachen von der Familie, seinem Land, den Bürokraten, der Kälte (er war Asthmatiker), den Verlegern. Er hätte in Paris bleiben sollen. Ein Amerikaner hat gesagt, der wahre Künstler haßt das Land, in dem er geboren ist. Nun stell dir einen vor, der unter Stalins Herrschaft lebt.«

Gurian machte eine Pause und sah mich mit kleinen, grauen und feuchten Augen an: »Du denkst wahrscheinlich, ich bin ein alter Reaktionär, der eine der größten Revolutionen, die die Menschheit hervorgebracht hat, verunglimpfen will, stimmt's?«

»Ich kenne deine Biographie«, sagte ich. »Man kann dir alles mögliche vorwerfen, nur nicht, daß du reaktionär seist.«

»Die Annahme, zur Konsolidierung einer Revolution müsse man den Künstlern ihre Freiheit nehmen, ist ein katastrophaler Irrtum. Die Sowjets haben diesen Irrtum begangen und dafür teuer, sehr teuer bezahlt.«

»Wie hat Babel gelebt? Besaß er Geld?«

»Nein, Geld hatte er nicht. Deshalb beschloß er, Filmdrehbücher zu schreiben. Das erste, das er schrieb, war *Benia Krik*, basierend auf seinen Geschichten aus Odessa.«

Faulkner schrieb die Drehbücher für *The Road to Glory, To Have and Have Not, The Big Sleep* und *Land of the Pharaohs*, um Geld zu verdienen. Alle diese Drehbücher sind schlecht. Fitzgerald war als Drehbuchautor eine Niete. Sollten gute Schriftsteller etwa immer schlechte Drehbuchautoren sein? Von Chandler gibt es zwei gute Drehbücher, *Double Indemnity* und *Strangers on a Train*, aber ob Chandler ein großer Schriftsteller war, so wie Faulkner, steht dahin. Kennedys Drehbücher – *Cotton Club* und *Ironweed* – sind keine großartige Ergänzung seines Werkes. Ich mußte mir noch einmal *Hiroshima mon amour* und *Moderato Cantabile* ansehen, um die Duras einordnen zu können. Auch über *L'Année dernière à Marienbad* und die Anwendung von Robbe-Grillets *Chosisme*-These aufs Kino mußte ich mir noch einmal ein Urteil bilden. Und Peter Handke? So vieles, was es neu zu würdigen galt.

»Vielleicht können große Schriftsteller keine guten Drehbuchautoren sein«, sagte ich nach diesen Überlegungen.

Gurian hielt es für ausgeschlossen, daß der Film im Kopf des Zuschauers eine so komplexe, tiefgreifende und permanente Interaktion von Zeichen und Symbolen, Begriffen und Emotionen zustande bringen könne, wie sie die Literatur beim Leser herstelle. »Ich glaube nicht, daß sie dieses Drehbuch verfilmt haben, in dem der jüdische Ganove Benia Krik die Hauptperson ist«, sagte Gurian. »Und falls doch, war es bestimmt nichts Besonderes.«

Dann erging Gurian sich in einer langen, weitschweifigen Erörterung über die Minderwertigkeit des Films im Vergleich zur Literatur, die ich mir geduldig anhörte.

Bei der ersten Gelegenheit – einem Hustenanfall von Gurian – sagte ich: »Conrad sagt im Vorwort zu *The Nigger of the Narcissus*: ›My task is to make you hear, to make you feel and above all to make you see; that is all, and is everything.‹ Meinst du nicht, daß der Schriftsteller mit diesem Satz die begrenzten Möglichkeiten der Literatur eingesteht? Conrad hätte den Leser gern dazu gebracht zu *sehen*, aber das tut der Filmemacher.«

»So vereinfachend darfst du das nicht auslegen«, erwiderte Gurian. »Conrads Problem war, daß er sein Werk mit Vorworten erklären wollte, die genauso lang und langweilig waren wie das eben von dir zitierte. Der Künstler muß sein Werk nicht erklären. Conrad hätte seinen Satz so enden lassen sollen: ›. . . and above all to make you think‹. Das nämlich ist wirklich *alles*. Unsere Welt krankt daran, daß die Menschen immer weniger denken. Wie dem auch sei, wenn Conrad von ›sehen‹ spricht, meint er nicht die mit dem Auge vollzogene Wahrnehmung von Licht und Bewegung, er will den Leser nicht zu einem reinen Betrachter machen.«

Gurians Vortrag wurde von heftigen Hustenanfällen unterbrochen.

Die Morgendämmerung setzte ein; Zwielicht fiel auf Gurians fahlbleiches Gesicht.

»Geht es dir nicht gut?«

»Das fragst du mich ständig. Wenn es mir gut ginge, wäre ich nicht hier. Manchmal zweifle ich an deiner Intelligenz.« Gurian machte eine Pause. »Nein, nein, du bist sehr intelligent, was mich hin und wieder – aber im Grunde sehen wir uns viel zu wenig – an dir nervös macht, ist dein Mangel an Wissen.«

Zum zweitenmal innerhalb von weniger als vierundzwanzig Stunden bezeichnete mich jemand als unwissend.

»Wenn ich dein Alter erreicht habe, werde ich genauso viel wissen wie du.«

»Das bezweifle ich. Du verlierst zu viel Zeit mit dummem Zeug.«

»Zum Beispiel?«

»Mit Frauen, du bist immer mit zwei, drei Frauen beschäftigt. Eine allein ist schon eine Katastrophe für einen Mann, der nach Wissen, nach Erkenntnis strebt. Und dann erst drei. Erzähl mir von den Steinen.«

»Den Steinen?«

»Du hast gesagt, du hättest eine Schachtel mit Edelsteinen in der Tasche. Wir Juden sind verrückt nach Edelsteinen. Zeig sie mir.«

Ich gab Gurian die Schachtel. Er öffnete sie, nahm einen Stein heraus, und hielt ihn gegen das Morgenlicht.

»Dieser schillernde Lichtstrahl ... Chatoyance ... Die Franzosen haben das Wort erfunden, aber es war garantiert ein Jude, der es als erster auf einen Edelstein angewandt hat ... Wegen dieser Steine haben sie eine Frau ermordet ... Welche Frau? Eine von deinen?«

»Nein.«

»Ist dein Leben in Gefahr?«

»Ich weiß nicht. Ich kann verschwinden, nach Deutschland gehen. Man hat mir angeboten, einen Film in Deutschland zu drehen.«

»Aber wenn du verschwindest, entgeht dir die ganze Spannung, die du jetzt erlebst, stimmt's? Gefährlich leben ist faszinierend.«

»Ich muß diese Steine verstecken. In meiner Wohnung geht das nicht. Ich habe schon an einen Banktresor gedacht, aber jetzt im Karneval ist alles geschlossen. Es gibt nur drei Menschen, die sie für mich in Verwahrung nehmen können: du, mein Bruder und eine Freundin. Du wärst mir am liebsten. Bei dir zu Hause. Nur für ein paar Tage.«

8

Ein Auto folgte meinem Taxi auf dem Weg zu Gurians Wohnung. Vorher war ich bei mir zu Hause vorbeigefahren, wo ich mein Scheckheft holen wollte – das Geld, das ich in der Tasche hatte, ging zu Ende –, und hatte das verdächtige Auto vor der Tür stehen sehen. Da hatte ich dem Taxifahrer Anweisung gegeben, weiterzufahren.

Jetzt merkte ich, daß der Wagen, in dem nur ein Mensch saß, mir folgte. War es der Mann im Mantel?

»Fahren Sie zum Busbahnhof«, sagte ich zum Taxifahrer.

Ich hatte schon zu viele Krimis in meinem Leben gesehen, um nicht zu wissen, wie man sich einer Verfolgung entzieht.

Auf dem Busbahnhof würde ich den Menschen loswerden, der mir auf den Fersen war.

Als ich das Taxi anhalten ließ, fuhr der mich verfolgende Wagen an mir vorbei. Es war der Mann im Mantel. Er sah mich ostentativ, aber phlegmatisch an. Ich spürte, der Mann war gefährlich, hartnäckig, ein kaltblütiger Jäger. Er fuhr zum Parkplatz.

Ich stieg rasch in ein anderes Taxi und gab Anweisung, die dem Parkplatz entgegengesetzte Richtung einzuschlagen.

Auf alle Fälle fuhr ich zweimal an Gurians Haus vorbei, um mich zu vergewissern, daß ich nicht verfolgt wurde. Als ich die Wohnung betrat, stellte ich mir die folgende pessimistische Szene vor: Der Mann im Mantel hatte das Taxi gefunden, das mich zum Busbahnhof gebracht hatte und die Information erhalten, daß ich im Krankenhaus gewesen war. Frage: Konnte der Mann, wenn er zum Krankenhaus fuhr, in Erfahrung bringen, daß ich Gurian besucht hatte? Antwort: Ausgeschlossen, niemand hatte mich beim Betreten und Verlassen des Zimmers des alten Professors gesehen.

Ich blieb mitten in dem Wohnzimmer mit seinen Bücherwänden stehen. Diese unordentlichen, vollgestaubten Regale waren das beste Versteck für die Steine. Ich suchte unter den Tausenden von Büchern nach einem, dessen Titel ich mir gut merken konnte, und entschied mich für *Mahabharata*. Schließlich war Indien ein Land, in dem es viele Edelsteine gab.

Nachdem ich das Taxi bezahlt hatte, besaß ich nicht mal mehr das Geld für eine Busfahrt. José konnte mir etwas leihen. Gurians Wohnung lag in Flamengo und Josés Haus in Ipanema, zu Fuß eine lange Strecke.

Ehe ich losging, rief ich bei José an.

Gislaine nahm ab. »Er sitzt mit den Leuten von der Kongregation der Evangelischen Kirchen zusammen, eine sehr wichtige Sitzung, er kann jetzt nicht ans Telefon kommen.«

»Am Karnevalsdienstag?«

»Ein Tag, der sich besonders dazu eignet, gründlich nachzudenken«, sagte Gislaine mit Predigerstimme.

»Sag ihm, daß ich auf dem Weg zu euch bin, er soll auf mich warten.«

Als ich das Haus verlassen hatte, stellte ich fest, daß die Schachtel noch in meiner Tasche war. Ich mußte sehr durcheinander sein, daß mir so was passierte, denn ich war doch extra zu Gurians Wohnung gefahren, um sie zu verstecken.

Ich brauchte fast drei Stunden für die zehn Kilometer zwischen den beiden Wohnungen, der Weg führte über viele Straßen mit dichtem Verkehr und durch einen Tunnel. Natürlich hätte ich einen Passanten bitten können, mir zu geben, »was mir an Fahrgeld fehlt«, solche Betteleien waren nichts Ungewöhnliches in den Straßen der Stadt, aber ich traute mich nicht.

Die Tür wurde von einem Hausdiener in Livree geöffnet. Gislaine entwarf die Livreen für alle – Zimmermädchen, Hausdiener, Gärtner, Chauffeure. Sie hatte auch das Haus selbst eingerichtet, nachdem sie in einer Schule einen sechswöchigen Kurs für Innenarchitektur besucht hatte.

Der Hausdiener führte mich in die Bibliothek. Zwischen Josés und Gurians Bibliothek, aus der ich gerade kam, bestand ein großer Unterschied. Josés Bibliothek war von einer Bibliothekarin eingeräumt und katalogisiert worden. In einem Regal befanden sich die Holzschubladen mit den Karteikarten. Ich zog eine Schublade auf, doch ehe ich die erste Karteikarte lesen konnte, kam Gislaine in die Bibliothek und hinter ihr ein Hausmädchen mit zwei Kaffeetassen auf einem Tablett.

»José bittet dich zu warten. Du nimmst doch Zucker in den Kaffee, nicht wahr? Ich verstehe nicht, warum du nicht dikker wirst«, sagte sie, während sie in meine Tasse Zucker gab und in ihre eigene Süßstoff, und das Hausmädchen stand kerzengerade und ehrerbietig da und hielt das Tablett. Gislaine erteilte den Hausangestellten wahrscheinlich Lektionen in guten Manieren. Ich konnte mich vage daran erinnern, daß sie mir gesagt hatte, sie habe einen Etikettekursus besucht, vermutlich in derselben Schule, in der sie den Innenarchitekturkurs absolviert hatte.

Ich wußte nie, worüber ich mit Gislaine reden sollte. Es war eine Qual, mit ihr allein zu sein.

»Dein Hausmädchen wirkt wie eine englische Maid«, sagte ich.

»Du müßtest mal sehen, wie sie hier ankommen«, anwortete Gislaine mit einem Seufzer, »ungehobelt und tölpisch, nichts können sie, es macht eine wahnsinnige Mühe, bis man sie soweit hat. Eine hat mich doch tatsächlich mal gefragt: ›Wofür so viele verschiedene Gläser, Madame?‹« Noch ein Seufzer. »Eine Qual ...« Pause. »Willst du dich nicht setzen? Vielleicht dauert es noch etwas, bis José kommt.«

Ich setzte mich und hoffte, daß sie gehen würde. Aber Gislaine setzte sich in einen Sessel neben mich, schlug die Beine übereinander und faltete die Hände im Schoß. Die Snackbarkellnerin namens Gislaine existierte nicht mehr, sie hatte keinerlei Spuren, Reste, Überbleibsel, Anhaltspunkte hinterlassen. Ein wahres Wunder.

»Ich besuche gerade einen Kurs in Kunstgeschichte«, sagte sie, »aber leider wird der Film nicht mit behandelt. Film kann doch als Kunst gelten, oder?«

»Für die Amerikaner ist es eine Industrie.«

»Eine Industrie, die Träume produziert«, sagte sie, stolz auf sich selbst. Ich betrachtete ihr Gesicht, ihr sorgfältig frisiertes Haar, die dünne Goldkette um ihren Hals. Sie sah wie eine dressierte Pudelhündin aus, deren Fell auf besondere Weise getrimmt ist.

Endlich erschien José.

»Ich war in einer sehr wichtigen Besprechung. Die politische und soziale Lage in Brasilien verlangt von uns allen verantwortungsbewußtes Handeln. Wir Evangelisten sind ebenfalls gefordert, genauso unseren Beitrag zur Verbesserung der demokratischen Institutionen zu leisten.«

«Noch sind die Verhältnisse nicht so, daß ihr den Präsidenten der Republik küren könnt ...«

»Aber wir können viel geben«, sagte er ausweichend.

»Großartig, ich bin nämlich hier, weil ich dich um Geld bitten wollte.«

José griff in die Tasche und zog ein Scheckheft heraus. »Wieviel?«

»Ich brauche Geld auf die Hand.«

»Ich glaube nicht, daß ich viel Bargeld im Haus habe.«

»Ich nehme, was du mir geben kannst.«

»Ich hab' was«, sagte Gislaine. »Wir Frauen haben immer gern Geld bei uns«, fügte sie lächelnd hinzu. Mir fiel auf, daß ihre Zähne anders aussahen, hübscher.

»Der Film hat mir sehr gut gefallen«, sagte José. »Wir haben ihn während der Besprechung gezeigt. Es wurde der Vorschlag gemacht, dem alle zustimmten, daß du einen Film für die Kongregation drehen solltest. Einen Film, der über sämtliche evangelischen Kirchen unserer Kongregation berichtet. Wäre das nicht eine interessante Aufgabe?«

»Darüber können wir ein andermal reden.«

Gislaine brachte mir ein Geldbündel, und ich steckte es, ohne zu zählen, in die Tasche.

»Ich geb's dir beim nächsten Mal zurück«, sagte ich zu ihr.

»Denk über den neuen Film nach«, sagte José.

Ich nahm ein Taxi und fuhr zu Lilianas Wohnung.

Sie machte auf. Sie hatte ein kurzes Seidennachthemd an. An ihrem Körper war nicht eine Rundung zu viel.

»Ich bin gerade aufgewacht«, sagte sie.

Wie machte Liliana es, beim Aufwachen so frisch, so begehrenswert auszusehen? Ich bekam Lust, an ihren rosigen Brüsten zu saugen.

»Ich mag dich so«, sagte Liliana, als hätte sie meine Gedanken gelesen. »Es wäre so schön, wenn wir uns nie mehr streiten würden.«

Ich griff ihr ins Haar und zog sie sanft ins Schlafzimmer.

»Wenn du willst, kannst du mich schlagen«, sagte Liliana.

»Ich möchte über Ruth sprechen«, sagte Liliana danach.

Ich stieg aus dem Bett. »Nein.«

Ich griff nach meinen Kleidern und ging mich im Wohnzimmer anziehen.

Liliana kam hinterher.

»Wir müssen über Ruth sprechen. Du hast mir nie erlaubt, die Geschichte aus meiner Sicht zu erzählen.«

»Nein«, sagte ich.

»Ich war in Ruth verliebt, hast du das schon vergessen?« fragte Liliana.

Plötzlich fing sie an zu weinen. Ich hatte sie noch nie weinen sehen, auch nicht, als sie noch ein Teenager war.

»Ich hab' dich mit ihr bekanntgemacht«, sagte Liliana, »wir liebten uns, sie und ich, du hast dich in unser Leben gedrängt und das ganze Unglück verursacht.«

Mir war, als würde ich ohnmächtig, das gleiche Gefühl wie bei meinem ersten Sprung vom Turm im Schwimmbad – in den schwindelerregenden Sekunden im freien Fall –, das gleiche Gefühl wie damals, als ich eines Tages mit dem Pseudo-Ménière-Syndrom aufgewacht war.

»Ruth wußte, daß ich mit dir ins Bett ging, ich hab's ihr erzählt«, sagte Liliana. »Es hat ihr nie etwas ausgemacht. Sie hat mich nur gebeten, dir nicht zu sagen, daß sie es wußte.«

»Sprich nicht weiter«, bat ich, »bitte nicht.«

»Ich hasse es zu weinen«, sagte Liliana und wischte sich die Tränen mit dem Unterarm ab.

»Zieh dir was an«, sagte ich.

Als Liliana in dem kurzen Nachthemd zurückkam, zog ich die Schachtel mit den Steinen aus der Tasche.

»Weißt du noch, die Frau, die zu mir in die Wohnung gekommen ist? Diese Angélica, die dann ermordet wurde? Die mit den Edelsteinen?«

Liliana machte die Schachtel auf. »Sind die echt?«

»Ja.«

»Willst du sie nicht zurückgeben?«

»Wem denn? Angélica hat keine Verwandten. Diese Steine sollten geschmuggelt werden.«

»Der Mann im Mantel! Er ist hinter ihnen her!«

»Vermutlich. Angélica arbeitete für eine Schmugglerbande. Sie fuhr jedes Jahr zu Kostümshows ins Ausland und nahm die Steine in den Kostümen versteckt mit.«

»Woher weißt du das alles?«

Ich erzählte von meinem Gespräch mit Negromonte.

»An deiner Stelle würde ich die Steine der Polizei übergeben«, sagte Liliana.

»Wenn ich sie verkaufe, kann ich von dem Geld, das ich dafür bekomme, einen Film machen. Ich habe seit zwei Jahren nicht gedreht.«

»Ich denke, du willst einen Film in Deutschland machen?«

»Ich weiß nicht. Ich überlege, ob ich Angélica Maldonados Steine verkaufe. Sie hat, wie gesagt, keine Angehörigen. Das mag zwar vom juristischen Standpunkt aus kriminell sein, aber moralisch ist es nicht verwerflich. Oder glaubst du, daß Alcobaça der rechtmäßige Eigentümer ist?«

»Du rationalisierst.«

»Ich werde die Steine meinem Freund Maurício verkaufen, dem Juwelenhändler, alle oder so viele, daß ich davon meinen Film finanzieren kann. Dann bin ich Drehbuchautor, Produzent und Regisseur. Wozu soll ich nach Berlin gehen? Ich brauche keinen Dietrich, keinen Doktor Plessner. Ich kann die *Reiterarmee* auch hier machen, warum nicht? Gurian ist Russe, er kann mich beraten, keiner kennt Babel so gut wie er. Pferde und Reiter gibt es in Brasilien genug. Ich mache eine Fassung auf englisch, für den internationalen Markt, und eine zweite auf portugiesisch. Wenn man mir zuviel Ärger macht, drehe ich nur die englische Version.«

»Ich finde das alles sehr unredlich.«

»Such dir den schönsten Stein aus.«

»Willst du mich kaufen?«

»Ja. Such dir die drei schönsten Steine aus.«

Liliana sah sich die Steine nochmal an. Währenddessen malte ich mir aus, wie der Film werden würde. Ich dachte über die Alternativen nach – ich konnte in Europa drehen, eine Koproduktion, in Polen zum Beispiel oder in Ungarn, abgesehen vom technischen Stab konnten sie sich mit Komparsen und Pferden und dem einen oder anderen Nebendarsteller beteiligen. Das würde billiger als in Brasilien. Polen war eine gute Idee, sofern sie mir nicht solche halbwüchsigen

Reiterkomparsen gaben, wie Wajda sie in *Chroniques des Événements Amoureux* eingesetzt hatte (ich hatte den Film in Paris gesehen, französisch synchronisiert). Die Kosaken waren erwachsene Männer. Aus diesen Phantasien – ich war schon bei der Rollenbesetzung – wurde ich von Liliana gerissen.

»Ich möchte diese hier haben. In jeder Farbe einen.« Pause. »Ist das nicht sehr unredlich?« Noch eine Pause und Warten auf meine Reaktion. »Scheiße! Natürlich ist das unredlich. Ich will die nicht.«

»Wenn du willst, kannst du sie wegwerfen.«

»Wenn du's noch einmal mit mir machst, nehme ich sie.«

Ich blieb stumm.

Dabei war das einzig Schöne, was ich in den letzten Tagen erlebt hatte, daß ich mit Liliana ins Bett gegangen war. Bumsen – die Dichter haben doch immer recht: «That's all the facts when you come to brass tacks.«

»Na, nun komm schon...« sagte Liliana.

Wir verbrachten den ganzen Tag im Bett, bis es uns über wurde. Oder vielmehr bis zur Erschöpfung.

»Wirst du sehr ärgerlich, wenn ich dir sage, daß ich dich liebe?« fragte Liliana. Ihr Körper war schweißbedeckt.

»Ja. Unsere Beziehung ist nur... hm... wie bei den Tieren. Sie beinhaltet keinerlei edles Gefühl.«

Wir duschten zusammen. Sie lachte und redete viel. Ich lachte nicht und redete auch nicht, aber ich war nicht unglücklich.

»Dieses Tier hier hat Hunger«, sagte sie.

Es war dunkel geworden, als wir zum Essen gingen. Wir fuhren zu einem Restaurant in Leblon.

»Hast du Geld? Es soll hier ziemlich teuer sein«, sagte Liliana.

»Ich hab' was von meinem Bruder. Ich glaube, es reicht.«

»Laß mal sehen.«

Ich reichte ihr das Geld unter dem Tisch. Liliana zählte die Scheine unauffällig und steckte sie anschließend in ihre Tasche. »Für französischen Champagner reicht's nicht«, sagte sie.

Wir bestellten.

»Ist dir schon aufgefallen, daß alles, was unserer Seele am besten bekommt, mit dem Körper zu tun hat? Essen, lieben, sich frei bewegen können ...« Liliana machte eine Pause. Dann beugte sie den Kopf vor. »Sieh nicht hin«, flüsterte sie erschrocken, »aber der Mann im Mantel sitzt an der Bar.«

Wie ein Idiot sah ich zur Bar hinüber. Da saß er, im selben Mantel, mit einem Drink in der Hand. Er gab mir kaltblütig ein Zeichen, als stoße er mit mir an, sein Lächeln war grausam und emotionslos.

»Warum zieht dieser elende Kerl nie seinen Mantel aus?« flüsterte Liliana. »Es ist doch eine Affenhitze.«

»Wie hat der uns nur gefunden?«

»Wahrscheinlich beobachtet er meine Wohnung.«

»Der Kerl ist gefährlich.«

»Hast du Angst?«

»Ja, mehr oder weniger. Ein scheußliches Gefühl, von einem verfolgt zu werden, der so finster aussieht. Der hat bestimmt da draußen noch seine Komplizen.«

»Glaubst du, er arbeitet für Alcobaça?«

»Vermutlich. Soll ich dir mal was sagen? Ich habe die Schachtel mit den Steinen in der Tasche.«

»Bist du verrückt? Warum hast du sie nicht bei mir gelassen?«

»Ich weiß nicht. Es ist schon wie eine Manie, sie in der Tasche herumzutragen.«

»Wir müssen ihm irgendwie entkommen.«

Leise diskutierten wir, wie wir dem Mann im Mantel und seinen vermutlichen Komplizen entkommen konnten. Wir mußten die Polizei rufen, aber die Polizei durfte nicht die Wahrheit erfahren. Abgesehen davon, daß sie mich belastete – schließlich besaß ich Edelsteine einer Schmugglerin, die bei mir gewesen und anschließend ermordet worden war –, klang die Wahrheit auch unglaubwürdig. »Herr Kommissar, der Mann da verfolgt mich.« Das einzige, was die Polizei gegen den Mann im Mantel anführen konnte, war, daß er an einem regenlosen Sommertag diesen Mantel anhatte.

Gibt es irgendeine Situation, die seit *La Sortie des Usines* von den Brüdern Lumière noch nicht im Film behandelt worden ist? Ich reichte Liliana die Schachtel mit den Steinen, und sie steckte sie in ihre Tasche. Dann stand sie auf und ging zum Oberkellner.

»Der Mann, der da mit mir am Tisch sitzt, hat eine Waffe bei sich und sagt, er will mich umbringen«, sagte Liliana.

Der Oberkellner war vor Verblüffung hilflos. Er wollte keinen Skandal im Restaurant. »Ist es Ihr Mann?« fragte er.

»Nein. Eigentlich kenne ich ihn kaum. Er hat mich zum Essen eingeladen und gesagt, daß er mich umbringt, wenn ich nicht mit ihm in ein Stundenhotel fahre.«

»Und warum tun Sie das nicht?«

»Weil ich eine anständige Frau bin«, rief Liliana. »Meinen Sie etwa, das sei ein Trick, damit wir nicht die Rechnung bezahlen müssen? Hier«, sagte sie, machte ihre Tasche auf und warf dem Oberkellner das Geldbündel hin, das die Frau meines Bruders mir gegeben hatte.

»Aber bitte, regen Sie sich nicht auf«, sagte der Oberkellner und bückte sich, um das Geld aufzusammeln. »Das klären wir schon.«

Der Mann im Mantel an der Bar beobachtete ungerührt die Diskussion zwischen Liliana und dem Oberkellner. Unter anderen Umständen hätte ich dem Mann eine Rolle in einem Film von mir angeboten. Seit Widmark, der 1947 in *Kiss of Death* eine alte, gelähmte Frau eine Treppe hinunterstieß, hatte ich keine so furchterregende und abstoßende Physiognomie mehr gesehen wie die des Mannes im Mantel.

»Gehen Sie bitte an Ihren Tisch zurück und versuchen Sie, Zeit zu gewinnen, während ich die Polizei rufe. Vielleicht können wir das ohne großes Aufsehen in Ordnung bringen.« Der Oberkellner hatte auch seine Kinoerfahrung.

Liliana kam zurück. »Ich glaube, wir haben es geschafft«.

»Wer hat bei *Kiss of Death* Regie geführt? Kubrick?« fragte ich.

»Hathaway. Kubrick hat *Killer's Kiss* gedreht, fast zehn Jahre später. Was würde nur ohne mich aus dir werden?«

»Ich habe kein triviales Zeug im Kopf.«

»Du hast überhaupt nichts im Kopf«, sagte Liliana.

»Ich glaube, wenn ich wirklich eine Waffe bei mir hätte, würde ich dich jetzt umbringen.«

»Los, bring mich doch um!« schrie Liliana.

Die Gäste am Nachbartisch sahen neugierig zu uns herüber.

»Übertreib es nicht«, sagte ich.

»Los, bring mich doch um!« schrie Liliana noch mal.

»Nicht so laut, du Idiotin«, flüsterte ich. »Man kennt mich.«

Der Oberkellner kam bleich zu uns.

»Mein Herr«, sagte er erschrocken, »würden Sie so freundlich sein und einen Augenblick mitkommen?«

Ich folgte ihm zum Ausgang des Restaurants. Wir gingen hinaus. Dort erwarteten mich zwei Polizisten. Der eine hatte die Abzeichen eines Inspektors. Ich wurde abgetastet.

»Meine Frau ist krank. Sie leidet unter Verfolgungswahn. Ich bin gern bereit, mit Ihnen auf die Wache zu fahren, um die Sache zu klären. Ich habe die Rezepte für ihre Medikamente hier bei mir.« Ich wühlte in meinen Taschen.

»Holen Sie die Frau«, sagte der Inspektor zum Kellner.

Der Kellner kehrte mit Liliana zurück.

»Er will mich umbringen«, sagte Liliana zu den Polizisten.

»Wir fahren zur Wache«, sagte der Inspektor und forderte uns auf, in den Polizeiwagen zu steigen.

Wir saßen schweigend im fahrenden Wagen. Nach einiger Zeit hielt Liliana sich die Hände vors Gesicht. Sie fing an zu schluchzen.

»Verzeih mir, mein Schatz, ich weiß nicht, was in mich gefahren ist«, sagte sie. »Herr Inspektor, mein Mann ist der beste Mann der Welt, bitte tun Sie ihm das nicht an.«

»Ich tue Ihrem Mann überhaupt nichts an«, protestierte der Polizist. »Sie haben gesagt, Sie würden von ihm bedroht.«

»Mein Mann ist ein Engel, er bedroht niemanden, er kann nicht mal eine Fliege töten.«

»Sie sollten sich behandeln lassen, meine Dame«, sagte der Inspektor.

»Ich will nach Hause«, schluchzte Liliana. Wie eine Schmierenkomödiantin. Dieses Theater konnten wirklich nur Leute glauben, die nie ins Kino gingen.

»Herr Inspektor, gehen Sie manchmal ins Kino?« fragte ich.

»Wir bringen die beiden nach Hause«, sagte der Inspektor und überhörte meine Frage. »Wo sollen wir Sie hinfahren?«

Wohin? Zu Lilianas Wohnung? Zu meiner? Der Mann im Mantel würde uns wieder finden.

Ich nannte Gurians Anschrift.

»Beim nächsten Mal rufen Sie einen Arzt«, sagte der Inspektor. »Manchmal kann die Polizei auch nicht helfen.«

Wir gingen ins Haus hinein.

»Wo zum Teufel sind wir hier?« fragte Liliana.

»Hier wohnt ein Freund von mir, der im Krankenhaus liegt. Ich habe seinen Schlüssel.«

»Komm, wir gehen«, sagte Liliana, als sie feststellte, daß der Polizeiwagen weggefahren war.

»Wohin?«

»Essen.«

»Ich habe kein Geld.«

»Der Oberkellner hat mir das Geld zurückgegeben, das ich ihm hingeworfen hatte.«

»Ich will nicht noch mal ausgehen.«

Ich ging zum Fahrstuhl, der im Erdgeschoß stand.

Wir fuhren nach oben.

»Hier sieht's ja aus wie in einem Rattennest«, sagte Liliana, nachdem wir Gurians Wohnung betreten hatten. Sie ging in die Küche und ich in die Bibliothek.

»Ißt dieser Mann nichts?« rief Liliana aus der Küche.

»Nein, der trinkt nur«, antwortete ich.

Liliana kam ins Wohnzimmer zurück.

»Weißt du, daß der Kühlschrank leer ist? Das heißt, da

steht eine Flasche billiger Wodka und ein Glas Orangenmarmelade. In der Speisekammer weder Reis noch Eier, Brot, Nudeln, Käse, Kekse, nichts. Nicht mal eine Dose Palmito! Wir werden verhungern.« Liliana gab einem Buch, das auf dem Boden lag, einen Fußtritt. »Heilige Jungfrau, wie viele Bücher!«

»Mach so was nicht«, sagte ich, hob das Buch auf und legte es auf einen Tisch, »Gurian bedeuten seine Bücher sehr viel.«

»Hungrig vögele ich nicht!«

»Spiel jetzt nicht die Ordinäre!«

»Ich bin ordinär«, schrie Liliana, »und hungrig vögele ich nicht!«

»Großartig. Ich will auch überhaupt nichts von dir«, erwiderte ich, während ich im Regal nach dem *Mahabharata* suchte.

»Du blöder Hampelmann. Los, ruf ein Restaurant hier in Flamengo an und bestell für uns zwei Steaks mit Pommes frites.«

Ich fand das Buch. Liliana nahm es mir aus der Hand.

»Was für ein Buch ist das?«

»Eines von den Büchern, die Mädchen wie du nie lesen. Ich will die Schachtel mit den Steinen dahinter verstecken.«

»Es gibt Augenblicke, da ist kein Buch so interessant wie das Telefonbuch«, sagte Liliana und drehte mir den Rücken zu. Sie griff nach dem Telefonbuch. »Mal sehen ... Restaurant ... Restaurant ... das hier ist gut, glaube ich ...«

Nachdem sie angerufen hatte, ging Liliana duschen, bis das Essen kam.

Kurz danach stand sie nackt, mit einem Handtuch in der Hand, mitten im Wohnzimmer. Das Wasser tropfte von ihrem nassen Körper.

»Hat dein Freund vielleicht eine Hautkrankheit? Oder Aids?«

»Er ist ein weiser alter Mann. Seine einzige Krankheit ist das Alter.«

Das Essen kam in Aluminiumbehältern verpackt, zusammen mit einer Flasche Wein.

Liliana leckte sich beim Essen den Mund, wie eine Katze. Als wir fertig waren, sagte sie: »Jetzt werde ich dich verführen.«

Ich wartete ab.

»*Mahabharata*«, sagte Liliana, »bedeutet ›großer König Bharata‹ und ist eines der beiden großen epischen Gedichte Indiens. Das andere ist *Ramajana*. Sie wurden tausendzweihundert Jahre vor Christi in Sanskrit geschrieben. Es ist die Geschichte von der Sinnlosigkeit des Krieges. Willst du noch mehr oder ist dein Schwanz schon steif?«

Während ich Lilianas nackten Körper liebkoste, ihre glatte, weiche Haut, und dabei ihre Knochen, ihr Fleisch, ihre Wärme, ihr Leben spürte, überkam mich eine große Freude, ein seltsames Glücksgefühl, vermischt mit einer Art Schwindel, das ich sekundenlang irrtümlich für einen Vorboten des Pseudo-Ménière-Syndroms hielt. Ich haßte Liliana nicht mehr, vielleicht hatte ich sie nie gehaßt. Ich konnte mich diesem einfachen, elementaren Genuß hingeben, die reine Zufriedenheit, die sie mir schenkte, akzeptieren.

9

Ich träume: Mir schmerzen die Knochen. Ich bin ein Mann, allein zu Hause. Ich befinde mich in einer Großstadt und warte auf einen Brief, einen Anruf. Ich kenne keinen Menschen in der Stadt. Ich gehe in eiskalten Nebel hinaus und kaufe zwei Dosen mit dunklem Inhalt, ein Bund Kräuter, ein Stück Käse und Brot. Es ist schon dunkel. Zu den Kräutern eine Zeitschrift mit nackten Frauen. Im Badezimmer suche ich die Schönste aus (ihr Gesicht hat etwas von der südlichen Hemisphäre oder etwas Orientalisches, ein Gesicht, das eingeordnet werden will – große Augen, kein ordinäres Gesicht), sie kniet mit dem Rücken zum Betrachter, und trotz dieser Stellung zeichnen sich die Haare ihrer Scham als dunkles, dichtes Büschel ab. Ich masturbiere und betrachte dabei ihren Hintern, ihre langen Haare, ihr mädchenhaftes Profil, sehe aber hauptsächlich gar nichts, denn mein Kopf, meine Sehnsüchte, mein Hunger sind weit weg, auf dem Weg durch die Atmosphäre, von der Nacht zum Tag. Ich lege mich hin und warte auf irgend etwas, das Licht ist ausgeschaltet. Ich bin müde, vor allem des Wartens müde. Hin und wieder setzt mein Herz einen Schlag aus. Der Arzt neben mir sagt, das gebe es häufig – aber mich stört es doch. Nichts geschieht. Wir sind in einem Krematorium. Man hat mich nicht hereinlassen wollen, damit ich nicht die Asche der Toten durcheinanderbringe. Aber die Asche ist doch von mir, sage ich. Na, dann ist es gut. Flammen züngeln um meinen Körper.

Ich wachte auf. Ein Blick auf die Armbanduhr: Es war sieben. Das Zimmer war hell von dem Licht, das durch die schmutzigen weißen Vorhänge vor dem Fenster drang. Zum erstenmal nahm ich das Bett wahr, auf dem wir lagen, und spürte die harte Matratze. Die neben mir schlafende Liliana sah ohne ihre defensive Aggressivität wie ein zartes, schutzloses kleines Mädchen aus. Ich küßte sie sanft auf die Stirn. Sie wachte nicht auf.

Ich setzte mich in einen der verschlissenen Sessel im Wohnzimmer. Ich mußte meine Pläne überdenken. Also ging ich die Lage durch:

a) Ich hatte in meinem Besitz Edelsteine, die ein Vermögen wert und auf den unergründlichen Wegen des Zufalls in meine Hände gelangt waren.

b) Die Steine gehörten einer Bande, die Edelsteine schmuggelte.

c) Ich hatte herausgefunden, welche Methode die Bande mit Erfolg beim Schmuggeln der Steine einsetzte.

d) Edelsteinschmuggel war ein großes Geschäft, in dem es um Millionen Dollar ging und über das wenig gesprochen wurde.

e) Die Schmuggler wollten nicht nur die Steine zurückhaben, sondern bestimmt auch mich umbringen. Der Mann im

Mantel war damit beauftragt, und vermutlich war er derjenige, der Angélica und den Portier ermordet hatte.

f) Mit anderen Worten, die Verbrecher würden auch dann keine Ruhe geben, wenn ich die Steine zurückgab, denn ich wußte zuviel und mußte zum Schweigen gebracht werden.

Ein sehr zwiespältiges Gefühl aus Angst und Euphorie, zu wissen, daß jemand hinter dir her ist und dich umbringen will! Wie gut es tut, wenn man für seinen Verfolgungswahn eine reale Grundlage hat!

An diesem Punkt meiner Überlegungen begann ich, ein Drehbuch zu entwerfen. Einer kriegt zufällig Juwelen in die Finger, die aus einem Verbrechen stammen, und wird von einer gefährlichen Raubmörderbande verfolgt. Der Verfolgte will die Juwelen nicht behalten, er kann nichts damit anfangen (was bei mir nicht ganz zutraf), aber solange er sie in seinem Besitz hat, wird er von den Schurken gejagt. Und da er nicht will, daß die Jagd ein Ende hat, muß er seine Verfolger provozieren usw. usw.

Da fiel mir Liliana ein. Auch sie lief Gefahr, von den Schmugglern umgebracht zu werden.

Ich weckte sie.

»Wie spät ist es? Mein Gott, diese Helligkeit! Es muß ja frühmorgens sein!«

»Es ist acht Uhr.«

»Also ist es frühmorgens!«

Ich erzählte ihr von meinen Sorgen.

»Das ist der beste Beweis dafür, daß du alt wirst«, sagte sie. »Du hast Angst vor Gespenstern.«

»Ist gut, ich werde alt, ich werde alles, was du willst. Aber der Mann im Mantel, ist das ein Gespenst? Ist Alcobaça ein Gespenst?«

»Nach dem, was du mir erzählt hast, anscheinend ja.«

»Liliana, ich habe einen Vorschlag: Wir verreisen. Hier sind wir beide in Gefahr, in Lebensgefahr. Ich habe dieses Angebot aus Deutschland. Wir können ein paar Monate im Ausland bleiben ...«

»Nach Deutschland gehe ich nicht«, unterbrach sie mich.

»Weder nach West- noch nach Ostdeutschland. Keins von beiden.«

»Wenn du nicht mit mir nach Deutschland gehen willst, fahr in ein anderes europäisches Land: nach England, Frankreich, Spanien, Portugal, Polen, Österreich, Ungarn. Wir treffen uns irgendwo.«

»Warum nach Ungarn?«

»Das ist die Heimat von István Szabó.«

»Bist du jetzt wieder meine große Liebe?«

»Ich weiß nicht«, antwortete ich.

Liliana sah mich an. Dann: »Haben wir denn das Geld dafür?«

»Wir haben die Edelsteine, oder nicht? Außerdem werden die Deutschen mich bezahlen.«

»Und sie werden ordentlich zahlen müssen. In ganz Deutschland gibt es keinen so guten Filmemacher wie dich. Halt: Gestern hast du noch gesagt, du würdest von dem Geld, das du durch den Verkauf der Steine bekommst, hier in Brasilien einen Film machen, und du wolltest von Deutschland nichts wissen. Du änderst deine Ansichten aber sehr schnell.«

»Weil mir klargeworden ist, daß, wenn wir hierbleiben, die Leute, denen die Steine gehören...«

»Denen die Steine gehören! Wenn sie jemandem gehören, gib sie zurück, und damit ist die Sache erledigt.«

»Darüber haben wir doch schon geredet. Sie wissen, daß ich ihnen auf die Schliche gekommen bin. Ich kann nicht zu dem Mann im Mantel gehen und sagen: ›Hier, da haben Sie Ihre Edelsteine, und keine Sorge, ich erzähle der Polizei nicht, mit welcher Methode Sie die Steine ins Ausland geschmuggelt haben.‹ Sie würden mir nicht glauben. Wenn ich die Steine zurückgebe, bin ich ein toter Mann.«

»Und wenn nicht, dann auch.«

»Genau so ist es. Bald werden sie zu dem Schluß kommen, daß es besser ist, mich – uns beide – schnellstens zu beseitigen, auch ohne vorher die Steine zu bekommen.«

»Wie willst du sie verkaufen?«

»Hab' ich dir nicht gesagt, daß dieser Freund von mir, Maurício, sie kauft? Er hat gesagt, sie seien ein kleines Vermögen wert.«

Liliana schwieg eine Weile nachdenklich.

»Ich glaube, ich gehe nach Paris. Ich weiß schon, wo ich da wohne, im Le Bréa, einem kleinen Hotel, bescheiden und sehr nett... Ich mag Montparnasse, in der Rue Bréa steht eine Balzac-Statue von Rodin, gleich am Anfang. Der Jardin du Luxembourg ist in der Nähe, La Coupole auch und...«

Liliana verstummte. Ich wußte, was sie nicht ausgesprochen hatte. Es war in diesem Hotel gewesen, wo Ruth und sie auf ihrer gemeinsamen Reise nach Paris abgestiegen waren und dann entdeckt hatten, daß sie sich liebten. Was versprach Liliana sich von dieser nostalgischen und melancholischen Pilgerfahrt? Ich traute mich nicht zu fragen. Mir war es lieber, nicht an Ruth zu denken.

Liliana zündete sich eine Zigarette an, lehnte den Kopf gegen den verschlissenen Sessel und schwieg mit geschlossenen Augen.

Ich griff nach dem Telefonbuch und rief Maurício an.

»Wo steckst du denn?« fragte er. »Ich habe bei dir zu Hause angerufen, aber da hat sich niemand gemeldet. Ich habe mir Sorgen gemacht.«

»Das erkläre ich später.«

»Ist was passiert?«

»Das erkläre ich später. Hör zu, ich möchte die Steine verkaufen.«

»Alle?« fragte er.

»Nein. Nur so viele, daß ich dreißigtausend Dollar bekomme... Moment mal«, ich hielt die Sprechmuschel zu, »Liliana, Liliana!«

Sie schlug die Augen auf. »Was ist?«

»Meinst du, es reicht, wenn wir dreißigtausend Dollar auf die Reise mitnehmen?«

Sie zuckte die Achseln, als sagte sie, damit habe ich nichts zu tun, und machte nach einem tiefen Zug aus der Zigarette die Augen wieder zu.

Ich nahm das Gespräch mit Maurício wieder auf. »Dreißigtausend Dollar reichen.«

»Komm morgen nachmittag ins Büro. Bring alle Steine mit.«

Ich mußte mir etwas Wäsche und meinen Paß holen. Aber meine Wohnung wurde bestimmt von den Banditen beobachtet. Und für Lilianas Wohnung galt das vermutlich genauso.

»Ich habe eine Freundin, die kann das für uns erledigen«, sagte Liliana.

Lilianas Freundin brachte Zwieback, Butter und englischen Tee mit. Sie war ein junges Mädchen japanischer Abstammung und hieß Mitiko.

»Kommst du aus São Paulo?« fragte ich, während wir Tee tranken.

»Nein, aus Rio. Nicht alle Leute japanischer Abstammung sind Paulistas.«

»Kannst du Japanisch?«

»Kein Wort. Bei uns zu Hause wird nur Portugiesisch gesprochen. Meine Eltern sprechen manchmal untereinander Japanisch. Aber sehr selten. Drehst du gerade einen Film? Den *Heiligen Krieg* fand ich toll.«

»Laßt uns zum Thema kommen«, sagte Liliana.

Mitiko notierte sich unsere Anschriften. Wir gaben ihr unsere Schlüssel.

»Du mußt durch den Hintereingang reingehen«, sagte ich.

Dann erklärte ich Mitiko, wo sich die Sachen befanden, die sie mir mitbringen sollte – der Paß, das Buch von Babel mit meinen Aufzeichnungen und ein dunkelgrauer Anzug. Hemden, Strümpfe und Unterhosen, Zahnbürste und Rasierzeug wollte ich vor der Abreise kaufen. »Die Wohnung sieht chaotisch aus, nicht erschrecken«, warnte ich sie.

Liliana sagte, wo sich die Sachen befanden, die Mitiko aus ihrer Wohnung holen sollte.

»Dieser Mann im Mantel, ist der gefährlich?«

»Ja. Aber keine Sorge. Dich kennt er nicht. Er ist hinter

uns her, und mir ist es lieber, wenn du nicht weißt, warum«, sagte Liliana.

»Wenn jemand gleichzeitig mit dir in mein oder Lilianas Haus geht, tust du ganz harmlos und gehst in ein anderes Stockwerk.«

»Wenn du das Haus verlassen willst, bestell per Telefon ein Taxi.« Liliana gab ihr einen Teil des Geldes von meinem Bruder, und Mitiko verließ selbstbewußt wie ein Geheimagent, der mit einer sehr wichtigen Mission beauftragt ist, die Wohnung. Sie war erst achtzehn Jahre alt.

Ich rief bei der Lufthansa an und buchte meinen Flug nach Frankfurt für den Abend des nächsten Tages. Aufgrund der Wirtschaftskrise waren in den Maschinen ziemlich viele Plätze frei. Ich suchte aus meinem Adreßbuch Dietrichs Telefonnummer heraus, wählte und dachte dabei, daß ich nicht vergessen durfte, Gurian die Kosten des Gesprächs zu ersetzen.

»Wenn alles gutgeht, steige ich morgen abend in den Lufthansaflug Rio–Frankfurt.«

Dietrich schien die Nachricht in Aufregung zu versetzen. Er sprach schnell etwas auf deutsch. Anschließend sagte er auf englisch, was er vorher gesagt hatte: »Plessner wird sich über diese Nachricht freuen. Er erwartet Sie schon ungeduldig.«

»Wenn Sie bis morgen abend nichts Gegenteiliges von mir hören, bin ich abgeflogen.«

»Haben Sie über unser Gespräch nachgedacht?«

Ich konnte mich nicht erinnern, was ich ihm gesagt hatte.

»Darüber reden wir dann. Übermorgen.«

Liliana hatte sich ein Buch aus dem Regal genommen. Wenn ich jemanden lesen sehe, egal wo, werde ich entsetzlich neugierig und will wissen, was für ein Buch es ist. Das hat mich schon in die peinlichsten Situationen gebracht. Liliana kannte diese Manie an mir. Als sie sah, daß ich versuchte, den Titel auf dem Buchrücken – es war ein alter Einband – zu entziffern, deckte sie die Wörter rasch mit der Hand ab.

»O Satan, prends pitié de ma longue misère!« sagte Liliana.

Ich las gern Baudelaire, aber plötzlich drängte es mich, auf der Stelle zu gehen, mich nicht länger in einem Raum voller Bücher vor einem Schurken im Mantel zu verstecken. Ich sah auf Lilianas Knie, während sie *Les Fleurs du Mal* las, und dachte an Eric Rohmer und an *Le Genou de Claire*, verdammt, außer dem Titel wußte ich nichts mehr von dem Film – wie ist es möglich, daß ein Frauenknie so viele Verheißungen und solche Verwirrung in sich bergen kann? – diese Möse, so purpurrot wie ein Vulkan – Ruths Binde – vielleicht hatte ich das Bedürfnis, Musik zu hören – wo versteckte Gurian seinen Babel?

Laut schreiend wanderte ich durch das Zimmer und memorierte: »Ljutow-Babel muß beweisen, daß er, obwohl er eine Brille trägt und lesen und schreiben kann, ein echter Kosake ist. Paß auf: Ljutow ist gerade im Quartier der Sechsten Division angekommen, dem Haus einer alten Frau, das die Kosaken besetzt haben. Ljutows Kiste wird von einem Kosaken, der ihn beleidigt, in den Hof geworfen. Er sammelt seine Kleidungsstücke und Manuskripte ein, die aus der Kiste gefallen sind, und setzt sich in eine andere Ecke des Hofes, wo er in der *Prawda* Lenins Rede vor dem Zweiten Kominternkongreß liest. Da bekommt er Hunger. Er geht zu der alten Frau und sagt, daß er essen will. Die Alte sieht ihn eine Weile an und erwidert, daß sie sich am liebsten aufhängen würde. Ljutow stößt der Frau brutal die Faust in die Brust und sagt, er habe ihr keine Erklärungen zu geben. Er sieht sich um und erblickt einen Säbel. Er sieht auch eine Gans, packt sie und zertritt ihren Kopf mit dem Stiefelabsatz, worauf die Gehirnmasse des Tieres herausspritzt und es mit zitternden Flügeln im Dreck liegenbleibt. Da bohrt er dem Tier den Säbel in die Brust und hebt es hoch. ›Brate diese Gans für mich, Bäuerin‹, befiehlt er.«

»Warum schreist du mir dieses Zeug ins Ohr und reißt die Augen so auf? Was ist los? Bist du durchgedreht?« fragte Liliana.

»Das ist eine Passage aus meinem Film.«

»Und weil der liebe Genosse eine Gans getötet hat, wird er nun von seinen Kumpanen geachtet? Ist das die Aussage der Szene?« fragte Liliana. »Oh, ihr Kindsköpfe!«

»Ljutow hat von nun an Achtung vor sich selbst, das ist es. Aber als er kurz darauf den Säbel im Sand abwischt, ist er bedrückt. Doch die Gans gibt ihm Mut, mit den Kosaken zusammen Kohlsuppe und Schweinefleisch zu essen, solange die Gans noch nicht fertig ist. Dann liest er den Soldaten Lenin vor, triumphierend, weil er ›die untergründigen Kurven in Lenins gerader Linie entdeckt‹.«

»Die untergründigen Kurven in der geraden Linie?«

»Manchmal denke ich, daß dies einer der Sätze Babels sein muß, die ihm schließlich Schwierigkeiten gemacht haben. Anschließend legen sich die Soldaten zum Schlafen in die Scheune, unter einem löchrigen Holzdach, durch das die Sterne zu sehen sind, und wärmen einander mit ihren überkreuzten Beinen. Da träumt Ljutow, und in seinem Traum sieht er Frauen. Aber sein Herz, vom Blutvergießen befleckt, ›knirschte und quoll über‹.«

»Quoll über? Wovon?« fragte Liliana.

»Nun ja, er empfand so etwas wie Euphorie...«

»Die Euphorie, die Männer immer empfinden, wenn sie gewalttätig werden?... Und diese überkreuzten Beine? Hm... Gab's das bei den Kosaken auch?«

Das Telefon klingelte, wir zuckten zusammen. Es klingelte wieder.

»Geh lieber ran«, sagte Liliana.

»Hallo?«

»Wer spricht da?« fragte eine Frauenstimme.

»Mit wem möchten Sie sprechen?«

»Hier ist Mitiko. Ich bin in deiner Wohnung...« Sie wurde leiser, und ich konnte den Rest nicht verstehen.

»Kannst du vielleicht etwas lauter sprechen?«

»Wie sieht der Mann im Mantel aus?« fragte Mitiko noch immer flüsternd.

»Er trägt einen Mantel.«

»Das weiß ich bereits. Ist er groß, kräftig und sieht fies aus?«

»Ja.«

»Er redet da draußen mit dem Chauffeur des Funktaxis, das ich gerufen habe.«

»Du kannst ruhig lauter sprechen, der Mann kann da unten nicht hören, was du sagst. Hast du Angst?«

»Nein. Aber ich fürchte, daß er hinter meinem Taxi herkommt.«

»Du machst jetzt folgendes: Du steigst ins Taxi und fährst damit zum Flughafen Santos Dumont. Da gehst du zum Schalter der Luftbrücke und tust, als ob du nach São Paulo fliegen willst. Ich glaube nicht, daß der Mann dir folgen wird. Wenn doch, verspreche ich dir, daß er nicht wartet, bis du ins Flugzeug steigst. Hat jemand gesehen, daß du in die Wohnung hineingegangen bist?«

»Nein.«

»Sollte ich einmal einen Krimi drehen, gebe ich dir die Hauptrolle.«

»Im Ernst?«

Liliana nahm mir den Hörer aus der Hand.

»Hast du schon meine Sachen geholt? Nein? Dann machen wir das später. Am Flughafen nimmst du ein anderes Taxi, ein anderes, hörst du? Und dann komm her.«

Liliana legte auf und sah mich ironisch lächelnd an.

»Läßt du mich in deinem Krimi auch mitspielen?«

Liliana griff nach ihrer Tasche und nahm ein kleines Päckchen heraus, in dem sich die drei Steine befanden, die sie sich ausgesucht hatte.

»Die will ich nicht.«

»Ich bin ein Dieb, meinst du das?«

»Ja«, sagte sie.

Liliana hatte recht. »Jetzt ist es zu spät«, sagte ich.

»Es ist nie zu spät.«

»Wenn du ernst bist, schaffst du es, noch unerträglicher zu werden ... Mir ist die sarkastische Liliana lieber.«

»Hast du so was schon mal gemacht?«

»Nein, noch nie.«

»Dann ist das also der Anfang deiner kriminellen Laufbahn?«

»Weißt du, was passiert, wenn ich diese Steine der Polizei übergebe? Dann geht das Geld an unsere korrupte Regierung.«

»Damit rechtfertigen sich sämtliche Veruntreuer, Schmuggler, Diebe und Schwindler in diesem Land. Wenn die Korrupten das Geld bekommen, kann ich auch selbst korrupt sein. So denkt ihr doch, oder?«

»Du weißt genau, daß ich nie ...«

»Wenn du sie nicht zurückgeben willst, wirf sie ins Meer. Eins darfst du jedenfalls nicht: sie behalten. Du kannst sie in die Lagoa Rodrigo de Freitas werfen, ihr schlammiger Grund wird die Steine so lange festhalten, bis eine Generation kommt, die mehr ...«

»Mehr was? Mehr vom Affen hat? Jede neue Generation ist schlimmer als die vorausgegangene.«

Dieses idiotische Gespräch führte zu nichts. Ich war nicht bereit, mich von den Steinen zu trennen. Zum Glück kam Mitiko zurück, und wir mußten das Thema wechseln.

Mitiko kam mit Ruths Koffer. Darin mein Anzug, auf ihm mein Paß, das Buch von Babel und meine Aufzeichnungen.

»Und die Sachen, die da drin waren?«

»Da war nichts drin. Nur ein Buch, ein Fläschchen Parfüm, eine Packung Binden, etwas Wäsche.«

»Du hast die Binden aber nicht weggeworfen, oder?«

»Nein. Es liegt noch alles da.«

»Wozu brauchst du eine Packung Binden?« fragte Liliana. (Nein, alles, nur nicht über Ruth sprechen!)

»Deine Wohnung ist ganz durcheinander, was ist da passiert?« fragte Mitiko.

»Ich bin vor ein paar Tagen umgezogen und hatte nicht den Nerv, sie einzuräumen.«

»Soll ich das machen, solange du weg bist?«

»Das halte ich für riskant«, sagte Liliana.

»Ich räum' dir die Wohnung ein.«

»Ich möchte dir keine Mühe machen.«

»Das ist riskant, ich sage, das ist riskant.«

»Es macht mir überhaupt keine Mühe. Würde es dir etwas ausmachen, wenn ich da eine Weile wohne? Ich muß aus der Wohnung, wo ich jetzt wohne, raus.«

»Du kannst in meiner Wohung unterkommen, ich verreise auch«, sagte Liliana gereizt. »Laß die Wohnung so unaufgeräumt, wie sie ist. Es wird Zeit, daß er lernt, die Wohnung, in der er lebt, selbst aufzuräumen. Schluß damit, daß sich immer eine Frau um seine Sachen kümmert.«

»Ich dachte...« sagte Mitiko.

»Gar nichts hast du gedacht«, sagte Liliana. »So, jetzt gib ihm den Schlüssel zurück.«

Verärgert gab Mitiko mir meinen Schlüssel.

»Und wir machen das noch ab«, sagte Liliana sanft und streichelte Mitiko übers Gesicht.

Dann küßte sie Mitiko auf die Wange.

»Ich weiß nicht, was die Frauen an dir finden«, sagte Liliana zu mir.

Ich wartete schon auf den Traum: Ich befinde mich in einer Straße mit dunkler Luft, obwohl es Tag ist (diese Mischung aus Gasen, die wir einatmen – Stickstoff, Sauerstoff, Wasserstoff, Helium, Neon –, ist unsichtbar, aber ich weiß, daß die Luft dunkel ist), und die Luft verdunkelt alles wie durchsichtiges Rauchglas, und auf der Straße sind Wände voller Bücher. Ich kann weder die Straße noch die Bücher noch die Luft sehen, die wie eine durchsichtige Schattenhülle über der Straße liegt, aber ich weiß, daß die Passanten mich mißtrauisch ansehen, ich weiß, daß ich eine zermürbende Müdigkeit empfinde, und ich weiß, daß ich Gebell höre. Aber es sind keine Hunde, die da bellen, es sind zweibeinige Tiere, deren Augen mit Schlamm oder Schokolade oder Exkrementen bedeckt sind. Ich erkenne die Gerüche der Stadt und der Frau. Ein heller Lichtstrahl fährt durch mich hindurch wie der Blitz des Todes und läßt mich verschwinden. Ich höre jemanden mit blecherner Stimme aus einem

Lautsprecher sagen: »Für mich kommt Poesie im Urin raus, weißt du, seit wie vielen Jahren ich Gedichte schreibe? Du wirst staunen, während die Leute gearbeitet haben, um sich ein Haus kaufen zu können, war meine Arbeit Verse schmieden. Ich habe kein Haus gekauft. Siehst du den Fleck da oben auf der Mauer? Gut, dann wollen wir mal sehen, wer von uns, sagen wir fünf Sekunden lang, auf den Fleck pissen kann.«

Liliana und ich verließen gemeinsam die Wohnung. Mitiko schlief auf dem Sofa im Wohnzimmer. Ich ließ ihr einen Zettel da, sie solle beim Gehen die Tür zuschlagen.

»Sei vorsichtig«, sagte ich, als wir schon draußen waren, ehe wir uns trennten.

»Keine Sorge, ich bin nicht so blöd wie du.«

Wir verabredeten uns für zwei Uhr in einem Restaurant.

Vorher aber, noch in Gurians Wohnung, sortierte ich die drei Steine aus, mit denen ich bei Maurício im Büro gewesen war. Das heißt, diejenigen, die ihnen am ähnlichsten waren oder zumindest die gleiche Farbe hatten.

Wieder mußte ich sämtliche Sicherheitskontrollen in Maurícios Büro über mich ergehen lassen.

Endlich erschien er.

»Warum erzählst du mir nicht, was los ist? Wir sind doch alte Freunde.«

»Später.« Ich gab ihm die drei Steine, die ich aussortiert hatte.

»Sind das die Steine, die ich schon geprüft habe?«

»Ja.«

»Die anderen waren mehr wert.« Er sah mich mit seinem neuerdings forschenden Blick an.

»Sind diese keine dreißigtausend Dollar wert?« fragte ich.

Er lachte. »Schon allein dieser hier ist über dreißigtausend Dollar wert.« Er machte eine Pause. »Wie viele Steine hast du nun eigentlich?«

»Ein halbes Dutzend. Diese und die anderen drei.«

»Wo sind sie? Die anderen ... drei?« Sekundenlang hatte ich das Gefühl, er schaue auf die Wölbung von der Schachtel in meiner Tasche.

»In einem Banksafe.«

»Es ist besser, sie an einem wirklich sicheren Ort aufzubewahren. Sie sind viel Geld wert.«

Wieviel, fragte ich nicht. Darauf kam es noch nicht an. »Willst du nur einen verkaufen?«

»Ich brauche nur dreißigtausend Dollar. In amerikanischer Währung. Ich will verrreisen.«

»Das sagtest du schon.«

Maurício legte einen Stein beiseite und wickelte die anderen beiden sorgfältig in ein Stück Seidenpapier.

»Die kannst du einstecken.«

Er verließ den Raum und nahm den Stein mit. Als er zurückkam, brachte er vierzigtausend Dollar mit, die er mir in einem dicken braunen Umschlag überreichte.

»Alles in Hundertdollarscheinen. Nimm dich vor Überfällen in acht. Und steig mit diesem Geld und den Steinen nicht in einen Bus.«

Den Geldumschlag am Gürtel unter dem Hemd befestigt und die Schachtel mit den Steinen in der Tasche, trat ich aus dem Gebäude, in dem sich Maurícios Büro befand. Da erlebte ich eine Überraschung, die mich erstarren ließ. Auf der anderen Straßenseite stand der Mann im Mantel und neben ihm Diderot. Sie versuchten, die Straße zu überqueren, aber der Verkehr war so dicht, daß sie stehenbleiben und warten mußten. Ich rannte wie ein Besessener die Straße hinunter, um die nächste Ecke und stürmte in eine Damenboutique, wo ich mich eine Weile aufhielt und tat, als suche ich etwas zum Kaufen aus. Als ich herauskam, waren der Mann im Mantel und Diderot verschwunden.

Ich ging in sämtliche Bankfilialen, die ich unterwegs fand, und versuchte, einen Safe zu mieten. Nirgends war einer frei.

»Sie sind alle vermietet. Wegen der vielen Einbrüche wagt es niemand mehr, Wertgegenstände im Haus zu lassen«, erklärte ein Bankangestellter. Er erzählte von den Wohnungseinbrüchen, von denen er wußte oder in der Zeitung gelesen hatte. »Deshalb haben wir hier in unserer Bank Dutzende von Kontoinhabern auf der Warteliste.«

Es war schon fast Zeit, zur Verabredung mit Liliana zu fahren. Ich ging in eine Wechselstube und tauschte tausend Dollar gegen Cruzados, zum Parallelkurs, ein Euphemismus für den Schwarzmarktkurs. Die tausend Dollar in Cruzados waren dicker als die neunundreißigtausend Dollar im Umschlag. Ich stopfte meine Hosen- und Jackentaschen mit dem Geld voll.

Liliana erwartete mich schon im Restaurant.

Ich gab ihr den Umschlag.

»Geh zur Toilette und nimm dir neunzehntausendfünfhundert Dollar raus.«

»Nein, ich will nicht«, sagte sie.

Der Kellner kam. Wir gaben unsere Bestellung auf.

»Was willst du nicht?«

»Du weißt genau, was ich nicht will.«

Ich stand auf, ging zur Toilette und schloß mich in einer Kabine ein. Ich nahm neunzehntausendfünfhundert Dollar aus dem Umschlag und steckte sie mir in die Taschen. Dann kehrte ich zum Tisch zurück.

Liliana las in einem schmalen Buch, das sie aus ihrer Handtasche geholt hatte.

»Magst du Kavafis?» fragte sie.

Ich schob ihr den Umschlag rüber.

»Ich will dieses Geld nicht«, sagte sie.

Ich nahm einen Hundertdollarschein aus dem Päckchen, zerriß ihn in lauter Schnipsel und steckte sie in meine Hemdentasche, die einzige, die noch nicht mit Geld vollgestopft war.

»Ich werde jetzt alle dreißig Sekunden einen Hunderter zerreißen«, sagte ich.

»Alle dreißig Sekunden?« Liliana dachte eine Weile nach. »Dann brauchst du siebenundneunzig Minuten und dreißig Sekunden, um alles Geld zu zerreißen.«

Ich zerriß den nächsten Schein.

Der Kellner brachte die Appetizer.

Ich zerriß zwei Scheine. »Weil eine Minute vergangen ist«, sagte ich.

Liliana schälte ein Wachtelei, streute Salz drauf und versuchte, mir das Ei quer über den Tisch in den Mund zu schieben.

»Ich will nicht«, sagte ich, drehte den Kopf weg und zerriß noch einen Hunderter.

»Sonst hast du Wachteleier immer gern gegessen«, sagte Liliana.

»Aber jetzt nicht mehr.«

»Hast du Angst vor dem Cholesterin? Oder vor Salmonellen?«

»Ich kann es nicht ausstehen, wenn man mir Essen in den Mund schiebt. Das habe ich schon bei meiner Mutter gehaßt.«

»Es ist Zeit, den nächsten Schein zu zerreißen«, sagte Liliana.

Ich zerriß den Schein. Hundertdollarscheine lassen sich nicht leicht zerreißen. Sie sind aus einem besonderen, sehr reißfesten Papier hergestellt. Das weiß kaum jemand.

Der Kellner brachte unser Essen. Für Liliana gegrillten Fisch mit gekochten Möhren. Sie paßte auf. Wenn sie mit dem Rauchen aufhörte, konnte sie hundert – ratsch! ich zerriß den nächsten Schein – Jahre alt werden. Ich hatte Ochsenschwanzragout mit Kresse und ein Bier bestellt.

Ich zerriß noch einen Schein. Meine Hemdentasche war voller grüner Papierschnipsel.

»Ich komme gleich wieder«, sagte ich.

Ich ging zur Toilette, warf die Dollarschnipsel in das Toilettenbecken und zog die Spülung. Nur ein paar Papierstückchen schwammen in die Rohrleitung. Ich zog unzählige Male an der Spülung. Die Papierschnipsel drehten sich, kreiselten und schwammen weiter obenauf.

Ich konnte die Toilette nicht voller zerrissener Dollars zurücklassen. Also griff ich in das Becken, sammelte die

Papierstückchen ein und steckte sie mir wieder in die Hemdentasche.

Als ich an den Tisch zurückkam, aß Liliana in aller Ruhe ihren Fisch.

»Du bist drei Minuten weggewesen«, sagte sie.

»Die heutigen Klos sind Scheiße«, sagte ich.

»Das macht sechs Scheine«, sagte Liliana.

Ich zerriß sechs Scheine.

»Dein Hemd ist naß.«

»Ich weiß.«

»Los, jetzt iß dein Zeug da. Hast du keinen Hunger?«

»Ich werde zehn Scheine auf einmal zerreißen, damit ich in Ruhe essen kann«, sagte ich.

Liliana riß mir den Umschlag aus der Hand.

»Du Schwein, du hast schon tausendvierhundert Dollar zerrissen!«

Liliana steckte den Umschlag in ihre Handtasche. Ich fing an zu essen.

»Bilde dir nicht ein, zwischen uns hätte sich ein Machtkampf abgespielt und du wärst jetzt der Sieger. Du bist verrückt, und Verrückte zerreißen gern Geld«, sagte Liliana. »Es war nur ein Zusammenstoß zwischen dem Gesunden und dem Morbiden, und wie immer hat das Böse triumphiert.«

»Meinst du wirklich?«

Sie sah mich lange an.

»Wolltest du mich unterkriegen oder mich verführen?«

»Beides«, antwortete ich, das restliche fette Fleisch von dem letzten Knochen des Ochsenschwanzragouts abnagend. »Und außerdem war da noch die praktische Seite: Du brauchst das Geld für die Reise.«

»Bitte, ich liebe dich. Beherrsche mich nicht, so wie du es mit Ruth gemacht hast. Versprich es.«

»Sprich nicht von Ruth«, sagte ich.

»Versprich, daß du mich nie wieder so unterdrücken und demütigen wirst.«

»Ich verspreche es.«

»Geh dir die Hände waschen. Und das Gesicht. Du bist bekleckert. Im ganzen Gesicht hast du Ochsenschwanzragout.«

Als ich von der Toilette zurückkam, erzählte ich Liliana, daß ich keinen Banksafe hatte mieten können und vom Lokal aus zu meinem Bruder fahren wolle, um ihn zu bitten, die Steine für mich aufzubewahren.

Draußen vor dem Restaurant nahm Liliana mich fest in die Arme. Wir verabredeten, uns in vierzehn Tagen im Hotel Le Bréa in Paris zu treffen. Ich sah Liliana nach, als sie ging.

Ich traf mich mit meinem Bruder in der Kirche in Copacabana.

»Ich verreise heute«, sagte ich.

»Bleibst du lange weg? Ich denke an den Film, du weißt doch?«

»Ich bleibe wohl einige Zeit weg, wie lange, weiß ich nicht. Ich werde in Deutschland drehen, aber die Einzelheiten habe ich noch nicht abgesprochen. Vielleicht wäre es besser, wenn du dir jemand anderen für den Film suchst.« Ich machte eine Pause. Er wartete ab und unterdrückte seinen Unmut, denn er wußte, daß ich ihn um etwas bitten wollte. »Ich möchte dich bitten, ein paar Edelsteine für mich in Verwahrung zu nehmen.«

»Edelsteine?«

Ich holte die Schachtel aus der Tasche und gab sie ihm.

»Darf ich sehen, was da drin ist? Ich nehme nichts in Verwahrung, von dem ich nicht weiß, was es ist.«

»Du darfst.«

José öffnete die Schachtel, nahm ein paar Steine heraus und hielt sie gegen das Licht. Vielleicht hatte er früher auch Schmuck verkauft.

»Wo hast du die her?«

»Das möchte ich lieber nicht sagen.«

»Ich nehme diese Steine nur in Verwahrung, wenn du sagst, woher du sie hast.«

»Ich sage es nicht.«

»Dann läßt sich nichts machen.«

»Es ist besser für dich, daß du es nicht weißt«, sagte ich.

»Du sagst, woher du sie hast, und ich entscheide dann, ob ich sie in Verwahrung nehme oder nicht.«

Wenn ich es sagte, würde José die Steine nicht in Verwahrung nehmen und mir noch eine Moralpredigt halten.

Ich griff nach der Schachtel und steckte sie wieder in die Tasche.

Ich ging, ohne mich zu verabschieden.

In einem Taxi fuhr ich zu Gurians Wohnung zurück. Als ich hereinkam, spürte ich, daß Lilianas Duft über dem Schimmelgeruch der Bücher und der Dunkelheit hing. Ich ging zum Regal, suchte nach dem *Mahabharata* und legte die Schachtel mit den Edelsteinen dahinter. Kein Mensch würde sich für diese Bücher interessieren. Die einzige Gefahr war, daß Gurian starb. Das Adreßbuch mit den Telefonnummern lag noch da, wo ich es hingelegt hatte. Ich rief Sara an.

»Hier ist der Freund von Gurian. Wir waren zusammen im Krankenhaus.«

»Ja. Was möchten Sie?«

»Es geht um Gurians Bücher. Falls... hm... falls sie zufällig zum Verkauf angeboten werden sollten...«

»Boris verkauft seine Bücher für kein Geld der Welt. Sie als sein Freund müßten das doch wissen.«

Ich überwand mich: »Aber es kann was passieren... verstehen Sie... und in diesem Fall...«

»Was kann schon passieren?«

»Gurian geht es gesundheitlich nicht gut und... nicht, daß ich es ihm wünsche, ich schätze ihn sehr... aber es kann ja ein Unglück geschehen... verstehen Sie?...«

»Sie meinen, falls Boris stirbt?«

»Ja... genau...«

»Was geben Sie für die Bücher?«

»Ich weiß nicht. Aber ich biete mehr als jeder andere. Verkaufen Sie die Bücher an niemand anderen, falls... dieses Unglück . . . geschieht . . . lassen Sie die Bücher so wie sie sind. Ich kaufe alle.«

»Es sind über zehntausend Bücher.«

«Ich kaufe alle. Heute gehe ich zu Boris, aber ich werde nichts von unserem Gespräch sagen. Das wäre unfein.«

»Es gibt nichts Unfeineres als Sterben«, sagte Sara. »Reden Sie ruhig mit ihm.«

Ich ging zu einem Lufthansabüro und holte mein Ticket ab. Meine Buchung war bestätigt, noch für diesen Abend. Ich sollte um neun Uhr am Flughafen Galeão sein.

Um sechs Uhr nachmittags kam ich ins Krankenhaus. Ich hatte noch keine Zeit gehabt, die Wäsche zu kaufen, die ich auf die Reise mitnehmen wollte.

Gurian erwartete mich.

»Sara hat mich angerufen. Du kannst beruhigt sein. Wenn ich sterbe, gehören die Bücher dir.«

»Vielen Dank. Ich hoffe, das wird nicht so bald sein.«

»Willst du nicht was hierlassen?«

»Was hierlassen?«

»Eine Anzahlung?«

»Wieviel? Kann es in Dollar sein?«

»Nein, in Dollar geht nicht. Es muß schon in Scotch sein.« Er kicherte schwach und hustete anschließend.

Es wurde schon dunkel, als ich losging, um Gurians Whisky zu kaufen. Es gab mehrere Marken Scotch Whisky. Ich entschied mich für White Horse. Schleunigst kehrte ich mit dem Whisky unter der Jacke zurück.

Eine Krankenschwester war bei Gurian im Zimmer. Wir beide, er und ich, warteten ungeduldig darauf, daß sie den Raum verließ.

Ich zeigte ihm die Flasche. »White Horse. Weißes Pferd. Du weißt, warum ich diese Marke genommen habe«, sagte ich und goß ihm einen Drink ein. »Als Hommage an den weißen Hengst, den der Divisionskommandeur Sawitzki Chlebnikow weggenommen hat.«

»Eine schöne Geschichte über einen Mann, der weiße

Pferde liebte«, sagte Gurian. »Hast du je eine Szene von solcher Verzweiflung erlebt wie diese Szene mit Chlebnikow, der sich den Rock vom Leib reißt, wie besessen seine nackte Brust mit den Fingernägeln zerkratzt und dabei schreit, man möge ihn erschlagen, nur weil er sein Pferd nicht zurückbekommen hat?«

»Ljutow, Babel, sagt, daß Chlebnikow ein Mann von ähnlichem Charakter war wie er selbst: ›Wir blickten in die Welt wie auf eine Wiese im Mai, eine Wiese voller Frauen und Pferde.‹«

»Babel liebte Pferde über alles«, sagte Gurian. »Irgendwann versteckte er sich auf einem Gestüt, um zu schreiben und in der Nähe dieser schönen Tiere sein zu können. Ich weiß nicht, ob das war, bevor er die *Reiterarmee* zu Ende geschrieben hat, doch fest steht, daß er 1926, nachdem das Buch fertig war, ins Ausland gehen wollte. Moskau war, wie er selbst gesagt hat, eine schreckliche und schmerzhafte Episode in seinem Leben gewesen. Im Jahr darauf erhielt er endlich eine Reisegenehmigung. Er fuhr nach Paris, zu seiner Frau. Aber kurz darauf mußte er wieder zurück, um eine Erbschaftsangelegenheit für Eugenia zu klären, deren Vater gestorben war. Eugenia blieb in Paris. Babel kehrte zu seiner Frau zurück, aber dieses Mal war es noch schwieriger, die Reiseerlaubnis zu bekommen.«

»Was machte er in Paris?«

»Er schrieb ein Stück, *Maria*, das nie aufgeführt worden ist. In Paris dachte er an Rußland. Er konnte in Rußland nicht leben, aber genausowenig konnte er fern von seinem Land leben, so ergeht es vielen Exilierten. Deshalb fuhr er hin und her, unentschlossen, unglücklich, wohl wissend, daß in Moskau finstere Gerüchte über ihn umgingen. 1934 war er zurück und nahm am Ersten Kongreß der Sowjetischen Schriftsteller teil. Halt, ich glaube, darüber habe ich schon gesprochen. Nein? Wir Alten haben die Angewohnheit, immer dasselbe zu erzählen.«

»War das der Kongreß, auf dem Babel gesagt hat, er sei ein ›Meister des Schweigens‹ und ironisch gefordert hat, der

Schriftsteller müsse das Recht haben, schlecht zu schreiben, in Wirklichkeit also das Recht, nicht zu schreiben?«

»Ja, genau der. Sag Bescheid, wenn ich mich wiederhole – ich hasse es, wie ein alter Trottel dazustehen.«

»Du hast ein phantastisches Gedächtnis.«

»Ich vergesse Dinge, die gestern geschehen sind. Um auf Babel zurückzukommen, habe ich dir schon von dem Kongreß zur Verteidigung der Kultur und des Friedens erzählt, der 1935 in Paris abgehalten wurde?«

»Nein.«

»Wirklich nicht?«

»Wirklich nicht.«

»Die französischen Schriftsteller hatten dagegen protestiert, daß Babel und Pasternak nicht zur sowjetischen Delegation gehörten. Angesichts dieses Drucks beeilte sich die Regierung, die beiden Schriftsteller nach Paris zu schicken, als der Kongreß schon zu Ende ging. Noch einmal hatte er die Chance, in Paris, dem Paradies der Exilierten, zu bleiben, doch er kehrte in seine Heimat, zu Stalin zurück. Eugenia reiste nicht mit ihm zurück.«

Die Flasche White Horse war schon fast halbleer.

»Es ist Zeit, daß ich gehe. Ich muß um neun am Flughafen sein, und es ist schon fast acht«, sagte ich.

»In jenem Jahr 1935 lernte Babel Antonina Nicolajewna Piroschkowa kennen, mit der er dann eine Tochter Lidia hatte.«

»Es ist Zeit«, sagte ich.

»Gorki, Babels einziger einflußreicher Freund, starb 1936. Jetzt hatten seine Feinde freie Bahn.«

»Ich muß wirklich gehen, ich bin schon zu spät dran.«

»Noch eine letzte, sehr wichtige Sache – der allerletzte Tag, der 15. Mai 1939. Er hatte sein neues Buch schon fast fertig überarbeitet und hoffte, es im Herbst dem Verleger geben zu können. Babel hielt es für sein bestes Werk. An diesem Tag stürmte die politische Polizei seine Wohnung und verhaftete ihn. Soll ich dir jetzt sagen, was das Entsetzlichste war, das damals hätte geschehen können und auch geschah?«

Ich stand nervös auf. Ich würde mein Flugzeug verpassen.

»Dieses Buch, das Babels Meisterwerk gewesen wäre, wurde beschlagnahmt und zusammen mit sämtlichen Papieren, die sich in seiner Wohnung befanden, vernichtet. Alles wurde vernichtet. Vernichtet!«

Eine Träne lief über Gurians faltiges Gesicht. Seine Stimme zitterte vor Anstrengung und Empörung. »Laut Auskunft seiner Gefängniswärter starb er in einem Zwangsarbeitslager am 17. März 1941. Vermutlich durch Erschießung.«

Ich drückte Gurian fest die Hand.

»Ich schreibe dir aus Deutschland. Ich muß gehen.«

»Laß die Flasche hier«, sagte er.

Natürlich ließ ich die Flasche da.

II

Das Manuskript

I

Die deutschen Stewardessen im Flugzeug waren hübsch, und das Beste am ganzen Flug war, zu beobachten, wie sie sich hin und her bewegten. Seepferdchen zum Beispiel sind attraktive Tiere, dennoch verliere ich schnell das Interesse an ihnen. Aber von den Reizen einer sich bewegenden Frau kann ich mich unendlich lange betören lassen. Der Anblick der Stewardessen half mir, die Widrigkeiten, die ich in letzter Zeit in Rio de Janeiro erlebt hatte, die jüngsten Vorkommnisse ebenso wie die alten Qualen, etwas zu vergessen, er gab mir die notwendige Ruhe, um mich auf Babels Welt einzulassen. Ich war euphorisch, fühlte mich frei, vielleicht, weil ich außer Paß und Geld nichts als die *Reiterarmee* und meine Aufzeichnungen über den Schriftsteller mitgenommen hatte.

Kaum hatte ich das Buch aufgeschlagen, sagte ein Paar, das auf der anderen Seite des Ganges saß, etwas zu mir, was ich nicht verstand. Ich versuchte, mich mit ihnen in allen mir bekannten Sprachen zu unterhalten, doch vergeblich. Wahrscheinlich kamen sie aus irgendeinem Teil der arabischen Welt. Ich zeigte dem Paar meinen Paß und hoffte, sie würden das gleiche tun. Als Reaktion darauf schenkte die Frau mir ein halbes Dutzend kleine, grüne, harte Früchte. Eigentlich bei Passagieren der ersten Klasse nicht üblich, Eßbares in der Tasche mitzunehmen. Ich wollte sie wegwerfen, aber die Frau lächelte mir über ihren Sitz gebeugt zu, ein trauriges Lächeln, etwas dümmlich und etwas ängstlich, trotzdem hübsch. Die Früchte schmeckten nicht gut. Aber daß ich sie gegessen hatte, schien meine Nachbarn beruhigt zu haben, denn sie ließen mich den restlichen Flug über in Ruhe. So konnte ich mich mit ganzer Kraft Isaak Babel widmen.

Babel war zu einer fixen Idee geworden. Mir war klar, nur ein verblendeter Verehrer, was ich gewiß nicht war, konnte sich so in einen Schriftsteller vernarren, wie es mir mit Babel passierte. Oder ein Verrückter. Als ich den *Heiligen Krieg* drehte, hatte ich mich eingehend mit Euclides da Cunha beschäftigt, allerdings mit klarem Blick, was mir erlaubte, die Mängel des Schriftstellers, des Denkers, wahrzunehmen. Aber Babel schien mir perfekt zu sein. Die Vorstellung von Perfektion ist eine Utopie von Träumern, genau wie das Streben danach. Ja, ich war ein Träumer, der auf sehr ungewöhnliche Art träumte, aber mit Sicherheit kein Verrückter im herkömmlichen psychiatrischen Sinn. Ich war eigenartig (aber das sind alle Menschen), vielleicht seltsam, aber nicht verrückt.

Nach der Ankunft in Frankfurt stieg ich in die Pan Am nach Berlin um.

In Berlin schneite es. Dietrich erwartete mich am Flughafen.

»Haben Sie einen guten Flug gehabt? Sind Sie sehr müde?«

»Warum ist das Festival verschoben worden?« fragte ich.

»Was weiß ich? Weiß es überhaupt jemand? Es gibt offizielle Erklärungen, aber das sind bestimmt nicht die wahren Gründe.« Dietrich holte eine Polaroid aus der Tasche, die er dabei hatte, und machte mehrere Aufnahmen von mir.

»Die sind für Doktor Plessner. Er freut sich sehr, daß Sie gekommen sind. Wo ist Ihr Koffer?«

»Ich habe keinen.«

Ich bemerkte eine diskret verblüffte Reaktion.

»Ich hatte keine Zeit zum Kofferpacken«, erklärte ich.

Durch das Fenster des beheizten Autos sahen die verschneiten Straßen wie ein Schwarzweißfilm aus. Nur wenige Menschen waren zu Fuß unterwegs.

Das Hotel, das Dietrich für mich reserviert hatte, war angenehm. Im Bad lagen Zahnpasta und Zahnbürste. Auf dem Tisch im Zimmer standen eine Flasche Wein und ein großer Obstkorb. Süßigkeiten auf dem Nachttisch.

Ich trank die Flasche Wein und legte mich hin. Was für ein schönes Gefühl, das einen gleich nach dem letzten Glas einer Flasche Wein überkommt, die man allein leert. Ich zog mich nackt aus und legte mich unter die Decken. Ich hatte noch nie nackt geschlafen. Das heißt, nur einmal, und da war ich erkältet aufgewacht. Ich konnte das Hemd anziehen, in dem ich geflogen war, aber ich wollte es nicht noch mehr verknautschen, denn am nächsten Tag mußte ich damit aus dem Haus gehen.

Ich träume: Ich wälze mich auf dem Fußboden wie ein toller Hund. Oder wie eine vergiftete Ratte. Ich schlage gegen die Wand, und mein Kopf blutet. Ich überlege, ob ich einen Bambusstock nehmen und mir den Bauch aufreißen soll, wie Nakadai unter der Regie von Kurosawa. Ich starre auf die Wand, während ein amerikanischer Neger singt, und stelle mir vor, daß endlich ihr bleiches Gesicht erscheint. »Hallo, mein Schatz«, sage ich, »was hast du denn da auf dem Arm, einen Zwergspitz oder ein Häschen?« Und als ich die Augen schließe, streicht sie mir, mit langen Haaren wie an dem Tag, als wir in den Zoo gegangen sind, mit der Hand über meine Rückenmuskeln. »Du hast dich verändert«, sagt sie. Die Raben (oder sind es Krähen, die wie Raben aussehen?) fliegen, zeigen mir, was sie können. Sie sagt zu mir, die Liebe gibt es nicht, es gibt nur den Orgasmus, und dessen Lebenskraft ist so etwas ähnliches wie Scheißen, zum Beispiel, etwas, was dich erleichtert, und anschließend säuberst du dich mit einem Handtuch oder Wasser, und dann kümmerst du dich um den Alltag – kaufst etwas zum Anziehen oder ein Haus oder ein Schmuckstück oder gehst zur Gymnastik. Sie sagt, wir sind ein Haufen Wegwerfaffen, wie alte Rasierklingen oder Klopapier oder Binden oder leere Suppendosen oder Eintopfreste aus dem

Kochtopf oder altes Essen vom Sommer. Vielleicht hat sie recht. Mein Herz, mein Blut können das Subtile dieses Wesens nicht erfassen. Ich bin ein zur Hölle Verdammter, und meine Knochen schmerzen, und mein Körper ist so gepeinigt, daß ich nicht sprechen kann, wenn ich einen Raum betrete. Und aus meiner Nase läuft eine geruchlose Flüssigkeit wie geschmolzenes Eis, und ich bin nicht imstande, mit der Hand, die ich aus dem Handschuh gezogen habe, nach einem Blatt Papier zu greifen. Auf der Straße verwandelt sich das letzte dunkelgoldene Herbstblatt in ihre Augen. Ich schlage gegen die Wand und gehe nach draußen, um mich mit jemandem anzulegen. Zu jedem Mann, der mir begegnet, sage ich, »hau ab, du Schwein«, und alle gehen weg, sie verstehen es nicht und gehen trotzdem weg. Da gehe ich wieder nach Hause, und mein Kinn ist stundenlang eiskalt, so lange, daß ich Wasser im Teekessel koche und mir einen heißen Umschlag mache.

Als ich aufwachte, stand ich gleich auf – wenn ich wach wurde, war ich immer sofort ganz munter, ich glaube sogar, das war der Augenblick, in dem ich so geistig klar und scharfsichtig war wie den ganzen Tag über nicht mehr – und ging zum Fenster. Ich betrachtete den zweigeteilten Horizont. Unten ein starres Metallgrau und darüber schwarze Wolken, die sich als kompakte Masse langsam nach links bewegten, als zögen sie um den ganzen Planeten herum. Am Himmel sah ich die Raben, von denen ich geträumt hatte. Oder waren es Krähen?

Ich griff nach Babel. Ich glaube, ich las und schrieb ein paar Stunden lang. Erst als Dietrich kam, hörte ich auf.

Er wirkte größer. Er stieß mit dem Körper an die Möbel, wie ein ungelenker Orang-Utan.

»Doktor Plessner ist in München und erwartet Sie. Veronika Hempel wird Sie zu ihm bringen. Sie kommt gleich mit den Tickets hierher ins Hotel. Sie fliegen um elf Uhr.«

»Wer ist Veronika Hempel?«

»Eine sehr begabte junge Drehbuchautorin. Wir haben

uns gedacht, sie Ihnen zur Seite zu stellen, damit sie Ihnen hilft.«

»Ich brauche niemanden, der mir hilft.«

»Das war ein Vorschlag von Doktor Plessner. Veronika kann Ihnen sehr nützlich sein.«

Dietrich sagte noch, Veronika habe ihren Magister mit einer Arbeit über Babel gemacht. Sie könne Russisch. Gleich nachdem er mich mit diesem letzten Argument überzeugt hatte, ging Dietrich.

Veronika Hempel rief von der Hotelrezeption aus an.

»Ich bin hier unten«, sagte sie.

Ehe ich hinunterging, steckte ich den größten Teil der Dollars, die ich bei mir hatte, in zwei Umschläge. Mit den Umschlägen in der Tasche ging ich nach unten zu Veronika Hempel.

Sie erwartete mich stehend im Hotelfoyer, neben ihr auf dem Fußboden eine kleine Reisetasche. Sie kam ohne zu zögern auf mich zu.

Ich bat sie, ein paar Minuten zu warten, um die Dollars im Hotelsafe einzuschließen. Dann fragte ich, ob sie Englisch spreche, und auf ihre bejahende Antwort hin schlug ich vor, uns in dieser Sprache zu unterhalten. »Mein Deutsch ist nicht sehr gut.«

»Ich muß ein paar Sachen kaufen«, sagte ich, als wir draußen waren.

»Wir haben keine Zeit, vor dem Abflug einkaufen zu gehen, das war nicht vorgesehen. Wir haben nur gerade genug Zeit, um von hier zum Flughafen Tegel zu fahren. Wo ist Ihr Koffer?«

»Ich habe keinen Koffer«, sagte ich, absichtlich freundlich lächelnd, und wartete auf ihre verblüffte Reaktion.

Sie zeigte keinerlei Verblüffung. »Machen Sie Ihre Einkäufe in München«, sagte sie trocken.

Im Flugzeug schwiegen wir den größten Teil der Zeit.

»Die Leute in München feiern gern. Da gibt es sogar einen ganz fröhlichen Fasching ... aber es ist kein Karneval, bei dem es so ... so stürmisch zugeht wie bei Ihnen in Brasilien.«

Ich hörte aus ihrer Stimme eine Spur von Verachtung heraus und ärgerte mich darüber. Ich antwortete nichts.

In München war es weniger kalt als in Berlin.

»Ich hoffe, das Hotel gefällt Ihnen«, sagte Veronika.

Unsere Zimmer lagen nah beieinander. Ehe sie in ihr Zimmer ging, sagte sie: »Ich rufe Doktor Plessner an. Warten Sie, bis ich mich melde.«

Ich lag gerade in der Badewanne, da hörte ich das Telefon klingeln. Das mußte Veronika sein. Die soll warten, dachte ich, und ließ mich noch tiefer ins warme Wasser sinken.

Aber ich hatte nicht die Nerven, das Läuten eines Telefons lange auszuhalten. Ich stieg aus der Wanne und ging mit triefend nassem Körper an den lästigen Apparat.

»Für das Treffen mit Doktor Plessner ist es noch zu früh, Sie haben jetzt Zeit für Ihre Einkäufe«, sagte Veronika.

»Ich habe keine Lust zum Einkaufen.«

»Wollen Sie Lola Montez sehen? Sie befindet sich hier in München.«

»In einem Museum?«

»In einem Schloß. Ich bringe Sie hin.«

Ich hatte gerade mein zerknautschtes Hemd angezogen, da teilte Veronika von der Hotelrezeption aus mit, daß sie auf mich warte.

»Doktor Plessner hat uns einen Wagen besorgt.«

Es war ein Mercedes, und sie fuhr ihn selbst.

»Das Stadtzentrum wurde im Krieg zerstört und später unter Beibehaltung der historischen Besonderheiten wiederaufgebaut. Ludwig I. – in dessen Schönheitengalerie wir gleich sein werden – hat gesagt, wer München nicht gesehen hat, der hat Deutschland nicht gesehen.«

Den Rest der Fahrt über schwiegen wir, während ich durch das Fenster Deutschland sah.

Veronika parkte den Wagen auf einem weitläufigen, von einem riesigen, breiten Bauwerk beherrschten Platz.

»Sie ist da drin, im Schloß Nymphenburg.«

Ludwigs I. Schönheiten hingen in einheitlich großen Rahmen an der Wand. Wir suchten zwischen den unzähligen schönen Frauen der Sammlung nach Lola Montez.

»Für mich ist hier die Schönste die Tochter des königlichen Stallmeisters, die Blonde da«, sagte Veronika, »immer wenn ich herkomme, gehe ich zu ihr.«

»Das liegt wohl daran, weil sie Ihnen ähnelt. Und wo ist Lola Montez?«

»Warten Sie, ich gehe mich erkundigen.«

Veronika kam mit einem Aufseher zurück, der uns das Bild mit Lola Montez zeigte.

»Ihre Liaison mit Ludwig führte zum Zusammenbruch des Regimes«, sagte Veronika.

»Ich verstehe nicht, wieso Max Ophüls Martine Carol für die Rolle ausgesucht hat«, sagte ich.

»Vielleicht, weil beide mittelmäßige Schauspielerinnen waren«, antwortete Veronika.

Anschließend gingen wir einkaufen. Ich kaufte einen Handkoffer, ein paar Hemden, Unterhosen.

Wir kehrten ins Hotel zurück. Beim Portier lag eine Nachricht von Plessner, unser Treffen werde am nächsten Tag stattfinden.

»Möchten Sie einen Kaffee, einen Tee?« fragte ich.

Wir saßen verlegen schweigend da und warteten auf den Tee.

»Die Tochter des Stallmeisters sieht mir ähnlich?«

»Ja, sehr.«

»Eine sehr schöne Frau.«

Neuerliches Schweigen. Veronika mochte mich nicht und ich sie auch nicht. Keiner von uns rührte die Kekse an, die der Kellner zusammen mit dem Tee gebracht hatte.

»Doktor Plessner hat für heute abend Ballettkarten besorgt«, sagte Veronika. »Möchten Sie hingehen?«

Ich hätte die Einladung nicht annehmen sollen.

Das Ballett fand im Nationaltheater statt, dem Sitz der

Bayerischen Staatsoper. Das Programm umfaßte *Der verlorene Sohn, Les Sylphides* und *Elites Syncopations.* Aber das erfuhr ich erst, als ich schon in meinem Sessel auf den Beginn der Vorstellung wartete.

»Ich möchte den *Verlorenen Sohn* nicht sehen«, sagte ich.

»Warum nicht?« fragte Veronika. »Es kommt als erstes. Anschließend können wir gehen.«

In diesem Augenblick fing das Ballett an.

Als ich das Bühnenbild von Rouault sah, mußte ich an das Pferd in Ruths Wohnung denken, die gleichen kräftigen, dunklen Striche, mit denen er die Figuren, die Körperlichkeit umriß.

Die Musik von Prokofjew erfüllte den Raum. Ich hatte Ruth dieses Ballett tanzen sehen. Balanchine hatte die Choreographie für Ruth geschrieben, vierzig Jahre vor ihrer Geburt hatte er die Bewegungen dieses Tanzes mit ihrer unwiderstehlichen Sinnlichkeit speziell für Ruths prachtvollen Körper geschaffen. Unerträgliche Traurigkeit überkam mich. Ich hielt es nur ein paar Minuten aus. Ich wollte nicht an Ruth denken. Ich will nicht von ihr sprechen.

»Ich warte draußen auf Sie.«

Veronika kam hinterher. Wir standen im Theaterfoyer.

»Was ist?«

»Nur eine leichte Benommenheit. Das Pseudo-Ménière-Syndrom. Ein chronisches Leiden.« Es war nicht das erste Mal, daß ich die Krankheit als Ausrede benutzte.

»Pseudo-was-Syndrom?«

»Ménière, ein französischer Arzt, hat 1861 diesen Zustand als erster beschrieben. Das echte Syndrom zeichnet sich durch wechselnde Schwindelanfälle, Übelkeit, Ohrensausen und partielle Taubheit aus. Ich habe weder Ohrensausen, noch bin ich taub.«

»Tritt das häufig auf?«

»Gelegentlich. Die Anfälle können im Abstand von ein paar Tagen oder Monaten auftreten. Einmal habe ich über ein Jahr lang nichts gehabt. Das Innenohr besteht aus zahlreichen Räumen, Gängen, Windungen und hat eine so komplizierte

Form, daß es Labyrinth genannt wird. Diese Kanäle enthalten eine Lymphe genannte gallertartige Masse. Jeder Kanal besitzt an seinem äußeren Ende einen Schopf aus Fasern oder Sinneshaaren, und in die Lymphe eingebettet sind sogenannte kleine Gehörsteinchen, die, wenn wir unseren Kopf bewegen, auf die Sinneshaare drücken, und diese teilen über die Nerven dem Gehirn mit, was geschieht – zu welcher Seite man sich bewegt hat usw. Dann gibt das Gehirn den Körpermuskeln den Befehl, das Gleichgewicht zu halten. In meinem Fall weiß das Gehirn nicht, was es tun soll, denn die Informationen, die es aus dem Labyrinth erhält, sind unklar. Wenn das Gehirn nicht weiß, was es tun soll, weiß der Körper es auch nicht. Dann tritt die Große Verwirrung, die Unordnung, das Chaos ein.«

»Sprechen Sie im Ernst?«

»Ja. Aber dieses Chaos ist nicht das kosmogonische, das vor der Erschaffung der Welt herrschte.«

»Und wie bekommt man das?«

»Keine Ahnung. Manche Forscher glauben, es hänge mit einem Allergieproblem zusammen; andere halten es für die Folge einer elektrolytischen Störung.«

Veronika faßte mich am Arm. »Fallen Sie um, wenn Sie das haben?«

»Ich darf nur nicht den Kopf drehen, dann passiert nichts.«

»Wer hat nur so komplizierte Wesen wie uns und all die Tiere, die es gibt, erschaffen?« fragte Veronika. Die Naivität ihrer Frage überraschte mich.

»Das kann nur der Teufel gewesen sein«, erwiderte ich.

»Sie haben morgen vormittag ein Gespräch mit Doktor Plessner. Meinen Sie nicht, Sie sollten es absagen?«

»Morgen geht es mir wieder gut.«

»Ich bringe Sie ins Hotel.«

»Das ist nicht nötig«, sagte ich. »Gehen Sie zurück und sehen Sie sich das Ballett an. Bis morgen.«

»Ich wollte nur den *Verlorenen Sohn* sehen, jetzt geht es nicht mehr, nach Beginn der Vorstellung wird niemand mehr eingelassen. Ich komme mit.«

Wir fuhren zusammen zum Hotel.

Veronika wartete, bis ich in mein Zimmer ging. »Morgen um neun«, sagte sie, während sich die Tür schloß.

Ich rief im Hotel Le Bréa an. Man sagte mir, da wäre kein Gast namens Liliana und auch keine Zimmerreservierung auf diesen Namen. Ich erklärte, die Person, die ich suche, sei eine Brasilianerin. Es gab keine Brasilianerin im Hotel. Ich hinterließ meine Telefonnummer mit der Nachricht, die Brasilianerin solle mich anrufen, falls sie dort auftauche. Der Mensch, der mit mir am Telefon redete, sprach ein schreckliches Französisch mit asiatischem Akzent.

Ich träume: Ein Boot fährt den Fluß hinab, der durch die graue Stadt fließt. Ein Mensch spielt in der Abenddämmerung vor der Kathedrale Trompete. Die Kälte treibt mir Tränen in die Augen, nein, eigentlich nicht die Kälte, sondern die Musik, aber die Musik ist es auch nicht, sie ist es. Wer? Ich sitze in der Stadt fest und sehe jenseits des abgefallenen gelben Laubes das Narrenschiff mit seiner Last lästiger Narren den Rhein hinauf- und hinunterfahren. Ich sehe es nicht, ich weiß, daß sie dort vorbeifahren. Sie sagt: »Ich möchte nicht, daß du weinst, bitte, du hast kein einziges Mal mehr geweint, nachdem ...« Sie schweigt. Mein Schwanz ist von der Kälte wie gehäutet, ich will nur an sie denken, ich kann nur an sie denken – an wen? –, und ich habe mein Bett nicht gemacht und habe in Kleidern, aber ohne Schuhe geschlafen. Eine grauenhaft verdreckte Küche, gebratene Schweinerippchen und ein Salat aus Brokkoli und Kopfsalat. Ich höre meine Stimme: »Ich will nicht belästigt werden.« Sie: »Warum bist du so grob?« Eingesperrt in einer Kammer mit schwarzen Wänden in einer Stadt, wo es um vier Uhr nachmittags dunkel wird, sehe ich Verbrecher und Unschuldige mit durchsichtigem Blick.

Ich wachte auf.

Veronika kam Punkt neun nach unten. Ich war gerade mit dem Frühstück fertig.

»Doktor Plessner hat hier in München ein Haus. Es ist nicht so imposant wie das in Berlin. Wir treffen uns da mit ihm.«

»Ich friere«, sagte ich, als wir schon im Auto saßen.

»Die Heizung ist angestellt.«

»Ich muß mir einen Mantel kaufen.«

»Doktor Plessner wartet nicht gern.«

»Tut mir leid. Wir kaufen den Mantel jetzt.«

Veronika hielt bei einem Geschäft. Ich merkte, daß sie verstimmt war. Ich kaufte einen Mantel mit Fellfutter.

Plessner wohnte in einem alten, zweigeschossigen Haus in einer ruhigen Straße. Die Haustür – eine große, geschnitzte Holztür – führte direkt auf den Bürgersteig. Wie ich bemerkte, befand sich daneben ein Tor, wahrscheinlich zur Garage.

Ein schlanker, großer Mann mit gepflegtem, kleinem blondem Bart und langen hellbraunen Haaren öffnete die Tür. Es war Plessner. Veronika machte uns miteinander bekannt.

»Endlich ist es soweit, daß wir uns kennenlernen.« Sein britischer Akzent klang affektiert. »Ihr Film *Der heilige Krieg* hat mir sehr gut gefallen. Ich bin ein großer Verehrer des brasilianischen Films... Rocha, Dos Santos, Andrade, Hirszmann, Diegues, Jabor, Toledo, Amaral... Ich kenne natürlich nicht alle brasilianischen Filmemacher, nur die, deren Filme auf Festivals in Deutschland gezeigt worden sind...«

Was stimmte an ihm nicht? Daß er Rocha statt Glauber gesagt hatte, Dos Santos statt Nelson? Amaral statt Suzana?

»Ein Jammer, daß das Festival verschoben worden ist. Aber das ändert nichts an unseren Plänen.«

Während wir uns, inzwischen im Wohnzimmer sitzend, unterhielten, schwieg Veronika.

»Babel ist bedeutender als Solschenizyn, Pasternak, Brodsky und all die anderen, die hier in Europa in Mode gekommen sind«, sagte Plessner.

»Das finde ich auch.«

»Dietrich sagte, Sie hätten eine Synopse, die Sie mir zeigen könnten.«

»Sie ist noch nicht fertig. Ich will sie hier zu Ende schreiben. Ich brauche Arbeitsgerät zum Schreiben.«

»Sagen Sie, was Sie brauchen, es wird Ihnen noch heute ins Hotel gebracht.«

»Einen IBM und Zubehör. Das Programm Word. Papier.«

«Veronika, bitten Sie das Büro in Berlin, die Sachen zu besorgen.« Veronika stand auf und verließ den Raum. Sie schien sich im Haus gut auszukennen.

»Wollen Sie jetzt über unseren Finanzierungsplan sprechen?«

»Das hat noch Zeit.«

»Ich möchte einen antistalinistischen Film machen, der in der Sowjetunion gezeigt werden kann, der auch in der Sowjetunion gedreht werden kann«, sagte Plessner. »Das dürfte nicht allzu schwierig sein. Wenn ein Film wie *Pokainie* von Tengis Abuladse gezeigt werden kann, warum dann nicht auch unser Film?«

»Ich habe nicht vor, einen antistalinistischen Film zu machen.«

»Nein?«

»Mir schwebt ein Film vor, der das ganze Drama der *Reiterarmee* genauestens einfängt. Stalin interessiert mich nicht und die Innenpolitik der Sowjetunion genausowenig.«

»Ich weiß Ihre Offenheit zu schätzen. Aber Stalin und die Sowjetunion sind Teil des Dramas. Was wissen Sie über Babel?«

Ich antwortete wie Gurian: »Alles.«

»Alles?« Plessner brach in ein anhaltendes, feminin klingendes Lachen aus. »Veronika weiß nicht alles – und sie weiß viel. Ich weiß nicht alles – und ich weiß viel. Keiner weiß alles über Babel. Wir wissen nicht einmal, wie er zu Tode gekommen ist.«

»Er wurde füsiliert.«

»Es gibt auch eine Typhus-Version. Aber er kann auch

erwürgt, erstochen, erschlagen worden sein oder in einer Zelle, die sich für immer geschlossen hat, verhungert sein. Was seinen Tod betrifft, da weiß keiner, was tatsächlich geschehen ist. Und keiner weiß das Allerwichtigste über Babel. Wissen Sie, was das Allerwichtigste ist, das keiner weiß?«

Veronika kam ins Wohnzimmer.

»Alles veranlaßt, Doktor Plessner.«

»Ja«, sagte ich.

»Er sagt, er kennt das wichtigste Geheimnis von Babel.«

Veronika sah mich überrascht an.

»Sagen Sie es bitte«, sagte Plessner.

»Was stand in dem Manuskript, das die Polizei vernichtet hat und das Babel als sein Meisterwerk betrachtete? War es ein Band mit Erzählungen? War es, endlich, der Roman, den er wie Borges nie geschrieben hat? Das ist Babels großes Geheimnis: das, was in diesem Buch geschrieben stand, das die Polizei vernichtet hat. Keine Episode aus Babels Leben, nicht einmal sein Tod hat diese Bedeutung.«

»Das stimmt«, sagte Plessner mit verträumtem Gesichtsausdruck und strich sich leicht über den Kinnbart. »Das Werk ist wichtiger als der Mensch.«

Dann stand er auf und streckte mir die Hand entgegen.

»Wir werden einen schönen Film machen. In einer Woche sehen wir uns in Berlin wieder. Meinen Sie, daß Sie bis dahin schon etwas für mich haben?«

»Mit Sicherheit«, sagte ich.

Als wir zum Flughafen fuhren, um den Rückflug nach Berlin anzutreten, sah es so aus, als hätten Veronika und ich unsere gegenseitige Abneigung überwunden.

Im Flugzeug holte ich die Synopse heraus, die ich auf englisch geschrieben hatte und in der bereits eine Szene, Dolguschows Tod, mitsamt Dialogen ausgearbeitet war, und gab sie Veronika zu lesen.

»Ich wollte es Plessner nicht geben, weil es erst ein Entwurf ist.«

Veronika las schnell. »Ljutow sagt: ›Heute habe ich meinen besten Freund verloren‹ nicht mit Tränen in den Augen.«

»Das stimmt«, antwortete ich. »Die Tränen kommen schon vorher vor, als Afonjka zu ihm sagt, daß Korotschajew bestraft werden wird. Korotschajew, der die Vierte Division kommandiert und in Ungnade gefallen ist, hat im Kampf den Tod gesucht. Da ich nicht richtig verstanden habe, warum Ljutow die Tränen in die Augen treten, als er Afonjka das sagen hört, habe ich beschlossen, das Weinen umzustellen.«

»Ich mag keine Kriegsfilme«, sagte Veronika und gab mir die Synopse zurück.

Dann fügte sie hinzu, sie ertrage vor allem keine Filme über den Zweiten Weltkrieg und über den Vietnamkrieg. Sie könne keine Nazis, Partisanen, Marines, Kommandos, Kamikazes, Vietcongs, Vietnamesen, Indochinesen und Amerikaner und Franzosen und andere Protagonisten mehr sehen.

»Die *Reiterarmee* ist kein Film über den Krieg«, sagte ich.

»Wenn das kein Film über den Krieg ist, worüber dann? Soldaten, Artilleriedonner, Gefechte, Tote – und das ist nicht über den Krieg? Sie wollen doch wohl nicht sagen, es ginge dabei um Frustration, Erschöpfung, Angst, Warten.«

Es war mein Los, daß ich es mit ironischen Frauen zu tun bekam.

»Ich kann diese zynischen Rechtfertigungen für die Darstellung von Gewalt nicht mehr ertragen«, sagte Veronika. »Und wenn es ein Film über den Krieg-ohne-Heldentum wäre, dann würde er genauso wie all diese *Full Metal Jacket*, die in den letzten Jahren auf der ganzen Welt über die Leinwand gehen. Noch was: Der Satz, den Sie Witjagaitschenko in den Mund legen, gefällt mir nicht: ›Auf die Pferde, Mädchen!‹. Das ist so ein Gemeinplatz in Kriegsfilmen, daß der Kommandant seine Untergebenen beleidigend als Mädchen bezeichnet. Ich finde Ihren Satz dumm und machohaft, außerdem ist es ein unerträgliches Klischee.«

»Der Satz stammt nicht von mir, er steht bei Babel. Ich glaube, Soldaten der Kavallerie sind auf der ganzen Welt gleich.«

Die Megäre seufzte: »Ich denke, es gibt keine Kavallerie mehr.« Noch ein Seufzer. Veronika beherrschte ihre Atmung so wie eine der weiblichen Figuren bei Bergman, die mit ihrem Mann über eheliche Beziehungen in Skandinavien diskutiert. Das heißt, wie eine Schauspielerin, die gelernt hat, daß die Atmung jedem Satz Nachdruck und tiefe Bedeutung verleihen kann.

»Ich hasse Kriegsfilme!« sagte sie nach einem Seufzer.

»Der Krieg hat viele zu Meisterwerken inspiriert, in allen Künsten«, sagte ich zu meiner Verteidigung und wurde immer gereizter, je mehr ich redete. Ich mochte auch keine Kriegsfilme, doch die Provokationen dieser Frau machten mich unfreiwillig zu einem Kriegsbefürworter. »Euclides da Cunha, Goya, Stendhal, Beethoven, Tolstoi, Picasso, Shakespeare und Homer sind einige der vielen Künstler, die über den Krieg gearbeitet haben. Apropos Goya ...«

Ich wurde unterbrochen: »Das überzeugt mich nicht. Wenn Sie schon etwas über Babel machen wollen, warum dann nicht die *Geschichten aus Odessa*?«

»Wer die *Reiterarmee* verfilmen will, ist Plessner. Noch was: Das, was Sie gelesen haben, Dolguschows Tod, ist nur ein kurzes Stück aus dem Film, kaum mehr als eine Sequenz, und noch in der ersten Fassung, außerdem noch ohne Angaben über Schnitt und Kameraeinstellung. Strenggenommen wird es kein Kriegsfilm. Der Krieg wird nur Kulisse sein.«

»Ach so. Es ist kein Kriegsfilm, nur heraushängende Eingeweide und ein Gnadenschuß in den Mund. Haben Sie mir noch etwas zu sagen?« fragte Veronika.

»Ja. Ich werde Dietrich sagen, daß ich nicht mit Ihnen zusammenarbeiten möchte.«

»Sie wollen das Drehbuch allein schreiben?« Sie lachte.

»Warum nicht? Es gibt viele Regisseure, die schreiben können. Pasolini war ein Dichter und ein guter. Bertolucci ist ein Dichter. Kluge ist ein guter Schriftsteller«, sagte ich. »Viele brasilianische Regisseure schreiben gut.«

»Keiner von denen, die Sie genannt haben, hat seine Drehbücher allein geschrieben. Die besten Drehbücher sind das

Ergebnis der gemeinsamen Arbeit mehrerer Leute einschließlich der Schauspieler.«

»Ich arbeite auf meine Weise. Im Gegensatz zu vielen Regisseuren gebe ich den Schauspielern nicht das Drehbuch und fordere sie auch nicht auf, mit mir zusammen den Charakter ihrer Rolle – du bist schlecht, du bist gut – oder die Dynamik des Films zu bestimmen. Ich bin nicht der einzige, der so vorgeht. Forman, um nur ein Beispiel zu nennen, macht es genauso wie ich: Der Schauspieler erfährt jeden Tag, was er tun soll, Szene für Szene. Noch schlimmer als ein Schauspieler voller Ideen ist nur ein Produzent voller Ideen.«

»Sie nehmen keine Anregungen von Schauspielern auf?«

»Doch, Anregungen, die sie während der Arbeit machen, nehme ich auf und arbeite sie häufig in das Skript ein. Die besten Schauspieler sind diejenigen, die sich vom Gefühl leiten lassen. Als Fellini *La Dolce Vita* drehen sollte, wollte der Produzent Paul Newman als Hauptdarsteller haben, aber Fellini wollte einen Schauspieler ohne Persönlichkeit, einen sensiblen, und ohne viele eigene Ideen, so wie Mastroianni. Die größen Schauspieler der Welt, wie Mastroianni, sind beeinflußbar, schwach und nicht sehr intelligent. Es gibt natürlich Ausnahmen.«

»Kein einziger Regisseur hat je ein gutes Drehbuch allein geschrieben, und das wissen Sie.« Veronikas Stimme verriet Gereiztheit. »Ihr *Heiliger Krieg* hätte besser werden können, wenn Sie mit einem guten Drehbuchautor zusammengearbeitet hätten. Und Miloš Forman hat kein einziges Filmdrehbuch allein geschrieben. Bei *Anuschka – es brennt, mein Schatz* und *Die Liebe einer Blondine*, die er noch in der Tschechoslowakei gedreht hat, haben Ivan Passer und Jaroslaw Papoušek mitgearbeitet. *Taking Off*, der schon in den Vereinigten Staaten entstand, wurde zusammen mit John Guare und Jean-Claude Carrière geschrieben. In den Vereinigten Staaten hat Forman es übrigens ganz aufgegeben, an den Drehbüchern mitzuarbeiten. *One Flew Over the Cuckoo's Nest* wurde von Laurence Hauben und Bo Goldman geschrieben. *Hair* nur von Michael Weller. Regisseure wie Sie und Forman wollen nicht, daß die Schauspieler wissen, was sie tun, damit sie die absolute Macht über sie behalten. Das ist nichts als Unsicherheit. Sie werden mit den deutschen Schauspielern Schwierigkeiten bekommen. Hitchcock hätte hier nie Regie führen können.«

Was an Veronika machte mich so gereizt? Daß sie so schön war wie die Tochter des Stallmeisters von Ludwig I.? Ihre Selbstsicherheit? Ihr phantastisches Gedächtnis?

»Ehe wir nicht mehr miteinander sprechen – und darauf läuft unser Verhältnis ja wohl hinaus, oder? –, würde ich Ihnen gern sagen, was Kino für mich ist«, sagte Veronika.

»Tun Sie das.«

Veronika zögerte, sie baute ihre Argumentation auf.

»Artaud hat gesagt, wenn das Theater seine Daseinsberechtigung finden will, müsse es uns alles geben, was wir im Verbrechen, in der Liebe, im Wahnsinn finden.«

»Sophokles und Shakespeare haben uns nichts anderes als wahnsinnige, kriminelle, leidenschaftlich liebende Helden gegeben«, erwiderte ich.

»Darf ich zu Ende sprechen?« fragte Veronika.

Verdammter Scheiß, wie Witjagaitschenko gesagt hätte. Aber ich beherrschte mich.

»Das Kino«, fuhr Veronika fort, »hat Kriege gezeigt, Verbrechen, Irrsinn, Katastrophen, Wunderkinder, Tiere und Monster, die ebenfalls Wunder vollbringen, platonischen und expliziten Sex, Mystizismus – alles, was man sich vorstellen kann –, aber oberflächlich und verzerrt, nur um es den passiven Massen mundgerecht zu servieren, die mit zerstreuter Gefräßigkeit das Fernsehen konsumieren, während sie gleichzeitig reden, essen und trinken, zum Abort gehen oder in mehr oder weniger tiefen Nickerchen versinken. Zuschauer, die wirklich denken, gibt es wenige. Kino muß bedauerlicherweise für solche Leute gemacht werden.«

Veronika nahm eine Zigarette aus der Tasche und zündete sie geschickt mit einem alten Zippo-Feuerzeug an, das sie dann mit einem kurzen Geräusch zuklappte. Ich mußte an einen Fernsehfilm nach einer Geschichte von Roald Dahl denken, in dem ein Mensch einen Finger gegen einen Sportwagen wettet, daß sein Zippo-Feuerzeug zehnmal nacheinander ohne zu versagen zünden wird. An dem einstudierten Klicken des Feuerzeugs merkte ich, daß sie kurz davor war, die Beherrschung zu verlieren. Sie nahm einen tiefen Zug.

»Wollen Sie wetten, daß Ihr Feuerzeug nicht zehnmal nacheinander zündet?«

Die Stewardeß kam zu uns und sagte etwas. Veronika drückte ungehalten ihre Zigarette aus.

»Und was heißt denken?« fragte ich möglichst ironisch.

»Denken heißt, Informationen verarbeiten . . .«

»Das kann ein Computer besser.«

»Informationen verarbeiten«, fuhr sie fort, »aber komplexer als ein Computer, logische Gedankengänge ausführen, Probleme lösen, aber nicht wie ein Computer, Entscheidungen treffen, Dinge künstlerisch ausdrücken, aber nicht auf eine streng programmierte Weise. Das heißt denken. Und außerdem: Denken heißt in erster Linie, die Phantasie spielen lassen, Wünsche und Bestrebungen in Szene setzen. Denken heißt letztlich träumen.«

Träumen konnte ein Computer wirklich nicht. Aber Hunde und Katzen träumen.

»Wissen Sie, daß ich ohne Bilder träume?«

Kaum hatte ich es ausgesprochen, bereute ich es. Meine Träume waren viel zu intime Dinge, um darüber mit einer Idiotin zu diskutieren.

»Ich mache keine Filme, um die Leute zum Denken zu bringen«, sagte ich schnell gereizt, »ich will keine Filme als prophylaktische Entspannungsmittel machen, so wie Sie. Ich will beunruhigen, Verunsicherung, Ängste, Bestürzung, Schlaflosigkeit, Übelkeit hervorrufen.«

»Weiß Doktor Plessner das?«

Ich sah auf die Uhr. Am liebsten hätte ich diese Frau zum Teufel geschickt.

Wir schwiegen den Rest des Fluges über.

Als wir in Tegel ankamen, trennten wir uns wortlos.

2

Ich arbeitete wirklich nicht gern mit jemandem zusammen, wenn ich meine Drehbücher schrieb. Veronika los zu sein, war für mich eine große Erleichterung.

Die Geräte, um die ich Plessner gebeten hatte, waren bereits ins Hotel geliefert worden, als ich aus München ankam. Ich verband Rechner, Drucker, Bildschirm miteinander. Dann öffnete ich die Schachtel mit neuen Disketten.

Den Rest des Tages arbeitete ich. Eine Pause machte ich nur, um aus dem Haus zu gehen und an einem Straßenstand eine Bratwurst mit Brot zu essen. Im Grunde ging ich eher hinaus, um Menschen zu sehen, denn hungrig war ich nicht. Ich hatte in Berlin – genausowenig wie in irgendeiner anderen Stadt, die ich bislang besucht hatte – noch in kein Schaufenster gesehen und würde es mit Sicherheit auch nie tun, nicht einmal dann, wenn Videokassetten oder Bücher oder Fotoapparate darin lagen. Das einzige, was ich mir ansah, waren die Männer und Frauen, die Frauen noch mehr als die Männer. Wenn eine an mir vorüberging, drehte ich den Kopf nach ihr um, ob das unschicklich oder flegelhaft wirkte, war mir gleich. Die Körperbewegungen der Menschen sind immer sehr bezeichnend und aufschlußreich, solche Manifestationen, Offenbarungen ihres Wesens durfte ich nicht übergehen. Jetzt stand ich da, aß mein Würstchen mit Brot, trank dazu eine Dose Bier und beobachtete zwei Frauen beim Essen. Die eine sah Hanna Schygulla ähnlich. Hanna versuchte, ihrer anrührenden, weil Schwäche ausdrückenden Gebärde etwas Kultiviertes zu verleihen: Sie öffnete den Mund weniger, als erforderlich gewesen wäre, um effizient essen zu können, beugte den Kopf dezent über das Essen und unterdrückte die Laute, die sie beim Kauen oder Herunterschlukken hätte von sich geben müssen. Ihr Verhalten hatte etwas Animalisches. Deshalb, um vorzutäuschen, daß wir uns von den Tieren unterscheiden, hat der Mensch Teller, Gläser, Besteck, Etikette erfunden. Und die beiden Frauen hatten ihre eigene Liturgie, die weder etwas von der mystischen

Schlichtheit der Eucharistie noch von der protzigen Vulgarität der Orgie des Trimalchio besaß. So ähnlich wie eine Katze beim Fressen.

An diesem Abend hatte ich eine Unterredung mit Dietrich in meinem Hotel.

»Was ist zwischen Ihnen und Veronika vorgefallen? Sie wollen nicht mit Ihr zusammenarbeiten?«

»Ich arbeite lieber allein.«

»Wollen wir auf einen Drink nach unten in die Bar gehen?« fragte Dietrich. Er wirkte nervös und bedrückt.

Dietrich bestellte Schnaps und Bier. Er kippte den Schnaps hinunter.

»Mögen Sie Veronika nicht?«

»Eine unangenehme Person. Aber das ist nicht der einzige Grund, warum ich nicht mit ihr zusammenarbeiten will. Ich habe Ihnen bei unserem ersten Gespräch gesagt, daß ich meine Drehbücher selbst schreibe, erinnern Sie sich?«

»Ja, ja.«

»Sie weiß zuviel. Das ist selbst bei einem Deutschen nicht gut«, sagte ich. »Aber das ist nicht der Grund, warum ich nicht mit ihr arbeiten will.«

Wir schwiegen.

»Ich habe einen Kostenvoranschlag für den Film gemacht und bin damit zufrieden. Dafür, daß es ein Epos ist, werden wir, glaube ich, sehr wenig ausgeben.«

»Dieser Film ist kein *Krieg und Frieden*«, erwiderte ich. »Er kann mit wenig Geld gedreht werden.«

»Auch wenig Geld ist beim Film immer viel Geld.« Er klopfte mir auf den Rücken. »Beneiden Sie nicht die Schriftsteller? Die brauchen, wenn sie ein Buch schreiben, nur Papier und Zeit, die Personen arbeiten alle umsonst und tun Dinge, die Filmschauspieler nicht könnten oder sich zu tun weigern würden. Auch die aufwendigsten Szenen bringen sie allein mit Worten zustande. Sie töten, verstümmeln, treiben Menschen vor Leidenschaft in den Wahnsinn, in den Ruin oder schenken ihnen das Paradies. Eine Epidemie, die Millionen umbringt, kostet sie genausoviel wie ein Händedruck.

Es gab eine Zeit, da dachte ich daran, Schriftsteller zu werden, aber dann merkte ich, daß ich dafür nicht verrückt genug bin. Ich glaube, wer Schriftsteller ist, der ist grundsätzlich nicht ganz richtig im Kopf. Kein Griffith, Papst, Gance, Coppola, nicht einmal der größenwahnsinnigste Regisseur würde es je wagen, sich für so allmächtig zu halten wie ein Provinzschriftsteller.«

Ich antwortete nicht.

»Sind Sie nicht auch der Meinung?« Dietrich war ein höflicher Mann und gab sich Mühe, das Gespräch in Gang zu halten.

»Mehr oder weniger.«

»Ich möchte so gern, daß Sie mit Veronika zusammenarbeiten.«

»Sie mag mich auch nicht.«

»Veronika mag niemanden. Aber sie ist ungemein kompetent und gut informiert. Was ist dabei, daß sie zuviel weiß?« Diesen letzten Satz sagte er lachend. Dann, ernst: »Sie wäre sehr nützlich, wir alle würden davon profitieren.«

»Tut mir leid.«

»Wollen Sie morgen abend bei mir essen?« Er zog einen kleinen Block aus der Tasche, schrieb etwas darauf und reichte mir das Blatt. »Wenn Sie mit der U-Bahn kommen, müssen Sie an der Station Kleistpark aussteigen. Kleistpark, nicht vergessen.«

»Wie könnte ich so einen Namen vergessen?«

Abendessen bei Dietrich zu Hause. Eine Schauspielerin, Marthe, ein Theaterregisseur, ein Dichter und Veronika. Sie begrüßte mich höflich. Die Leute tranken Wein und redeten locker belangloses Zeug.

Schließlich setzten wir uns um den Tisch. Dietrich servierte mit Veronikas Hilfe das Essen.

Jemand fragte, ob ich Berlin schon kenne.

»Einer von uns muß ihm die Stadt zeigen«, sagte Marthe.

»Ich«, sagte Veronika zu meiner Überraschung.

»Ich möchte Ihnen damit nicht zur Last fallen.«

»Aber es wäre mir eine Freude«, erwiderte Veronika.

»Wenn mir danach ist, sage ich Ihnen Bescheid.«

»Ich kann Ihnen auch die Stadt zeigen. Immerhin bin ich hier geboren«, sagte Marthe lächelnd.

Ich lächelte wortlos zurück. War sie vielleicht eine Kandidatin für eine Rolle in der *Reiterarmee*? Die weiblichen Rollen würden nichts Besonderes sein.

Allmählich wandte sich die Unterhaltung dem Film zu, den wir machen wollten.

»Hat Doktor Plessner Ihnen gesagt, daß er den Film in der Sowjetunion drehen möchte?« fragte Dietrich.

»Ja. Aber ich habe den Eindruck, daß in der Sowjetunion noch einiger Widerstand gegen den Namen Babel existiert.«

»Den ersten Ansatz zu Babels Rehabilitierung gab es Ende der fünfziger Jahre, als man sein Gesamtwerk mit einer Einleitung von Ehrenburg veröffentlichte. Da gibt's kein Problem. Schon gar nicht jetzt, bei Gorbatschows Glasnost«, sagte Veronika.

»Babels Tagebuch ist bis heute nicht veröffentlicht worden«, sagte ich trocken. »Und ein paar Erzählungen auch nicht. Was mit einem Vorwort von Ehrenburg veröffentlicht wurde, war nicht das Gesamtwerk.«

»Jedenfalls hat man Babel rehabilitiert«, erwiderte Veronika gereizt.

»Wenn Sie einen Film drehen, gehen Sie dann von einem bestimmten ästhetischen Konzept aus?« fragte Marthe.

»Im Fall der *Reiterarmee* wird der Stil des Films wichtiger als alles andere sein. Babel hat im Gespräch mit seinem Biographen Paustowski gesagt, daß eine Geschichte auch allein aus Stil bestehen könne – ohne Inhalt, Handlung oder Spannung. Natürlich hat er damit übertrieben, seine Geschichten haben alle Handlung und Spannung, jede einzelne könnte von einem Geschichtenerzähler auf einem öffentlichen Platz erzählt werden, ohne an Faszination zu verlieren. Aber in erster Linie haben Babels Erzählungen Stil. Das ist eine Herausforderung, der ich mich stellen muß.«

»Aber was ist Stil?« fragte Veronika feidnselig.

»Eine charakteristische Ausdrucksweise«, antwortete ich.

»Aber das schließt doch die Handlung, die Spannung, den Inhalt mit ein«, sagte Veronika, jetzt aggressiv. »Ein Film muß ganzheitlich gesehen werden, denn was das ›Ganze‹ eines Kunstwerks ausmacht, besitzt eine größere Realität als die Summe seiner Teile – in diesem Fall Drehbuch, Beleuchtung, Schnitt, schauspielerische Leistung.«

Veronikas Feindseligkeit hatte ein gewisses Unbehagen am Tisch aufkommen lassen. Dietrichs Gesicht zeigte deutlich, wie unglücklich er war.

Der Theaterregisseur sprach über Regisseure, die Stil hatten – Fellini, Bergman, Ford, Visconti. Jemand erwähnte Fassbinder, was eine kleine Diskussion auslöste, an der Veronika und ich uns nicht beteiligten.

Den restlichen Abend über waren sie und ich mürrisch und einsilbig.

Ich saß drei Tage lang im Hotelzimmer und schrieb an der Drehbuchvorlage. Dietrich rief mehrmals an. Er sprach von Veronika. »Sie ist in Ordnung.« Ich wechselte das Thema. Er fragte, wann die Vorlage fertig sei. »Morgen.« Dietrich sagte, er werde jemanden vorbeischicken, um sie abholen zu lassen.

Die Person, die die Vorlage abholen kam, war Veronika. Sie lächelte, als ich die Tür aufmachte.

»Wollen wir Frieden schließen?« fragte sie.

Vor Überraschung antwortete ich nicht. Ich zog die Tür nur weiter auf, damit sie hereinkommen konnte.

»Ich glaube, ich bin auf Babel eifersüchtig«, sagte Veronika. »Ich war sehr grob zu Ihnen. Entschuldigen Sie.«

Sie war wie ausgewechselt. Was mochte geschehen sein? Reue ist nie spontan, dahinter steckt immer Zwang.

»Ich habe mich auch schlecht benommen«, sagte ich. Wenn mich jemand um Entschuldigung bittet, akzeptiere ich das immer.

Veronika reichte mir die Hand. Geschmeidig und fest.

»Die Szene, die Sie über Dolguschows Tod geschrieben haben, ist sehr gut.«

Vielleicht hatte Dietrich recht und Veronika war wirklich in Ordnung. Fest stand, daß ich immer eine komplizierte Beziehung zu den Frauen in meiner Umgebung gehabt hatte, ganz gleich, ob ich gefühlsmäßig engagiert war – wie bei Liliana und früher bei Ruth –, ob unsere Beziehung beruflich oder ob sie verwandtschaftlich bedingt war. Ich dachte an meine Mutter. Sie war eine dominierende Frau, die sich ganz der Familie widmete – für sie gab es nur meinen Vater, meinen Bruder und mich. Aber wir hatten für diese Hingabe teuer bezahlt, ich am meisten.

»Möchten Sie einen Tee trinken?« fragte ich. »Der Tee hier im Hotel ist sehr gut.«

Beim Tee – zu dem ein großes Kekssortiment serviert wurde – unterhielten wir uns über Babels Rehabilitierung.

»Bis 1957 galt Babel als ein subversiver Schriftsteller, und seine Werke waren verboten«, sagte Veronika. »Dann wurde eine ›Rehabilitierungsausgabe‹ seiner Erzählungen mit einer Einleitung von Ehrenburg veröffentlicht. Aber in der Sowjetunion kommt alles nur sehr langsam voran. Babel blieb weiter so gut wie geächtet, und ein Jahr später, in der ersten Ausgabe der *Geschichte der sowjetischen Literatur*, wurde er nur mit ein paar Zeilen gewürdigt. Seine eigentliche Rehabilitierung fand de facto erst bei der Gedenkfeier zum siebzigsten Jahrestag seines Geburtstags am 11. November 1964 in der Zentrale des Schriftstellerverbandes statt. Konstantin Fedin, der Generalsekretär des Verbandes, führte den Vorsitz bei der Veranstaltung, für die einige Intellektuelle große Vorarbeit geleistet hatten, darunter Ehrenburg, Liwschitz, Munblit und Nikulin. Ehrenburg hielt eine sehr schöne Rede. Er starb drei Jahre später.«

Veronikas Haar war sehr glatt und fein; es wippte bei jeder Bewegung ihres Kopfes.

»Aber das war alles nur dank Chruschtschow möglich«, fuhr sie fort. »1956 leitete Chruschtschow als Generalsekretär der Kommunistischen Partei auf dem Zwanzigsten Parteikongreß den Entstalinisierungsprozeß ein. In der literarischen Szene war Babel Stalins Hauptopfer. Trotzdem stieß seine Rehabilitierung auf Hindernisse. Erst mußte die finstere Geschichte der stalinistischen Verbrechen in aller Ausführlichkeit von Chruschtschow angeprangert werden, ehe die Schriftsteller und ihre offizielle Organisation, die ständig vom System in Angst gehalten wurden, tätig werden und die Ehrenrettung im November 1964 vorbereiten konnten.«

Veronika war eine große Frau mit guten Proportionen. Die Bewegungen, mit denen sie die Tasse an die Lippen setzte und den Tee trank, waren sehr fein und elegant. Wie bei den Frauen am Würstchenstand.

»Vorher, am 15. Oktober desselben Jahres«, fuhr Veronika fort, »siebenundzwanzig Tage vor der Veranstaltung im Schriftstellerverband zu Babels Rehabilitierung, hatte Chruschtschow seine Ämter als Regierungschef und Generalsekretär der Kommunistischen Partei gezwungenermaßen abgegeben. Aber im Grunde war es Chruschtschow zu verdanken, daß diese postume Ehrung stattfinden konnte. Chruschtschow ist immer der ungehobelte Arbeiter aus den Kohlebergwerken geblieben, aber wenn es keinen Chruschtschow gegeben hätte, dann hätte es zwanzig Jahre später auch nicht den sanften Gorbatschow, keine Glasnost und keine Perestrojka gegeben. Ein interessanter Umstand: Als man im Jahre 1964 den siebzigsten Jahrestag von Babels Geburt feierte, hätte man auch Chruschtschows siebzigsten Geburtstag feiern können. Beide waren 1894 geboren, der eine im April, der andere im November. Finden Sie das nicht spannend? Diese Koinzidenz?«

Veronikas Augen waren blau.

Die Farbe ihrer Augen brachte mich auf Goya. Goyas Blau hatte nicht so einen klaren Glanz wie Veronikas Augen, keine Ahnung, was diese Gedankenassoziation auslöste. Ich merkte, daß Veronika verwirrt geworden war, weil sie meinen Blick auf ihren Augen spürte. Ich erklärte: »Ich habe gerade an Goyas Blau gedacht.«

»An Goyas Blau?«

»Nicht unbedingt an sein Blau. An die Farben bei Goya.

Ich möchte, daß die *Reiterarmee* Goyas Farben bekommt. Die dunklen Farben.«

»Wie sind Sie darauf gekommen?«

»Aus verschiedenen Gründen. Babel und Goya waren sich in vielem ähnlich. Sogar äußerlich. Bis hin zur Kurzsichtigkeit. Das heißt, die Abbildungen von ihnen ähneln sich. Von Goyas Aussehen gibt es keine gute Beschreibung. Und im Grunde gibt es auch keine gute Beschreibung von Babels Aussehen.«

»Kennen Sie die Beschreibung, die Canetti in *Die Fackel im Ohr* von ihm gibt?«

»Nein.«

»Die beiden sind irgendwann in den zwanziger Jahren zusammen hier in Berlin gewesen. Canetti beschreibt Babel als einen untersetzten Mann mit großem Kopf und einer Brille mit dicken Gläsern, die seine Augen noch größer und noch runder machten.«

Wir unterhielten uns noch eine Weile, dann ging Veronika und nahm mit, was ich geschrieben hatte. Sie hatte sich vorgenommen, sich um ein gutes Verhältnis zu mir zu bemühen, und es war ihr gelungen.

Ich ging kurz nach ihr hinaus. Ich hatte keine Lust mehr, im Hotelzimmer zu sitzen.

In meinen fellgefütterten Mantel gehüllt lief ich den Ku'damm entlang und suchte ein Kino. Sämtliche nicht deutschen Filme, die in den Kinos liefen, waren deutsch synchronisiert. (Später stellte ich fest, daß sogar die Stummfilme von Charlie Chaplin deutsch synchronisiert waren. Es gab ein Kino, in dem regelmäßig ausländische Filme im Original gezeigt wurden. In ein paar anderen Kinos gab es zu diesem Zweck Sondervorstellungen, fast immer am Sonntagvormittag.) Verärgert verzichtete ich darauf, in ein Kino zu gehen, das einen alten Kurosawa zeigte. Zu den großen Vorzügen des japanischen Kinos zählt gerade dessen Sprache. Außerdem mußte es zumindest grotesk klingen, die vielen Samurais in Goethes Sprache sprechen zu hören.

Der Grundsatz, Filme zu synchronisieren, wurde zuerst in Mussolinis Italien eingeführt. Eine faschistische Idee.

Ich spazierte durch die Stadt, aß in einem italienischen Restaurant zu Abend und kehrte ins Hotel zurück. Ich sah fern. Die Programme der deutschen Sender – aus dem Westen wie aus dem Osten – waren genauso langweilig wie die französischen und amerikanischen Sendungen. Ich ging schlafen.

Ich träume: Frischer Wind zerzaust das schüttere, graue Haar des Mannes. Die Frau schützt sich vor dem Wind, aber nicht vor dem Vormittagslicht, das auf den über ihren Körper verteilten Brillanten glitzert. »Was war das?« fragt der Alte, aus seiner Schläfrigkeit aufschreckend. »Das war ein Hund, mein Herr«, sagt der Fahrer. »Haben wir einen Hund überfahren?« »Ich konnte es nicht verhindern, mein Herr.« Die Frau sagt: »Machen Sie das Fenster zu und stellen Sie die Klimaanlage an.« »Das ist das Schlimme, wenn man alt ist«, denkt der Alte und blickt durch seine Tränen nach hinten, »einen Haufen Geld haben und über einen toten Hund heulen.«

Am Vormittag erschien Veronika im Hotel.

»Doktor Plessner möchte heute mit Ihnen zu Mittag essen. Hier im Berliner Büro. Ich bringe Sie hin.«

Veronikas Teint hatte einen sanften gleichmäßigen Schimmer. Zu meiner eigenen Überraschung sagte ich: »Ich habe es mir anders überlegt. Ich möchte, daß Sie mit mir am Drehbuch arbeiten.«

Ihr Gesicht wurde rot. Ich sah sie im Profil, am Steuer des Wagens.

»Warum haben Sie es sich anders überlegt?« fragte sie schüchtern, den Blick nach vorn auf die Straße gerichtet.

Ich zögerte. »Das weiß ich nicht.«

»Das wissen Sie nicht?«

»Ich bin ein impulsiver Mensch.«

»Ich habe Bedenken, mit Ihnen zusammenzuarbeiten.«

»Warum?«

»Sie sind unberechenbar.«

»Nicht bei der Arbeit.«

Sie schwieg eine Weile. Die Menschen auf den Straßen gingen schnell, eingehüllt in warme Kleidung, nur Augen und Nase nicht bedeckt.

Veronika setzte mich vor dem Gebäude ab.

»Ich bin nicht eingeladen.«

»Sie könnten mir morgen etwas von der Stadt zeigen«, sagte ich.

Eine Empfangsdame brachte mich zu Plessners Büro im zwanzigsten Stock.

»Ich glaube, Sie haben erfaßt, was das Wesentliche der *Reiterarmee* ausmacht«, sagte er, nachdem wir uns an einen langen Holztisch gesetzt hatten. »Unglaublich. Daß ein Latino aus den Tropen so gut die russische Seele versteht.«

Wieder wurde mir unbehaglich, wie bei dem Gespräch, als Plessner von den brasilianischen Filmemachern gesprochen hatte, die er verehrte.

»Haben Sie schon etwas von Berlin gesehen?«

»Nein, noch nicht. Veronika Hempel will mir in den nächsten Tagen die Stadt zeigen. Apropos, ich möchte, daß sie am Drehbuch mitarbeitet.«

Plessner nahm meine Hände in seine und drückte sie fest. »Wie schön, daß Sie einverstanden sind, mit ihr zusammenzuarbeiten. Veronika ist außerordentlich kompetent. Ich habe mir große Sorgen gemacht, als Dietrich sagte, daß Sie sie nicht mögen.«

»Jetzt mag ich sie.«

Plessner sah mich neugierig und leicht verwirrt an. Wahrscheinlich war es für ihn wichtig, die Beweggründe anderer Leute zu verstehen.

»Kommen Sie«, sagte er und führte mich an das Fenster seines Büros. »Sehen Sie, da?«

Von dort hatte man einen weiten Blick über die Stadt. »Sehen Sie, da?« fragte er noch einmal.

Plessner meinte wohl die Mauer. Ein langes Stück Mauer

war von Plessners Wolkenkratzer aus zu sehen, wie eine hohe, gewundene Betonschiene.

»Kein anderes Bauwerk sagt so viel über unsere Zeit aus«, sagte er. »Der alte Geist des Kaisers Tsing, reduziert auf erbärmliche Dimensionen. Anfangs war sie aus Stacheldraht. Der moderne Mensch lebt noch immer in der Finsternis.« Er machte eine Pause. »Sehen Sie das graue Gebäude da drüben?«

Ich antwortete mit ja, aber in Wirklichkeit sah ich gar nichts. Ich wollte ihn nur nicht bitten, näher zu beschreiben, welches Gebäude er meinte.

»Das ist der Checkpoint Charlie, einer der Übergänge zur anderen Seite. Aber die meisten Menschen überqueren die Grenze am S-Bahnhof Friedrichstraße.«

»Checkpoint Charlie kenne ich aus dem Kino«, sagte ich.

Das Mittagessen fand in einem intimen Raum, eigentlich einem Salon, statt, in dem Plessner mittags mit seinen Gästen zu essen pflegte. Zwei große, schöne, elegant gekleidete Frauen, makellos geschminkt und frisiert, bedienten uns. Sie sahen aus, als wären sie direkt von einer Modenschau gekommen, um uns zu bedienen. An der Sicherheit, mit der sie auftraten, merkte man jedoch, daß sie an diese Arbeit gewöhnt waren.

»Wenn Sie in München nachfragen, wird man Ihnen vielleicht sagen, daß ich als Produzent ausschließlich am Geld interessiert sei. In Wirklichkeit ist es mein einziges Ziel, ein gutes Produkt herzustellen. Das Geld ist Nebensache. Ich suche ein Thema aus, lese das Drehbuch, gebe die eine oder andere Anregung zur Besetzung, schlage ein paar Techniker vor, mehr nicht. Den Film überlasse ich dem Executive Producer, in diesem Fall Dietrich, und dem Regisseur. Und da ich mit diesen beiden immer eine sehr gute Wahl treffe«, ein einschmeichelndes Lächeln unterstrich den letzten Satz, »haben meine Filme im allgemeinen Erfolg. Erfolg ist Geld.«

Als die Frauen den Nachtisch brachten, erlebte ich eine Überraschung. Eine riesige Schale voller Carambolas wurde auf die Tischmitte gesetzt, ich hatte seit Jahren keine Carambola gegessen, mit ihrem anregend herben Geschmack gehörte sie zu meinen Lieblingsfrüchten, aber in den Supermärkten von Rio und São Paulo war sie nur selten zu finden, obwohl sie in jedem Garten wächst.

»Bedienen Sie sich, sie sind echt«, sagte Plessner. »Ich weiß, bei Ihnen zu Hause ist diese Frucht etwas ganz Normales.«

»So normal, daß man sie nicht mehr bekommt«, erwiderte ich.

»Aber hier bekommt man sie«, sagte Plessner lächelnd. »Im KaDeWe. Es gibt nichts, absolut nichts, was Sie nicht im KaDeWe bekommen.«

»Im KaDeWe?«

»Das ist ein Kaufhaus. Es gibt zwei Dinge, die Sie in Berlin unbedingt sehen müssen: das KaDeWe und die Philharmonie. Bitten Sie Veronika, sie soll Ihnen diese beiden Häuser zeigen.«

Plessner nahm eine Carambola und legte sie auf seinen Dessertteller.

»Eine merkwürdige Frucht, ausgesprochen tropisch.«

»Aber ich glaube, sie wurde vor vielen Jahren aus China nach Brasilien gebracht, vermutlich von den Portugiesen«, sagte ich.

»Trotzdem ist sie sehr merkwürdig.«

»Das stimmt.«

Plessner starrte auf die Carambola auf seinem Dessertteller wie auf ein Tier mit zwei Köpfen.

»Sie wirkt künstlich. Wie aus Teig.«

»So sind diese Früchte aber.«

»Und wie ißt man so etwas?«

Ich nahm meine Carambola in die Hand und biß hinein. »So.«

Plessner ergriff seine Frucht und biß ein kleines Stückchen ab. Er kaute. »Faserig. Wahrscheinlich gut für den Darm. Für meinen Geschmack etwas zu sauer«, sagte er und legte seine angebissene Carambola zurück auf den Teller.

Ich aß drei.

Während die eine der Frauen Likör servierte, brachte die andere einen großen, glänzenden Holzkasten mit Fächern, in denen verschiedene Zigarrensorten lagen.

»Sie rauchen nicht?« fragte Plessner, als er sah, daß ich keine Zigarre genommen hatte.

»Nein.«

»Ich rauche nur zwei am Tag. Eine nach dem Mittagessen und die andere nach dem Abendessen«, sagte Plessner und nahm eine Zigarre aus dem Kasten. Ein paar Sekunden lang schwieg er, die Zigarre in der einen Hand und den Schneider in der anderen. Dann sagte er auf deutsch zu einer der Frauen, daß er nicht gestört werden wolle.

Die beiden Frauen verließen den Raum.

»Es gibt etwas, was ich Ihnen unter dem Siegel strengster Verschwiegenheit mitteilen möchte«, sagte Plessner und zündete die Zigarre an.

Er stieß zwei Rauchwolken aus. Scheinbar suchte er nach den richtigen Worten.

»Sie erinnern sich an unser Gespräch in München, über Babel?« fragte er.

»Ja.«

Noch eine Rauchwolke.

»Über Babels großes Geheimnis?« fuhr er fort.

»Das Buch, an dem er schrieb und das vernichtet wurde?« fragte ich.

»Bislang wußte man nicht, was für ein Buch das war – ob eine Autobiographie, ein Erzählband, ein Theaterstück, ein Roman«, sagte Plessner.

»Und inzwischen weiß man es?«

»Es war ein Roman«, sagte Plessner. »Es war ein Roman. Der einzige Roman, den Babel geschrieben hat.«

Mein Herz klopfte schneller. Ein Roman! Wie mochte dieser Roman gewesen sein? Sollte Babel die außerordentliche, phantastische Leistung vollbracht haben, einen langen Text in genauso gedrängtem, knappem Stil wie seine Erzählungen zu schreiben? Wenn es überhaupt einen Schriftsteller auf der Welt gab, der die Fähigkeit besaß, im Roman die Exaktheit, die Präzision der Erzählung zu erreichen, dann war es Babel. Maupassant, Dostojewski, Conrad, Lawrence war es nicht gelungen. Joyce, Proust hatten es vielleicht vergeblich versucht und deshalb aufgegeben und sich dem anderen Extrem zugewandt, der Weitschweifigkeit. Ich dachte nur an Schriftsteller, die beide Gattungen ausprobiert hatten. Flaubert war strenggenommen nie ein Erzähler gewesen.

»Und der Roman wurde nicht vernichtet«, sagte Plessner.

»Was?!« Diese Enthüllung machte mich sprachlos.

»Babels Roman wurde nicht vernichtet. Ich habe noch mit keinem Menschen darüber gesprochen. Diese Information ist äußerst vertraulich.«

»Wo ist das Buch? Haben Sie es gesehen? Haben Sie es?«

»Mehr darf ich darüber nicht sagen. Nicht jetzt. Und vergessen Sie nicht: Diese Information ist vertraulich.«

3

Ich saß mit Veronika im Pressecafé am Zoo, gegenüber vom Bahnhof, beim Bier.

»An dieser Stelle befand sich das Aschinger, Babels Lieblingsrestaurant, als er in Berlin war. Hier löffelte er langsam seine Erbsensuppe mit Wurststückchen, um sich in aller Ruhe die Menschen ringsum anzusehen. Das Aschinger ist abgerissen worden, jetzt gibt es hier keine Erbsensuppe mehr. Canetti, der mit ihm zusammen herkam, erzählt das alles in seiner Autobiographie. Babel redete nicht viel. Er sah sich lieber die Menschen an. Oder diskutierte mit Canetti über die Neue Sachlichkeit, die neue Realität. Berlin war schon immer die Stadt, in der man neue Themen diskutierte. Jetzt ist es die Neue Empfindsamkeit.«

Veronika trank einen Schluck Bier.

»Hier«, sagte sie, »hat Babel Canetti beigebracht, die Menschen zu beobachten, ohne sich an ihnen satt zu sehen, sie zu verstehen, ohne zu richten und ohne zu verurteilen.«

»Was ist das für eine These, von der Sie gesprochen haben?«

»Die Neue Empfindsamkeit?«

Die gesellschaftliche und politische Verantwortung, sagte Veronika, dürfe die Sensibilität, die Reflexion des Individuums über sich selbst, nicht ausklammern. Die Subjektivität komme nicht zwangsläufig einem Rückzug ins Individualistische gleich. Was man anstrebe, sei eine neue Art gesellschaftlichen Engagements, ein umfassenderes, das das Individuum nicht auslösche, es nicht der Konditionierung durch gesellschaftliche und politische Einflüsse unterwerfe, der Entmenschlichung der modernen Gesellschaft und des modernen Staates.

Es war ein sehr angenehmer Abend. Eine Nacht ohne erinnerungswürdige Träume.

Veronika holte mich mit dem Auto ab. Sie wollte mir die Stadt zeigen.

»Wollen Sie keine Museen sehen?«

»Nein.«

»Wollen Sie nicht die Nofretete sehen?«

»Nein. Das einzige, was mich interessiert, ganz gleich wo, sind die Menschen. Ich bin wie Babel.«

»Nofretete ist ein Mensch. Es gibt sogar ein Buch, das besagt, sie möchte wieder heim. *Nofretete will nach Hause.*« Pause. »Und Lola Montez? Das ist diskriminierend.«

»Lola war nicht in einem Museum.«

»Doch, das Schloß ist ein Museum.«

»Ich mag keine Museen. Ich will Ihnen eins sagen: Die einzigen Museen, in denen ich mir all den Mist ansehe, der da zu sehen ist, sind das American Museum of the Moving Image in New York und das Museum of the Moving Image in London.«

»Ist das nicht Fachidiotie?« erkundigte sie sich.

»Mag sein. Jedenfalls gehe ich in andere Museen nur hinein, um etwas ganz Bestimmtes zu sehen, und dann wieder hinaus.«

»Ich habe Karten für ein Rockkonzert gekauft. Aber es fängt erst um zehn Uhr abends an. Mögen Sie Rock? Rock, das sind Menschen, lebendige.«

»Um zehn? Was machen wir so lange?«

»Ich dachte, wir gehen in Museen«, sagte sie.

»Ich möchte einen Radiorecorder kaufen. Im Hotel gibt's nur Fernsehen, und ich möchte Musik hören.«

»Dann gehen wir einkaufen«, sagte sie.

Veronika half mir, einen bequem zu tragenden Stereorecorder auszusuchen.

»Das können Sie kaufen. Der Preis ist sehr gut«, sagte sie.

Anschließend gingen wir in ein Musikgeschäft. Ich kaufte Symphonien von Tschaikowski, die Opern *Boris Godunow, Sadko* und *Fürst Igor*, alles auf Kassetten, die in der Sowjetunion hergestellt und billiger als die westlichen waren.

»Ich kann nur bei Musik schreiben.«

»Von einem polnischen Komponisten wollen Sie sich nicht inspirieren lassen? Schließlich spielt die *Reiterarmee* auch in Polen, nicht?«

»Von welchem, zum Beispiel?«

»Chopin.«

»Chopin hat keine Kraft. Der ist zu gefühlsduselig.«

»Und Tschaikowski? Der ist doch so gefühlsduselig wie keiner.«

»Aber den Krieg gewinnt Budjonnys Reiterarmee«, sagte ich.

»Aha, dann geht es also um die Sichtweite des Siegers.«

»Nein, keineswegs. Das ist Babels Sichtweise. Die Sicht eines jüdischen Kosaken.«

»Der kurzsichtig war«, sagte Veronika. »Vergessen Sie nicht den Satz von Afonjka: ›Geh weg‹, sagte er blaß wie ein Tuch, ›ich bring dich um! Ihr Brillenträger habt so viel Mitleid mit Leuten wie uns wie die Katze mit der Maus.‹« Veronika lachte. »Babel war der einzige Kurzsichtige in Budjonnys Regiment, vielleicht der einzige kurzsichtige Reiter in der Geschichte der Kosaken, jedenfalls der einzige, der dazu stand und eine Brille trug. Militärs geben nicht gern zu, daß sie kurzsichtig sind. Sehen Sie sich Jaruselski an. Der trägt eine dunkle Brille, wie ein Playboy. In Ihrem Land ist es genauso. Die Generäle tragen dunkle Brillen. Und die Hauptleute vermutlich auch, aber das kann ich nicht beschwören, denn von Hauptleuten werden keine Bilder in der Zeitung veröffentlicht.«

»Glauben Sie, daß Babel kurzsichtig war, ist wichtiger, als daß er Jude war?« fragte ich.

»Sagen wir, beides ist wichtig. Der kurzsichtige jüdische Kosake. Wäre das nicht ein guter Titel für den Film?«

»Fragen Sie Dietrich.«

»Er würde mich umbringen, wenn ich das vorschlage«, sagte Veronika.

Wir gingen zum Auto zurück. Es war kälter geworden.

Veronika schlug vor, den letzten Film von Alexander Kluge anzusehen.

»Plessner hat gesagt, ich soll mir das KaDeWe ansehen.«

»Wollen Sie ins KaDeWe?«

»Nein. Wir gehen uns den Kluge ansehen.«

»Verstehen Sie alles?« flüsterte Veronika im dunklen Zuschauerraum. Ich spürte ihren Atem, duftend wie von einem Kind, als hätte sie nur Milchzähne im Mund. »Falls Sie etwas nicht verstehen, kann ich es erklären.«

»Nicht nötig«, sagte ich.

Vor dem Lokal drängte sich eine Menschenmenge. Veronika mußte jemanden zu Hilfe holen, damit wir hineingelangten.

Es war ein riesiger Raum, viele Tische, alle besetzt, eine überfüllte Tanzfläche und dichter Rauch. Auf einer nicht sehr hohen Bühne spielte eine Gruppe und stimmte das Publikum auf den Auftritt der Hauptgruppe ein. Veronika nahm mich an der Hand, wir drängten uns durch die Menge nach vorn zur Bühne. Es war sehr laut. Veronika zog ihren

Mantel aus und gab mir ein Zeichen, meinen auch auszuziehen. Dann legte sie beide auf einen Kleiderhaufen neben der Bühne.

Die Gruppe war sehr gut. Veronika stellte sich vor mich und wiegte ihren Körper leicht im Rhythmus der Rockmusik, die durch die Lautsprecher ganz in unserer Nähe mit fürchterlicher akustischer Brutalität verstärkt wurde.

Ich vermied es, mich von Veronikas Körper berühren zu lassen. Aber daß ihr feines blondes Haar ein paar Mal meinen Mund und meine Nase streifte, konnte ich nicht verhindern.

Als das Konzert zu Ende war, nahmen wir unsere Mäntel und gingen.

»Es war zu verraucht da drin«, sagte Veronika. »Hat es Ihnen gefallen?«

»Ja, sehr.«

»Was möchten Sie jetzt machen?«

»Ich habe Lust, Rotwein zu trinken.«

»Haben Sie keinen Hunger?«

»Doch.«

»Mögen Sie Carpaccio?«

Sie kannte ein Lokal, wo es sehr gutes Carpaccio gab.

Wir fuhren durch mehrere Straßen, die zu dieser Stunde, gegen zwei Uhr nachts, menschenleer waren, dann kamen wir zu dem Restaurant.

Das Lokal hatte wenige Tische, ein paar waren besetzt, und einen langen Tresen mit Hockern. Auf einem Hocker saß eine Frau und trank Rotwein. Hinter dem Tresen rauchte ein brünetter Mann mit südländischem Aussehen eine Zigarette. Vermutlich der Besitzer, dachte ich. Wir setzten uns an einen Tisch neben einem riesigen Fenster zur Straße. Der Tisch wurde spärlich von dem Licht einer Kerze beleuchtet.

»So«, sagte Veronika.

»Ein nettes Lokal«, sagte ich.

Der brünette Mann kam hinter dem Tresen hervor und fragte, was wir haben wollten.

»Carpaccio und Vino Rosso«, sagte ich.

»Ich sterbe vor Hunger«, sagte Veronika.

Die am Tresen sitzende Frau verließ ihren Platz und stellte sich neben uns in Positur.

»Do you speak English?«

»Ja«, sagte Veronika.

»Ich heiße Ellen«, fuhr sie auf englisch fort. Im Kerzenlicht wurde ihr bleiches Gesicht sehr hübsch.

Veronika forderte sie auf, sich zu uns zu setzen.

»Meinen Sie, daß ein Kosake eine Brille tragen könnte?«

»Soll das ein Witz sein?« fragte Ellen.

»Mehr oder weniger. Aber kein sehr komischer«, sagte ich.

»Nein, wirklich nicht«, sagte Ellen.

»Sie sind keine Deutsche«, sagte Veronika.

»Nein, ich bin Amerikanerin.«

Sie studierte an der Universität in Berlin. Sie hatte allein zu Hause gesessen und mitten in der Nacht ein unbändiges Verlangen bekommen, Menschen zu sehen. Sie war in das erste geöffnete Lokal gegangen, das sie gefunden hatte. Ihrer Stimme war anzumerken, daß sie schon seit einer ganzen Weile getrunken haben mußte, ehe Veronika und ich gekommen waren.

Wir tranken und redeten über Kino und Literatur. Drei Flaschen Chianti wurden leer.

Der Restaurantbesitzer, der sich mehrmals mit mir auf italienisch unterhalten hatte, kam zu uns und sagte verlegen, er müsse zumachen.

»Was hat er gesagt?« fragte Veronika.

»Daß er zumachen muß.«

»Schade«, sagte Veronika. »Wie wär's, wenn wir alle zu mir gehen?«

»Nein. Wir gehen zu mir«, sagte Ellen.

Ich wollte die Rechnung bezahlen, doch Veronika und Ellen bestanden darauf, die Kosten zu teilen.

Wir mußten mehrere Stockwerke hinaufgehen, bis wir zu Ellens Wohnung kamen. Als sie die Tür öffnete, standen wir vor einem riesengroßen Raum, der gleichzeitig als Wohnzimmer, Bibliothek und Schlafzimmer diente. Aber das erste, worauf der Blick fiel, waren Regale voller Bücher. Es mußten Tausende von Büchern sein. Hinten im Raum, durch eine große spanische Wand abgetrennt, ein breites Bett. Wie die Kulisse eines deutschen Films aus den zwanziger Jahren.

»Die Wohnung gehört einem Freund von mir«, sagte Ellen.

Ellen und Veronika bildeten einen interessanten Kontrast. Als ich Veronika ansah, den rosigen Schimmer ihrer Haut nach unzähligen Gläsern Wein, dachte ich natürlich an die Venus von Botticelli. Ellen hingegen, die sich an einem Plattenspieler zu schaffen machte, sah mit ihren Haaren und Augen, die immer schwärzer wurden, und ihrer eisbleichen Haut wie eine Frau von Delvaux aus, von Paul, nicht von dem Filmemacher. Alkoholisierte Überlegungen.

Ich ergriff Veronikas Hand.

»Wollen wir tanzen?«

»Ich tanze nicht besonders gut.«

»Das macht nichts. Ich will Sie nur in die Arme nehmen.«

Wir hielten uns sehr eng umschlungen, während unsere Körper sich langsam bewegten.

Ich flüsterte Veronika ins Ohr: »Kommen Sie nachher mit zu mir ins Hotel?«

Veronika antwortete nicht, preßte aber ihren Körper noch enger an meinen.

Wir tanzten noch etwas. Das heißt, wir bewegten unsere umschlungenen Körper.

Im nächsten Augenblick ergriff Ellen meinen Arm und sagte: »Ich will auch tanzen.« Sie schien plötzlich betrunken geworden zu sein. Sie küßte mich auf den Mund. Veronika zog sich zurück. Ich sah, daß sie ein Buch aus dem Regal nahm und sich ganz ruhig zum Lesen hinsetzte.

»Bleib bei mir«, sagte Ellen, während wir tanzten. »Ich möchte, daß du mit mir schläfst.«

Ich überlegte eine Weile hin und her. Dann ließ ich Ellen los und ging zu Veronika, die am anderen Ende des Raumes las.

»Was für ein Buch ist das?«

»*Frauen vor Flußlandschaft.*«

»Würde es Ihnen etwas ausmachen, wenn ich hier bei ihr bliebe?«

»Nein«, sagte Veronika ganz ruhig.

Ellen kam mit einer Flasche Wein in der Hand und einem Glas. »One for the road«, sagte sie fröhlich, goß Wein in das Glas und reichte es Veronika.

Veronika trank einen Schluck. »Danke«, sagte sie und reichte das Glas zurück. Dann holte sie ihren Mantel und zog ihn seelenruhig an.

Wir brachten Veronika zur Tür. Zum Abschied küßten wir sie überschwenglich auf die Wangen. Veronika machte ihre Handtasche auf, holte einen Zettel heraus und schrieb etwas. »Meine Telefonnummer.« Dann ging sie und zog die Tür zu.

Ellen nahm mich an der Hand und zog mich quer durch den Raum zu der Ecke, in der das große Bett stand.

»Hilf mir beim Ausziehen.«

Ich zog Ellen die Schuhe aus, ihre dicken Wollstrümpfe, die langen Hosen. Dann den Pullover und die Bluse. Ellen trug keinen Büstenhalter. Sie fiel rückwärts auf das Bett. Ihr locker sitzendes Baumwollhöschen ließ die dunklen Haare ihrer Scham sehen.

»Du gefällst mir«, sagte Ellen mühsam und undeutlich artikulierend.

»Wie heiße ich?« fragte ich, während ich mich auszog.

»Fuck you!« sagte Ellen, aber nicht aggressiv.

»Hast du meinen Namen vergessen?«

»Fuck me!« sagte Ellen.

Ich zog ihr das Höschen aus. Da merkte ich, daß Ellen schlief.

»Ellen!«

Ich bekam sie nicht wach. Ich blieb neben dem Bett stehen. »Ellen«, sagte ich noch einmal leise und untröstlich. Dann deckte ich sie zu und zog mich wieder an.

Ich nahm ein Buch über Otto Dix aus dem Regal und sah

mir die Illustrationen an. Ich schaltete das Radio ein. »Berlin, the city that never sleeps«, sagte der Sprecher des amerikanischen Soldatensenders. Ich machte das Radio aus und ging wieder zum Bett. Besorgt legte ich ein Ohr auf Ellens Brust und horchte auf ihren Herzschlag, der leicht beschleunigt war. Ihr Körper war warm und duftete. Wie alt mochte sie sein? Achtzehn? Ich bedauerte, daß ich nicht nekrophil oder so etwas ähnliches war.

Was wollte ich hier, bei einer nackten, betrunkenen jungen Frau, die schlief? Wenn ich weggehen wollte, mußte indes ein Problem gelöst werden. Ich war aus einer Großstadt voller Gewalt gekommen, wo man die Türen immer sehr gut verschließen mußte. Wie konnte ich die Tür von außen abschließen und Ellen in Sicherheit schlafen lassen? Den Schlüssel mitnehmen konnte ich nicht. Da bemerkte ich eine schmale Öffnung in der Tür, durch die man Briefe hineinstecken konnte. Das Schlüsselbund paßte nicht durch den Schlitz. Ich mußte also erst herausfinden, welcher Schlüssel zum Schloß paßte, und ihn dann vom Bund abnehmen. Den richtigen Schlüssel zu finden war nicht schwierig. Das Problem war nur, daß die Schlüssel an einem Ring mit einem defekten Verschluß hingen. »In einem Haus, in dem es sämtliche Bücher von Auden gibt, muß es auch eine Kneifzange geben«, dachte ich nicht sehr logisch. Schließlich fand ich nach langem Suchen einen Werkzeugkasten. Ich knackte den Ring mit einer Zange und nahm den Türschlüssel ab. Die anderen Schlüssel legte ich auf den Tisch, zusammen mit einem Zettel, auf dem ich erklärte, was ich gemacht hatte. Dann ging ich hinaus, schloß die Tür von außen ab und schob den Schlüssel durch den Briefschlitz. So, jetzt konnte das Mädchen in Sicherheit schlafen.

Ich sah kein Taxi und wußte nicht, in welcher Richtung ich nach einem Bus suchen sollte. Ich ging schnell und schlug dabei die Arme um die Brust. Nachdem ich um zwei Ecken gebogen war, stieß ich auf eine große, nicht sehr hohe, dunkle Mauer, deren Ende nicht zu sehen war, egal, ob ich nach links oder rechts schaute. Es war *die* Mauer. Die moderne Mauer des Kaisers Tsing, die ich von Plessners Bürofenster aus gesehen hatte. Ich drehte ihr den Rücken zu und ging in die entgegengesetzte Richtung. Meine Ohren fühlten sich steifgefroren an. Aus der Nase und den Augen lief mir etwas heraus, das ich mit dem Mantelärmel abwischte. Ich sah auf die Uhr. Sechs Uhr, doch die Straßen lagen noch immer in tiefer Dunkelheit, nicht eine Spur von Licht kündigte den Tag an. Nur selten fuhren Autos vorbei. Dann fiel mir ein, daß ich meinen Radiorecorder und die Kassetten in Veronikas Auto liegengelassen hatte. Wenn ich die eisige Luft einatmete, tat es mir in der Brust weh. Ich formte mit der Hand eine Muschel und atmete nun die warme Luft ein, die ich durch den Mund ausatmete.

Lange Zeit lief ich so, ohne ein Taxi zu finden. Vielleicht war es besser, an der Straße stehen zu bleiben, denn durch das Laufen verpaßte ich die Taxen vermutlich eher als ich sie fand. Diese These erwies sich innerhalb weniger Minuten als richtig. Kurz darauf nahm mich ein Taxi mit und setzte mich vor dem Hotel ab.

Ich ging nicht ins Bett, denn ich wußte, daß ich nicht würde schlafen können. Ich ließ heißes Wasser in die Wanne, legte mich hinein und dachte nach. Ich dachte an vieles, an die hinter dem *Mahabharata* versteckte Schachtel mit den Steinen, an Gurian, an Liliana, an Babel, an Veronika. Ja, ich dachte auch an Ruth.

Gegen elf Uhr vormittags stieg ich aus der Badewanne, trocknete mich ab, griff zum Telefon und wählte.

»Was bedeutet *Frauen vor Flußlandschaft*?« fragte ich, als sie sich meldete.

»Wollen Sie das wirklich wissen?«

»Nein. Ich möchte, daß Sie zu mir ins Hotel kommen.«

Pause. Sie übersetzte den Titel. Dann: »Jetzt gleich?«

»Wenn es keine Umstände macht.«

»Es wird etwas dauern. Ich muß duschen, mich anziehen.«

»Sie können hier duschen.«

»In einer Stunde, ja?«

Es dauerte nicht so lange. Veronika trug eine braune Lederhose, eine Seidenbluse, einen Wollpullover und einen langen blauen, ebenfalls wollenen Mantel.

Wir standen schweigend im Zimmer. Sie lächelte auf ihre verhaltene Art. Merkwürdig, auf einem Gesicht von solcher Klarheit ein so geheimnisvolles Lächeln.

Ich half ihr aus dem Mantel.

»Was für eine hübsche Bettdecke«, sagte sie. »Ich liebe Bettdecken.« Ellen und die Begegnung in der Nacht erwähnte sie mit keinem Wort.

Wie selbstverständlich begann sie sich auszuziehen. Mir gefiel die sichere, entschlossene Art, wie sie ihr Höschen auszog, dabei erst auf dem einen Fuß, dann auf dem anderen stand, elegant wie eine Art-nouveau-Miniatur. Ich bewunderte auch die gleichmäßige Farbe ihrer Haut, den rosigen Schimmer, der mich schon vorher so beeindruckt hatte. Ihr Blick schien intensiver geworden zu sein.

»Sie hätten früher anrufen können«, sagte sie.

Ich nahm Veronikas nackten Körper in die Arme. Ein Gefühl von Reinheit durchflutete mich. Ein Gefühl von Seligkeit. Sie streckte eine Hand aus und ergriff meinen Schwanz.

Ich legte sie auf das Bett. Das Licht ihres Körpers war wie das der aufgehenden Sonne. Ich muß sie ganz befriedigen, dachte ich, dafür sorgen, daß es ihr mehrmals kommt, meine Fähigkeit einsetzen, endlos lange einen erigierten Penis zu haben, ohne daß es mir kommt, meine Lust ist zweitrangig. Die alte Frage – Großzügigkeit oder Exhibitionismus? – stellte sich mir nur für Sekunden.

Veronika legte ihren Kopf auf meine Brust.

»Danke«, sagte sie.

»Erzähl mir von Babel.«

»Ich erzähl' dir von Babel, und du erzählst mir von dir«, sagte sie und küßte mich, jetzt allerdings mit geschwisterlicher Zärtlichkeit.

»Ich möchte noch mehr darüber wissen, mit welcher Besessenheit er seine Texte überarbeitete.«

»Paustowski erzählt, daß Babel die nur acht Seiten lange Erzählung *Ljubka Kosak* mindestens zwanzigmal überarbeitet hat.«

»Die steht nicht in der *Reiterarmee*.«

»Nein, das ist eine der *Geschichten aus Odessa*. In der *Reiterarmee* gibt es eine Erzählung, ebenfalls sehr kurz, wie alle Erzählungen von Babel, die er über dreißigmal überarbeitet hat, ehe er sie veröffentlichte, und dann, nach der Veröffentlichung, noch einmal für zukünftige Auflagen überarbeitet hat. Es ist die Geschichte von dem gotteslästerlichen Maler Apolek, der für seine Heiligenbilder die Außenseiter der Stadt, in der er lebte, als Modelle verwendet hat. Erinnerst du dich an die Geschichte?«

Veronika küßte mich. Die Spannung hatte sich verändert, das gegenseitige Vertrauen war größer. Nein, genaugenommen war es kein größeres Vertrauen. Wir gewöhnten uns nur aneinander, im Bett und außerhalb des Bettes.

»Lieb mich noch einmal«, sagte sie.

Wieder die gleiche Szene: Veronika suchte die sexuelle Beziehung so weit wie möglich auszukosten, und ich spielte den exhibitionistischen Verführer oder großzügigen Befriediger. Natürlich kam bei solchen Gelegenheiten auch der Moment (wann und wie, das entschied ich), in dem ich einen Orgasmus hatte, meistens erst dann, wenn meine Partnerin erschöpft war. Aber dieser Orgasmus diente weniger zu meinem Lustgewinn als dazu, eine klebrige Spur zu hinterlassen und damit meiner Partnerin zu zeigen, daß auch ich mich tief auf die Beziehung eingelassen hatte. Die Menschen glauben an die äußeren Zeichen des Höhepunktes.

»So, ich habe dir von Babel erzählt. Jetzt erzählst du von dir«, sagte Veronika.

»Ich spreche nicht gern über mich.«

»Das hast du aber schon. Von deiner Krankheit, deiner Art zu träumen.«

»Das, was ich habe, ist nicht eigentlich eine Krankheit.«

»Du hast bestimmt ein interessantes Leben«, sagte Veronika. »Das sieht man an deinem Gesicht.«

»Nein, habe ich nicht.«

»Aber deine Art zu träumen ist interessant. Willst du nicht mal darüber sprechen? Wenn du mir von deinen Träumen erzählst, erzähl' ich dir auch von meinen. Ich habe auch etwas sehr Merkwürdiges zu erzählen.«

»Ich kann's zusammenfassen: Meine Träume sind so, als ob ich ein schlecht geschriebenes Buch lese.«

»Wie das?«

»Die meisten Menschen träumen, als sähen sie einen schlecht konstruierten Film.«

»Alpträume sind immer gut konstruiert. Sehr spannend.«

»Hast du Alpträume?«

»Erst sprechen wir über deine Träume. Dann über meine.«

»Es gab eine Zeit, da war mein Verhältnis zu den ... den Menschen so kompliziert, daß ich zu einem Analytiker gegangen bin.«

Veronika wartete eine Weile ab. »Und dann?«

»Eine Frau, Freudianerin. Ich sollte über mein Leben sprechen, und ich erzählte ihr nur von meinen Träumen.«

»Wie konntest du auch zur Analyse zu einer Frau gehen«, sagte Veronika scherzhaft.

»Offenbar glaubte Freud, und sie ebenfalls, daß die Träume in ihrem manifesten Inhalt mit Erfahrungen aus der jüngsten Vergangenheit zusammenhängen und in ihrem latenten Inhalt mit älteren Erfahrungen. Die Analytikerin brauchte, abgesehen von den Träumen, noch mehr Daten über mich. Die Deutung des Traums hing für meine Analytikerin zum Teil vom Ergebnis der Verknüpfung von Traum und meiner Erfahrung, meiner Realität ab, die sie nicht aus mir herausbekam, und zum Teil von den Umständen, unter denen ich ihr den Traum erzählte, das heißt, von meinen Reaktionen. Ich allerdings beschrieb ihr meine Träume unbeteiligt und lakonisch, ohne Kommentare, wodurch ich ihr nicht die anderen Einblicke, die sie haben wollte, gestattete und sie daran hinderte, die verborgenen Dinge abzuleiten und an die Oberfläche zu holen. Ein Mensch, der viel träumt, ist theoretisch als Patient leicht zu handhaben. Ich jedoch erfüllte diese Erwartungen nicht. Sie stellte Fragen, und ich antwortete nicht.«

»Wie kompliziert.«

»Das ging natürlich nicht lange. Sie brauchte Zeit. Ich gab die Analyse auf, ich fand, die Analytikerin brauchte mich mehr als ich sie. Aber das war ein Irrtum. Und was ist mit deinen Träumen?«

»Ich träume nie. Das ist das Besondere bei mir. Das heißt, ich kann mich nie an meine Träume erinnern. Meine Analytikerin (es war auch eine Frau) sagte, das käme von meinem Mangel an Phantasie in Verbindung mit einer unbewußt negierenden oder mißtrauischen Einstellung. Ich habe auch aufgehört.« Sie machte eine Pause und zündete sich eine Zigarette an. »Die Statistik sagt, daß die Männer das Rauchen aufgeben und die Frauen immer mehr rauchen. Ich weiß, ich weiß, dafür gibt es eine soziologische Erklärung, für alles gibt es eine soziologische Erklärung, aber ich will sie nicht hören.« Sie machte noch eine Pause. »Manchmal glaube ich, daß ich wirklich nicht die Fähigkeit besitze, Bilder zu entwerfen, daß ich überhaupt keine Kreativität habe, daß meine Analytikerin recht hatte und daß ich mein Gedächtnis in anormaler Weise entwickelt habe, um den Mangel an Phantasie zu kompensieren. Ich kenne einen Menschen, der die ganze Enzyklopädie *Der neue Herder von A bis Z* auswendig weiß. Ich habe ihn einmal erlebt, als er eine Kostprobe gab, es war atemberaubend. Aber er ist fast ein Idiot. Nein, genaugenommen ist er ein kompletter Idiot. So etwas macht mir manchmal angst.«

Aber Veronika hatte keine Angst. Die Menschen in meiner Umgebung waren allesamt Schauspieler, die eine mysteriöse Rolle spielten. Alle hüteten ein Geheimnis, verbargen etwas vor der Außenwelt – vor mir.

4

Das Telefon klingelte. Es war Liliana.

»Wo zum Teufel steckst du?«

»Ich bin hier in Paris.«

»Ich hab' im Le Bréa angerufen, und da hat man mir gesagt, du seist nicht da. Hast du meine Nachricht nicht erhalten?«

»Das ist eine komplizierte Geschichte. Die kann ich dir nicht am Telefon erzählen.«

»Und wo bist du nun eigentlich?«

»In Paris.«

»Daß du in Paris bist, weiß ich, verdammt! Wo da?«

»Das kann ich jetzt nicht sagen.«

»Wie kann ich dich erreichen?«

»Im Le Bréa. Aber nicht per Telefon. Wenn was ist, schick mir ein Telegramm. Oder besser, schick das Telegramm an Messjöh Casteloh Brancoh.«

»Hör auf mit dem Quatsch.«

»Ich mach' keinen Quatsch. Schick das Telegramm an Monsieur Castelo Branco, hier ins Le Bréa. Er weiß, wo ich zu erreichen bin. Schick ein Telegramm, ja? Ruf nicht an. Ich komme um vor Sehnsucht.« Sie legte auf.

Ich brannte darauf, mit Plessner zu sprechen und mehr über Babels verschwundenen Roman zu erfahren. Ich wollte Plessner gerade anrufen, da kam er mir zuvor.

»Ich kann Ihnen noch mehr über Babel erzählen«, sagte er.

Er empfing mich in seinem großen Büro und sagte zur Sekretärin, daß er nicht gestört werden wolle. Dann ging er ans Fenster, vermutlich, um auf die Mauer zu sehen. Ich setzte mich.

»Stalins Leute, die Babel verhaftet haben«, sagte Plessner, noch immer am Fenster stehend, »hatten mit Sicherheit Anweisung, sämtliche Papiere, die sie bei ihm fanden, zu vernichten.«

»Warum beschuldigen Sie Stalin?« fragte ich. »Wir wissen, daß Budjonny Babel haßte, er beschuldigte ihn, die Kosaken mit der *Reiterarmee* diffamiert zu haben, er beschimpfte ihn als kulturell entartet, als politischen Ignoranten. In Wirklichkeit war es nichts anderes als verletztes militärisches Ehrgefühl, Budjonny wollte die Kosaken verherrlicht wissen, Babel bot Vergebung an. Andererseits heißt es, daß Stalin Babel für einen guten Schriftsteller hielt.«

»Stalin sagte zu allem seine Meinung, ganz egal, was, und von daher war er auch der wichtigste Kunst- und Literaturkritiker der Sowjetunion. Budjonny war nicht stark genug, Babel verhaften zu lassen. Aber ich gebe zu, er hätte Stalin beeinflussen können, er hätte ihn umstimmen können, falls Stalin, wie Veronika irgendwo gelesen haben will, Babel tatsächlich gut fand. Das hat Veronika Ihnen erzählt, nicht?«

»Nein.«

Er sah mich an. Er wußte, daß ich log.

»In Wirklichkeit«, fuhr er fort, »begegnete Stalin, der Revolutionär an der Macht, Schriftstellern und Künstlern im allgemeinen mit großem Mißtrauen, für ihn waren sie unredliche, wankelmütige, blöde und nutzlose Leute. Für Revolutionen, die sich konsolidieren und ihren Bestand sichern wollen – jede Macht will ihren Bestand sichern, das ist eine Binsenweisheit –, ist Kohärenz erforderlich, etwas, womit Künstler nicht dienen können. Folglich glaube ich nicht, daß Stalin groß aufgestachelt werden mußte, um einen schäbigen Schriftsteller zu verhaften, ihn umzubringen und sein Werk zu vernichten.«

Plessner sah mich taxierend an. Er verbarg etwas, und ich hatte keine Vorstellung davon, was es sein konnte.

»Aber wie durch ein Wunder hatte der mit diesem Verbrechen beauftragte Büttel nicht die Courage, das Manuskript zu vernichten, vielleicht, weil er es vorher gelesen hatte. Denn wer Babel liest, liebt ihn. Jedenfalls landete das Manuskript in der Abteilung für geheime Schriften der Lenin-Bibliothek in Moskau. Ein beträchtlicher Teil der Lenin-Bibliothek ist dem Publikum nicht zugänglich. Es sind Tausende, vielleicht sogar Millionen von Dokumenten, die aus dem einen oder anderen Grund trotz gegenteiliger Anweisung nicht vernichtet wurden. Ähnlich wie das, was hier in Deutschland geschehen ist, wo man die Unterlagen über die Massenvernichtung der Juden aufbewahrt hat. Wir haben die Juden umgebracht und sie gleichzeitig am Leben erhalten, indem wir die Dokumentation über dieses infame Geschehen aufbewahrt haben. Der Mensch muß die Greueltaten, die er begeht, abbüßen, und ein Weg, dies zu tun, besteht darin, sie nicht zu vergessen. Auch wenn die Russen traditionell verschwiegener sind als die Deutschen, die Erinnerung an die slawischen Greueltaten wurde ebenfalls erhalten.«

»Es scheint«, fuhr Plessner fort, »daß viele Menschen den Verdacht hatten, das Manuskript existiere noch. Es heißt, Ehrenburg, der von dem Geheimnis wußte, habe unauffällig darauf hingearbeitet, das Buch freizubekommen. Aber dann habe Ehrenburg den Fehler begangen, bei der Ehrung Babels im Sowjetischen Schriftstellerverband am 11. November 1964 eine allzu vehemente Rede zu halten. Beachten Sie das Datum, mehr als zwanzig Jahre vor Glasnost.«

Ich konnte meine Ungeduld kaum zügeln. Ich wollte sofort wissen, was mit dem Roman geschehen war, die von Plessner beschriebenen Einzelheiten interessierten mich nicht; außerdem war mir ein Teil der Episode mit dem Schriftstellerverband schon von Veronika oder Gurian erzählt worden.

»Ehrenburgs Rede enthält pathetische Momente. Er war bewegt, und zwar noch zusätzlich durch die Anwesenheit von Babels Tochter Lidia. ›Ich bin entschlossen, die verantwortlichen Organisationen wie ein Hund anzubetteln, daß sie Babel wieder auflegen‹, sagte Ehrenburg. Die offizielle Erklärung hieß, dafür sei kein Papier vorhanden. ›Es ist kein Papier da, um ein kleines Buch zu veröffentlichen? Dann muß das Papier beschafft werden!‹ donnerte Ehrenburg. Das kleine Buch war die *Reiterarmee* und noch ein paar Erzählungen, darunter die *Geschichten aus Odessa*. In einem bestimmten Augenblick sagte Ehrenburg: ›Wer Babel nicht liebt, ist unser Feind.‹ Das muß von den ›verantwortlichen Organisationen‹ als untragbare Provokation aufgefaßt worden sein. Damit wurden die behutsamen Bemühungen um Babels Rehabilitierung und die Sicherstellung des unveröffentlichten und noch immer irgendwo in der Unmenge an verbotenen Schriften der Lenin-Bibliothek vergrabenen Manuskripts beeinträchtigt. Ehrenburg plante eine Ausgabe von Babels Gesamtwerk, zusammen mit dem beschlagnahmten Manuskript. Aber die im Jahre 1966 veröffentlichte Ausgabe mit einem Vorwort von Ehrenburg war nicht nur unvollständig, sie enthielt auch nicht den Roman, er war noch gar nicht gefunden worden. Möglicherweise wurde das Buch noch sorgfältiger versteckt. Die konservative Bürokratie hatte sich auch im Schriftstellerverband fest eingenistet. Die Zensur ist ein zähes Kulturprodukt. Ehrenburgs Bemühungen hatten nichts gefruchtet. Er starb kurz danach, im Jahre 1967, vielleicht in dem Glauben, Babels Roman sei nur ein Mythos, und natürlich mit dem Verdacht, daß, falls dieser Text tatsächlich existiert hatte, die Gerüchte und das Gerede zu Beginn der sechziger Jahre irgendeinen beflissenen kleinen Angestellten einer der Kulturorganisationen veranlaßt haben könnten, es endgültig zu vernichten.«

»Könnten Sie vielleicht ein bißchen von der bürokratischen Intrige weglassen?«

»Die bürokratische Intrige ist Bestandteil unseres Lebens, ganz gleich, in welchem Winkel der Welt Sie sich befinden.«

»Ich ahne, daß Sie mir etwas Wichtiges zu eröffnen haben. Sagen Sie es schnell.«

»Gedulden Sie sich. Wir Deutschen denken in geordneten Bahnen. Und das, was Sie so kurioserweise als wichtige Eröffnung bezeichnen, ist tatsächlich etwas so Aufregendes, daß es verdient, für den Schluß aufbewahrt zu werden.«

Ich schwieg und wartete.

»1985 wurde das Manuskript aus der Abteilung für geheime Schriften der Lenin-Bibliothek gestohlen. Eine Frau, die in der Bibliothek arbeitete, stahl den Roman und übergab ihn ihrem Geliebten, einem sowjetischen Diplomaten, der zur Zeit an der Botschaft in Ost-Berlin Dienst tut. Nennen wir ihn Ivan. Früher war Ivan ein Protegé von Juri Tschurbanow, Breschnews korruptem Schwiegersohn, und ich glaube, sie machten damals gemeinsame Geschäfte, vermutlich Devisenschmuggel. Durch Breschnews Sturz wurde Ivans Lage schwierig. Erlauben Sie, daß ich Ihnen etwas über bürokratische Intrigen erzähle? Sie helfen uns, die russische Seele zu verstehen, Babel zu verstehen. Ja?«

»Verzeihen Sie mir meine Ungeduld.«

»Breschnew wurde so vollständig entmachtet, daß man sogar seinen Namen von Plätzen und Straßen in Moskau, Leningrad und anderen Städten sowie von Schiffen, Fabriken, Schulen entfernte. Die russische Methode der Vergangenheitsbewältigung. Breschnew wurde vorgeworfen, für die wirtschaftliche und gesellschaftliche Stagnation sowie die zügellose Korruption in den achtzehn Jahren verantwortlich zu sein, in denen er das höchste sowjetische Amt innehatte. Gleich nachdem Breschnew in Ungnade gefallen war, gelang es unserem Ivan, der ein sehr intelligenter Mann ist, die Protektion von Andropow zu gewinnen, der den KGB verlassen und die Führung des Landes übernommen hatte. Nach Andropows Tod versuchte Ivan, sich an Ligatschow zu halten, der mit Andropows Unterstützung in der Hierarchie aufgestiegen und zum neuen Suslow geworden war, dem Chef-Ideologen der Partei. Es dauerte nicht lange, da gerieten Gorbatschow und Ligatschow aneinander. Im März letzten Jahres habe ich Ivan in Moskau gesehen, und er schien mir verloren. Ligatschow, ein aufrechter Stalinist, hatte Ivan gegenüber Vorbehalte, obgleich dieser genauso konservativ und antiliberal war wie der alte Ideologe. Damals brodelte ganz Moskau – ich spreche von den Orten, wo Diplomaten und ausländische Journalisten verkehren – von Gerüchten. Gorbatschow hatte eine Sondersitzung des Politbüros einberufen, um sich das Vertrauen für seine Innenpolitik aussprechen zu lassen. Überall sprach man darüber, daß die elf Mitglieder des Politbüros dem Generalsekretär ihre Unterstützung zugesagt und damit eine Warnung an Ligatschow gutgeheißen hatten. Es hieß, dieser habe in der Sitzung Stalins Ansichten verteidigt und Gorbatschows liberale Politik scharf kritisiert, sie als ›ideologisches Geschwafel‹ bezeichnet und behauptet, sie verleite zur Permissivität und beschmutze die sowjetische Geschichte. Gorbatschow enthob Ligatschow formlos seiner Funktionen als Ideologe, setzte Jakowlew an seine Stelle und brachte gleichzeitig ein Verfahren zur Rehabilitierung der prominenten politischen Opfer Stalins in Gang. Der allmächtige Chef des KGB, Viktor Tschebrikow, der dann durch Krjutschkow ersetzt wurde, mischte sich in die Diskussion ein und kritisierte ziemlich zweideutig, daß die negativen Dinge zu große Beachtung fänden. Dann setzte ein Krieg mit bestellten Leserbriefen in den Zeitungen ein – das hat in der Sowjetunion Tradition –, in denen Glasnost verteidigt oder angegriffen wurde. Sie erinnern sich daran, ja?«

»Ich bin nicht so ein Spezialist für sowjetische Politik wie Sie.«

»Langweile ich Sie auch wirklich nicht mit dieser Geschichte?«

»Nein, erzählen Sie bitte weiter.«

»Auf dem Neunzehnten Außerordentlichen Parteitag der Kommunistischen Partei, den Gorbatschow zur Stärkung seiner Umgestaltungspolitik einberufen hatte, sprach er – damals nur als Generalsekretär – von Glaubensfreiheit, von politischer Freiheit, er sprach von der wirtschaftlichen Stagnation und der Notwendigkeit drastischer Initiativen, damit die sowjetische Gesellschaft in zufriedenstellender Weise auf die Reformen der Perestrojka reagieren könne. Aber in Wirklichkeit war er sehr geschickt und vorsichtig. Andere Teilnehmer des Parteitages übernahmen es, die von Gromyko und Afanasjew repräsentierte, alte stalinistische Garde zu provozieren. Während er von politischen Freiheiten sprach, ließ Gorbatschow gleichzeitig als Zugeständnis an die alten Kommunisten den KGB die Mitglieder einer sogenannten Demokratischen Union verhaften, die sich zur Oppositionspartei erklärt hatte. Er wußte, daß er behutsam vorgehen mußte, nach dem Leninschen Motto ›Zwei Schritte vor und einen zurück‹.«

»Im Oktober wurde der Generalsekretär der KPdSU zum Vorsitzenden des Präsidiums des Obersten Sowjets gewählt und vereinigte damit die beiden wichtigsten und mächtigsten Ämter des sowjetischen Staatsapparates in sich. So gestärkt, erzwang Gorbatschow Gromykos Rücktritt vom Amt des Staatspräsidenten, entzog Ligatschow und Tschebrikow ihre Macht und gewann die erste Schlacht.«

»In dieser internen Auseinandersetzung sympathisierte Ivan, unser Diplomat, mit den Konservativen, die vorläufig den Krieg verlieren. Dennoch gelang es ihm wie durch ein Wunder, nicht in den Prozeß gegen Tschurbanow verwickelt zu werden. Ein zweitrangiger Posten in Afrika blieb ihm erspart, er wurde nach Berlin geschickt. Auch wenn ihm seine Verbindung zu Tschurbanow bislang nicht nachgewiesen wurde, kann es jedoch jeden Moment wieder losgehen. Außerdem ist er ein unverbesserlicher Alkoholiker. Er weiß, daß er jede Chance verloren hat.«

Da Plessner schwieg, sagte ich: »Und dann?«

Plessner schwieg weiter.

Ich wartete darauf, daß er sagte, was er sagen wollte.

Wie lange wir schwiegen, weiß ich nicht.

»Babels unveröffentlichter Roman befindet sich bei Ivan in Ost-Berlin. Er will ihn verkaufen. Es muß nur jemand mit dem Geld rübergehen«, sagte Plessner schließlich.

Mein Herz machte einen Satz.

»Das ist allerdings eine aufregende Mitteilung«, sagte ich.

»Warten Sie ab, denn das war es noch nicht, was ich für den Schluß aufbewahrt habe.«

Was für eine Enthüllung konnte Plessner mir denn noch machen und mich damit in noch größere Erregung versetzen als mit der Mitteilung, daß Babels unveröffentliches Buch sich hier in der Nähe befand, hinter der Mauer, fast in Sicherheit und kurz davor, wieder greifbare Gestalt anzunehmen?

»Ich habe Ivan gefragt«, fuhr Plessner fort, »warum er nicht herkommt, sich das Geld holt und wie ein richtiger Abtrünniger um Asyl bittet. Die Regierung der Bundesrepublik würde ihm Asyl einschließlich Gehalt gewähren. Mit

Tränen in den Augen – er war allerdings betrunken – erklärte Ivan mir, warum er kein Dissident werden könne. Er hatte sich von seiner Frau getrennt, mit der er Kinder hat, um mit seiner Geliebten zusammenzuleben, der Bibliothekarin, die das Manuskript aus der Lenin-Bibliothek gestohlen hat. Mehrfach hat er sich vergeblich um die Reiseerlaubnis für sie bemüht, damit sie zu ihm nach Berlin kommen könne. Ivan möchte bei der geliebten Frau sein, egal wo. Ist das nicht rührend? Ivan glaubt, die wiederholte Verweigerung des Visums sei in dieser Zeit der Liberalisierung nur möglich, weil er vom KGB und dem SSD beschattet werde. Es mag Verfolgungswahn sein, aber Diplomaten werden im allgemeinen tatsächlich routinemäßig von der politischen Polizei überwacht. Doch glaube ich nicht, daß Ivan sich wegen des Manuskriptdiebstahls in wirklicher Gefahr befindet. Seit zig Jahren wird nicht mehr darüber spekuliert, die Sache ist gestorben. Und es gibt so viele geheime Schriften in der Lenin-Bibliothek, daß Ivans Behauptung, der Diebstahl sei bisher nicht entdeckt worden, wahrscheinlich zutrifft. Ivan will hunderttausend Dollar für das Manuskript haben, eine lächerliche Summe. Ich würde ihm eine Million Dollar geben.«

»Warum verlangt Ivan so wenig?«

»Babel ist heute praktisch ein Unbekannter. Wenn Sie zweihundert Menschen hier in Berlin fragen, ob sie Babel kennen, werden die meisten mit nein anworten, und diejenigen, die mit ja antworten, werden glauben, es handelte sich um den Turm, der nach der Sintflut gebaut wurde. Ein normaler westlicher Verleger würde keine zehntausend Dollar Vorschuß zahlen, um das Buch zu bekommen. Aber ich bin kein normaler Verleger.«

Bis dahin war mir nicht bekannt, daß Plessner Verleger war. Ich wußte, daß er eine Unternehmensgruppe leitete, aber nicht, daß ein Verlag – einer der größten Deutschlands – dazugehörte.

»Es heißt, ich hätte ein Imperium errichtet«, sagte Plessner, »aber das Problem ist nicht, ein Imperium zu errichten, sondern es zu erhalten. Und um das zu erreichen, muß man sehr viel Umsicht walten lassen. Sie müssen sich mit anderen Gruppen zusammentun, dürfen aber nicht verwundbar werden. Burda, Springer, Leo Kirch, Bauer, alle haben sie schon gierig nach mir geschielt, aber vergeblich. Ich bin uneinnehmbar. Am Ende haben sie sich gegenseitig gefressen und mußten sich damit begnügen, einander zu bekämpfen.«

»Und Babels Buch?«

»Sobald Babels Manuskript sich in meinen Händen befindet, setzen wir eine große Werbekampagne in Gang, die dafür sorgen wird, daß Babels Name auf der ganzen Welt bekannt wird und ins Gespräch kommt. Zusammen mit meinem Verlag werden andere, uns verbundene Verlage in Frankreich, Italien, Japan, Spanien, England, den Vereinigten Staaten, in China bekanntgeben, daß sie das Manuskript, das der Vernichtung entgangen ist, und alle anderen Bücher von Babel verlegen werden.«

Ich stand auf und ging zu ihm ans Fenster.

»Um diese Jahreszeit wird es hier in Berlin so früh dunkel ...«, murmelte er. Dann fügte er, noch immer leise, hinzu, und ich war sicher, daß er die Wahrheit sagte: »Ich mache das nicht im Hinblick auf irgendeinen Gewinn. Ich mache das aus Liebe. Babel ist meine große Leidenschaft. Ich will, daß die Welt ihn kennenlernt.«

Wir blickten schweigend auf die Dämmerung über der Stadt. Es war kein Laut zu hören. Plessners Enthüllungen schienen damit beendet zu sein.

»Und der Film? Wir müssen uns darüber unterhalten«, sagte ich.

»Der Film hat Zeit. Ich habe Ihnen noch etwas sehr Wichtiges zu sagen.«

Ich wartete ab.

Plessner sah noch immer aus dem Fenster. Als ich klein war, las meine Mutter mir Geschichten über Prinzen vor. Die Prinzen meiner Kindheit sahen wie Plessner aus.

Es war noch nicht vier Uhr nachmittags, und über die Stadt senkte sich schon Dunkelheit.

»Sagen Sie, was Sie mir zu sagen haben.«

Ich wartete ab.

»Es ist eine Bitte«, sagte Plessner schließlich. »Ich bitte Sie, das Geld zu Ivan nach Ost-Berlin zu bringen und das Manuskript für uns abzuholen.«

Ich blieb eine Minute lang stumm, mein Herz klopfte heftig. Plessner ging vom Fenster weg und setzte sich an seinen Schreibtisch.

»Wie kam es dazu, daß Ivan Ihnen das Manuskript angeboten hat?«

»Das ist eine gute Frage... Ich bin hier in Deutschland der Verleger von vielen russischsprachigen Schriftstellern, von jungen und alten, die gegen oder für das System sind, und wäre liebend gern auch der Verleger von Babel... Ivan wußte das... Während der Reise, die ich im März vergangenen Jahres nach Moskau machte, hatte ich das Glück, ihn auf einem Cocktail für das Diplomatische Corps zu treffen. Als wir uns unterhielten, brachte ich das Gespräch zufällig auf das Geheimnis um Babels Manuskript und sagte, ich würde dafür einiges zahlen, falls es tatsächlich existiere. Ich wußte nicht, daß seine Geliebte in der Abteilung für geheime Schriften in der Lenin-Bibliothek arbeitete.«

Noch eine Minute Nachdenken. Plessner trommelte nervös auf den Tisch.

»Ist gut. Ich hole das Manuskript rüber. Wie finde ich Ivan? Wie identifiziere ich ihn?«

»Er wird Sie identifizieren. Ivan hat bereits ein Foto von Ihnen, dasjenige, das Dietrich bei Ihrer Ankunft auf dem Flughafen gemacht hat. Wenn Sie in Ost-Berlin ankommen, gehen Sie direkt zum Pergamon-Museum. Sie müssen das Museum Punkt dreizehn Uhr betreten. Im Pergamon schließen Sie sich der Besuchergruppe an, die von einem Führer herumgeführt wird. Ivan wird entscheiden, wann er mit Ihnen Kontakt aufnimmt. Wenn nach dem Rundgang mit dem Führer nichts passiert, gehen Sie zum Alexanderplatz und halten sich eine Weile vor dem Eingang zum Fahrstuhl des Fernsehturms auf. Wenn innerhalb von fünfzehn Minuten wieder kein Kontakt mit Ihnen aufgenommen wird, begeben Sie sich zu einem Fremdenverkehrsbüro in der DDR, das sich auf dem Platz befindet, gehen hinein und bleiben vor einem Stadtplan von Berlin stehen, der dort hängt, als wollten Sie sich informieren.«

»Das klingt wie ein Drehbuch für einen Fernsehfilm, das übertriebene Spannung aufbauen will.«

»Das Drehbuch hat Ivan verfaßt. Der Mann hat einen leichten Verfolgungswahn, wie ich schon sagte.«

»Woher weiß ich, daß Ivan mir die echte Ware gibt und keine Fälschung, so wie Hitlers Tagebücher? Ich kann kein Russisch.«

»Ivan kann mich nicht betrügen. Er ist auf mein Schweigen als Mitwisser angewiesen, wenn er mich zu täuschen versucht, ist er verloren, ich kann seinen Feinden hinterbringen lassen, welches schwere Verbrechen er begangen hat. Ivan hat keine andere Wahl, als seinen Teil der Abmachung zu erfüllen. Eins ist wichtig: Niemand darf erfahren, daß Sie mit diesem Auftrag rübergehen, auch Dietrich und Veronika nicht, kein Mensch.«

Plessner war überrascht gewesen, wie schnell ich geantwortet hatte. Obwohl er wußte, wieviel Babels unveröffentlichter Roman mir bedeutete, hatte Plessner ein gewisses Zögern meinerseits erwartet und sich darauf gefaßt gemacht, mich überreden zu müssen, mir irgendeine Belohnung bieten zu müssen. Weltweite Anerkennung meines hohen Verdienstes um die große künstlerische und humanitäre Rettung eines unsterblichen literarischen Textes? Geld? Eine Reihe von Filmen mit großem Budget in Europa? Delikatessen aus dem KaDeWe? Ich hatte den Verdacht, daß Plessner gar keinen Film mit mir machen wollte, es nie vorgehabt hatte. Von Anfang an hatte er nur jemanden gesucht, der die Dollars auf die andere Seite schmuggeln und das Manuskript rüberholen sollte.

Plessner mußte sehr dumm sein, wenn er glaubte, daß ich das Risiko, verhaftet zu werden, ohne einen sehr gewichtigen Grund eingehen würde. Er hätte einen Schock bekommen, wenn er erfahren hätte, was mir durch den Kopf gegangen war, während er mir das endlose, hinterlistige Gewirr slawischer politischer Machenschaften erzählte, das er seinem Vorschlag vorausgeschickt hatte. Ich, der bereits ein Juwelendieb war, entschloß mich zu einem weiteren Raub zu eigenen Gunsten. Plessner sollte das Manuskript nie in die Hand bekommen.

5

Ich fuhr zum Hotel zurück. Ich fühlte mich, als befände ich mich in einem meiner Träume.

Als ich ins Zimmer kam, legte ich mich sofort hin. Ich fing an zu schwitzen. Nach und nach wurde meine ganze Wäsche naß. Im Zimmer wurde es sehr warm. Ich stand auf und suchte an der Wand nach einem Knopf, mit dem sich die Heizung ausschalten ließ. Da ich keinen fand, machte ich das Fenster auf und sog die eiskalte Luft ein. Plötzlich wurden mir die schrecklichen Ereignisse der letzten Tage bewußt: In weniger als zwei Wochen war nicht nur diese furchtbare Sache geschehen, über die ich nicht reden wollte, ich war auch zu einem Dieb geworden, eine Bande von Juwelenschmugglern wollte mich umbringen, und ich war zwanghaft von Babel besessen. Babel! Babel! Was war aus meinem Leben geworden? Meine Qualen hatten noch immer kein Ende. Ich fing an, vor Kälte, vor Furcht zu zittern, und ging wieder ins Bett. Mein Herzjagen hatte sich beruhigt, aber ich fühlte mich unendlich erschöpft.

Ich träume von Abel Gance. Wie immer sehe ich nichts – es ist nie mehr als eine Traumvorstellung –, aber ich weiß, daß wir uns am Drehort zu *Napoléon* befinden. Ich frage ihn, wie er die *steadycam* erfunden hat. Gance antwortet (und verbirgt dabei sein Gesicht vor mir), daß die Unbeweglichkeit der Kamera ihn nervte. »Meine Kameraleute machten alles, was ich wollte, aber die Kamera in der Hand zu tragen, paßte ihnen nicht. Halt mal, wie schwer die ist. Honegger, stell die Musik ein bißchen leiser, damit ich mit dem jungen Mann reden kann.« Ich nehme die Kamera in die Hand, und während ich den Film laufen lasse, ruft er: »Dichter ran, schneller! Halt auf Antonin! Siehst du, wie schwer sie ist? Deshalb habe ich diese Art Korsett erfunden. So kann man mit der Kamera spazierengehen!« Gance redet, schnallt mir währenddessen den Harnisch um die Brust, setzt die Kamera drauf, gibt Anweisungen: »Schnell, schnell; Honegger, Musik!«

Dietrich und Veronika kamen ins Hotel, als ich noch mitten in meinen finsteren Gedankengängen steckte.

»Nun? Guter Laune? Plessner hat mir gesagt, daß er ein ausgezeichnetes Gespräch mit Ihnen hatte.«

Die wahre Bedeutung dessen, was Dietrich sagte, konnte ich nicht heraushören. Was mochte Plessner ihm erzählt haben? Meine Hände zitterten. Ich steckte sie in die Taschen.

Veronika sah bildhübsch aus. Aber ich spürte kein Verlangen nach ihr. Abgesehen von verwerflichen kriminellen Plänen hatte ich nur Schönheit im Kopf.

Ich fühlte mich fiebrig. Meine Hände zitterten noch immer. Ich behielt sie in den Taschen.

»Geht's dir nicht gut?« fragte sie.

»Doch«, antwortete ich auf portugiesisch. Erst da begriff ich, daß sie die Frage ebenfalls auf portugiesisch gestellt hatte.

Daraufhin fand zwischen uns dieser kurze Dialog auf portugiesisch statt:

»Du kannst Portugiesisch?«

»Ich nehme Unterricht«, sagte sie.

»Du bist ein Genie.«

»Nein, nur fleißig.«

»What's going on?« fragte Dietrich.

»Wir unterhalten uns auf portugiesisch«, antwortete ich auf englisch.

»Veronika kann Portugiesisch? Du kannst Portugiesisch?«

»Etwas. Ich lerne es gerade.«

»Bald kann sie mehr als Sie«, sagte Dietrich. »Ich kenne dieses Mädchen.«

»Ich möchte mit dir unter vier Augen sprechen«, sagte ich auf portugiesisch zu Veronika.

»Jetzt ist aber Schluß damit«, sagte Dietrich gut gelaunt.

Veronika ging zum Tisch. Sie strich mit den Fingern über die Tastatur des Computers.

»Wollen wir arbeiten?« fragte Veronika.

»Ja.«

»Braucht ihr mich für irgend etwas?«

»Nein«, sagte Veronika.

Nachdem Dietrich gegangen war, fragte Veronika, ob ich gerade das »Pseudoding« hätte. Ich verneinte.

»Ich glaube, ich habe Fieber.«

Sie legte mir die Hand auf die Stirn.

»Du hast kein Fieber. Warum nimmst du nicht die Hände aus den Taschen?«

»Warum soll ich sie rausnehmen?«

»Du mußt nicht. Reine Neugier.«

Wir schwiegen.

»Was wolltest du mir unter vier Augen sagen?«

»Kann ich dir vertrauen?« fragte ich.

»Nein.«

»Wieso nicht?«

»Wenn du mir sagst, daß du deine Hände versteckst, weil an ihnen das Blut eines Unschuldigen klebt, kannst du nicht mit mir rechnen.«

Machten wir nur Spaß?

»Keiner ist unschuldig«, erwiderte ich.

Nur Spaß?

»Kann ich dir vertrauen?« fragte ich noch einmal.

»Und ich? Kann ich dir vertrauen?«

Ich zog die Hände aus den Taschen. Sie zitterten weniger.

»Du hast Tischlerhände«, sagte sie.

»Gibt es hier in Deutschland außer dir noch einen Menschen, dem ich vertrauen kann?«

»Du kennst niemanden in Deutschland.«

»Es ist etwas sehr Ernstes, was ich erzählen will.«

»Deine Hände hast du mir schon gezeigt. Überstürz nichts.«

Wo war die naive Frau, die mir von Gott und der Komplexität der Lebewesen erzählt hatte?

Während wir uns auszogen, dachte ich, daß ein Dichter ihren Körper als perlmuttfarben bezeichnet hätte. Lorca. Ich ging mit ihr ins Bett, als könnte die Vereinigung mir Anhaltspunkte liefern, ob Veronika vertrauenswürdig war oder nicht. Das Stöhnen, die starke Rötung ihres Gesichtes, die Gesten der Hingabe, die Worte – konnte das alles irgend etwas aussagen, irgend etwas beweisen?

Anschließend blieben wir nackt nebeneinander im Bett liegen. Veronika hatte die Augen geschlossen, aber sie schlief nicht, ich spürte an ihrem Atem, daß sie konzentriert war wie ein Sportler vor dem Absprung. Warum?

Ich beschloß, ihr von meinem Gespräch mit Plessner zu erzählen, von seinem Vorschlag – alles.

Sie hörte mir schweigend zu.

»Und du willst das Manuskript behalten?«

»Ja.«

»Das wird Plessner nicht zulassen.«

»Was kann er tun, um es zu verhindern?«

»Du kennst Plessner nicht. Aber ich. Ich war mit ihm verheiratet.«

»Du warst mit ihm verheiratet? Warum hast du nie etwas davon gesagt?«

»Das tut jetzt nichts zur Sache. Wichtiger ist, daß du nicht weißt, was Babel für ihn bedeutet. Plessner hat die Wahrheit gesagt, als er sagte, daß er für Babels Roman eine Million Dollar geben würde. Weißt du, warum er mich geheiratet hat? Weil er erfahren hatte, daß ich mit einer Arbeit über Babel meinen Magister mit Auszeichnung gemacht hatte. Wenn wir ins Bett gingen, bumste Plessner nicht mich, sondern den Schriftsteller. Nachdem ich ihm alles erzählt hatte, was ich über Babel wußte, wollte Plessner von mir nichts mehr wissen. Für Babel ist er zu allem fähig. Sogar, zu töten.«

»Sogar, zu heiraten. Hattest du ihn gern?«

Veronika zögerte. «Ja. Aber er hat mich verlassen.«

»Du wirst Plessner aber nicht erzählen, daß ich das Manuskript behalten will, oder?«

»Nein.«

»Ich brauche deine Hilfe.«

»Bitte zieh mich da nicht noch tiefer rein.«

»Ich kann kein Russisch. Ich muß nur von dir wissen, ob das Manuskript, das ich von Ivan erhalten werde, von Babel sein kann oder nicht. Plessner sagt, daß Ivan nicht versuchen wird, ihn zu täuschen, aber ich bin mir dessen nicht sicher. Ich will keine Fälschung stehlen.«

»Du bist verrückt. Man wird dich an der Grenze verhaften.«

»Plessner hat gesagt, daß die Grenzer mich garantiert nicht kontrollieren werden. Weil ich als brasilianischer Filmregisseur zum Festival eingeladen worden bin.«

»Das Festival ist verschoben.«

»Hunderttausend Dollar lassen sich leicht auf dem Körper verteilen. Bei dieser Kälte ist es nur natürlich, daß ein Brasilianer sich dick einmummelt.«

»Du wirst dich selbst verraten. Die Hände werden dir zittern. So wie jetzt. Glaubst du, ich hätte nicht gesehen, daß deine Hände gezittert haben? Wenn man dich erwischt, wirst du lange im Gefängnis sitzen. Dann ist es egal, ob du Brasilianer oder vom Mars bist. Und was ist das für eine Geschichte, daß Brasilianer nicht kontrolliert werden? Plessner lügt.«

»Ich gehe das Risiko ein.«

»Und wenn du den Kommunisten auch entkommst, Plessner entkommst du nicht. Und es wird nicht einer seiner Killer sein, der die Sache erledigt, Plessner wird dich mit seinen eigenen Händen umbringen.«

»Das bezweifle ich. Da haben schon andere versucht, mich umzubringen, und es nicht geschafft.«

»Du bist nicht nur ein unvernünftiger Idiot. Du bist verrückt und größenwahnsinnig. Ein Verbrecher, der einen Diebstahl begeht.«

»Das Kino hat mit einem großen Diebstahl angefangen: Edison hat Étienne Marey die Erfindung der ersten Filmkamera gestohlen.«

»Ist das wahr?«

»Aber ja. Genauso wahr wie, daß die Leute vom KGB das Manuskript Babel entwendet haben und daß Ivans Geliebte es aus der Lenin-Bibliothek gestohlen hat. Plessner will es in seinen Besitz bringen, indem er Ivan besticht und Dollars schmuggelt. Ein Drehbuch voller krummer Sachen. Ich bin nicht schlimmer als andere.«

»Glaubst du, daß Plessner uns alle benutzt hat?« fragte sie. »Dich, Dietrich, mich? Daß wir alle getäuscht worden sind? Daß er nie einen Film machen wollte?«

»Ich weiß nicht. Dafür hätte er mich nicht aus Brasilien holen lassen müssen. Aber solche Spekulationen sind inzwischen unerheblich. Willst du mir helfen oder nicht?«

»Ja«, sagte sie gequält seufzend.

Ich erklärte Veronika meinen Plan, er war sehr einfach.

»Ich gehe rüber, gebe Ivan das Geld, nehme das Manuskript und komme am selben Tag wieder.«

»Du mußt am selben Tag zurückkommen. Wahrscheinlich geben sie dir nur ein Visum für vierundzwanzig Stunden.«

Veronika sollte im Hotel auf mich warten. Dort sollte sie das Manuskript prüfen. Wenn es echt war, wollte ich Deutschland sofort verlassen.

»Wohin gehst du?«

»Nach Paris. Da habe ich eine Freundin.«

»Eine Freundin? So eine wie mich?«

»Nein, anders.«

»Und nach Paris?«

»Zurück nach Brasilien. Ich möchte dich gern mitnehmen. Ich werde die *Reiterarmee* in Brasilien drehen.«

»Ich weiß nicht.«

»Überleg's dir. Um diese Zeit scheint die Sonne in Rio besonders stark.«

»Ich mag Schnee.«

»Du mußt nicht jetzt antworten. Überleg's dir. Wir reden später drüber. Wenn ich in Brasilien bin, finde ich einen Weg, Plessner das Geld zurückzugeben. Dadurch wird meine Tat nicht ganz so unredlich.«

»Hunderttausend Dollar sind für Plessner nichts. Auch wenn du ihm zehn Millionen gibst, wird er auf Rache sinnen. Wann gehst du über die Grenze?«

»Das entscheidet Plessner. Er hat sich meinen Paß geben lassen, um das Visum zu besorgen.«

Ich verbrachte den Rest des Tages mit Veronika. Wir gingen ins Kino und aßen zusammen zu Abend.

Als ich mit Veronika zum Hotel zurückkam, erwartete Plessner mich in der Halle mit einem Aktenkoffer in der Hand.

Jetzt, da ich wußte, daß die beiden verheiratet gewesen waren, sah ich sie mit anderen Augen. Er sagte weiterhin Veronika zu ihr und sie zu ihm Dr. Plessner. Wie vorher. Aber für mich waren sie nicht mehr dieselben.

»Mir ist eine Idee zum Film gekommen«, sagte Plessner, »und ich wollte unbedingt mit Ihnen darüber sprechen.«

»Ich muß gehen«, sagte Veronika.

»Schade, daß du nicht bleiben kannst. Ich würde gern deine Meinung hören.«

»Ich muß leider gehen«, sagte Veronika.

Es klang alles wie abgekartet.

Plessner und ich gingen auf mein Zimmer. Er legte den Aktenkoffer auf das Bett. Dann zog er meinen Paß aus der Tasche. Darin steckte ein abgestempeltes Blatt.

»Das ist Ihr Visum. Sie gehen morgen rüber. Sie haben vierundzwanzig Stunden, um rüberzugehen und zurückzukommen.«

»Muß es morgen sein?«

»Der Tag und die Treffpunkte wurden schon vor Tagen von Ivan festgelegt. Ich darf gemäß unserer Abmachung keinen Kontakt mit ihm aufnehmen. Er entscheidet, wann und ob Kontakt stattfindet. Es muß morgen sein.«

Dann klappte Plessner den Aktenkoffer auf. Zehn Päckchen à zehntausend Dollar in Hunderterscheinen.

»Neue Scheine«, sagte Plessner. »Die brauchen weniger Platz.«

Jedes einzelne Päckchen schien maximal zwei Zentimeter dick zu sein. Die Dollars, die ich aus Brasilien mitgebracht hatte, schienen mir mehr Platz beansprucht zu haben.

Ich nahm die Geldpäckchen und verteilte sie auf meinem Körper. Fünf Päckchen kamen unter den Gürtel rings um die Taille. Zwei in die Innentaschen des Jacketts. Zwei weitere in die Außentaschen. Blieb noch ein Päckchen. Ich zog den Mantel an und steckte es in die Manteltasche.

»Lassen Sie den Mantel besser offen«, sagte Plessner, nahm seinen roten Schal und legte ihn mir um den Hals. »Gehen Sie ein bißchen, damit ich's sehen kann.«

Ich ging, von Plessner beobachtet, durch das Zimmer.

»Das merkt kein Mensch. Noch ein Vorteil, schlank zu sein«, sagte er.

Ich blieb vor dem Schrankspiegel stehen und betrachtete mich eingehend. Der Schal, dessen Enden am offenen Mantel herunterhingen, gab meinem Aufzug etwas Legeres. Man merkte nicht, daß ich so viel Geld bei mir hatte.

»Noch was: Setzen Sie keinen Hut auf. Mit bloßem Kopf sehen Sie hilflos und verletzlich wie ein ahnungsloser Latino aus.«

Anschließend zog Plessner eine kleine bunte Karte aus der Tasche, einen »Übersichtsplan«, und eine Art Buch, auf der das Wort »Stadtplan« stand. Er legte beides auf den Tisch. Mit einem Stift in der Hand begann Plessner, über den Plan gebeugt, seine Anweisungen zu geben.

»Sie fahren mit der U-Bahn und steigen dann in die S-Bahn um. Vergessen Sie nicht, sich aus einem Automaten die Fahrkarte zu ziehen. Wir möchten nicht, daß Sie ohne Fahrschein angetroffen werden, falls eine Kontrolle durchgeführt wird. Manche Leute – hauptsächlich Studenten und Osmanen, denn wie Sie wissen, haben wir hier eine türkische Invasion erlebt – kaufen nie eine Fahrkarte und gehen lieber das Risiko ein, vierzig Mark Strafe zahlen zu müssen, falls sie erwischt werden. Das ist eine öffentliche Demütigung – die Kontrolleure sind sehr unhöflich –, und Sie könnten dadurch nervös werden und die Courage verlieren. Denken Sie also daran und kaufen Sie die Fahrkarte.«

»Wo befinden sich die Automaten?«

»Das sehen Sie dann. Sie sind rot. Falls Sie kein passendes Kleingeld haben, gibt der Automat Ihnen das Wechselgeld zurück. Also nicht vergessen.«

»Nein.«

»Sie steigen hier an der Haltestelle Uhlandstraße, Ecke Kurfürstendamm, in die U-Bahn, das ist die nächste Station vom Hotel aus.« Er malte mit dem Stift einen Kreis auf den Stadtplan. »Sie nehmen die Bahn Rathaus Steglitz Richtung Osloer Straße, die orange Linie hier. Es ist eine kurze Strecke. An der Station Zoologischer Garten steigen Sie aus« – wieder ein Kreis, dieses Mal auf einem kleinen Quadrat der Karte, neben dem Zoologischer Garten stand –, »von hier fahren Sie mit der S-Bahn bis zur Friedrichstraße.« Nun malte Plessner nervös und angestrengt einen Kreis um das kleine Quadrat, neben dem in schwarzer Schrift Friedrichstraße stand, und zog die Kreislinie mehrmals nach. Dort befand sich die Grenze zwischen den beiden Berlins, über die ich gehen sollte.

»Sie müssen gegen zwölf Uhr an der Friedrichstraße sein«, sagte Plessner. »Um die Zeit werden die Männer und Frauen aus Ost-Berlin, die über fünfundsechzig sind, einen Passierschein haben und zum Einkaufen auf diese Seite kommen, mit ihren vollen Taschen auf dem Heimweg sein. Die Grenzbeamten brauchen ewig lange, um zu kontrollieren, was diese Leute mitschleppen. Die Warterei in der Schlange wird für Sie nervenaufreibend sein. Aber die Grenzbeamten werden Sie weniger scharf kontrollieren. Wenn Sie aus der Station herauskommen, gehen Sie diesen Weg zum Museum und wenn nötig, falls Ivan nicht dort ist, zum Alexanderplatz.«

Dann markierte Plessner die Strecke auf der Karte. Anschließend reichte er mir die Hand.

»Sie wissen nicht, wie sehr ich bewundere, daß Sie das tun. Ich hätte nicht die Courage dazu.« Eine Pause, während der er mir fest die Hand drückte. Dann fuhr er fort: »Allerdings wäre das Risiko für mich auch unendlich viel größer, wenn ich an Ihrer Stelle ginge.«

Als Plessner gegangen war, zog ich wieder den Mantel an und verteilte die Päckchen mehrmals auf meinem Körper, bis ich die Variante gefunden hatte, die mir am besten schien. Ich notierte sie auf einem Zettel – drei Päckchen vorn im Gürtel, zwei hinten im Gürtel usw. –, um es am nächsten Morgen, wenn ich mich fertigmachte, noch zu wissen.

Dann ging ich ins Bett und machte das Licht aus.

Ich ging ein großes Wagnis ein, Dollar in die DDR zu schmuggeln, ich riskierte, falls man mich erwischte, viele Jahre Gefängnis. Aber der Lohn war groß, er war das Risiko wert.

Ich träume von der Frau mit dem dunklen Stiftzahn und dem Fuß auf dem Abfluß: »Jetzt sag«, sagt sie, »ob du noch weißt, wie wir auf den kalten Kacheln getanzt haben.« »Du siehst wie Claudette Colbert aus«, sage ich. »Ich habe dich nach dem Tanzen gefragt, du bist unverbesserlich, Junge, wie ich ausseh', weiß ich selbst!« »Du hast kleine runde Brüste«, sage ich. »Na, na«, sage sie. »Claudette Colbert in der Rolle der Kleopatra im Museo de Arte Moderna«, sage ich. »Du bist zu weit gegangen«, sagt sie und nimmt den Fuß vom Abfluß. Ich werde hineingesaugt, und ehe ich in den Strudel gerate, schreie ich: »Und duftest nach Apfelblüte!« Aber es ist zu spät, mich zu retten. Dann setzt das qualvolle, blinde Gefühl des Fallens ein, die physische Qual.

Beim Aufwachen dachte ich eine Sekunde lang, mein Leiden wäre noch eine »Vorstellung« aus dem Traum. Aber Träume, die nicht mal Bilder hatten, konnten nicht von einer so körperlich schmerzhaften Realität sein. Ich befand mich mitten in einem Anfall des Pseudo-Ménière-Syndroms und hatte das schreckliche Schwindelgefühl, das dabei auftrat.

Ich versuchte aufzustehen, fiel um und riß den Nachttisch mit der Lampe mit. Ich blieb regungslos auf dem Boden liegen. Wenn ich mich bewegte, würde es noch schlimmer. Das Medikament lag im Badezimmerschrank. Wie spät mochte es sein? Ich mußte etwas geschlafen haben, zwei Stunden mindestens. Draußen war es noch dunkel, aber das bedeutete nur, daß es irgendwann zwischen drei Uhr nachts und acht Uhr morgens sein konnte. In ein paar Stunden würde Ivan im Pergamon auf mich warten. Ich schielte zum Fenster, ob schon irgendein Anzeichen von Morgendämmerung zu erkennen war. Zum Glück sah ich draußen nur tiefe Dunkelheit und keinerlei Hinweis, daß der Tag bald anbrechen würde. Je weniger Stunden verstrichen waren, seit ich mich, etwa gegen ein Uhr, hingelegt hatte, um so besser. Dann hatte ich mehr Zeit, um mich zu erholen.

Ich blieb noch eine Weile auf dem Rücken liegen, ohne mich zu bewegen. Die schlimmsten Schwindelgefühle traten auf, wenn ich den Kopf zur Seite drehte; deshalb hielt ich den Kopf vollkommen still und die Augen weit offen und begann so, ganz langsam meinen Oberkörper aufzurichten. Als ich mich aufsetzte, wurde das Schwindelgefühl so stark, daß ich fast wieder zurückfiel. Am liebsten hätte ich die Augen geschlossen und mich in den Abgrund ziehen lassen, aber ich wußte, daß ich sie offenhalten mußte, um nicht vollkommen das Gleichgewicht zu verlieren, auch wenn totale Finsternis herrschte und ich mich an keinem sichtbaren Gegenstand orientieren konnte.

Ich blieb ungefähr eine halbe Stunde mit weit geöffneten Augen sitzen und versuchte, den verschwommenen dunklen Umriß des Bettes dicht vor meiner Nase besser zu erkennen. Von der Anstrengung, den Kopf still zu halten, bekam ich Schmerzen in den Halsmuskeln.

Dann kniete ich mich hin. Das Schwindelgefühl ließ nach. Ich stand auf. Wieder spürte ich, daß ich die Besinnung verlor und in den Abgrund stürzte.

Es dauerte, bis ich wieder zu mir kam. Jetzt lag ich auf dem Bauch und fühlte eine warme Feuchtigkeit im Gesicht.

Mattes, diffuses Licht kam allmählich durch das Fenster herein. Ich durfte nicht so, ganz meiner Schwäche ausgeliefert, da liegenbleiben. Babel wartete auf mich. Den Kopf gerade nach vorn gestreckt, kroch ich wie eine Schildkröte über den Fußboden zum Badezimmer. Ich spürte die kalten Fliesen an Händen und Beinen. Dann klammerte ich mich am Waschbecken fest und zog mich langsam hoch. Ich merkte, daß ich wieder ohnmächtig zu werden drohte. Mit der einen Hand weiter fest an den Waschbeckenrand geklammert, streckte ich die andere nach dem Lichtschalter aus. Grelles Licht überflutete das Badezimmer. Vor mir sah ich das Medikamentengläschen. Die Helligkeit und der Anblick des Pillenglases schienen mir Kraft zu geben. Ich machte das Gläschen auf und nahm zwei Pillen. Als ich mein blutüberströmtes Gesicht im Spiegel sah, erschrak ich. Offensichtlich hatte ich mich verletzt, als ich zum zweitenmal ohnmächtig geworden war.

Nachdem ich das Medikament genommen hatte, setzte ich mich auf den Fußboden und wartete, an die Toilettenschüssel geklammert, darauf, daß der Anfall vorüberging.

Es war zehn Uhr morgens, als ich in der Lage war, mich anzuziehen. Noch immer konnte ich den Kopf nicht seitwärts bewegen, um nach rechts oder links zu sehen, mußte ich den ganzen Körper drehen, aber ich konnte mich auf den Beinen halten und durch das Zimmer gehen.

Am schwierigsten war, die Strümpfe und Schuhe anzuziehen, da ich nicht auf meine Füße sehen konnte.

Fertig angezogen, steckte ich die Dollarpäckchen, die ich unter dem Gürtel festklemmen wollte, unter das Hemd. Das Geld auf der Haut zu spüren, widerte mich an. Die übrigen Päckchen verteilte ich auf die Jackentaschen, wie ich es notiert hatte. Dann zog ich den Mantel über und legte mir den Schal offen um den Hals, wie Plessner es vorgeschlagen hatte.

Mit steifem Hals stellte ich mich vor den Spiegel und ließ nur die Augen kreisen, um mich von oben bis unten zu betrachten. Mit dem offenen Mantel und dem um den Hals hängenden Schal sah ich ganz leger aus. Ich konnte mich in mein Abenteuer stürzen.

Es war elf Uhr, als ich das Hotel verließ. Feiner Schnee, der schon die ganze Nacht über gefallen sein mußte, lag auf den Straßen. Ich ging zur U-Bahn-Station Uhlandstraße. Die Kälte des Schnees wirkte belebend. Ich blieb eine Weile vor dem Eingang zur Station stehen und ließ es mir auf den Kopf schneien.

Ich erkannte nicht sofort, daß es meine Bahn war – U9 Rathhaus Steglitz. Sie hatte schon auf der Station gehalten, da erst merkte ich es und stieg so schnell ein, wie mein steifer Hals es zuließ. Und stieg sofort wieder aus, als die Türen sich schon schlossen, denn mir fiel ein, daß ich keine Fahrkarte gekauft hatte. Als ich dem abfahrenden Zug hinterhersah, wurde ich leicht benommen. Was für ein beschissener Verbrecher war ich, daß ich so nachlässig vorging? Ein Verbrechen lohnte sich nur, wenn es sehr gut geplant war und der Held oder Bandit sich für eine gute Sache einsetzte. Den Film hatte ich schon oft gesehen, ich mußte streng nach Drehbuch vorgehen.

Ich fand den Fahrkartenautomaten und kaufte die Karte. Dann wartete ich, bis die nächste Bahn kam, was gut fünf Minuten dauerte.

Ich blieb im Wagen dicht an der Tür stehen und schaute hinaus. Noch ehe die Bahn ganz gehalten hatte, sah ich irgendwo die Wörter Zoologischer Garten stehen. Ich stieg aus. Dann fuhr ich mit der S-Bahn in Richtung Friedrichstraße.

Die alten Männer und Frauen in der Bahn trugen dicke, verschlissene Mäntel und schleppten vollgestopfte Einkaufstaschen. In vielen Taschen sah ich Metaxa-Flaschen. Ich überlegte, aus welchem Grund wohl diese Brandy-Marke so beliebt war. Andere Menschen in der Bahn sahen nach Touristen aus.

Der Bahnhof Friedrichstraße war die Endstation. Die alten Männer und Frauen griffen nach ihren Taschen. Ich ließ sie vor mir aussteigen.

Die Bahn hatte auf einem ziemlich hoch gelegenen Bahnsteig gehalten. Eine Treppe führte da hinunter, wo die Grenzbeamten die Fahrgäste und ihr Gepäck kontrollierten. Die alten Leute gingen langsam, und ich zwang mich, sie nicht zu überholen.

Wir gelangten in einen riesigen Raum. Die Leute stellten sich in Schlangen an, um den Soldaten ihre Pässe zu zeigen.

Ich stellte fest, daß die Kontrolle in jeder Reihe von zwei Grenzsoldaten durchgeführt wurde, erst vom einen und kurz danach vom zweiten. Die Schlangen waren in zwei Gruppen aufgeteilt: eine für die Leute mit einem Paß aus der DDR und eine für ausländische Besucher. Das hatte Plessner nicht bedacht. Die alten Leute mit ihren Einkaufstaschen standen in anderen Reihen.

Die Grenzsoldaten waren große, gut gekleidete Männer. Ich betrachtete voller Bewunderung ihre schönen Uniformen, ihr martialisches Auftreten. Schon bei meiner Ankunft hatte ich ein paar uniformierte Militärs in glänzenden Stiefeln und langen, gut geschnittenen Wollmänteln gesehen. Ich dachte: Niemand trägt eine Uniform so gut wie ein Preuße.

Aber meine ästhetischen Überlegungen dauerten nicht lange. Der Blick der Grenzsoldaten war hart und konzentriert. Sie sahen in den Paß und dann den Leuten ins Gesicht, direkt in die Augen. Diese Überprüfung wurde von dem ersten Soldaten durchgeführt, und ein Stück weiter machte der zweite dasselbe. Das Gesicht des zweiten schien noch unerbittlicher. Es gehörte zur Routine, aber ich fing vor Aufregung an zu schwitzen. Und je mehr ich schwitzte, um so angespannter wurde ich. Womöglich fiel den Grenzsoldaten auf, daß ich, obwohl ich so schwitzte, den Schal und den Mantel anbehielt, wenn auch offen.

Ich mußte an *Die Angst des Tormanns beim Elfmeter* von Wim Wenders denken. Ein Polizist erklärt darin einem Mann, wie man einen Verbrecher entlarven kann: »Wir müssen ihnen in die Augen sehen.« Der Mann, der mit dem Polizisten redet, ist ein gesuchter Mörder, aber der Polizist verdächtigt ihn auch nicht eine Sekunde lang. In Wirklichkeit blicken Polizisten einem Mörder in die Augen und sehen nichts. Oder sie sehen vielmehr genau dasselbe, was sie in den Augen eines Unschuldigen sehen. Diese Soldaten mit ihren schönen Uniformen an der Grenze zwischen den beiden Berlins blickten den Leuten nur in die Augen, um sie einzuschüchtern, sie befolgten nur eine bürokratische Routine und sahen auch nichts. Wenn ich mich nicht einschüchtern ließ, würde mein Blick genauso rein sein wie der einer alten Frau in der anderen Reihe, die ihre Tasche mit Einkäufen schleppte.

Als ich bis zu dem ersten Soldat vorgerückt war, schwitzte ich nicht mehr. Er sah mich an, dann nahm er meinen Paß, schlug ihn auf, sah sich das Bild an und blickte mir wieder drohend, allwissend, gefühllos ins Gesicht, wie man es ihm in der Kaserne beigebracht hatte.

Aber diesen Film kannte ich.

Ich ließ ihn mir ein paar Sekunden lang in die Augen starren, lange genug, damit er sehen konnte, daß ich harmlos war, und dann sah ich weg – ich durfte es nicht übertreiben, Unschuldige fordern nicht heraus.

Der Soldat gab mir meinen Paß zurück.

Weiter vorn wiederholte sich die Szene. Ein zweiter Grenzsoldat prüfte meinen Paß und spielte dasselbe noch einmal durch, was vorher stattgefunden hatte. Dann ließ er mich passieren. Aber noch konnte ich mich nicht als frei betrachten. Es fehlte noch die Kabine, in die jeweils ein Besucher hineinging, die letzte Hürde, die genommen werden mußte.

Eine Lampe leuchtete über der Tür auf, und der Soldat schickte mich hinein.

Es war eine Art Gang mit zwei Türen. Das Licht von der Decke war sehr hell. Linker Hand, vom Eingang aus gesehen, bemerkte ich eine Öffnung mit einer Glasscheibe davor. Bestimmt beobachtete mich dahinter jemand, aber ich konnte ihn durch das Glas nicht sehen.

Verwirrt tat ich, als fummelte ich an meinem Paß herum, in dem sich das Visum befand. Dann schob ich den Paß durch einen Schlitz unter der Scheibe.

Ich wartete.

»Kopf hoch«, sagte eine schroffe Stimme in erniedrigendem Ton.

Ich hob den Kopf. Mir war, als sähe ich eine undeutliche Gestalt hinter der dunklen Scheibe. Konnte der mir selbst von dort aus in die Augen sehen?

Ich wartete.

»Fünfundzwanzig Mark«, sagte die schroffe Stimme. Das war der Zwangsumtausch, obligatorisch für jeden Besucher. Ich gab ihm das westdeutsche Geld.

Die Zeit schien stehengeblieben zu sein. Aus der dunklen Kabine drang nicht der geringste Laut. Was fehlte jetzt noch?

Drehbuch: Der Grenzsoldat entdeckt auf meiner Miene Spuren von Schuldbewußtsein. Er weiß, daß ich hunderttausend Dollar bei mir habe, ein ruchloses Verbrechen in der DDR, und straft mich zunächst mit der Qual des Wartens, bemerkt dann mit Vergnügen die ersten kalten Schweißtropfen auf meiner Stirn, das Zittern meiner Lippen, und legt einen Finger leicht auf einen Knopf, der, sobald er will, die Alarmklingel auslöst, die mich entlarven wird.

Ich hörte ein leises Geräusch. Von der unsichtbaren Hand des bedrohlichen Wesens geschoben, das sich hinter der Scheibe verbarg, erschien endlich mein Paß unter der Scheibe und mit ihm das Visum und das Ostgeld.

Eine Lampe leuchtete über der anderen Tür auf. Ich öffnete die Tür und ging hinaus. Ich befand mich auf der anderen Seite.

6

Ruhig stieg ich eine breite Treppe mit wenigen Stufen hinauf und unterdrückte das Triumphgefühl, das mein Herz schneller schlagen ließ. Noch hatte ich den Bahnhof nicht verlassen. Ich sah ein Café. Menschen eilten vorbei. Je schneller ich hier raus kam, um so besser.

Draußen war es kalt. Ich ging ein paar Minuten. Als ich eine sichere Stelle fand, schlug ich die von Plessner markierte Seite des Stadtplans auf.

Entsprechend der auf der Karte eingezeichneten Linie bog ich in die Friedrichstraße ein und ging bis Unter den Linden. Nachdem ich hier ein Stück gelaufen war, stieß ich bald auf den Spree-Kanal und sah die Insel, wo sich das Pergamon-Museum befindet. Die Museumsinsel liegt in einem Dreieck, dessen eine Seite die Spree bildet. Auf der Insel gibt es mehrere Museen.

Ich kaufte eine Eintrittskarte. Dann ging ich, vielleicht übertrieben eilig, hinein und sah mich nach einer Besuchergruppe mit Führer um.

Das Pergamon-Gebäude war das größte auf der Museumsinsel. Seine riesigen Säle waren leer, es schien kein einziger Besucher darin zu sein, nur Aufseher. Nachdem ich ziellos herumgegangen war, merkte ich, daß ein Aufseher mich argwöhnisch beobachtete. Unwillkürlich faßte ich mir an den Bauch und tastete die versteckten Dollar-Päckchen ab. Kein Ivan, kein Besucher und auch kein Führer befanden sich in diesem verdammten Museum. Es war riskant, in einem leeren Haus voller Aufseher zu bleiben. Außerdem mochte ich keine Museen. Also besser, so schnell wie möglich von da zu verschwinden.

Da merkte ich, daß ich mich verlaufen hatte. Ich wollte keinen Aufseher um Auskunft bitten, doch so weit ich auch ging, ich fand den Ausgang nicht. Nachdem ich eine Weile unter unerträglicher Anspannung herumgeirrt war, stieß ich auf den Ausgang. Ich ging schneller. In diesem Augenblick entdeckte ich eine Gruppe um einen Menschen herum, der redete und dabei auf die Wände zeigte.

Ich schloß mich der Gruppe an. Der Führer sprach auf deutsch, französisch und englisch. Wir befanden uns in einem langen, breiten Korridor, dessen lasierte Ziegelsteinwände Reliefs von sich bewegenden Löwen zeigten, die zu brüllen schienen. Der Führer erklärte, daß man diese babylonische Prozessionsstraße aus Originalfragmenten rekonstruiert habe. Sie stamme aus der Zeit Nebukadnezars II., der von 604 bis 562 herrschte und fünf Jahre vor seinem Tod Jerusalem zerstört hatte. Merkwürdig, daß der Führer davon sprach. Der Karnevalist Áureo de Negromonte, der überraschend in mein Leben getreten war, hatte ein Kostüm gehabt, das sich an Nebukadnezars Hof orientierte.

Während der Führer jetzt die Stiere und Drachen an der Fassade des Istar-Portals beschrieb, versuchte ich unauffällig herauszufinden, wer von den anderen Besuchern neben mir Ivan sein konnte. Die Gruppe bestand fast zu gleichen Teilen aus Männern und Frauen. Ivan war sicherlich ein Mann. Wären wir in einem Film gewesen, hätte Ivan allerdings auch eine Frau sein können. Jedenfalls beschloß ich, mir zuerst die Männer anzusehen. Am besten dann, wenn der Führer uns mit seinen Erklärungen irgendwo etwas länger aufhielt. Das geschah, als wir zum Pergamon-Altar gelangten, der den gesamten Raum ausfüllte, in dem wir uns befanden.

»Dieser Altar«, sagte der Führer, »ist ein Weltwunder, er wurde zu Ehren der Göttin Athene im alten griechischen Reich von Pergamon in Kleinasien, heute Bergama in der Türkei, erbaut.«

Im 19. Jahrhundert wurde der Altar von deutschen Archäologen bei Ausgrabungen entdeckt. »Er zeigt den Kampf der Götter gegen das Geschlecht der Giganten. Sehen Sie sich diese eindrucksvollen Gestalten an, die sich gegenseitig beißen, das dramatische Gewirr von Formen, Flügeln, muskulösen Körpern in phantastischer Bewegung. Die Götter haben einen menschlichen Körper und schöne, edle Köpfe. Die Giganten desgleichen, doch haben sie Reptilienfüße. Dieser Kampf wurde von Herakles entschieden.«

»Wo ist Herakles?« fragte einer auf französisch und legte Wert auf die Feststellung, daß Herakles in Frankreich Herkules sei. Bis dahin hatte ich diesen Franzosen in Verdacht gehabt, denn er verhielt sich sehr nervös und sah sich ständig nach allen Seiten und allen Menschen um.

Der Führer sagte, das sei eine gute Frage, die Skulptur des Herakles sei nicht vorhanden, der Altar habe mit Ausnahme der byzantischen Wandbilder rekonstruiert werden müssen und Herakles sei verloren gegangen. »Er müßte sich dort befinden«, der Führer zeigte auf eine Stelle des Wandbildes, »die Götter sind nach Verwandtschaft in Gruppen zusammengefaßt, wobei die wichtigste Gruppe jene ist, die von Zeus und Athena abstammt, aber Herakles ist nicht da. Er ist verlorengegangen.«

Zu Beginn meines Rundgangs durch das Museum hatte ich, um nach Ivan suchen zu können, nur so getan, als interessierte mich die Beute, die die Germanen im Laufe ihrer Eroberungskriege zusammengetragen hatten. (Die Museen sämtlicher großer imperialistischer Nationen bieten Anlaß zu einer interessanten Betrachtung über die Macht.) Aber dieser Altar löste bei mir mysteriöserweise größeres Interesse aus. Ich musterte die Besucher nicht mehr so genau, wie ich es eigentlich sollte. Ich dachte an Athene und Herakles. Athene, die Göttin der Weisheit, Schutzherrin der Künste und des Handwerks, aber auch die Göttin der kriegerischen Kämpfe, eine ausgesprochen germanische Göttin. Ich dachte an Homer, den ich im Gymnasium gelesen hatte ... »Pallas Athene mit meergrünen Augen ...« Wie bitte? Vom gesamten Homer, den ich gelesen hatte, war mir nur die Farbe, der bläulich-grüne Schimmer im Blick einer Frau in Erinnerung geblieben?

Ein großer, dicker, grauhaariger Mann kam mit einer schwarzen Aktentasche zu mir herüber. Aber ich dachte an Herkules, den von seiner Stiefmutter mit Wahnsinn geschlagenen Helden, der nach Erlangung der Unsterblichkeit von einer verärgerten Gemahlin getötet wurde.

Schließlich war der Rundgang zu Ende, und niemand sprach mich an. Nach und nach verließen alle das Museum. Ich blieb noch eine Weile vor dem Altar stehen.

Als ich aus dem Pergamon herauskam, ging ich wieder die Straße Unter den Linden entlang, die direkt zur Karl-Liebknecht-Straße führte. Der Straßenname gab mir zu denken: War dieser Spree-Kanal, über den ich gerade gegangen war, der Kanal, in den sie Liebknecht und Rosa Luxemburg nach ihrer Ermordung geworfen hatten? (In Wirklichkeit waren Liebknechts und Rosas Leichen von der Corneliusbrücke im Stadtteil Tiergarten in West-Berlin ins Wasser geworfen worden.)

Ich bog in die Spandauer Straße ein – inzwischen liefen mir wegen der Kälte aus Augen und Nase dicke Tropfen, die ich mit Papiertaschentüchern abwischte, die ich mir nach Gebrauch in die Taschen stopfte –, ging am Roten Rathaus, dem ehemaligen Rathaus, vorbei, dann die Rathausstraße entlang, durch die S-Bahn-Station, und da sah ich den riesigen Fernsehturm. Als ich zu dem Platz gelangte, hatte ich ein ganzes Päckchen Taschentücher verbraucht.

Der Platz sah nicht mehr wie bei Fassbinder aus und erst recht nicht wie bei Döblin. Der mitten auf dem Alexanderplatz hochgezogene Fernsehturm war ein häßlicher, protziger Tribut an die Herrschaft des Fortschritts. Trotz der Kälte gingen etliche Leute auf dem Platz spazieren. Ich suchte nach einem Abfallbehälter, um die benutzten Taschentücher, die ich in die Manteltasche gesteckt hatte, wegzuwerfen. Dann ging ich vor dem Fremdenverkehrsbüro vorbei. Es war ein niedriges Gebäude, fast ein Schuppen, wahrscheinlich eine provisorische Einrichtung. Ich ging weiter bis zum Fernsehturm und stellte mich so in die Eingangstür, die zu den Fahrstühlen führte, daß ich vor der Kälte geschützt war und von jedem, der draußen vorüberging, gesehen werden konnte. Trotzdem taten mir Nase und Ohren vor Kälte weh.

Wieder kam Ivan nicht.

Da begab ich mich zu dem Fremdenverkehrsbüro und ging hinein. Mehrere Touristen ließen sich Informationen geben und holten sich Prospekte. Ich entdeckte eine große Karte an der Wand. Ich stellte mich davor.

Ein Herr neben mir sagte irgend etwas auf deutsch.

Ich antwortete auf englisch, daß ich kein Deutsch spreche.

»Waren Sie schon im Pergamon-Museum?« fragte er.

»Ja«, sagte ich.

»Ist dies Ihr erster Besuch in Ost-Berlin?«

Seine Aussprache hatte einen starken Akzent. Aber er sprach Englisch, ohne zu stocken.

»Haben wir uns nicht im Museum gesehen?« fragte ich. Es war der große, grauhaarige Mann, der mich im Museum angesehen hatte, während ich an Herkules dachte. Er hatte noch die schwarze Aktentasche bei sich.

»Sie sind ein guter Beobachter«, sagte er lachend, »aber ich fand, da waren verdächtige Leute um uns herum. Haben Sie es gemerkt?«

»Die griechische Mythologie hat mich abgelenkt.«

»Oh, ihr Amerikaner seid sehr komisch.« Er schien getrunken zu haben. »Sie sind doch Amerikaner?«

Plessner hatte ihm schlauerweise nicht gesagt, wer ich war, Ivan konnte an meiner Aussprache nicht feststellen, ob ich Amerikaner war oder nicht. »Ja, das bin ich.«

»Aus welcher Gegend?«

»New York.«

»Oh, New York!« sagte er. »Mögen Sie die ungarische Küche? Sie täten gut dran, denn um diese Zeit servieren nur noch wenige Restaurants Mittagessen.« Er zog das Foto aus der Tasche, das Dietrich von mir auf dem Flughafen gemacht hatte. »Hier. Das brauche ich nicht mehr.«

Wir verließen gemeinsam das Fremdenverkehrsbüro.

Er schien sich vergewissert zu haben, daß keine Gefahr mehr bestand. Er ging neben mir und hielt mich am Arm.

»Leider gibt es in Ost-Berlin kein einziges Restaurant mit amerikanischer Küche. Was ist das typische amerikanische Gericht? Hot dog?« Wieder lachte er.

Was war eigentlich das typische amerikanische Gericht?

Ich lachte auch: »Für mich sind es Hamburger.«

»Von McDonald's?«

Ich: »Ha, ha, ha.«

Das Restaurant befand sich nicht weit vom Platz.

Es war ein großer Raum mit dunklen alten Möbeln im Bauhaus-Stil und vielen Spiegeln an den Wänden. Eine verlebte, angenehme Atmosphäre.

Ivan bestellte gleich einen Wodka.

»Sprechen Sie Russisch?«

»Bedauerlicherweise nicht.«

»Haben Sie die Dollars dabei? Hunderttausend?«

»Ja.«

Er nahm die Aktentasche hoch und legte sie auf den Tisch.

»Gehen Sie mit der Tasche in die Toilette, nehmen Sie das Manuskript heraus, und stecken Sie die Dollars statt dessen hinein.«

Ich nahm die Tasche und ging zur Toilette. Ich schloß mich in einer Kabine ein. Dann machte ich die Tasche auf. Mit zitternden Händen ergriff ich das Manuskript. Es mußten etwa zweihundert Seiten sein, mit kleinen kyrillischen Buchstaben vollgeschrieben. Babel, endlich! Ich seufzte vor Glück. Babel! Babel!

Dann zog ich die Dollars hervor und legte sie in die Tasche. Ich teilte das Manuskript in vier Stöße von ungefähr je fünfzig Seiten und schob sie mir unter den Hosenbund, zwei auf dem Bauch und zwei auf dem Rücken.

Ich ging zum Tisch zurück. Die beiden Papierstöße des Manuskripts auf dem Bauch machten es mir fast unmöglich, mich zu setzen. Ich reichte Ivan die Tasche. Eine Flasche Wodka war auf den Tisch gestellt worden.

»Ich bin ein phantasieloser Mensch. Ich werde Gulasch bestellen. Kennen Sie Gulasch?« fragte er.

»Haben Sie das Manuskript gelesen?« fragte ich.

»Nein, es hat mich nicht interessiert. Ich hab' nur eine Seite gelesen.«

»Wovon handelt es? Worum geht es in dem Buch?«

»Das weiß ich nicht mehr. Ich hab' nur eine Seite gelesen, woran soll ich mich da erinnern?«

Der Kellner kam. Wir bestellten.

Innerhalb von wenigen Minuten trank Ivan noch zwei Wodka. Je mehr er trank, um so redseliger wurde er und um so schlechter sein Englisch. Er sagte, er wäre von dem »Mann aus Tomsk« (ich brauchte eine Weile, bis ich heraushatte, daß er Ligatschow meinte) und von dem »General-Sekretär-Präsidenten« verraten worden. Ich bereute, daß ich nicht besser zugehört hatte, als Plessner mir von der sowjetischen Innenpolitik erzählte.

»Meinen Sie, ich bin ein schlechter Kommunist? Ein schlechter Staatsbürger? Nein, das wissen Sie nicht.« Er machte eine lange Pause. »Ich bin Dichter. Das bin ich. Kennen Sie Puschkin?«

»Ja.«

»Der größte Dichter der Welt!«

Ivan deklamierte Puschkin auf russisch, während der Kellner unser Gulasch servierte. Ich fing an zu essen. Ivan hatte einen Tokajer bestellt, den er allein trank. Ich merkte, daß ein paar Leute von den Nachbartischen diskret zu uns herübersahen.

Ivan sagte, es sei ihm nicht gelungen, seine Gedichte zu veröffentlichen. Dabei veröffentliche die Sowjetunion jährlich etwa neunzigtausend Titel, eine Gesamtauflage von zweieinhalb Milliarden Exemplaren, nur China habe eine noch größere Verlagsproduktion. Aber den größten Teil der veröffentlichten Bücher lese keiner, ganze Bücherberge, Millionen Tonnen Papier vergeudet für langweiliges, nutzloses Geschwätz. »Was das Volk lesen will, findet es nicht in den Buchhandlungen.«

»Warum wurde Ihr Buch nicht veröffentlicht?«

»Kleingeistige Politklüngelei... Jetzt ist es Mode, Stalin schlechtzumachen... Haben Sie gelesen, wie Schatrow vom Mythos der sozialistischen Revolution gesprochen hat? Und Rybakow? Jetzt prangert er die Greueltaten an, die zu der Zeit begangen wurden, als er das Leben in seiner Datscha in Peredjelkino genoß... Jewtuschenko kommt jetzt mit dem Gerede, nun sei es genug mit *priterpelostj*, mit klaglosem Hinnehmen, aber keiner hat in all diesen Jahren mehr Demut und Resignation bewiesen als er. Mit Ausnahme von einigen wenigen wie Juri Bondarew und Wladimir Karpow, die unerschrocken den Terrorismus der Liberalen angegriffen haben, kann man den Intellektuellen nicht trauen... Ich habe so manches Gedicht dieser Volksverräter gelesen, in dem sie von Väterchen Stalin sprechen . . .«

Gorbatschow hatte laut Ivan aus der sowjetischen Politik eine heuchlerische und widerliche Farce gemacht. Er war den größten Teil des Jahres in Moskau gewesen und hatte auf die Versetzung auf einen Posten im Ausland gewartet, »ein Jahr, in dem viel geschehen ist, der unerbittliche Machtkampf in den höchsten Regierungsetagen, Reagans Besuch, die ersten Proteste auf den Straßen«.

Ivan hatte die Gedenkfeier am 22. April zu Lenins Geburtstag im Kongreßpalast miterlebt, bei der die Regierenden »eine Farce für die Öffentlichkeit« inszenierten. Ligatschow war an diesem Tag lächelnd zum Palast gekommen, eine Seltenheit, denn er »ist ein Mann, der wenig lacht«, und war von dem Premierminister Nikolai Ryschkow, einem Verbündeten Gorbatschows, mit einem Kuß auf den Mund begrüßt worden, wie es bei den Russen Sitte ist, um Freundschaft zu demonstrieren. Ligatschow seinerseits hatte der Rede Beifall gezollt, mit der Georgij Rasumowskij Gorbatschows Programm der Umgestaltung und der Transparenz lebhaft unterstützt hatte.

Die Flasche Tokajer war leer.

»Widerlich«, sagte Ivan. »Boris Jelzin nutzte Reagans Besuch, um sich über Ligatschow zu beklagen. Können Sie sich vorstellen, daß etwas derartig Erniedrigendes in der Sowjetunion vorkommt?«

Irgend etwas in Ivans Gesicht, vielleicht die Qual, das Leiden, ließ mich begreifen, warum die Bibliothekarin das Manuskript für ihn gestohlen hatte. Die Diebin hatte Mitleid mit diesem frustrierten Mann gehabt und einen Weg gesucht, ihm zu helfen. Oder, eine zynische Vermutung, der Diebstahl war die Möglichkeit gewesen, die sie gefunden hatte, um ihn in ein Abenteuer hineinzuziehen, das ihn von seiner Familie wegführte.

»Ligatschow hatte recht«, fuhr Ivan fort, »als er Boris' Entmachtung forderte und erreichte. Es waren wirre Tage. Ich habe alles miterlebt. Die Straßenproteste in Moskau, die ersten in der Geschichte der Sowjetunion, Menschen, die Freiheit für die Dissidenten forderten, nach größeren Reformen riefen, während die Polizei verwirrt zusah. Sie ließen Sacharow, diesen alten Schwafler, im Fernsehen auftreten und seine senilen Beschwerden bei der westlichen Presse vorbringen, damit alle Welt sehen konnte, wie lieb Gorbatschow ist. Ich habe Gorbatschow und Rajssa erlebt, wie sie im Bolschoi-Theater heuchlerisch das Jahrtausend der Christianisierung Rußlands gefeiert haben, um unter den Gläubigen Verbündete zu gewinnen und den Trottel von Papst zu täuschen. Gorbatschow hält sich für sehr schlau, aber er ist höchstens ein Zauberlehrling.«

Ivan redete laut. Ich fing mißbilligende Blicke von einigen Nachbartischen auf.

»Sprechen Sie bitte leiser«, sagte ich.

Ivan kümmerte sich nicht um meinen Hinweis. »Ich will Ihnen was sagen: Gorbatschow und seine Bande haben die wahren kommunistischen Ideale verraten. Ein Direktor des KGB, Alexej Solowjow, hat sogar gesagt, während der Stalin-Ära seien Millionen von Menschen beseitigt worden, und die wesentliche Aufgabe des KGB sei es, die Wahrheit aufzudecken. Der KGB und die Wahrheit aufdecken?«

Ivan lachte lauthals auf.

»Jakowlew übernahm die Führungsrolle in ideologischen Fragen, und Alexander Sucharew wurde zum Generalstaatsanwalt gemacht. Haben Sie gehört, was Ambartschumow vom Marxismus-Leninismus-Institut gesagt hat? Die Partei und Stalin wären die Hauptverantwortlichen für die Verbrechen und die Korruption der sowjetischen Gesellschaft seit der Revolution. Ambartschumow hat das gesagt! Und das Buch des Obristen Dimitri Wolkoganow, Direktor des Instituts für Militärgeschichte des Verteidigungsministeriums? Wolkoganow sagt, Stalin hätte das russische Volk in eine Tragödie geführt, unter deren Auswirkungen noch heute die ganze Nation leide. Er hat Stalin als verrückten, unmoralischen und heuchlerischen Mörder beschimpft. Abgesehen von diesen schändlichen Eigenschaften war Stalin laut Wolkoganow auch noch dumm. Und so was sagt ein sowjetischer General! Ist das nicht unglaublich, Mr. Amerikaner? Sie haben Verräter wie Kamenew, Sinowjew, Radek, Bucharin rehabilitiert. Demnächst rehabilitieren sie auch noch Trotzki. Juri Afanasjew, den Gorbatschow zum Direktor des Sowjetischen Instituts für Historische Archive ernannt hat, sagt, Trotzki wäre auf der Grundlage falscher Beweise verurteilt worden. Das ist der Große Rückschritt, den diese Volksverräter inszeniert haben. Nach ihren Lügen über Stalin haben sie sich sogar Lenin vorgenommen.«

»Hat Chruschtschow nicht 1956 so etwas Ähnliches getan?« fragte ich.

»Chruschtschow hat Lenin nicht angetastet. Sein Haß galt Stalin. Trotzdem haben Sie ja erlebt, was passierte, oder? Er wurde von Breschnew abgesetzt.«

Ivan beugte sich über den Tisch und ergriff meine Hand. Sein Gesicht hatte sich gerötet.

»Dann fand der Parteikongreß Anfang Juli statt. Ich habe alles auf einem Fernsehschirm verfolgt, den sie auf dem Puschkin-Platz aufgestellt hatten. Ein Hampelmann namens Meljnikow, ein Strohmann von Gorbatschow, versuchte Gromyko, Solomentow, Afanasjew und Arbatow anzugreifen, die ihr Leben der Größe der Sowjetunion gewidmet haben, aber er mußte angesichts der Frostigkeit der Kongreßteilnehmer den Mund wieder zumachen. Wissen Sie, wer begeisterten Beifall erhielt? Ein Delegierter, der fragte: ›Wo ist denn nun diese Perestrojka? Ich sehe nur Menschenschlangen, es gibt nach wie vor weder Fleisch noch Zucker noch Kartoffeln.‹«

»Aber das war im Juli. In den ersten Oktobertagen wurde er hierher nach Berlin versetzt, zum gleichen Zeitpunkt, als Gorbatschow seinen Coup landete, mit dem er Gromyko entmachtete und Ligatschow sowie Tschebrikow ausschaltete. Jetzt hat er das Sagen.«

Ivan schlug mit der Faust auf den Tisch. »Gorbatschow und seine revisionistische Bande wollen Lenin vernichten! Sie wollen den Sozialismus vernichten und zum Kapitalismus zurückkehren. Aber das wird das Volk nicht zulassen. Bislang konnten sie das Volk mit dreckigen Lügen täuschen. Aber die Unzufriedenheit der Bevölkerung wächst von Tag zu Tag. Jeden Moment kann ein neuer Breschnew kommen, merken Sie sich gut, was ich Ihnen sage.« Ivan seufzte zwei- oder dreimal. »Aber damit hab' ich nichts zu tun. Ich will weit weg sein. Sollen sie doch alle, die einen wie die anderen, in der Scheiße versacken!«

Ich merkte, daß am Nachbartisch ein Mann aufstand und nach hinten im Restaurant zum Telefonieren ging. Wie dieser Mensch am Telefon sprach, dicht darübergebeugt, den Kopf an die Brust gedrückt, die Hand muschelförmig über dem Hörer, das gefiel mir nicht.

»Ich muß gehen«, sagte ich.

»Die Flasche ist noch voll«, sagte Ivan und zeigte auf die zweite Flasche Tokajer, die der Kellner gerade gebracht hatte.

»Aber ich muß gehen«, wiederholte ich. Ich machte mir nicht nur Sorgen wegen des Menschen, der zum Telefon gegangen war – und nun wieder an den Tisch neben uns zurückgekommen war und sich jetzt äußerst verdächtig verhielt, denn er vermied es, zu uns herüberzusehen, was er vorher demonstrativ getan hatte –, außerdem drückten mir auch die Manuskriptseiten die Rippen ein.

Ich stand auf.

Ivan goß sich Wein ins Glas und sagte etwas auf russisch, was ich nicht verstand. Er lächelte.

»Goodbye, Mr. Amerikaner«, sagte er.

Ich verließ das Restaurant, ging auf die andere Straßenseite und bis zur nächsten Ecke. Ich wartete. Es schneite. Ich begab mich auf idiotische Weise in Gefahr, es war Wahnsinn, da stehenzubleiben und die Restauranttür zu beobachten. Aber ich wartete. Nach einer Weile, die mir endlos vorkam, aber wohl nur fünf Minuten gedauert hatte, fuhr ein schwarzer Wagen vor dem Restaurant vor und hielt. Am liebsten wäre ich schnellstens weggelaufen. Aber ich wartete. Zwei Männer in dunklen Mänteln und mit Pelzmützen auf dem

Kopf stiegen aus dem Wagen und gingen ins Restaurant. Ich wartete angstvoll. Was mochte da drin geschehen?

Ich dachte mir das folgende Drehbuch aus: Die beiden Männer steigen aus dem Wagen, sehen sich mit harten, argwöhnischen Blicken um und gehen langsam ins Restaurant. Sie setzen sich zu Ivan an den Tisch und geben sich als Mitarbeiter der SSD, der politischen Polizei der DDR, zu erkennen. Ivan sagt, er sei Diplomat im Dienst der sowjetischen Botschaft in Ost-Berlin. Was haben Sie in der Aktentasche? Ivan ist auf der Stelle nüchtern. Er bricht in strömenden Schweiß aus. Papiere der Botschaft, sagt Ivan und preßt die Aktentasche an die Brust. Einer der beiden Polizisten reißt Ivan die Tasche aus den Armen. Die Tasche wird geöffnet, und die Dollars springen wie Puppen mit Springfedern heraus. Ivan schreit, er genieße diplomatische Immunität. Der Kellner denunziert uns: Das Geld da hat ihm ein Amerikaner für vertrauliche Dokumente gegeben. Der amerikanische Spion trägt die geheimen Papiere am Körper, unter einem Mantel. Der Spion ist gerade gegangen, er kann noch nicht weit sein. Einer der beiden SSD-Agenten läuft zur Tür.

Ehe der Kellner diesen (in meiner Szene erfundenen, aber da drinnen möglicherweise tatsächlich gesagten) Satz zu Ende gesprochen hat, entfernte ich mich mit schnellen Schritten aus der Nähe des Restaurants.

Das Foto! dachte ich, während ich zum Alexanderplatz ging. Nervös suchte ich meine Taschen nach dem Foto ab, das Dietrich auf dem Flughafen von mir gemacht und das Plessner an Ivan weitergegeben hatte, damit er mich identifizieren konnte. Ich erinnerte mich vage daran, daß Ivan es mir zurückgegeben hatte. Um mich zu vergewissern, daß sich das Foto bei mir befand, suchte ich wie wild in meinen Taschen, während ich im Schnee weiterrutschte. Ohne stehenzubleiben, hatte ich schließlich alle Taschen durchsucht und es nicht gefunden. Sollte ich es im Restaurant liegengelassen haben? Im Pergamon? Nein, im Museum hatte Ivan nicht mit mir gesprochen. Im Restaurant! Ich hatte das Foto auf dem Tisch im Restaurant liegenlassen! Ich war verloren!

Ich blieb mitten auf dem Platz stehen und wußte nicht, wohin. Mein Kopf war vom Schnee eiskalt. Ich versuchte, mir alle Orte, wo ich gewesen war, in Erinnerung zu rufen. Zum Glück fiel mir ein, daß Ivan mir das Foto im Fremdenverkehrsbüro zurückgegeben hatte. Ich sah die Szene deutlich vor mir: »Sie sind ein guter Beobachter«, hatte er lachend gesagt (warum hatte er gelacht? – er lachte an unpassenden Stellen, so wie in dem Augenblick, als er beim Abschied im Restaurant etwas auf russisch gesagt hatte, »goodbye, Mr. Amerikaner«), und dann hatte er das Foto, das Dietrich auf dem Flughafen gemacht hatte, aus der Tasche gezogen, »hier, das brauche ich nicht mehr«. Ich hatte das Foto genommen und ... und es unter den Pullover in meine Hemdentasche gesteckt!

Mit großer Erleichterung fand ich das Foto. Ich ging wieder los. Im Gehen zerriß ich das von Dietrich gemachte Foto in kleine Schnipsel und ließ sie in den Schnee fallen, als könnte ich mich mit dem Zerreißen meiner Fotografie unsichtbar, unantastbar machen.

Um zum Bahnhof Friedrichstraße zurückzufinden, brauchte ich nicht auf dem Stadtplan nachzusehen.

Als ich durch die Kontrolle ging, um die DDR zu verlassen, war ich noch nervöser als vorher, bei der Ankunft. Ich hatte keine Angst davor gehabt, verhaftet zu werden, oder noch weniger davor, daß die hunderttausend Dollar konfisziert werden könnten. Aber Babels Manuskript zu verlieren! Schon allein der Gedanke erfüllte mich mit Grausen.

Es waren andere Grenzbeamte, aber sie setzten die gleiche, auf der Polizeischule gelernte Mimik ein. Ob den alten Frauen mit den Metaxa-Flaschen in der Einkaufstasche immer das Herz schneller schlug, wenn sie allwöchentlich von diesen unveränderlich durchdringenden Blicken durchbohrt wurden?

Vor mir wurde ein Amerikaner, nachdem er seinen Paß gezeigt hatte, aus der Reihe geholt und zu einer Tür geführt, durch die er und die beiden Grenzbeamten verschwanden.

Szene: Ivan war verhaftet worden und hatte von dem amerikanischen Spion erzählt, das heißt, von mir.

»Fehlt Ihnen etwas?« fragte der Grenzpolizist, der meinen Paß prüfte.

»Schlechtes Essen. Gulasch. Gulasch!« sagte ich und schlug mir mit der Hand auf den Bauch. Ich zog eine glaubwürdige Grimasse, aber in Wirklichkeit vor Schreck, denn meine Hand hatte auf einen der Papierstöße geschlagen.

Der Grenzbeamte gab mir den Paß zurück, und ich ging weiter. Dann kam der nächste Beamte.

Schließlich hatte ich alle Hürden überwunden, stieg zum oberen Bahnsteig des Bahnhofs Friedrichstraße hinauf und wartete auf die Ankunft der Bahn. Als sie kam, setzte ich mich auf eine Bank und schloß die Augen. Der Schweiß lief mir über das Gesicht.

Bei der Station Zoologischer Garten vergaß ich fast auszusteigen und in die U-Bahn umzusteigen. Ich rannte aus der Bahn, ehe sich die Türen schlossen. Ich konnte es kaum abwarten, zum Hotel zu kommen und Veronika zu treffen. Sie sollte mir ein Stück aus Babels Buch vorlesen.

Als ich mich dem Hotel näherte, erlebte ich eine Überraschung. Plessner und Veronika standen vor dem Hoteleingang und sprachen miteinander. Ich wich instinktiv zurück und versteckte mich im Eingang eines Papierwarengeschäftes in der Nähe des Hotels.

An der Art, wie Plessner sprach, merkte ich, daß er Veronika Anweisungen gab. Sie hörte aufmerksam zu. Sie war wie verwandelt. Plessner hingegen war unverändert, er sprach mit Veronika so, wie er mit mir gesprochen hatte, als er mir sagte, was ich tun mußte, um Ivan auf der anderen Seite zu treffen – ein Mann, der ständig Anweisungen gab. Aber Veronika wirkte anders. Das war nicht meine Veronika.

Sie verabschiedeten sich, aber nicht mit einem höflichen Handschlag. Nebeneinanderstehend drückten sie sich fast heimlich lange die Hand, ohne ein Wort, nur einander intensiv ansehend, wie Partner, wie Komplizen. Anschließend stieg Plessner in seinen vor dem Hotel parkenden Wagen und fuhr weg. Veronika schlug den Pelzkragen ihres Mantels gegen die Kälte hoch und betrat das Hotel.

Ich rief von einer Telefonzelle aus im Hotel an.

»Ich möchte mit Frau Veronika Hempel sprechen. Sie muß im Foyer sein«, sagte ich zu der Telefonistin.

Veronika ließ nicht auf sich warten.

»Wo bist du? Ist alles gutgegangen?« fragte sie.

»Ja.«

»Hast du das Manuskript?«

»Ja. Ich warte hier auf dich, im Pressecafé am Zoo.«

»Im Pressecafé am Zoo?«

»Komm schnell.« Ich hängte ein.

Ich wartete. Da ich keine Uhr hatte, zählte ich, einundzwanzig, zweiundzwanzig, dreiundzwanzig ... Nach fünf Minuten verließ ich die Telefonzelle und begab mich zum Hotel.

Ich ging auf mein Zimmer. Dort holte ich das Manuskript hervor. Beim Anblick der kyrillischen, mit Tinte geschriebenen Buchstaben fühlte ich mich entsetzlich hilflos. Ich legte das Manuskript, das Buch mit der *Reiterarmee* und den *Geschichten aus Odessa*, das Dietrich mir in Rio gegeben hatte, meine Papiere mit dem Exposé und den Notizen und die wenige Wäsche, die ich hatte, zusammen in den Handkoffer. Dann ging ich hinunter, ließ mir die Dollars aus dem Hotelsafe geben und bezahlte die Rechnung.

Der Wind draußen hatte zugenommen und damit auch die Kälte. Ein Taxi brachte mich zum Flughafen. In zwei Stunden flog eine Maschine der Air France nach Paris. Ich bekam einen Platz.

In der letzten Zeit hatte ich schon schwierige Augenblicke durchgestanden, aber diese beiden Stunden waren die vielleicht längsten und angespanntesten in meinem ganzen Leben. Ich konnte mich nicht eine Minute hinsetzen. Ich lief im Flughafen hin und her, wartete auf den Abflug und dachte mir Szenen aus.

Szene: Veronika kommt ins Pressecafé am Zoo und sieht mich nicht. Sie setzt sich an einen Tisch und wartet eine Weile. Dann fragt sie einen Kellner, ob er einen Mann in einem Mantel (in diesem Augenblick stockt sie: und mit einem Packen Papier in der Hand?), mit einem Mantel bekleidet usw. gesehen habe, aber von dem Manuskript sagt sie nichts. Der Kellner verneint. Da versucht Veronika sich zu erinnern, was ich gesagt habe. Ich bin hier im Pressecafé am Zoo? Ich gehe jetzt ins Pressecafé am Zoo? Da sie sich nicht sicher ist, beschließt sie zu warten. Sie wartet fünfzehn Minuten. Diese fünfzehn Minuten, die sie auf mich wartet, sind ungefähr fünfzehn Minuten meines Wartens auf das Flugzeug, beides trifft zeitlich zusammen. Ich brauche zwei Stunden. Veronika wartet noch einmal fünfzehn Minuten. Jetzt habe ich nur noch anderthalb Stunden. Dann ruft sie Plessner an. Doktor Plessner, sagt sie. Nein, sie sagt: Mein Schatz, der Brasilianer ist nicht ins Hotel gekommen, statt dessen usw. Plessner antwortet: Er wird nicht ins Pressecafé am Zoo kommen, er hat dich angelogen, er traut dir nicht – jetzt hast du wenigstens die Gewißheit, daß der Mann niederträchtig ist –, weißt du, wo er sich in diesem Moment befindet? Er wartet auf das letzte Flugzeug nach Paris.

Wer mir die beiden Stunden Warten vor Anspannung unerträglich werden ließ, war ich selbst, mit dieser Pseudo-Szene.

Es erschien also doch keiner von Dr. Plessners Komplizen auf dem Flughafen. Von meiner Angst befreit stieg ich in das Flugzeug nach Paris, aber das Herz war mir sehr schwer und tat mir weh. Aufgrund von subjektiven Überlegungen, die durchaus vollkommen unbegründet sein konnten, hatte ich gerade eine Frau verlassen. Ich hatte Veronika aufgrund eines Szenarios beurteilt, das vielleicht falsch war, so wie alle Szenarien. Im Geiste sah ich noch einmal Veronika neben Plessner, ihm die Hand drückend. Das konnte durchaus nicht mehr gewesen sein als: Plessner, der auf ein abgekartetes Spiel hinaus wollte, das mir auf jeden Fall geschadet hätte, und Veronika, die nur so tat, als spiele sie mit.

»Man muß bei der Beurteilung der Menschen vorsichtig sein«, sagte ich laut.

»Oui, Monsieur?« fragte die Stewardeß, die neben mir stehenblieb.

7

Der Zoll auf dem Flughafen in Paris kontrollierte mein Gepäck peinlich genau. Sie suchten den Koffer nach doppelten Böden ab. Sogar mich suchten sie ab. Die müssen mich für einen Drogenschmuggler gehalten haben. Wahrscheinlich, weil ich die Dollars, die ich bei mir hatte, deklariert hatte.

Als ich den ganzen Ärger überstanden hatte, nahm ich ein Taxi zum Le Bréa.

Am Empfang wurde ich von einem Asiaten bedient – später erfuhr ich, daß er Vietnamese war –, der ein entsetzliches Englisch sprach und mir sagte, unter den Gästen befände sich keine Liliana.

»Und Herr Castelo Branco?«

Castelo Branco sei dort abgestiegen, befinde sich aber zur Zeit nicht im Hotel.

Ich füllte das Anmeldeformular aus und fuhr in einem kleinen Aufzug zu meinem Zimmer hinauf. Ich holte das Manuskript aus dem Koffer und starrte ungläubig auf die unverständlichen Buchstaben. Babels Manuskript! Es war unglaublich, daß es sich in meinem Besitz befand. Ich weiß nicht, wie lange ich dort mit dem Manuskript in der Hand saß.

Ich bekam Hunger. Der Vietnamese vom Empfang hatte mir gesagt, im Zimmer sei ein Safe. Ich fand den Safe, in die Wand eingelassen, doch das Manuskript paßte nicht hinein, nur der Paß und die Dollars.

Ich wollte das Manuskript nicht im Zimmer lassen, während ich essen ging. Veronika wußte, daß ich nach Paris geflohen war und hatte Plessner bestimmt informiert. Sie konnten herausfinden, daß ich im Le Bréa war und während meiner Abwesenheit in mein Zimmer eindringen und das Manuskript stehlen.

Mit dem Manuskript unterm Arm ging ich über die Treppe zum Empfang runter. Als ich dem Vietnamesen meinen Zimmerschlüssel reichte, sagte er, Monsieur Castelo Branco sei gekommen und befinde sich in dem kleinen Aufenthaltsraum des Hotels.

Vor einem kleinen, sehr gepflegten Wintergarten saß ein Mensch und las Zeitung. Das mußte Monsieur Castelo Branco sein. Ich beschloß, ihn etwas unter die Lupe zu nehmen, ehe ich ihn ansprach. Sein Gesicht konnte ich nicht sehen, es war halb verdeckt, ich sah nur seine schwarzen, glatten Haare. Er war formell gekleidet, in einem dunklen Kaschmir-Anzug mit schwarz-rot gestreifter Krawatte. Ein schlanker, kleiner Mann.

Ich ging zu ihm.

Vor dem Mann stehend, der noch immer Zeitung las, sagte ich:

»Monsieur Castelo Branco?«

Er zog die Zeitung von seinem Gesicht weg.

»Du?!« rief ich verblüfft.

»Pst!« sagte sie.

»Du . . .«

»Setz dich her.«

Ich setzte mich.

»Jetzt erklär mir das«, sagte ich.

»Sprich leiser.«

»Du spinnst.«

»Pst!«

»Erklär das, du Idiotin!«

Da erzählte Liliana, daß sie sich schon immer eine männliche Identität gewünscht habe, sich wie ein Mann habe kleiden wollen, so wie die Mademoiselle de Maupin in Gautiers Roman. Deshalb habe sie sich einen falschen Paß auf den Namen Euribicíades Castelo Branco gekauft und sei seit dem Abflug aus Brasilien als Mann gereist.

»Gefällt dir mein schwarzes Haar?«

»Die werden rauskriegen, daß du kein Mann bist.«

»Wie? Ich habe eine kleine Brust. Ich bin schon zweimal durch den Zoll gegangen, in Rio und hier in Paris, und kein Mensch ist mißtrauisch geworden.«

»Du landest noch im Gefängnis. Wieso Euribicíades?«

»Den Namen hab' ich nicht ausgesucht. Irgendwo in unserem Land gibt es einen Menschen mit diesem Namen.« Dann zog Liliana eine Zigarre aus der Tasche, rollte sie in den Fingern dicht am Ohr und führte sie anschließend unter der Nase vorbei, wobei sie den Tabakduft einatmete. »So machen es Männer doch, nicht?«

»Ich rauche keine Zigarren«, erwiderte ich. Dann sah ich mich um, ob jemand uns beobachtete. »Weißt du, was das hier ist?«

»Ein Stapel lose Blätter.«

»Sieh dir das an!«

»Eine komische Schrift.«

»Kyrillische Buchstaben. Weißt du, wessen Schrift das ist?«

»Kannst du das lesen?«

»Weißt du, wessen Schrift das ist?«

»Nein. Wessen Schrift ist es denn?«

»Die von Babel.«

»Ja und?«

»Das ist ein unveröffentlichter Roman von Babel«, sagte ich mit gedämpfter Stimme. »Komm mit auf mein Zimmer, dann erzähl' ich dir eine tolle Geschichte.«

Wir gingen zusammen die Treppe rauf. In dem kleinen Flur auf meiner Etage kamen wir am Zimmermädchen vorbei, wohl auch eine Vietnamesin. Sie sah uns merkwürdig an. Ob sie eine Agentin von Plessner war?

Ich ging ins Zimmer und schaltete den Fernseher ein.

»Dieser Roman wurde vom KGB beschlagnahmt, als Babel verhaftet wurde, und sollte vernichtet werden ...«

»Ich verstehe kein Wort. Sprich lauter oder stell den Fernseher leiser.«

Ich stand auf, ging auf Zehenspitzen zur Tür – was absolut unnötig war, denn auf dem Teppichboden hätten meine Schritte auch sonst keinerlei Geräusch gemacht – und riß die Zimmertür auf.

Das vietnamesische Zimmermädchen stand nicht hinter der Tür, wie ich befürchtet hatte.

»Du hast noch immer einen Tick«, sagte Liliana.

Ich schloß die Tür.

»Ich bin nicht verrückt. Nur vorsichtig. Und jetzt hör genau zu, was ich dir erzähle.«

Liliana umarmte mich. Sie küßte mich auf den Mund.

»Hat das nicht bis nachher Zeit?«

Ich befreite mich aus der Umarmung und schob sie weg. Und begann, die Geschichte des Manuskriptes zu erzählen. Anfangs täuschte Liliana Desinteresse vor, legte sich aufs Bett und wälzte sich gähnend und seufzend hin und her. Doch nach und nach erwachte ihr Interesse, und sie setzte sich mit großen Augen aufs Bett.

»Und das ist alles wahr?« fragte Liliana, als ich fertig war.

»Hundertprozentig.«

Sie zündete eine Zigarette an. »Du wirst noch zum Kinohelden eines Krimis. Und jetzt? Gibst du mir einen Kuß?«

»Einen Kuß? Wie kann man hier in so einem Augenblick an so was denken!« sagte ich. »Das hier ist das Manuskript von Babel, du schreckliche Person!«

»Babel ist tot, und kein Mensch weiß, wer er ist, und es weiß auch keiner was von der Existenz seines unveröffentlichten Manuskripts mit aufregender Vergangenheit. Nur der KGB, und der erzählt es nicht weiter, Plessner, und der ist ein verrückter Deutscher, Ivan, der ist korrupt und unglücklich, und du, ein brasilianischer Idiot.«

»Und Gurian«, sagte ich.

»Das ist ein alter kranker Jude.«

»Und Veronika?«

»Eine hinterhältige Deutsche. Kurzum, was ich damit sagen will, wir haben Zeit, uns ein bißchen zu amüsieren.«

Liliana umarmte mich. Im Spiegel des Kleiderschranks sah

ich, daß ich einen schwarzgekleideten Mann (oder besser gesagt, einen Knaben) von androgynem Aussehen in den Armen hielt.

»Zieh den Anzug aus«, sagte ich.

Liliana zog sich aus.

»Findest du, ich sollte das hier auch färben?«

»Das dürfte schwierig sein.«

»Mit einer Bürste geht's leicht ...«

»Nein, mach das nicht.«

»Du magst es so lieber, mit den roten Härchen?«

»Darum geht's nicht.«

»Worum denn?«

»Darüber will ich jetzt nicht reden. Ich will über Babel sprechen.«

»Nachher. Zieh dich aus.«

Ich zog mich aus.

»Schämst du dich nicht, dich in diesem Zustand zu präsentieren?«

»Liliana, ich will jetzt keine Spielchen. Ich befinde mich in einer komplizierten Situation.«

»Tatsächlich? Du willst nicht?« fragte sie und kam näher. Lilianas aufgerichtete Brustwarzen rieben sich an meiner Brust.

»Was ist das denn? Was schwillt denn da an? Hm?!« fragte Liliana.

Ich schwieg.

»Sagtest du nicht, du wolltest nicht?«

Ich schwieg weiter.

»Es gibt nichts Schöneres auf der Welt, das weißt du doch.«

Liliana hatte recht. Es war die schönste Sache der Welt. Aber wenn es vorbei war, war es nichts mehr. Dann bekam man Lust, was anderes zu machen.

»Meinst du, Gurian ist schon aus dem Krankenhaus raus?«

»Gurian? Mein Gott! Wir liegen noch im Bett, und schon denkst du an was anderes. Wo bleibt deine Lust?«

»Meine Lust, das ist vorher und währenddessen. Danach habe ich das Verlangen, Gurian anzurufen. Meinst du, er ist schon aus dem Krankenhaus raus?«

»Gurian?«

»Mein Freund, der kranke, alte Jude. In dessen Wohnung die Steine sind. Du bist mit mir da gewesen.«

Die Hoteltelefonistin stellte schnell die Verbindung her.

Eine Frau nahm ab. Ich fragte, ob ich mit Gurian sprechen könne.

Ich freute mich sehr, die Stimme des alten Mannes zu hören.

»Wie steht's mit der Gesundheit?« fragte ich nach der Begrüßung.

»Bestens.«

»Was hältst du davon, in ein Flugzeug zu steigen und hierher zu mir nach Paris zu kommen?«

»Nach Paris . . .«

»Ich übernehme sämtliche Kosten«, fügte ich praktisch denkend hinzu.

Ich merkte, daß Gurian mit jemandem sprach.

»Nach Paris . . .» wiederholte der weise Mann.

Eine Frauenstimme meldete sich in der Leitung: »Boris kann nicht reisen. Wissen Sie nicht, daß er erst gestern aus dem Krankenhaus gekommen ist?«

»Hallo? Hallo?« sagte ich.

»Hallo«, sagte Gurian und übernahm wieder das Telefon.

»Wer ist die Frau?«

»Sara.«

»Du bist erst gestern aus dem Krankenhaus gekommen?«

»Ja.«

»Dann hat sie recht«, sagte ich.

»Sara hat immer recht. Und dazu kommt, daß sie keine Kinder hat. Mein Pech.«

Ich hörte Sara protestieren.

»Wozu soll ich nach Paris kommen?«

»Um etwas aus dem Russischen für mich zu übersetzen.«

»Leute, die Russisch können, gibt's in Paris wirklich genug.«

»Kennst du jemanden?«

»Warte einen Moment.«

Ich wartete.

Sara war wieder dran.

»Boris sucht seelenruhig in seinen Papieren. Das kann eine halbe Stunde dauern. Sie legen am besten auf und rufen später wieder an. Sonst kostet der Anruf ein Vermögen.«

»Danke, Dona Sara, aber ich warte lieber.«

Ich wartete.

Erneut Saras protestierende Stimme.

Gurian kam zurück.

»Frag in der Rue Jacob, ob achtundzwanzig oder dreißig, weiß ich nicht, nach einem Jacques-Henri Gauché.«

»Kann man dem vertrauen?«

»Ja, unbedingt. Nenn meinen Namen. Sag, daß du ein Freund von mir bist.«

»Darf ich dich noch um etwas bitten? Sieh im Regal nach, ob die Schachtel mit den Edelsteinen, die ich dir im Krankenhaus gezeigt habe, hinter dem *Mahabharata* liegt.«

Ich wartete.

»Ja, sie ist da.«

»Bewahr sie für mich auf.«

»Wann kommst du zurück?«

»Das weiß ich nicht.«

Während ich telefonierte, hatte Liliana sich angezogen.

»Wir gehen im La Coupole essen, ich hab' schon einen Tisch bestellt«, sagte sie.

Wir gingen zu Fuß. Wir kamen an der Statue von Balzac vorbei. Es war erträglich kalt und windstill.

Das Restaurant war voll.

»Ich will nur Austern und dazu Weißwein«, sagte Liliana.

Ich trank auch ein bißchen.

Liliana aß zwei Dutzend Austern.

»Ich liebe dich«, sagte Liliana. »Ich liebe dich wirklich. Das liegt zum Teil am Wein, zum Teil an den Austern, zum Teil an dir. Das heißt, du bist schuld. Setz dich hier neben mich.«

Ich stand von meinem Stuhl auf und setzte mich neben Liliana auf die lange Bank mit rotgepolsterter Lehne.

»Küß mich«, sagte Liliana.

Ich küßte sie.

Liliana legte ihren Kopf an meine Schulter.

Ich küßte sie wieder. Lilianas Mund schmeckte merkwürdig nach Austern mit Chablis.

Ich merkte, daß einige Leute mit unterschiedlicher Reaktion zu uns herübersahen. Die einen amüsiert, andere deutlich mißbilligend. Was zum Teufel war mit Paris los, daß ein Mann nicht mehr eine Frau im La Coupole küssen konnte?

Da begriff ich den Grund für diese Blicke. Ich stieß Liliana brüsk von mir weg. Meine Wangen brannten.

»Was ist denn los?« fragte Liliana.

»Du bist in Männerkleidern.«

»Ja und? Kein Mensch merkt was. Ich bin zweimal durch den Zoll gekommen.«

»Das ist es ja, du Idiotin. Die Leute glauben alle, daß ich hier ganz ungeniert einen Mann küsse.«

»Keiner kennt uns. Laß sie doch.«

»Denk an das Gesetz der universellen Implikation: Wenn du nicht gesehen werden willst, wirst du es – und umgekehrt. Hier sind garantiert mehrere Leute, die mich kennen, ein Journalist, ein Regisseur, mein Zahnarzt – die verbreiten dann in Brasilien, daß ich schwul bin.«

»Ja und?«

»Man wird uns hier rauswerfen.«

»Wir gehen aber nicht.«

»Du wirst nie wieder mit mir Austern essen und Wein trinken.«

An einem Tisch in unserer Nähe hoben ein Mann und eine Frau ihre Gläser zum Gruß und tranken. Es war ein Paar mittleren Alters. Liliana und ich hoben ebenfalls unsere Gläser und tranken.

»Nichts geht über kultiviertes Benehmen«, sagte Liliana.

An den anderen Tischen aber sah ich keine solche Solidarität. Als ich das Restaurant verließ, war ich erleichtert.

»Wenn ich Frauen mag, warum kannst du dann nicht Männer mögen?« fragte Liliana, während wir zum Hotel zurückgingen. Jetzt machte ein kalter Wind den Spaziergang ungemütlich.

»Zieh den Anzug aus«, sagte ich, als wir ins Zimmer kamen.

»Willst du mich sehen?«

»Ja.«

»Und was ist mit dem Geheimnis?« fragte Liliana.

»Morgen früh müssen wir Jacques-Henri Gauché suchen gehen«, sagte ich.

Mit Babels Manuskript in einem großen braunen Umschlag ging ich mit Liliana die Rue Vavin in Richtung Jardin du Luxembourg hinunter. Wir hatten beschlossen, zu Fuß zur Rue Jacob zu gehen, und dies war eine der Möglichkeiten, dorthin zu kommen. In Paris war es weniger kalt als in Berlin. Der Spaziergang durch den Jardin du Luxembourg war sehr angenehm. Liliana versuchte mehrmals, mir beim Gehen den Arm um die Taille zu legen, aber ich wehrte sie ab, ich wollte nicht auffallen. Ich trug eine Wollmütze, Liliana dagegen hatte nichts auf dem Kopf. Sie hatte sich einen Gang ausgedacht, den sie für männlich und ihrer maskulinen Kleidung angemessen hielt. Tatsächlich aber wirkte sie wie ein weibischer Jüngling.

Wir brauchten eine halbe Stunde, bis wir den Boulevard Saint-Germain erreichten. Von dort bogen wir in die Rue Bonaparte ein. Kurz danach waren wir in der Rue Jacob.

Die Nummer dreißig war ein sehr altes Haus. Wir gingen durch eine kleine Tür, die in einem breiten Holzportal offenstand, und gelangten auf einen großen, dunklen Innenhof mit Steinpflaster, auf den ringsum hohe Türen führten und einen Stock höher Fenster, die allesamt geschlossen waren.

Wir kamen an einem Mädchen vorbei und fragten nach Jacques-Henri Gauché. Das Mädchen wies auf eine Tür.

An der Tür befand sich ein altes Schild, dessen Inschrift man kaum entziffern konnte. Das Wort Gauché war jedoch zu lesen. Wir sahen keine Klingel.

Ich klopfte an die Tür.

Wir warteten.

Ich klopfte noch einmal, diesmal kräftiger.

Ein nach Hare Krishna aussehender Halbwüchsiger machte einen Spalt auf.

»Ja?« sagte er.

»Wir suchen Monsieur Jacques-Henri Gauché.«

»Kommen Sie bitte herein«, sagte er und öffnete die Tür ganz.

Wir betraten einen großen Raum, noch dunkler als der Innenhof. Der Raum war vollgestellt mit alten Schränken aus massivem Holz und schweren Tischen und Stühlen. Aber was mich interessierte, waren die drei Menschen darin.

Zwei waren sehr jung. Der Hare Krishna und ein häßliches, blasses Mädchen mit blonden Haaren und großen runden Augen. Der dritte mußte hundert Jahre alt sein. Das war bestimmt Jacques-Henri Gauché, der Russisch konnte und noch vieles mehr wußte. Niemand wird ungestraft hundert Jahre alt.

Ich ging direkt auf den Alten zu.

»Monsieur Jacques-Henri Gauché?«

»Jacques-Henri ist tot«, sagte er.

Ich stand eine Weile hilflos da. Und Liliana auch, nur nicht so lange.

»Können Sie Russisch?« fragte sie.

»Ob ich Russisch kann?« sagte der Alte. Und warf den Kopf zurück und öffnete seinen zahnlosen Mund und gab ein langes Gelächter von sich, das eher wie Heulen klang. Dann streckte er seine ausgemergelte Hand aus, schob sie mir halb unter den Mantel und griff mir ans Hemd, wobei er an meinen Brusthaaren zog: »Ich kann noch viel mehr!«

»Dieser Alte ist ein Werwolf«, sagte Liliana auf portugiesisch, »komm, wir gehen.«

»In Paris gibt es keine Werwölfe, das weiß doch jeder«, erwiderte der Alte auf portugiesisch mit unmöglich zu identifizierendem Akzent. »Warum ein Werwolf?» fragte er und starrte Liliana wie eine nebelumhüllte Gestalt mit stechendem Blick an. Fassungslos klammerte Liliana sich an den Tisch.

Der Alte tippte auf den braunen Umschlag, in dem Babels Manuskript steckte und den ich krampfhaft festhielt, und sagte:

»Das da soll ich Ihnen übersetzen?« Er befingerte den Umschlag, als wollte er die Buchstaben durch das Papier ertasten.

»Ahahahaha!« sagte er.

»Komm, wir gehen«, sagte Liliana erschrocken.

»Vielen Dank«, sagte ich zu dem Alten und nickte zum Abschied mit dem Kopf, während Liliana mich am Arm zog.

»Idiot«, sagte der Alte.

Wir gingen.

Als wir zum Boulevard Saint-Germain kamen, ließ Liliana meinen Arm los. »Der Kerl ist ein Hexer. Mag sein, daß es in Paris keine Werwölfe gibt, aber Hexer gibt es hier«, sagte sie. »Oder wir sind hypnotisiert worden. Was ist dir lieber?«

»Ich finde, wir sollten lieber nach Rio zurück. Ich brauche jemanden, der mir das Manuskript übersetzt. Interessiert dich, was ich vorhabe? Ich werde nicht mehr die *Reiterarmee* verfilmen, sondern Babels Manuskript.« Ich schüttelte den braunen Umschlag wie eine Rumbarassel.

»Und wenn es die Geschichte einer jüdischen Familie aus Odessa in den zwanziger Jahren ist?«

»Ich verfilme es, egal, was es ist. Dann baue ich Odessa in Jacarepaguá auf.«

Liliana schüttelte langsam den Kopf, als fände sie sich mit etwas Unabänderlichem ab. Nämlich mit meiner Verrücktheit.

»Wollen wir zu Mittag essen gehen?« fragte Liliana.

»Aber nicht im La Coupole«, sagte ich.

»Warum nicht?«

»Ich habe schon alle gesehen, die es da zu sehen gibt.«

»Das ist nicht der wahre Grund«, sagte Liliana.

»Wenn du in Paris einen Brasilianer finden möchtest, wo würdest du hingehen?«

»Zu den Galeries Lafayette, ins Deux Magots, in die Brasserie Lipp, auf die Promenaden des Boulevard Saint-Germain und der Champs Élysées...«

»Und...?«

»Und ins La Coupole.«

»Na also. Möchtest du, daß Plessners Leute uns finden? Veronika hat gesagt, daß er mich garantiert umbringen läßt, wenn ich ihm das Manuskript stehle.«

Wir gingen zu einem Varig-Büro und buchten den Rückflug nach Rio für zwei Tage später.

In diesen beiden Tagen verbrachten wir die meiste Zeit im Hotel im Bett, trieben unsere Spielchen und sahen fern. Nicht einmal in die nahe gelegenen Kinos am Boulevard Montparnasse gingen wir.

Es war ein Donnerstag, als wir abends ins Flugzeug nach Rio stiegen.

III

Der Florentino

I

Im Flugzeug, während Liliana schlief, dachte ich an Ruth, und zum erstenmal kämpfte ich nicht gegen das Erinnern.

Ich lernte Ruth durch Liliana kennen. Ich brauchte jemanden für die Choreographie eines Kurzfilms, den ich als Produzent und Regisseur drehen wollte. Liliana, die damals sechzehn war, sagte, eine Tänzerin und Choreographin namens Ruth, in die sie verliebt sei, könne das vielleicht für mich machen. Liliana erzählte auch noch, Ruth sei mit fünfzehn von ihrer Mutter an einen reichen Mann verkauft worden, nicht so, wie Coralies Mutter ihre Tochter an Camusot verkauft habe, sondern wie Marguerite an den Chinesen verkauft worden war, also eine subtilere Angelegenheit. Als Ruths Mutter Witwe wurde, stellte sie fest, daß sie ihr oberflächliches und verschwenderisches Leben nur fortführen konnte, wenn sie einen Teil ihrer Besitztümer veräußerte. Also verkaufte sie ihren Schmuck, ihren Grundbesitz und schließlich ihre Tochter. Sie trank viel und endete in einer Anstalt für Geistesgestörte, wo sie auch starb. Der Mann, der Ruth kaufte – und nicht, wie in den meisten Romanen, alt war –, ermöglichte es ihr, ihre Ballettausbildung fortzusetzen. Dieser Mann war, so Liliana weiter, auch nicht so ganz richtig im Kopf. Er beging an seinem vierzigsten Geburtstag Selbstmord. Ruth war damals achtzehn. Aber dank ihres Beschützers konnte sie sich bereits ihren Lebensunterhalt als Tänzerin verdienen. Ruths Vergangenheit war, laut Lilianas – später zum Teil von Ruth selbst bestätigter – Version, so kompliziert, so voller einmaliger Umstände, daß ich, wenn ich, so wie jetzt im Flugzeug, darüber nachdachte, immer das Gefühl hatte, alles sei erlogen.

Ich kam morgens um sieben zu Ruth. Ruth sprengte gerade ihren Garten, sie hatte nasse Füße, ihr Rocksaum war mit Erde beschmutzt, und ihre weiße, mit Kreuzstich bestickte Bluse von oben bis unten bespritzt. Ich wartete geduldig ab, bis sie mit dem Gießen der Pflanzen fertig war. Dann erzählte ich ihr von dem Kurzfilm, den ich drehte.

»Ich weiß nicht, was für eine Choreographie man für einen Dokumentarfilm über die Elenden im Stadtzentrum machen könnte«, sagte sie.

Ich erklärte, die Personen seien Diebe, Straßenjungen, arbeitslose Jongleure, Prostituierte, Transvestiten, herumbummelndes dummes Volk aus den Vorstädten – abgesehen von Bettlern. Sie solle mir eine Choreographie für eine Bettlerfamilie entwerfen.

»Eine Choreographie für eine Bettlerfamilie? Eine echte?«

»Ja, sie haben sich schon bereit erklärt, für mich zu tanzen«, sagte ich.

»Und das ist ein Dokumentarfilm?« fragte sie verwirrt.

»Wir können ihn als solchen bezeichnen, wenn Sie wollen. Aber strenggenommen gibt es das, was man Dokument nennt, überhaupt nicht, alles ist Montage, alles im Kino ist auf die eine oder andere Weise fiktiv.«

Sie sagte, sie sei eher eine Tänzerin als Choreographin.

»Das wär' doch eine Herausforderung: eine Choreographie für echte Bettler, die noch nie getanzt haben«, sagte ich.

»Ich glaube, ich habe eine gute Idee.« Sie drehte den Wasserhahn zu und legte den Schlauch weg. Sie führte mich in ihr Zimmer. Dort schob sie eine Kassette in die Anlage.

»Wie wär's, wenn sie zu dieser Musik tanzten? Das ist *Im Tuileriengarten* aus *Bilder einer Ausstellung* von Mussorgski.«

Ich erlaubte ihr nicht, sich umzuziehen. Wir fuhren in einem Kleinbus mit dem Fotografen und dem Filmmaterial, der Kamera und anderen Utensilien in die Stadt.

Als wir am Largo do Carioca waren, zeigte ich ihr aus dem Wageninnern eine Bettlerfamilie hinten am Gebäude der Caixa Econômica, neben dem Metroeingang. Es waren etwa zwanzig Bettler, manche lagen unter Decken.

Eine junge Frau mit schmutzigem Gesicht fiel Ruth wegen der Würde und Eleganz ihrer Haltung auf.

Sie hieß Eurídice. Innerhalb kurzer Zeit waren die Bettler bereit. Ruth schlug vor, ihnen zuerst einmal die Musik vorzuspielen.

Während wir Mussorgski hörten, bat Ruth Eurídice, ihr zuzusehen. Dann tanzte Ruth etwas und fragte sie anschließend, ob sie die Bewegungen, die sie gemacht habe, nachmachen könne. Eurídice sagte, sie wolle es probieren.

Dann geschah etwas Phantastisches, eine Mischung aus Groteske und Erhabenem. Sämtliche Bettler beschlossen, Ruths Bewegungen nachzumachen, jedes Gesicht mit einem anderen Ausdruck, jeder Körper mit einer persönlichen Ausstrahlung. An diesem Tag entdeckte ich fasziniert, daß jedes menschliche Wesen die Begabung zum Tanzen besitzt, die Fähigkeit, ausdrucksvolle Körperbewegungen zu kreieren.

Ruth meinte, die Szene würde wunderschön, wenn sämtliche Bettler nackt wären. »Wir könnten sie in eine menschenleere Straße im Zentrum bringen und da ungestört filmen.«

Ein nackter Bettler ist kein Bettler mehr. Schon gar nicht im Kino, wo die Bekleidung der Person sehr wichtig ist.

»Kannst du dir vorstellen, daß Humphrey Bogart in *Casablanca* in einem kurzärmeligen Hemd herumläuft? Der Film wäre ein Reinfall geworden. Bogart ist interessant, weil er einen Mantel mit Taschen trägt, in die er die Hände stecken kann. Und er trägt einen Hut. Und die anderen Personen sind ebenfalls *bekleidet.*«

Statt unsere Bettler zu entblößen, hüllten wir sie in Lumpen. Ruth gab mir recht. Vor allem auch, weil einige Bettler dick waren. Die Vorstellung von Armut impliziert Magerkeit.

»Das kommt daher, daß sie keine Diät machen«, sagte ich scherzhaft.

Im Film wurde die ganze Szene noch schöner. Ich improvisierte eine Art dolly mit einem Handwagen mit Gummireifen, ein sogenannter Esel-ohne-Schwanz, und setzte die Kamera drauf. Die Kamera sollte sich die ganze Zeit bewegen, manchmal gegenläufig zur Bewegung der tanzenden Bettler, und das konnte durch langsames Vorwärtsschieben und Zurückziehen des Handwagens erreicht werden. Dabei wollte ich mit Zoom arbeiten, in and out, alles ganz langsam.

Der Kameramann meinte, das sei nicht möglich. Ich sagte, die große Eroberung des »nicht Möglichen« in Sachen Bewegung der Kamera sei 1915 Allan Dwan gelungen, als er *David Harum* drehte. Damals habe sich die Kamera zum ersten Mal, vom Stativ befreit, hinter dem Darsteller durch die Straßen bewegt. Seitdem gäbe es für sie kein Halten mehr. Ich sagte auch noch, Altman habe in *The Long Good bye* genau das getan, was ich vorschlüge. Er antwortete, wir befänden uns nicht in Hollywood, sondern auf dem Largo do Carioca, und nicht auf einem raffinierten Kran, sondern auf einem Esel-ohne-Schwanz. Wie solle er so die Scheißkamera ordentlich rauf- und runterschwenken?

Wir filmten nicht nur den Tanz, sondern fast alles auf diese Weise. Der so erzielte Effekt war eine Sensation. Mein Kurzfilm, *Der Tanz der Bettler*, ging um die ganze Welt und wurde hoch gelobt, und ich verriet keinem Menschen das Geheimnis der aufregenden Kameraführung. Tatsächlich hatte ich ein besseres Resultat erzielt als Altman, der, obwohl er über bessere technische Mittel verfügte, auf die Studiokulissen beschränkt arbeitete und nicht den von mir angestrebten ästhetischen Effekt erzielte: dem Zuschauer das Gefühl zu vermitteln, er sei ein heimlicher Zaungast, ein eavesdropper. Ich, der im Freien arbeitete, auf einem großen, von Wolkenkratzern eingerahmten Platz, wollte dem Zuschauer nicht nur die Position des Voyeurs zuweisen, der er immer ist, sondern die des Hin- und Hergerissenen, wie Menschen bei einem schockierenden Anblick, der sie zugleich abstößt und anzieht; die Reaktion, die sie zum Beispiel zeigen, wenn sie einen nackten Toten auf dem Bürgersteig liegen sehen. Tatsächlich nämlich verhält der Mensch sich auf diese zwiespältige Art angesichts von Sex, Macht, Wahnsinn, Elend, Schmerz und Tod.

»Das war der schönste Tanz, den ich je gesehen habe«, sagte Ruth, als wir später ein Bier tranken. Sie beugte sich vor und küßte mich auf die Hand.

Einige Sekunden lang begriff ich nicht, was da geschah. Ich hatte vermutet, sie interessierte sich nicht für Männer, nur für junge Mädchen wie Liliana, aber Ruths Blick sagte etwas anderes. Wir stiegen ins Auto und fuhren zu einem Stundenhotel.

Das Zimmer war voller Spiegel. Etwas hilflos ging ich zum Fenster und zog die Vorhänge auf. Die Aussicht bestand in einer dicken Betonmauer.

Sie kam zu mir. Ich umarmte sie von hinten. Wir blieben eine Weile so stehen und starrten auf die Betonmauer. Ich spürte, daß sie den Atem anhielt, ihr Haar duftete nach Shampoo. Ruth drehte sich zu mir um. Ich merkte, daß sie Angst hatte – nicht zum Höhepunkt zu kommen, sich selbst zu enttäuschen? Was mich betraf, war ich ganz ruhig. Ich wußte, was ich wollte: vor allem ihr Lust bereiten. Das war nicht schwierig, denn ich konnte meine Lust steuern. War das Hochstapelei? Eine List, um der weiblichen Überlegenheit zu begegnen? Das Zimmer voller Spiegel eignete sich als Kulisse für jede Art von Schwindel. Selbst die Betonmauer wirkte falsch. Aber in mir war nichts Verlogenes, nur schuf meine Selbstbeherrschung ein Bild, das ich nicht anstrebte, das Bild eines leidenschaftlichen Liebhabers, während ich in Wirklichkeit nur großzügig war.

Großzügig? Oder ein Angeber? Ich hatte für Ruth einen Mann erfunden, der nicht existierte und sich deshalb auch nicht lange halten konnte. Vor allem nicht, nachdem die Sache passiert war. Aber ich wollte nicht weiter nachdenken. Ich drückte wie wild auf den Knopf und rief die Stewardeß.

»Whisky«, sagte ich, als sie kam. »Ich möchte einen

Whisky.« Ich wollte vergessen. Abermals kämpfte ich gegen meine Erinnerungen.

2

Es war heiß in Rio an jenem Morgen, an dem wir aus Paris ankamen. Die Temperatur im Taxi, das uns über die Avenida Brasil zur Südzone der Stadt fuhr, war unerträglich. Wir wußten nicht, ob wir zu mir oder zu Liliana fahren sollten, denn wir hatten Angst, der Mann im Mantel könnte noch immer hinter uns her sein.

»Laß uns zu Mitiko fahren«, sagte Liliana. »Bis sie rausgesetzt wird, dauert es nach Auskunft des Anwalts, den sie sich genommen hat, noch zwei Jahre.«

Mitiko empfing uns liebevoll. Ich konnte mich nicht mehr erinnern, daß sie so weiß war und so schwarze Haare hatte. So schwarz wie Lilianas falsche Haarfarbe.

Liliana hatte nichts von ihrer Verkleidung gesagt, und Mitiko hatte sie noch nie in Männerkleidern und mit kurzem, gefärbtem Haar gesehen. Aber das alles schien sie nicht zu überraschen. Sie erkundigte sich, wie es sei, sich als Mann auszugeben, was Liliana dabei empfinde, ob die Frauen ihr Angebote, galante Anträge machten. Liliana antwortete, wer ihr in ihrem Aufzug als Mann Angebote mache, seien Männer. Und sie sei zu dem Schluß gekommen, daß mindestens dreißig Prozent der Männer homosexuell seien – offen, kaschiert oder latent.

Mitiko sagte, sie wolle auch eine falsche Identität als Mann annehmen. Sie hatte kleine Brüste, einen kleinen Hintern wie ein Mann und war groß und schlank.

»Alle chinesischen jungen Männer sehen wie Mädchen aus«, sagte Liliana.

»Ich bin keine Chinesin«, protestierte Mitiko.

»Ist doch alles dasselbe«, entgegnete Liliana. Und zu mir: »Willst du dich nicht als Frau verkleiden?«

»Ich werd's mir überlegen«, antwortete ich.

»Er macht sich nicht gut als Frau«, sagte Mitiko.

»Das wissen wir nicht«, entgegnete Liliana.

»Ich will mich als Mann verkleiden und eine Frau dazu bringen, daß sie sich, in der Annahme, ich sei ein Mann, in mich verliebt«, sagte Mitiko.

»Und ich möchte, daß sich ein Mann in mich verliebt und glaubt, daß ich wirklich ein Mann bin«, sagte Liliana.

Ich hatte keine Lust, mir das Geschwätz von zwei blöden Mädchen anzuhören.

»Ich muß weg. Wann ich zurückkomme, weiß ich nicht.«

»Ruh dich ein bißchen aus«, sagte Mitiko.

»Kann ich nicht, die Sache ist dringend.«

Ich nahm das Manuskript mit.

Der Verkehr auf den Straßen war anscheinend noch schlimmer geworden. Die Fußgänger sahen in der drückenden Hitze noch häßlicher aus.

Gurian öffnete mir die Tür.

»Geht's dir wieder gut?« fragte ich.

Ehe er antworten konnte, zeigte ich ihm das Manuskript in meiner Hand und fügte hinzu: »Siehst du das hier?«

»Ja«, sagte Gurian. »Komm rein, komm rein.«

»Das hier«, sagte ich, während ich in die Wohnung ging, »ist das Manuskript von Babel, das bei seiner Verhaftung vom NKVD beschlagnahmt wurde.«

Ich erzählte Gurian alles. Während ich redete, wedelte Gurian mit dem Manuskript, das er mir aus der Hand genommen hatte, verzweifelt vor seinem Gesicht, trat von einem Fuß auf den anderen und stieß die Sachen weg, die auf dem Fußboden lagen – bei ihm lagen immer irgendwelche Sachen auf dem Fußboden, nicht nur Bücher –, und redete unverständliche Worte vor sich hin.

Schließlich verstand ich, was er sagte: »Ich habe meine Brille zerbrochen, ich kann nicht lesen!«

»Du kannst nicht lesen?!« schrie ich. »Wieso kannst du nicht lesen?!«

»Ich habe heute morgen meine Brille zerbrochen. Ich bin draufgetreten.«

»Wie konntest du auf deine eigene Brille treten?! So was passiert nur Verrückten.«

Wir schrien noch eine Weile herum, beide verbittert, er, weil er etwas so Aufregendes und Außergewöhnliches wie einen unveröffentlichten Text von Babel nicht sofort lesen konnte, und ich, weil ich auf einen alten Verrückten angewiesen war.

»Was machen wir jetzt?« fragte ich, als wir uns beruhigten. »Hast du keinen Freund, der uns das vorlesen kann?«

»Nein, nein, nein, nein«, schnaubte Gurian wie ein tollwütiger Hund, »diesen Text werde ich allein neu erschließen und niemand sonst.« (Ich hatte ihm gesagt, Babels Manuskript sei, nachdem man es beschlagnahmt und in der Lenin-Bibliothek versteckt hatte, vermutlich von keinem Menschen gelesen worden, nicht einmal von Ivan und seiner diebischen Geliebten.) »Laß das hier bei mir«, fuhr Gurian, die Papiere fest im Arm, fort, »diese Kostbarkeit ist bei keinem Menschen auf der Welt so gut aufgehoben wie bei mir.«

Ich ließ ihn mit dem Manuskript im Arm stehen, zog das *Mahabharata* aus dem Regal und griff nach der dahinter versteckten Schachtel mit den Steinen.

Die Steine waren noch alle in der Schachtel. Wie viele es vorher gewesen waren, wußte ich zwar nicht mehr, aber ich war sicher, daß keiner fehlte.

Ich wollte die Steine mitnehmen. Dann überlegte ich es mir anders.

»Kann ich die Steine hierlassen? Nur noch ein paar Tage?«

Gurian war einverstanden. Ich legte die Schachtel an denselben Platz zurück.

»Wann bekommst du deine Brille?«

»Ich weiß nicht. Es sind Spezialgläser. Vielleicht noch heute.«

»Ruf den Orthopäden an und sag, du mußt sie unbedingt heute haben.«

»Das ist kein Orthopäde, sondern ein Optiker.«

»Ich habe auch Optiker gesagt und nicht Orthopäde.«

»Du hast Orthopäde gesagt, ich hab's genau gehört.«

Wieder fingen wir einen hitzigen Streit an. Ich beschimpfte ihn als alten, tauben Schussel. Er beschimpfte mich als jungen Schwachkopf.

Dann tranken wir den Rest einer Whiskyflasche, die Gurian vor Sara unter dem Bett versteckt hatte.

Ich ließ Gurian das Manuskript da und die Telefonnummer von Mitikos Wohnung.

Liliana war nicht da, als ich zurückkam.

Mitiko setzte sich neben mich und lächelte mich an.

Woran liegt es, daß ein Mensch sich zu einem anderen hingezogen fühlt? Was hatte mich dazu gebracht, in diesem Augenblick nach Mitikos Hand zu greifen? Casanova wollte laut Schnitzler viel mehr Lust bereiten als selbst erfahren. Ich war auch so. Dieses Lust bereiten, war das eine Form von Exhibitionismus? Eine Art Prahlerei? So hatte ich mich auch Ruth gegenüber verhalten.

»Glaubst du, ich bin ein Casanova?«

»Du siehst nicht so aus«, sagte Mitiko. »Möchtest du, daß ich dich küsse?«

»Ich weiß nicht.«

»Warum hast du meine Hand genommen?« fragte sie.

»Wenn du eine Katze wärst, hätte ich dasselbe getan.«

»Haben Katzen Hände?«

»Ich hätte sie mir auf den Schoß gesetzt.«

»Das bin ich also für dich? Eine Katze?«

»Ein Rätsel.«

»Jetzt wirst du wirklich zum Profi-Verführer, wenn du eine Frau als Rätsel bezeichnest.«

»Die Frauen und die Katzen.«

»Ich möchte dich küssen«, sagte sie.

Sie küßte mich. Wir hörten, daß die Tür geöffnet wurde.

»Die Leute in dieser Stadt sind reichlich verrückt«, sagte Liliana beim Hereinkommen.

Mitiko stand vom Sofa auf, wo wir gesessen hatten. Ihr Gesicht war sehr rot geworden; sie zupfte nervös ihre Bluse zurecht.

Liliana erzählte, als sie auf der Bank in der Schlange vor der Kasse stand, habe sie gemerkt, daß ein gut gekleideter Herr sie anstarrte. Als sie hinausgehen wollte, habe der Herr sie angesprochen und sehr wohlerzogen und höflich gesagt, wie schön ihre Ohren seien. Liliana bedankte sich, und der Herr fragte, ob sie Löcher in den Ohrläppchen habe. Liliana verneinte. Da fragte der Herr, wieviel sie dafür haben möchte, in Dollar, wenn sie sich von ihm Löcher in die Ohrläppchen stechen ließe. Liliana fragte ihn verblüfft, ob er sich einen Scherz erlaube. Der Herr antwortete, er meine es ernst und sie könnten, falls Liliana es wünsche, vor dem Eingriff in der Kanzlei ihres Anwalts einen Vertrag abschließen.

»Und wie wollte er dir die Löcher stechen?« fragte ich.

»Ohr-Fetischismus in seiner halbsublimierten sadistischen Ausprägung«, sagte Liliana.

»Oder noch was Schlimmeres«, sagte Mitiko.

»Die Leute sind reichlich verrückt«, wiederholte Liliana.

»Gurian hat seine Brille zerbrochen«, sagte ich.

»Ich glaube, wir werden auch verrückt«, sagte Mitiko.

Danach schwiegen wir.

»Ich rufe meinen Bruder an.« Die beiden Frauen zusammen machten mich nervös.

José sagte, er wolle mich sofort sehen.

»Wo bist du? Ich hole dich im Auto ab.«

Mitiko hatte ein Maniküre-Etui geholt, um Liliana die Fingernägel zu machen.

»Mein Bruder holt mich ab.«

»Bleibst du lange weg?«

»Nein. Ich bin bald wieder da.«

José kam in einem großen, dunklen Wagen mit einem Chauffeur am Steuer.

Ich stieg ein.

»Worüber wolltest du mit mir sprechen?«

»Später«, sagte er mit einem bedeutungsvollen Blick auf den Rücken des Chauffeurs.

Wir fuhren zur Kirche in Copacabana.

»Ich hab's geschafft, einen Fernsehsender zu bekommen«, sagte er, als wir uns in seinem Büro in der Kirche befanden.

»Wie meinst du das?«

»Ich habe die Konzession erhalten. Das heißt, die Kirche hat sie erhalten. Aber ich bin der Direktor. Ich brauche wohl nicht zu betonen, welche Bedeutung dies für meine Pläne, das heißt für die Pläne der Kirche hat. Du weißt besser als ich, welche Macht die Massenmedien besitzen.«

»Ja, das weiß ich. Aber was habe ich damit zu tun?«

»Ich brauche dich. Ich möchte, daß du mir hilfst.«

»Ich verstehe nichts vom Fernsehen. Davon verstehst du mehr als ich.«

»Sei nicht so bescheiden. Deine Bescheidenheit hat dir nur geschadet.«

»Jemand hat in der Zeitung geschrieben, ich sei arrogant.«

»Darüber wollen wir jetzt nicht diskutieren. Mein Vorschlag ist, daß du dich um das gesamte nichtreligiöse Programm unseres Fernsehsenders kümmerst. Du erhältst einen guten Anteil an den Gesamteinnahmen.«

»Ich will meinen Film drehen.«

»Welchen Film? Seit zwei Jahren versuchst du, Geld für einen Film aufzutreiben, und schaffst es nicht.«

»Wozu willst du auch noch einen Fernsehsender haben?« Das war eine blöde Frage, ich wußte, daß José oder die Kirche Jesu des Seelenerlösers, eine ordnungsgemäß als Verein eingetragene und von der Steuer befreite Gesellschaft, bereits eine Plattenfirma, einen Verlag und einen Rundfunksender besaß.

»Wir müssen das Wort Jesu verbreiten und beabsichtigen, dafür die gleichen Mittel wie die Gottlosen zu benutzen, mit den gleichen Waffen zu kämpfen wie die Heiden.«

»Die gleichen Gründe, aus denen ihr euch zu Abgeordneten und Senatoren wählen laßt?«

»Ja! Mit dem moralischen Verfall der brasilianischen Gesellschaft ist es nur so weit gekommen, weil es ihr an Glaube fehlt. Verderbtheit, Korruption, Narzißmus, Konsumrausch, Gewalt, moralische Verwilderung, hemmungsloser Ehrgeiz, soziale Konflikte – alles, weil es am Glauben fehlt.«

Er erinnerte mich an *Il Generale della Rovere* von Rosselini. Ein Betrüger gibt sich als anständigen Mann aus, übernimmt dessen Ehrenkodex und opfert schließlich deshalb sein eigenes Leben. Sollte mein Bruder so ein Gauner wie der von de Sica gespielte Mann sein, der sich am Ende selbst erlöst, weil er an seine eigene Lüge glaubt? Ich sah ihm scharf ins Gesicht.

In diesem Augenblick öffnete eine Frau die Tür.

»José...« fing sie an, verstummte aber, als sie mich sah.

»Mein Bruder, der Filmemacher«, sagte José. »Das ist unsere Schwester – Schwester in Christo – Dalva. Ja, Schwester Dalva?«

»Es ist nichts Wichtiges, Hochwürden. Es hat bis später Zeit. Entschuldigen Sie«, sagte unsere Schwester Dalva und ging hastig raus.

»Wir leben in einer neuen Zeit«, sagte José, »merkst du das nicht? Wir sind nicht mehr die ›Frommen‹, die von den Katholiken lächerlich gemacht werden und sich in Ghettos am Rande der Großstädte absondern. Allein hier in Rio gibt es zweihundert Gemeinden. Hunderte von evangelischen Gotteshäusern, zwei Millionen Gläubige. Du ahnst nicht, was wir im Monat allein durch die Zahlung des Zehnten einnehmen.«

Das war nicht schwierig auszurechnen, wenn man die Kirchensteuer, die sie erhoben, zugrundelegte und wenn die von José genannte Anhängerzahl stimmte.

»Acht Millionen Dollar«, sagte ich. »Acht Millionen Dollar im Monat.«

José lächelte. Sollte ich eine zu bescheidene Rechnung aufgestellt haben?

»Ihr wollt es also bis zum Amt des Staatspräsidenten bringen?«

José lächelte sanft und geduldig. »Unser Ziel ist nicht das

Amt des Staatspräsidenten. Und wenn es das wäre? Ich frage dich: Warum soll nicht ein Mitglied der evangelischen Kirche Präsident dieses Landes werden? Wir haben Großgrundbesitzer, Anwälte, Militärs, Ärzte als Präsidenten gehabt – warum dann nicht einen evangelischen Pastor? Was könnte ein evangelischer Pastor Schlimmeres anstellen als all die anderen, die dieses Amt innegehabt haben?«

»Also der gleiche Mist?«

»Du solltest deinen Groll mäßigen.« Er machte eine Pause. »Entschuldige, wenn ich das sage, aber ich habe aufmerksam verfolgt, was viele unserer Gläubigen sagen – die natürlich nichts von unseren Blutsbanden wissen –, und alle, aber auch alle fanden den *Heiligen Krieg* scheußlich! Verzeih mir, wenn ich das sage, aber ich meine, sie haben recht. Es ist ein antireligiöser, antichristlicher Film.«

Er sah mir in die Augen und fuhr fort: »Du bist mein Bruder, aber Jesus ist mein Vater, meine Familie!« Er wollte nach meiner Hand greifen. »Geh gegen deine Depressionen an. Solche Phasen hast du schon von Kindheit an gehabt.«

»Leck mich am Arsch, José.«

»Möge Jesus dir Frieden geben!«

José streckte mir die Hände entgegen.

»Mein Bruder«, setzte er an, und in seiner Stimme lag Zuwendung und Vergebung.

Ich drehte mich um und ging, ohne ihm weiter zuzuhören.

Unterwegs bekam ich ein ungutes Gefühl, als würde ich verfolgt. Ich blieb stehen und sah mich um. Mein Herz erstarrte. Der Mann im Mantel stand auf der Straße. Er grinste, in seiner schiefen, verkrampften Widmarkschen Art. Ich ging auf den Mann im Mantel zu, fest entschlossen, ihn wie Raymond Burr in *Rear Window* zu fragen: »What do you want from me?«

Ich war nicht mehr weit von ihm, aber auch nicht sehr nah, ungefähr auf acht Meter Abstand.

»Was wollen Sie von mir?« rief ich. (Burr hatte das fast geflüstert.)

Der Mann im Mantel kam langsam und ruhig näher. »Du weißt genau, was wir von dir wollen.«

»Du kannst mich auch am Arsch lecken!« schrie ich.

Wieder das Grinsen. Der Hund war vermutlich beim Film.

»Du verspielst alle deine Chancen.« Er sprach wie ein *heavy* aus Hollywood.

Ich ließ ihn auf der Straße stehen und ging weiter, ohne mich umzusehen. Die Stärke, die Macht waren auf meiner Seite. Ich besaß das unveröffentlichte Manuskript von Babel, den einzigen Roman des größten Erzählers der Welt, was konnte ein schäbiger Gangster, der einen Schauspieler imitierte, den kein Mensch mehr kannte, gegen mich ausrichten, der ich den Ungeist von Josef Stalin besiegt hatte?

Mitiko und Liliana unterhielten sich Hand in Hand auf dem Sofa, als ich zurückkam.

»Dein Freund hat angerufen«, sagte Liliana.

»Welcher Freund?«

»Der Alte. Er hat gesagt, er hat seine Brille bekommen. Er will dich dringend sprechen.«

»Er hat seine Brille bekommen?« sagte ich und raste zum Telefon.

Gurians Nummer war besetzt.

Ich wählte zigmal, und immer antwortete Gurians Apparat mit dem Besetztzeichen.

»Warte ein bißchen«, sagte Liliana. »Du bist zu nervös.«

»Ich glaube, Gurian hat den Hörer neben das Telefon gelegt. Er ist sehr zerstreut.«

Noch immer ertönte das Besetztzeichen.

»Ich fahre zu ihm«, sagte ich.

»Du bist den ganzen Tag auf Achse gewesen. Ich will mit dir reden. Was Ernstes«, sagte Liliana.

»Du hast deine Ohren verkauft, stimmt's?«

»Idiot. Es ist wirklich was Ernstes.«

»Nachher. Wenn ich zurück bin, unterhalten wir uns.«

»Ich will mich auch als Mann kleiden, mindestens ein Jahr lang«, sagte Mitiko.

»Nachher, wenn ich zurück bin, unterhalten wir uns«, sagte ich.

Im Flur standen zwei Männer und warteten auf den Fahrstuhl. Einer hielt etwas in der Hand, das wie ein zusammengefaltetes schwarzes Tuch aussah. Der andere kam auf mich zu und sagte: »Könnten Sie mir bitte sagen, wie spät es ist?«

Ich hatte keine Zeit, noch irgend etwas zu tun. Sie stülpten mir gewaltsam eine Kapuze über den Kopf. Ich versuchte mich zu wehren, ohne zu schreien, denn ich wollte nicht als Feigling dastehen vor Liliana und Mitiko, die sicherlich als erste meine Schreie gehört hätten, aber ich konnte mich nicht rühren, sie packten mich brutal und stießen mich weiter. Außerdem war ich durch den Umstand, daß ich vorwärtsgezerrt wurde und blind gehen mußte, wie betäubt; ein paar Sekunden lang machte mir der Gedanke, ich könnte fallen, mehr Angst als dieser unerhörte Überfall, den ich da erlebte. Dann spürte ich, wie sich Handschellen um meine Handgelenke schlossen.

Ich hörte das Geräusch des ankommenden Fahrstuhls. Jetzt waren wir im Fahrstuhl, und ich strampelte noch immer, um mich von meinen Häschern zu befreien. Der Fahrstuhl fuhr nach unten.

»Hilfe!« schrie ich.

Der Fahrstuhl hielt. Ich mußte mich im Foyer des Gebäudes befinden. Vielleicht auch in der Garage. Mein Kopf stieß an eine harte Fläche. Ein Auto? Wieder stieß ich mit dem Kopf an, und jetzt wußte ich, daß es das Verdeck eines Autos war. Aus einem idiotischen Reflex zog ich den Kopf ein und half damit meinen Entführern. Ich hörte eine Wagentür zuschlagen. Dann die andere.

»Los!« sagte eine Stimme.

Ich hörte das Brummen des anfahrenden Autos.

»Hilfe!« schrie ich wieder.

Sie schoben mir brutal einen Knebel in den Mund.

Ich bewegte mich. Da, wo ich lag, war noch Platz neben mir. Es mußte ein Kombi sein, vielleicht auch ein Kleinbus.

»Hab' ich nicht gesagt, das wird einfach?«

»Halt den Mund!«

Das muß der Chef sein, dachte ich.

Rockmusik. Das Autoradio. Musik wirkte sonst beruhigend auf mich, aber diese Töne klangen für mich aggressiv und machten mir Angst. Bestimmt steckte die Schmugglerbande hinter dieser Entführung. Sie würden mich umbringen, wenn ich ihnen nicht die Steine gab. So oder so würden sie mich umbringen.

Bald würde ich ein toter Mann sein, so wie Babel. Der Gedanke, daß Babel tot war und ich kurz davor, kam mir absurd und abwegig vor. Ich dachte nicht an die Unsterblichkeit der Seele, daran glaubte ich nicht. Strenggenommen unterschieden sich meine Empfindungen gegenüber dem Menschen Babel nicht sehr von dem, was ich beim Tod eines Hundes, den ich besaß, gefühlt hatte. Nachdem der Hund weggebracht worden war – sich von einem toten Hund zu trennen, einem Hund, den man geliebt hat wie einen Freund, ist fast so schwierig wie von einem toten Menschen –, hatte ich darüber nachgedacht, wie es möglich war, daß die Sanftheit, die Intelligenz, die Schönheit dieses Lebewesens hatten verschwinden können. Übriggeblieben war von ihm nur meine Erinnerung und ein Halsband – nichts. Und was war von Babel übriggeblieben? Worte, wie das Halsband meines Hundes – nichts? Wo war Babels Schmerz, als er seinen Vater die Stiefel eines Kosaken lecken sah? Sein Glücksgefühl, als er Eugenia Gronfein kennenlernte? Seine Angst angesichts des Henkers im Gefängnis in Sibirien?

Und von mir? Was würde von mir bleiben? Wo würde mein fassungsloses Staunen beim Anblick von Lilianas roter Scham bleiben? Mein Glücksgefühl, wenn ich ein Gedicht von Drummond las?

»Die Musik nervt mich«, sagte der Chef der Entführer.

Ich hörte das Geräusch von mehreren Sendern, die nacheinander kurz anklangen. Der Motor des Autos dröhnte.

Ruth.

Jetzt wollte ich wieder an Ruth denken. Und es war gut,

daß ich diese Kapuze über dem Kopf hatte, denn so konnten sie mir nicht meinen Schmerz ansehen.

Immer wenn ich an den Unfall dachte, sagte ich mir, daß mich keine Schuld traf. Eine Tänzerin mit großer Zukunft, die bei einem idiotischen Autounfall querschnittgelähmt wird, das klingt nach einem rührseligen Film für das Vorabendprogramm des Fernsehens. Aber es war passiert. Und mich traf keine Schuld.

Ich hatte sie nach der Vorstellung vom Theater abgeholt. Normalerweise fuhr Ruth unseren Wagen. »Autofahren ist Frauensache«, sagte sie immer. Sie fuhr tatsächlich viel besser als ich. Aber an dem Tag sagte sie, sie sei sehr müde, und bat mich zu fahren. Ein Schleudern, ein leichter Aufprall gegen den Mast – das war alles. Aber Ruth war eingenickt. Durch den Aufprall wurde ihr Kopf schutzlos nach vorn und zurück geschleudert, was einen Wirbelsäulenbruch verursachte und das Rückenmark schädigte. Das zentrale Nervensystem war getroffen.

Ruth war eingenickt. Ruth hatte mich gebeten, den Wagen zu fahren. Wo lag meine Schuld? Unter diesem Aspekt hatte ich bislang noch nicht an den Unfall gedacht. Meine Rationalisierung würde mich noch dazu bringen, Ruth für das Geschehen verantwortlich zu machen.

»Ich bin immer unentschlossen gewesen«, hatte sie an jenem zweiten unseligen Abend gesagt. »Weil ich nicht wußte, ob ich mich für klassischen oder modernen Tanz entscheiden sollte, habe ich mich in beiden Stilen versucht und bin dann in beiden nur mittelmäßig geworden. Ich habe so lange gebraucht, um zu entscheiden, ob ich ein Kind bekommen soll oder nicht, daß es heute zu spät ist, jetzt bin ich ein Krüppel, dem keine Wahl mehr bleibt.«

Ich beugte mich über den Rollstuhl, in dem sie saß und nahm sie in die Arme. Ich fühlte, wie mein Hals von Ruths Tränen naß wurde. »Sag so was nicht«, flehte ich sie an.

»Ich hatte das Angebot, mit Béjart zu tanzen, konnte mich aber nicht entscheiden, ob ich aus Brasilien weggehen oder hier bleiben sollte. Jetzt ist es zu spät. Wir bestimmen unser

Schicksal selbst, und ich war dazu nicht in der Lage. Aber jetzt weiß ich, was ich will.«

Jetzt weiß ich, was ich will. Oh! Was für ein Trottel war ich!

»Wie schön«, hatte ich gesagt.

Ich legte sie ins Bett, wie immer. Wir schliefen nach wie vor in einem Doppelbett, obwohl wir kein Paar mehr waren, und daran war ich schuld. Ich konnte kein Verlangen mehr nach Ruth empfinden. Jeden Tag massierte ich ihre von der Lähmung verkümmerten Beine. Ihre kräftigen Beine, vorher voller Glut und Leben, hatten sich in rachitische Gliedmaßen verwandelt, in einer Hülle glanzloser, rauher Haut, unter der ich mit den Fingern das Schienbein und das Wadenbein fühlte, als ob ich die Knochen eines Totenschädels abtastete. Wir waren kein Liebespaar mehr. Ich hatte kein Verlangen nach Ruth, in meinem Herzen war nur Mitleid.

»Würdest du mich lieben, wenn meine Beine nicht von der Lähmung verkümmert wären?« fragte sie.

Ich antwortete nicht. In Wirklichkeit hatte mein Verlangen nach Ruth schon lange vor dem Unfall aufgehört. Warum? Wer kann erklären, warum das Verlangen nach einer schönen Frau aufhören kann? Ich darf nicht, ich kann nicht weiter lügen. Der Unfall hatte mir einen Vorwand geliefert, nicht mehr mit ihr Liebe zu machen. Ich liebte sie, ja, ich liebte sie und wollte mit ihr zusammenleben, wie man mit einer Schwester, einem Freund zusammenlebt. Als Geliebte wollte ich Liliana.

An jenem unseligen Abend nahm Ruth das ganze Röhrchen Schlaftabletten. Als ich aufwachte, lag sie tot neben mir.

Und wo war Ruths Glücksgefühl, wenn sie *Der verlorene Sohn* tanzte? Wo waren die Bewegungen, die Ruth so hinreißend in dem sie umgebenden Raum getanzt hatte? Wo ihr Liebreiz? Was war von ihr geblieben? Die Monatsbinde?

3

Ich versuchte verzweifelt, mich von der Kapuze zu befreien. Ich wollte Luft, Licht – Licht würde mich von dem Gedanken an Ruth befreien. Ich wälzte mich auf der knappen Fläche, auf der ich lag, hin und her. Ich versuchte, die Handschellen an meinen Gelenken zu sprengen. Schließlich hörte ich erschöpft auf, weil ich im ganzen Körper starke Schmerzen hatte. Meine Hände waren naß von Blut. Ich versuchte zu registrieren, wie die Zeit verging. Einundzwanzig, zweiundzwanzig, dreiundzwanzig, vierundzwanzig – jede Zahl entsprach einer Sekunde – fünfundzwanzig, sechsundzwanzig ... Als ich bei neunhunderteins angekommen war, gab ich auf.

Ich spürte einen schmerzhaften Stich im Arm und schlief ein.

Die Schwadron nimmt in der Ebene Aufstellung zum Angriff, Pferd neben Pferd, am kurzen Zügel. Wir warten auf die Befehle. Jeder von uns hält in der rechten Hand senkrecht eine Lanze mit einem gelb-grünen Wimpel in den Farben unseres Brasiliens; quer über dem Rücken, den Lauf nach rechts oben gerichtet, den Gewehrriemen auf der Brust festgeschnallt, tragen wir ein Mausergewehr. Die Pferde werden unruhig und reiben sich aneinander, quetschen unsere Beine, was trotz der schützenden Stiefel weh tut. Der Kommandeur schreit den Befehl zum Schritt. Wir kitzeln die Tiere mit den Sporen. Die Pferde, denen der kurze Zügel auf das Maulstück drückt, heben die Köpfe, denn sie wissen, was jetzt kommt. Der Kommandeur reitet allein voraus. Er dreht sich um und schreit den Befehl zum Trab. Die gezügelten Pferde verdrehen die Hälse und reißen die Augen auf. Ich versuche vergeblich, den Feind zu sehen. Der Kommandeur hebt den Arm mit dem Schwert und befiehlt mit heiserer, schriller Stimme: »Schwadron! Angriff!« Wie ein Stromstoß geht es durch Männer und Tiere. Unsere Lanzen werden waagerecht gelegt, und die mit Sporen angetriebenen Pferde stürmen mit gesenktem Kopf im Galopp los. Ein Reiter stößt den ersten euphorischen Schrei aus, und gleich darauf schreien alle Männer wie wahnsinnig, und alle Pferde schnauben wie toll. Ich weiß, wenn ich schneller als die anderen galoppiere, bin ich der Sieger – »weiter! weiter!« flehe ich mein Pferd an, es erhört mein Flehen und jagt in wilden Sätzen voran. Einmal dreht das Pferd im vollen Galopp sein Maul nach hinten und starrt mich mit seinem entfesselten Blick an. Das geschieht, kurz bevor wir fast den Schweif des Pferdes des Kommandeurs Hauptmann Mário Bocamole erreicht haben. »Weiter!« schreie ich dem Pferd zu, »angreifen!« Das Pferd macht im vollen Galopp einen Satz vorwärts, und ich kann meine Lanze in den Kopf des Kommandeurs stoßen. Die Lanze tritt durch den Nacken ein und durch die Nase aus, und der gelb-grüne Vaterlandswimpel flattert blutig rot im Wind. Ich habe einen solchen Schwung, daß ich, nachdem ich Bocamole den Kopf abgerissen habe, sein Pferd überhole und dem enthaupteten Hauptmann, der wie immer aufrecht und elegant reitet, die Trophäe auf meiner Lanzenspitze zeige.

Ich wachte aus meinem ersten Bildertraum vom Brummen des Automotors auf. Wir mußten uns auf einer Steigung befinden. Das Brummen hielt lange an, bestimmt ein paar Stunden. Dann kamen wir auf eine nicht asphaltierte Straße. Wahrscheinlich war es eine Erdstraße voller Querrillen, die den Wagen heftig durchrüttelten. Ich wußte nicht, wie lange ich geschlafen hatte, ich war betäubt gewesen und konnte mich folglich nicht orientieren. Meine Handgelenke schmerzten. Ich bekam Brechreiz. Ich wußte, wenn ich mich erbrach, würde ich an dem Knebel ersticken.

Der Wagen hielt.

Ich wurde herausgezogen. Ich konnte mich nicht auf den Beinen halten, und meine Entführer stützten mich. Wir stiegen Treppenstufen hinunter. Mir war kalt. Wahrscheinlich befanden wir uns in einem Keller. Sie setzten mich auf einen Stuhl.

»Du kannst ihm den Knebel rausnehmen«, sagte der Chef.

Ich versuchte zu sprechen, es gelang mir nicht, die Wörter kamen verstümmelt heraus.

»Was zum Teufel redet der da?«

Ich wiederholte es.

»Sprich ordentlich, verdammt.«

Ich wiederholte es.

»Er fragt, ob wir ihm die Kapuze abnehmen können«, sagte der Chef. »Vorläufig ist damit nichts«, fuhr er fort, »das entscheidet der Boß, und der ist noch nicht da.«

Ich hörte Schritte, die sich entfernten. Waren alle weggegangen oder war einer dageblieben und beobachtete mich schweigend? Die Vorstellung, daß noch ein Mensch in diesem Keller war und mich schweigend bewachte, versetzte mich in Panik.

»Ist da jemand?« fragte ich.

Schweigen.

»Los, antworte.«

Schweigen. Was für ein Geräusch war das? Eine Schuhsohle, die Erdkrumen zertrat? Ein kleiner Luftzug, der leicht durch Zähne eingezogen wurde? Es konnte auch eine Maus sein. Wie schön, wenn es eine Maus ist, dachte ich. In der Ferne hörte ich einen Vogel singen. Und Rockmusik.

Sie wollten mir nicht die Kapuze abnehmen. Das war eine Art, mich weichzumachen. Ich durfte nicht verzweifeln. Ich mußte meinen Kopf noch mit anderen Dingen außer Angst beschäftigen. Die Angst würde mich fertigmachen.

Ich beschloß, im Kopf – und im Herzen, hieß es in der Antike nicht, das Herz sei der Sitz des Gedächtnisses? – die Geschichten aus der *Reiterarmee* neu zu schreiben. Als erste die Budjonny am meisten verhaßte. *Der Friedhof von Kozin.* Sie dürfte kaum länger als zwanzig Zeilen sein, wie hatten so wenige Worte einen so großen Haß auf sich ziehen können? Wir befinden uns auf dem Friedhof einer jüdischen Kleinstadt mit Grabsteinen, die dreihundert Jahre alt sind, mit Inschriften und grob in den Stein gehauenen Reliefs. Schaf und Fisch über einem Totenkopf, Rabbis mit Wollmützen. Neben einer vom Blitz zerfetzten Eiche befindet sich die Gruft des Rabbiners Asrael, den Chmelnitzkis Kosaken getötet haben. Vier Generationen liegen dort, und der Grabstein spricht beredt von ihnen, es heißt, sie hätten gegen das Vergessen gekämpft: O Tod, du Gieriger, du unersättlicher Dieb, warum verschontest du uns nicht ein einziges Mal? Das war die ganze Geschichte, oder täuschte mich mein Kopf? Wenn das alles war, was war dann die Ursache für Budjonnys Ranküne? Etwas hatte ich noch vergessen: Einer der Toten war der Rabbiner von Krakau. War das also der Grund für seinen Haß? Weil die Protagonisten dieser Elegie polnische Juden waren? Weil Budjonny meinte, aus der Geschichte ginge klar hervor, daß Babel vor allem Jude war?

Mir fiel ein Interview ein, das ich einer Journalistin gegeben hatte.

»Was wäre Ihr größter Wunschtraum?« fragte sie.

»An Gott zu glauben«, sagte ich.

»Würde das irgend etwas ändern?

»Vielleicht meinen Stil. Meine Sprache ist asyndetisch, voller Konjunktionsellipsen. Der Glaube würde meinen Stil hyperbolisch machen, polysyndetisch.« Usw. Damals glaubte ich, im Scherz zu sprechen.

»Wenn die brasilianischen Filme so interessant wären wie die Interviews mit ihren Regisseuren«, schrieb die Journalistin, »dann wäre das brasilianische Kino das beste der Welt.«

Mein größter Wunschtraum, das wußte ich jetzt, war die Freiheit. Der Mensch zeichnet sich im Grunde durch große Dummheit aus. Daß ein Gut wesentlich ist, merkt er erst, wenn er es nicht mehr besitzt. In diesem Keller eingesperrt, kam ich darauf, daß die wichtigste Freiheit, die es gibt, die Freiheit zu kommen und zu gehen ist, die Bewegungsfreiheit. Alle anderen Freiheiten besaß ich als Gefangener im Keller – die Freiheit zu denken, meine Häscher zu beschimpfen, eine Religion zu haben (falls ich eine haben wollte), mir meine politischen Überzeugungen auszusuchen. Ich hatte die Freiheit zu träumen. Aber was nützte mir das, wenn ich in einem Keller eingesperrt saß?

»Ist da jemand?« rief ich. »Ich will Wasser lassen.«

Schritte.

»Willst du pinkeln?« Eine männliche Stimme.

»Ja.«

Jemand half mir aufzustehen. Mir wurde schwindlig, und ich stützte mich an der Person neben mir ab.

»Bring den Kerl zum Pinkeln.« Das war die Stimme des Chefs.

Ich wurde weggeführt. Aus Angst zu fallen, schlurfte ich mit den Füßen über den Boden. Es ist nicht einfach, mit einer Kapuze über dem Kopf und dazu noch in Handschellen zu gehen. Wir blieben stehen.

»Mach ihm den Hosenschlitz auf«, sagte der Chef lachend.

»Ich mach' ihn auf, und du schüttelst ihn nachher ab«, sagte der andere.

Gelächter.

»Sieh zu, wie du zurechtkommst oder mach dir in die Hosen.«

Trotz der Handschellen gelang es mir, den Hosenschlitz zu öffnen und mein schlaffes Glied herauszuholen. Ich hielt meinen Penis in der Hand und konnte nicht Wasser lassen.

»Was ist?«

»Ich kann nicht«, sagte ich, »ich bin gehemmt. Ich habe Schwierigkeiten, vor anderen Wasser zu lassen.«

»Komm, wir lassen ihn allein.«

Ich mußte daran denken, wie ich einmal mit Verdacht auf Magenblutung, der sich dann übrigens nicht bestätigte, ins Krankenhaus eingewiesen worden war. Sie legten mich mit der strikten Anweisung, nicht aufzustehen, ins Bett. Eine schöne Krankenschwester kam ins Zimmer mit einem Metallgefäß, das »Bettflasche« genannt wird und dazu dient, daß die Patienten im Liegen Wasser lassen können. »Zeit zum Pipimachen«, sagte sie lächelnd. Dann hob sie das Laken an, und ehe ich mich wehren konnte, steckte sie meinen Penis in die Gefäßöffnung. Anschließend stand sie da und sah mich an. »Fertig?« fragte sie nach einer Weile. »Nein.« Zehn Minuten später hatte ich es noch immer nicht geschafft. Eine halbe Stunde später dasselbe. »Wir brauchen Ihren Urin«, sagte sie. Sie holte ein Glas Wasser und feuchtete mir die Handgelenke an. »Manchmal funktioniert das.« Es funktionierte nicht. Sie drehte den Wasserhahn im Zimmer auf und ließ Wasser laufen. »Hören Sie das Plätschern? Denken Sie ans laufende Wasser. Manchmal funktioniert das.« Ich dachte verzweifelt an das laufende Wasser. Vergeblich. »Ich bin gehemmt«, sagte ich. »Ich hole den Arzt«, sagte sie. Als sie ging, dachte ich, jetzt würde ich Wasser lassen können. Aber irgend etwas war geschehen, blockierte mich, jedenfalls konnte ich nicht. Es dauerte lange, bis der Arzt kam, ein liebenswürdiger, netter, weißgekleideter Dicker. »Nun? Was ist? Sie können kein Pipi machen?« »Ich bin gehemmt.« »Versucht er schon lange, Wasser zu lassen?« »Seit fast einer Stunde«, sagte die Schwester. Der Arzt holte ein Glas Wasser. »Ich habe ihm schon die Handgelenke angefeuchtet«, sagte die Schwester. »Es gibt einen noch besseren Trick«, sagte der Arzt und reichte dem Mädchen das Glas Wasser, »hier, feuchten Sie ihm den Pipimann an.« Mit dem Glas in der Hand faßte die Schwester ans Lakenende, um es anzuheben. Aber ich ließ es nicht zu, ich preßte es an meinen Körper und schrie: »Nein, ich will das nicht!« Teufel auch, kapierten die denn nicht, daß meine Harnverhaltung ihre Ursache gerade in dem Umstand hatte, daß diese schöne Frau hatte dabeisein wollen, während ich pinkelte? »Wir brauchen Ihren Urin für Laboruntersuchungen, und zwar dringend«, sagte der Arzt. Jetzt war er kein liebenswürdiger und netter Dicker mehr. Im Grunde war er nie ein liebenswürdiger und netter Dicker gewesen; sein Blick war grimmig geworden, seine Stimme kalt und drohend: »Dann müssen wir einen Katheter setzen!« Und das Schlimmste an allem war, daß mit meinem Gesundheitszustand überhaupt nichts war, wie ich später erfuhr.

Jetzt machte ich in diesem Keller noch einmal das gleiche durch. »Ist da jemand?« rief ich. Meine Kapuze stank. Ich hörte Schritte.

»Was ist?« fragte der Chef. »Wir haben dich doch allein gelassen, hat das nichts genützt?«

»Ich kann nicht.«

»Dann steck dein Scheißding wieder in die Hose. Der Boß kommt und will mit dir reden.«

Ich steckte meinen Penis zurück. Wieder führten sie mich zum Stuhl und setzten mich hin.

Ich hörte sehr leichte Schritte, wie von einem Kind.

»Laß mich mit ihm allein«, sagte der Boß.

»Sehr wohl«, sagte der Chef. Ich hörte Schritte, die sich entfernten.

Die Kapuze wurde mir vom Kopf gezogen.

Vor mir stand Alcobaça, der sehr bleiche Mann, der das Kommando über die Schmuggler führte.

»Ich freue mich, Sie zu sehen, Senhor Alcobaça.«

Er sah mich an. In seinem Blick lag keinerlei Gefühl. Höchstens eine Spur Neugier.

»Ich will die Steine«, sagte er. Mich überlief eine Gänsehaut, als ich ihn hörte: Seine Stimme war die eines Menschen, der unfähig ist, Hunger, Haß, Liebe, Angst zu empfinden. Olivier hätte gejubelt, wenn er eine solche Stimmlage getroffen hätte, um sie dem Geist von Hamlets Vater zu verleihen. »Ich brauche sie ... Wo sind sie?« fragte er bittend.

Ich durfte nicht sagen, wo die Steine waren. Damit hätte ich Gurians Leben in Gefahr gebracht, und nicht nur das, auch Babels Manuskript wäre in Gefahr geraten. Dazu kam, wenn ich sagte, wo sie sich befanden, konnten sie mich anschließend umbringen.

»Das sage ich nicht. Sie können mich foltern lassen, wenn Sie wollen.«

»Foltern? Wie bitte? Wozu? Ich verabscheue Gewalt.«

Ich stand auf. »Wenn Sie gestatten«, sagte Alcobaça, »setze ich mich auf Ihren Stuhl, ich bin sehr müde.«

»Sie haben den Pförtner getötet. Und Angélica, die Dicke.«

»Das war eine Dummheit von Ricardo. Er ist bereits dafür bestraft worden.«

»Wer ist Ricardo? Der Mensch, der immer einen Mantel anhat?«

»Richtig.«

»Er heißt Ricardo. Richard. Nicht zu fassen.«

»Wo sind die Steine?«

»Das darf ich nicht sagen.«

»Hören Sie. Ich werde Sie hungern und dursten lassen, bis Sie mir sagen, wo die Steine sind.«

Er machte Anstalten, mir die Kapuze über den Kopf zu stülpen.

»Darf ich Sie um einen Gefallen bitten?«

»Einen Gefallen?«

»Ersparen Sie mir die Kapuze. Sie stinkt.«

Alcobaça sah mir in die Augen. Dann lächelte er und ließ sein weißes Zahnfleisch sehen.

»Na gut.«

Langsam ging er hinaus. Ich hörte, wie die Tür abgeschlossen wurde.

Ich besah mir den Keller. In meiner Kindheit wohnten wir, ehe wir in das Obergeschoß über dem Damenhutgeschäft zogen, in einem Haus, das so einen Keller wie diesen besaß. Ich verbrachte so viel Zeit wie möglich im Keller und beobachtete die Mäuse, die Tausendfüßer, die Spinnen und die Skorpione. Für mich waren diese Tiere – ja, das sind Tiere wie wir, keine Insekten – meine einzigen, wirklichen Freunde. Der Keller, in dem ich nun gefangengehalten wurde, ähnelte stark dem Keller aus meiner Kindheit, was mir einen gewissen wehmütigen Trost gab. Seine Wände waren aus Stein, und in der Mitte des festgestampften Erdbodens lag ein riesiger Stein. Sonst befand sich nichts darin, abgesehen von dem Stuhl, an den man mich vorher gefesselt hatte. Die Tür war aus dickem Holz und bewegte sich nicht einen Millimeter, als ich mich mit meinem ganzen Gewicht dagegen warf. Am Fenster dicke Eisenstangen. Durch das Gitter konnte ich eine große, unbewachsene, steinige Fläche sehen.

In einer Ecke huschte eine Maus vorbei und verschwand in einer Mauerritze. Ich sah auch eine große, pelzige Krabbenspinne über den Boden kriechen, und mein Herz wurde schwermütig und zog sich zusammen. Diese frei umherschweifenden Spinnen weben kein Netz wie die anderen. Der Biß einer Krabbenspinne tut etwas weh, ist aber nicht sehr schlimm. Als Kind war ich von mehreren Exemplaren dieser Gattung gebissen worden. Ich bückte mich, um einen Tausendfüßer zu betrachten. Mir fiel ein, wie ich einmal festzustellen versucht hatte, ob sie wirklich tausend Füße haben. Das war das einzige Mal, daß ich so ein Tier getötet habe, sozusagen aus wissenschaftlicher Wißbegier, falls ein unwissender Laie wie ich überhaupt diesen erhabenen Begriff verwenden darf.

Als das Tier merkte, daß ich mich über es beugte, hob es kampfbereit seine giftigen Klauen hinter dem Kopf. Sein tropisches Gift konnte mich töten. Ich schrie auf, um den Tausendfüßer zu erschrecken, verletzen wollte ich ihn nicht, ich hätte sehr gelitten, wenn ich ihn getötet hätte. Der Tausendfüßer verharrte in Habachtstellung. Ich stampfte mit dem Fuß auf, und erst da lief er weg, rannte mit seinen vielen Beinen wie ein Ungetüm aus einem japanischen Monsterfilm.

Bestimmt gab es auch Skorpione in diesem Keller. Meine Mutter hatte mir als Kind, um mich vom Keller fernzuhalten, ständig Geschichten von Leuten erzählt, die an Stichen von Skorpionstacheln gestorben waren. Ich habe immer behutsam mit ihnen gespielt, anders als mit den Mäusen und Spinnen. Ich habe vielen Weibchen zugesehen, wie sie lebendige Skorpionbabys zur Welt brachten und mit dem Rücken voller Kinder über den Boden liefen, bis die Familienbande gekappt wurden und die Jungen, inzwischen mit giftgeschwelltem Stachel, allein in die Welt hinauszogen. Denn der Skorpion ist ein Einzelgänger, das ungeselligste aller Tiere, es nähert sich seinesgleichen nur zur Begattung oder zum Kampf bis in den Tod.

Ich suchte überall nach ihnen. Die Ritzen in den Steinmauern boten ihnen günstige Voraussetzungen. Schließlich entdeckte ich zwei riesige Schwarzskorpione, wohl etwa zwanzig Zentimeter lang, die dort beim Liebesspiel waren. Ich hatte schon mehrere Paarungen meiner gefährlichen Freunde miterlebt. Das Männchen, das schlanker ist und einen längeren Schwanz hat, machte dem Weibchen gerade den Hof, indem es das Weibchen an zwei Scheren festhielt und seinen aufgerichteten Schwanz an dem des Weibchens rieb. Ich wußte, was geschehen würde, sobald die Begattung zu Ende war. Das Weibchen würde das Männchen töten, sofern es nicht fliehen konnte, was selten der Fall war, und es dann auffressen oder vielmehr aussaugen. Skorpione töten ihre Beute, indem sie sie verletzen und mit einem Nervengift impfen, das eine ähnliche Wirkung wie Strychnin besitzt. Anschließend spritzen sie in die Wunden Verdauungsenzyme, die das Gewebe im Innern der Beute verflüssigen. Danach saugen sie die Beute aus, bis nur noch eine trockene Hülle übrigbleibt.

Meine beiden Skorpione rührten sich nicht, die Kopulation war beendet. Plötzlich attackierte das Weibchen das Männchen mit seinen beiden großen, scherenförmigen Tastern und begann, es zu zerquetschen. Die beiden Tiere rangen miteinander in einem todbringenden Ballett; das Weibchen setzte zu seiner Zerstörungsarbeit seine beiden Scheren und dazu seine Kieferfühler ein, zwei kleinere, aber sehr starke Scheren. Das Männchen kämpfte so gut es konnte, aber nach kurzer Zeit war es tot.

Während das Weibchen sich daran machte, es zu verschlingen, es auszusaugen, sah ich fasziniert zu, und das Weibchen erwiderte meinen Blick, ich wußte, daß es mich auch ansah, von klein auf wußte ich, daß die Skorpione mich auch ansahen, vor allem, wenn ich im Keller unseres Hauses mit ihnen sprach: Die Skorpione können bis zu zwölf – zwölf! – Augen haben, und wer so viele Augen hat, muß sehr scharfsichtig sein.

Bald mußte es Abend werden. Ich ging an das vergitterte Fenster und äugte nach draußen. Ja, es wurde schnell dunkel.

Ich steckte meine Hose in die Strümpfe und improvisierte so eine Art Stiefel. Sehr bald würde es vollkommen dunkel sein, und ich hatte keine Lust, einen Skorpion an meinem Bein hochkrabbeln zu fühlen, diese Tiere machten so was, sie waren unberechenbar, auch das wußte ich, und wenn einer das machte, würde ich ihn töten müssen. Mir fiel die Parabel vom Frosch und dem Skorpion ein, die Orson Welles in *Mr. Arkadin* erzählt, in der der Skorpion als gemeiner Charakter dargestellt wird, der zu vielerlei Verrat fähig ist. Arme Tiere. Man hat sich sogar ausgedacht, daß sie sich bei Bedrohung entleiben, was eine dreckige Verleumdung ist. Ich setzte mich wie ein Yoga-Schüler im Schneidersitz auf den Stuhl und versuchte, die Tiere im Blick zu behalten, die mir Gesellschaft leisteten. Dann wurde es so dunkel, daß ich nichts mehr sah.

Ich freute mich, trotz der Handschellen, denn ich liebe die Dunkelheit. Sie brachte mir die Ruhe und die Einsamkeit, nach der ich mich sehnte. Als Kind wartete ich immer, bis alle im Haus eingeschlafen waren – ich biß mir auf die Finger, drückte mit aller Kraft auf den Nerv an der Schulter, marterte mich körperlich, damit der Schmerz mich am Einschlafen hinderte und ich freie Bahn hatte, um mit einer Taschenlampe in den Keller zu gehen und meine nächtlichen Freunde zu besuchen. Leider hatte ich jetzt keine Taschenlampe.

Zweimal in der Nacht – einer schönen dunklen Nacht, von einer solchen Finsternis, daß die Dunkelheit bei geschlossenen Augen weniger schwarz war – nickte ich ein und fiel vom Stuhl. Hin und wieder stand ich auf und stampfte mit den Füßen auf den Boden; dann schlug ich mit dem Stuhl auf den Boden, alles ganz vorsichtig, um kein Tier zu verletzen. Danach setzte ich mich wieder mit untergeschlagenen Beinen und gab mich den Erinnerungen an die glücklichste Zeit meines Lebens hin.

Ich hörte Hähne krähen, und der Tag brach an, langsam fiel das Licht durch das eisenvergitterte Fenster herein.

Anschließend hörte ich rauhen, sehr lauten, unerträglichen Lärm, der mich am ganzen Körper schaudern ließ. Es war ein Geräusch, wie ich es noch nie gehört hatte. Was zum Teufel konnte das sein?

Die Kellertür ging auf, und der Mann im Mantel kam herein.

»Was für ein Lärm ist das?«

»Eine Zerkleinerungsmaschine.«

Ich erkannte die Stimme des Kerls, der bei der Entführung das Kommando gehabt hatte. Logisch, daß nur er es gewesen sein konnte.

»Und was wird da zerkleinert?«

»Keine Ahnung«, log er mit schiefem Grinsen. »Du hast mir viel Arbeit gemacht. Ich hatte Mühe, dich zu kriegen. Wo hast du in den letzten Tagen gesteckt?«

»Ich war verreist.«

»Ach! Hab' ich mir doch gedacht...«

So unsympathisch ist der Mann im Mantel gar nicht, dachte ich.

»Ich will nur Bescheid sagen, daß du nichts zu essen kriegst. Jedenfalls so lange, bis du die Steine rausrückst. Wenn du sie rausrückst, laß ich dir einen knusprigen Spanferkelbraten machen.«

»Vielen Dank.«

»Überleg's dir. Laß dich nicht durch das Äußere vom Boß täuschen. Er sieht aus wie ein Dichter, aber er ist hart, der härteste Mensch, den ich kenne.«

»Ich werde nachdenken.«

Wieder ein Grinsen. Widmark in der Rolle eines netten Jungen.

Nein, ich wollte den Mann im Mantel nicht sympathisch finden. Scheiße, ich gehörte doch nicht zu den Idioten, die entführt werden und nach einiger Zeit ihre Entführer für gute Menschen halten, nur weil sie nicht umgebracht worden und ihnen nicht die Nägel und Zähne mit einer Zange ausgerissen worden sind. Skorpione waren besser.

Kaum war der Mann im Mantel gegangen, kam Diderot herein.

»Da sehen Sie, was Sie sich wegen der Dicken eingebrockt haben«, sagte er. »So ein schöner Mann wie Sie... Das hier ist für Ihre Notdurft.«

Es war eine Rolle Toilettenpapier.

»Wo soll ich zur Toilette gehen?«

»Zu gar keiner. Ihnen geht's wie dem Mann mit der eisernen Maske. Sie dürfen Ihren Kerker nicht verlassen. Der Mann mit der eisernen Maske machte alles in seinem Kerker in der Bastille.«

»Woher wissen Sie das?«

»Ich habe recherchiert. Als ich noch auftrat – wußten Sie, daß ich auch selbst aufgetreten bin, bevor ich Impresario wurde? –, wollte ich mich einmal als der Mann mit der eisernen Maske kostümieren, und da habe ich alles über ihn gelesen. Wissen Sie was? Er war weder Fürst noch Herzog noch Graf, gar nichts. Nicht mal Franzose war er. Er war Italiener, ein kleiner Adliger. Aber das war nicht der Grund, warum ich mich nicht als Mann mit der eisernen Maske kostümiert habe. Wissen Sie warum? Weil er seine Notdurft in seinem Ergastulum, in dem er selbst saß, verrichtete. So eine Schweinerei, widerlich. Deshalb habe ich davon Abstand genommen.«

»Ergastulum?«

»Ich habe an der literaturwissenschaftlichen Fakultät studiert. Meine Mutter war Klavierlehrerin. Ein Onkel von mir war Kandidat für die Academia Brasileira de Letras«, sagte er mit überheblichem Lächeln.

»Könnten Sie mir ein Glas Wasser besorgen?« fragte ich.

»Nein. Sie bekommen weder zu essen noch zu trinken. Ich werde mich hüten, die Befehle vom Boß nicht zu befolgen. Sonst bringt er mich um. Und Sie wird er auch umbringen, er wird Sie verhungern und verdursten lassen, wenn Sie nicht die Steine zurückgeben.«

»Und wenn ich die Steine zurückgebe?«

»Das ist dann seine Sache.«

»Bringt er mich um, wenn ich die Steine zurückgebe?«

»Was hat er denn gesagt?«

»Wie meinen Sie das?«

»Was hat der Boß gesagt, was er macht, wenn Sie die Steine zurückgeben?«

»Er hat mir nur gesagt, was er machen will, wenn ich sie *nicht* zurückgebe.«

»Der Boß hält sein Wort.«

»Besorgen Sie mir ein Glas Wasser.«

»Sie sind verrückt«, sagte er.

»Noch eine letzte Frage: Wer hört da dauernd Rockmusik?«

»Ulisses. Ein Dummkopf.«

Ulisses kannte ich noch nicht.

»Was für ein Lärm ist das?«

»Wissen Sie das nicht?«

»Doch. Eine Zerkleinerungsmaschine. Was zerkleinert die?«

»Wissen Sie das nicht?« fragte Diderot noch einmal.

»Nein. Sagen Sie es mir.«

»Ich werde mich hüten.«

Er ging.

Wenn ich einen Film sehe, kommen mir Gedanken wie: Warum hat der Drehbuchautor der Person einen bestimmten Satz in den Mund gelegt? Auch wenn ich ein Buch lese, kommen mir solche Gedanken: Warum hat der Schriftsteller das geschrieben? Diese Leute sind berufsmäßige Satzfabrikanten, sie werden schon wissen, was sie tun. Und ich achte auch genau darauf, was die Leute an der Straßenecke reden. Der Mann im Mantel hatte von Spanferkelbraten gesprochen. Das mußte irgendeine Bedeutung haben. Zumindest sagte es mir, daß ich mich an einem Ort befand, wo man zu besonderen Anlässen Spanferkelbraten aß. Da ich während der Fahrt unter Medikamenten gestanden hatte, konnte ich nicht genau wissen, wie lange ich im Auto gelegen hatte, aber ich nahm nicht an, daß es mehr als fünf Stunden gewesen waren. Nach einer fünfstündigen Fahrt in einem, sagen wir, Kombi, also einem nicht sehr schnellen Auto, konnte ich noch innerhalb der Grenzen des Bundesstaates Rio de Janeiro sein, falls meine Entführer viele Umwege gefahren waren, um ihre Spur zu verwischen, was aber nicht sehr wahrscheinlich war, ich konnte aber auch irgendwo in Minas Gerais oder São Paulo oder Espírito Santo gelandet sein. Spanferkelbraten, war das typisch für Minas oder für São Paulo? Ich wußte, daß es eine ländliche Spezialität war. In einer großen Region von Brasilien, in welcher, wußte ich nicht mehr, aßen die Leute zu Weihnachten statt Truthahn Spanferkelbraten. Ja, und dann? Nichts dann. Im übrigen war es völlig egal, in welchem Bundesstaat ich mich befand. Da hörte der Lärm auf.

Noch am selben Tag erhielt ich Besuch von Alcobaça. Er kam mit einem großen Kerl herein, der einen Sessel trug. Das mußte Ulisses sein.

»Du kannst gehen«, sagte Alcobaça, nachdem der Kerl den Sessel abgestellt hatte.

Ulisses zog sich zurück, und Alcobaça setzte sich mit geschlossenen Augen in den Sessel. Er war noch bleicher als sonst.

Etwa zwei Minuten saß er wie ein Toter da. Dann sagte er: »Ich leide unter einem merkwürdigen pathologischen Phänomen, einer Störung der inneren Harmonie meines Körpers unbekannter Ursache.« Eine Pause. »Aus meinem Leben könnte man einen Film machen.«

Wenn ich das höre, weiß ich, daß mein Gesprächspartner mir eine lange Geschichte erzählen will. Ich machte es mir auf dem Stuhl bequem. Der Versuch kostete nichts, das Wohlwollen dieses Menschen zu gewinnen, der von den Gangstern, die mich entführt hatten, als Boß anerkannt wurde.

Dann fing Alcobaça mit seiner Geschichte an, er sprach leise, als litte er an einem Emphysem. Bis zu seinem dreißigsten Lebensjahr war er ein sehr gesunder Mann gewesen. Dann fing es mit den Beschwerden an, er fühlte sich sehr schwach und litt unter Schlaflosigkeit, Appetitlosigkeit, Schmerzen im ganzen Körper. Da er aus einer sehr reichen Familie stammte, konnte er die Ärzte der besten Kliniken der Welt konsultieren, um eine Diagnose zu bekommen. Man unterzog ihn sämtlicher der modernen Medizin bekannten

Untersuchungen, fand aber keine Ursache seiner Krankheit. Sein Zustand konnte nicht auf Erbanlagen zurückgeführt werden, da seine Eltern und alle vier Großeltern am Leben waren und sich bester Gesundheit erfreuten; auch nicht auf physiologische Schwächung, denn alle seine Organe und Drüsen funktionierten perfekt; auch nicht auf Parasitenbefall, Traumen, Tumore, Infektionen, Viren, Bakterien usw. Sein Immunsystem zeigte keinerlei Mängel.

Obwohl man nicht wußte, woran er litt, wurden von einigen der vielen Ärzte, die Alcobaça aufsuchte, verschiedene Therapien ausprobiert: Chemotherapie, Biotherapie, Diathermie, Strahlenbehandlung usw. Er schluckte Dutzende von Medikamenten.

Bis jemand vorschlug, er solle es mit der alternativen Medizin versuchen. Die besten klassischen Wunderheiler sind Krüppel, Blinde, Priester und hysterische Jungfrauen. Man empfahl ihm einen, der sowohl Priester (wenn auch ein ausgestiegener) als auch bucklig war, was Alcobaça als Gewähr für seine Eignung nahm.

»Sie werden sterben«, sagte der Bucklige zu Alcobaça, als dieser ihn aufsuchte.

»Ich will nicht sterben«, sagte Alcobaça. »Geben Sie mir ein Mittel, es muß doch ein Heilmittel geben.«

»Ich halte nichts von den modernen Arzneien, die von den multinationalen Pharmakonzernen aus Profitsucht hergestellt werden«, sagte der Bucklige. »Die Heilung liegt, wie Hippokrates sagte, in der Natur – in der Natur in und außerhalb des Menschen.«

Dann entwickelte der Bucklige eine Theorie, die sich auf die Jahrtausende alte griechische Medizin von Erasistratos und Galen stützte, kombiniert mit der alten chinesischen Medizin, und die Alcobaça etwa so für mich zusammenfaßte: Das Leben ist ein Dampf, ein leichtes Gas, ein Hauch, eine Seelenkraft, kurzum, ein Geist, der den Organismus durchsetzt, ihn nährt und seine Bewegungen in Gang bringt. Das menschliche Lebewesen ist ein System aus Venen, Arterien, Nerven, die zusammen das Gewebe ausmachen. Das Blut und zwei verschiedene Seelenkräfte, die eine vitaler Geist genannt und die andere animalischer Geist, sind die Quellen der Existenz. Das von den Adern beförderte Blut und die Luft, die von der Lunge zum Herzen gelangt, verwandeln sich in die vitale Seelenkraft, die den Organismus erhält; anschließend werden sie durch die Arterien in die verschiedenen Teile des Körpers geschickt, und wenn sie ins Gehirn gelangen, verwandeln sie sich in die animalische Seelenkraft, die die Bewegung auslöst. Dieses eklektische medizinische Konzept des Buckligen sah den Einsatz von Kräutern und Mineralien vor, nicht gleichzeitig und akkumulativ, sondern in aufeinander folgenden Phasen.

Zuerst versuchte der Bucklige es mit Kräutern, ohne Erfolg. Anschließend setzte er die Mineralien ein und verschrieb Alcobaça die Einnahme von Kaolin oder, wie die Chinesen sagen, Kaoling, was hoher Hügel bedeutet, eine weiße Tonerde, die man zur Behandlung von Durchfall verwendet und in der Keramik auch zur Herstellung von Porzellan. Aber wie schon die Kräuter bewirkte auch das Kaolin nicht die vom Wunderheiler erhofften Behandlungserfolge.

Der Bucklige hatte Alcobaças Krankheit als Herausforderung betrachtet. Er zog in die Villa des Patienten, um die Behandlung besser begleiten zu können. Einer Sache war sich der Bucklige sicher: Die Lithotherapie, die medizinische Nutzung der Steine, sei die für diese mysteriöse Krankheit angezeigte Behandlung. Er beschloß, es mit einem Stein zu versuchen, der nicht ausschließlich aus dem Mineralreich kam, sondern eine komplexere Zusammensetzung hatte, ein im Tierreich entstandenes Mineral. Der erste, ihm bekannte Stein mit einer solchen Struktur, den er Alcobaça verschrieb, war die pedra alectória, der Hahnenstein, ein Stein, der sich in der Leber oder den Därmen des Hahnes bildet.

»Alektor heißt auf griechisch Hahn«, sagte Alcobaça. Dieser Stein wurde in Pulverform verabreicht, in kleinen Mengen, wie in der Homöopathie. Tausende von Hähnen wurden geschlachtet, um ihn zu finden und in für die Behandlung ausreichenden Mengen zu sammeln, denn nur wenige Hähne hatten ihn. Alcobaças reiche Familie errichtete sogar eine Hahnenzuchtfarm, um für die benötigten Hahnensteine zu sorgen.

Ein Jahr und zwei Monate lang nahm Alcobaça den vom Buckligen präparierten Hahnenstein und wurde gesund. Er reiste durch die ganze Welt, denn er konnte wieder laufen und mußte sich nicht mehr wie früher alle zweihundertzwanzig Schritte auf einen Stuhl setzen.

Aber nach diesen vierzehn Monaten wirkte das Hahnensteinpulver nicht mehr. Der Bucklige machte sich große Sorgen und war ratlos. Er suchte nach der Lösung in der Hahnenwahrsagerei, die darin besteht, einen Hahn über Buchstaben ausgelegte Maiskörner fressen zu lassen. Bei dem Experiment fraß der Hahn erst den Buchstaben b, dann e, dann z, dann o, dann a und zum Schluß das r. Bezoar. Bezoar! Der Bucklige hatte mit Hilfe der Magie ein neues Heilmittel gefunden. Das Wort (ursprünglich das arabische bahzar) bezeichnet eine Kalkablagerung, die sich in den Gedärmen und Harnwegen der Vierbeiner und der Menschen bildet und in der mittelalterlichen Medizin für ein Gegengift gehalten wurde. Wie hatte der Bucklige nur diesen ovalen – und manchmal kugelrunden – Stein, der so viele therapeutische Eigenschaften besaß, vergessen können?

Die Behandlung war ähnlich wie mit dem Hahnenstein, nur mit dem Unterschied, daß der Bezoarstein sich leichter pulverisieren ließ. Ein Jahr lang wurde Alcobaça durch die Gabe von Bezoarsteinpulver am Leben gehalten. Bis er wieder hinfällig wurde, erkrankte, zu sterben drohte, denn das Bezoarsteinpulver hatte, wie zuvor das Hahnensteinpulver, keine Wirkung mehr. Der Bucklige, der alle seine anderen Patienten aufgegeben hatte, um sich ganz Alcobaça zu widmen, verlor nicht den Mut. Obwohl er die Soutane an den Nagel gehängt hatte, oder vielleicht gerade deshalb, besaß er einen starken Glauben an seinen Gott. Er betete einen ganzen Tag, und beim Gebet erhielt er die Antwort auf seine Fragen: Er solle es mit einer ungewöhnlicheren Behandlung versuchen, dem Einsatz eines rein mineralischen Stoffes, nicht mehr mit Steinen, die von einem tierischen Organismus gebildet wurden wie der Hahnenstein und der Bezoar, sondern mit Mineralien, die in den tiefsten Schichten der Erdkruste unter starkem Druck und hoher Temperatur entstanden. Auf diese Weise, erfuhr der Bucklige später, kristallisierte sich der Diamant, ehe der Ausbruch seines Muttergesteins ihn durch Vulkanschlote an die Oberfläche schleuderte.

Bis zu Beginn des 19. Jahrhunderts, fuhr Alcobaça fort, wurden Edelsteine nicht nur als Amulette und Talismane verwendet, sondern auch als Arzneien gegen Krankheiten, wobei eine Heilung auf verschiedenem Wege erfolgen konnte: a) allein durch ihre Nähe; b) durch Auflegen auf den kranken oder schmerzenden Körperteil; c) durch Einnahme gemäß der klassischen Lithotherapie. Noch im 20. Jahrhundert wurden in Japan zu medizinischen Zwecken Kalkpastillen mit Perlenpulver verkauft. Aber der Bucklige wußte durch göttliche Eingebung, daß zur Heilung seines Kranken nur der Diamant geeignet war.

Zuerst war es ein kleiner Diamant, den der Bucklige seinem Patienten pulverisiert in kleinen Dosen verabreichte. Nach vierzehn Tagen hatte sich Alcobaças Zustand auf beeindruckende Weise gebessert. Seine Widerstandskraft nahm beachtlich zu, er aß fortan besser und schlief gut. Nach zwei Monaten konnte er, der an der Schwelle des Todes gestanden hatte, sogar wieder reiten.

»Damals beschloß ich, Diamantenschürfer zu werden und kaufte mir dieses Grundstück hier in den Mendanha-Bergen. Mein Gesundheitszustand war so gut, daß ich die Agglomerate, die ich bei der Edelsteinsuche fand, eigenhändig mit dem Steinhammer kleinschlug.«

»Die Agglomerate?«

Alcobaça erklärte, Agglomerate nenne man die aus kantigen, vulkanischen Tuffstücken bestehenden, fest aneinandergebackenen Gesteinsbrocken, die man leicht in dieser Gegend finde. In den Agglomeraten konnten Edelsteine eingeschlossen sein. Er fand keinen wirklich wertvollen Stein, aber seine Gesundheit besserte sich durch die körperliche Arbeit.

»Wissen Sie, daß die Diamantensucherei mich faszinierte? Es ist ein phantastisches Spiel. Ich habe dieses Grundstück gekauft, weil ich gehört hatte, daß ein hiesiges Unternehmen, die Firma Tijucana, durch den Abbau in einem einzigen Jahr achtzehntausend Karat Diamanten gewonnen hatte. Ich dagegen fand nur so gewöhnliche Diamanten, daß ich sie für meine Behandlung überhaupt nicht verwenden konnte. Es hieß, ich würde in dem Bach, der hier durch das Gelände fließt, angeschwemmte Diamanten und Gold finden und auf den Bergkämmen Ganggestein voller Diamanten und Grus, der aus reinem Gold bestünde. Gold interessierte mich nicht, aber leider habe ich auch keine Diamanten gefunden.«

Die Lithotherapie mit Diamanten hatte ihn von seiner mysteriösen Krankheit erlöst. Er war geheilt. Er durfte nur nicht die Behandlung absetzen, er brauchte ständig Diamanten bester Qualität in Pulverform, um am Leben zu bleiben.

Nur das Pulver von farblosen Diamanten hatte eine wohltuende Wirkung. Gefärbte Diamanten bewirkten überhaupt nichts. Andere pulverisierte Edelsteine, selbst wenn sie farblos waren und von diamantener Brillanz wie der Kassiterit, der farblose Saphir, der Zirkon oder der Zerussit, schadeten ihm.

Die Pulverisierung der Diamanten geschah wegen ihrer extremen Härte mit einem Spezialmahlwerk, einem vom Buckligen erfundenen Apparat. Zuerst wurde der Diamant zerkleinert, dann gemahlen. Der rauhe, kratzende Lärm, den ich gehört hatte, war das Zerkleinern und Pulverisieren von Alcobaças letztem Diamanten gewesen.

»Nach einiger Zeit hatte ich das gesamte Familienvermögen aufgebraucht. Mir blieb nur dieses Haus irgendwo an keinem Ort, wie die Amerikaner sagen«, fuhr Alcobaça fort. »Eines Tages weigerte sich mein Edelsteinlieferant, mir auch nur noch einen Stein zu geben, bevor ich nicht meine Schulden bei ihm bezahlt hätte und schlug mir dann vor, für ihn zu schmuggeln. Ich nahm das Angebot an. Ich schmuggelte die

Steine für ihn, und er bezahlte mich mit farblosen Diamanten, ein ähnliches Geschäft wie bei Rauschgiftsüchtigen, die für Dealer arbeiten und mit Drogen honoriert werden. Anfangs brachte ich die Steine selbst ins Ausland. Dann kam ich auf die Idee, die Steine in Karnevalskostümen zu schmuggeln. Ich brauche immer größere Mengen Pulver, um am Leben zu bleiben. Ich brauche die Rubine, Saphire, Smaragde, die die Dicke mir gestohlen hat und die sich in Ihrem Besitz befinden, um meinen Lieferanten bezahlen zu können. Mein Leben steht auf dem Spiel, verstehen Sie? Ich habe noch einen Diamanten, einen Stein von großer Reinheit und unübertroffener Schönheit, ein Familienerbstück, aber ich will ihn nicht vernichten, das werde ich nur im äußersten Notfall tun. In dreißig Tagen muß ich die nächste Portion herstellen. Ich hoffe, daß Sie es nicht so lange ohne Essen und Trinken aushalten.«

Ich blieb stumm und dachte darüber nach, was er mir erzählt hatte. Alcobaça tat mir leid, aber ich war nicht bereit, mit meinen Häschern zu sympathisieren oder mich von ihnen einschüchtern zu lassen. Sie hatten mir unverzeihliche Gewalt angetan.

»Ich werde darüber nachdenken«, sagte ich.

»Ich habe nicht viel Zeit«, sagte Alcobaça. »Einen Monat.«

»Wo sind wir? Was ist das für eine Gegend, der Mendanha? Gehört habe ich schon davon, aber ich komme nicht drauf.«

Alcobaça stand auf.

»Ihre Ignoranz erschreckt mich«, sagte er, ging hinaus und schloß die Tür ab. Noch einer, der mich als unwissend bezeichnete.

4

Ein Skorpion kann ein Jahr lang ohne Nahrung auskommen. Ein sibirischer Salamander, dessen Lebenserwartung im Schnitt zwölf Jahre beträgt, hatte sich tiefgekühlt neunzig

Jahre lang in anabiotischem Zustand befunden und war, als man ihn in einen Behälter mit kaltem Wasser legte, wieder zum Leben erwacht. Wir Menschen besitzen überhaupt keine Widerstandskraft gegen Entbehrungen. In Wirklichkeit ist der Mensch gar nicht ein Tier mit besonderen Möglichkeiten.

Seit fünf Tagen hatte ich nichts gegessen und spürte keinen Hunger mehr. Ich hatte eine Aluminiumfeldflasche mit grünem Filzbezug, wie sie beim Militär gebräuchlich ist, voller Wasser bei mir, an die ich unverhofft gekommen war.

Ricardo, der Mann im Mantel, war am zweiten Tag meiner totalen Abstinenz mit der Feldflasche in den Keller gekommen.

»Das hier schickt dir der Boß. Er will nicht, daß du verdurstest. Er hat gesagt, der Tod durch Verdursten ist furchtbar.« Er lachte auf. »Er will, daß du verhungerst.«

Nach diesen Worten nahm er mir die Handschellen ab und ging.

Zweimal am Tag tauschte ein Entführer die leere Feldflasche gegen eine volle aus. Mein Urin, der dunkel geworden war und einen sehr strengen Geruch angenommen hatte, wurde wieder normal. Meine Speicheldrüsen funktionierten wieder, so daß ich spucken konnte, was ich mehrfach tat, eingedenk eines Schulkameraden vom Gymnasium, der auf der Straße pausenlos spuckte, bis sein Mund vor Durst ganz ausgetrocknet war und er mit größerer Gier und Lust Wasser trinken konnte.

Ich hatte nur einmal ein großes Geschäft gemacht, eine harte, rissige Fäkalkugel, deren Ausscheiden sehr mühsam gewesen war. Seltsamerweise war sie geruchlos. Ich nahm mir vor, es Diderot zu erzählen.

Am fünften Fastentag fühlte ich, wie sich die Muskulatur der Wände meines Verdauungskanals in Wurmbewegungen zusammenzog und einen Inhalt austreiben wollte, der nicht vorhanden war. Armes ieiunum intestinum, das nichts auszusaugen und mit seinem ununterdrückbaren peristaltischen Tick zum After hin voranzutreiben hatte, das frustriert war, weil es dem Blut und der Lymphe nicht ihren Teil liefern konnte. Armer Körper, dessen Zellen mit verwirrender Automatik weiterhin Schleim und Enzyme absonderten, um Nichtvorhandenes zu verdauen. Der Körper besitzt jedoch eine gewisse Intelligenz, etwa soviel wie ein von einer raffinierten Software gesteuerter, hochentwickelter Roboter. Deshalb paßte sich mein Körper auf sehr interessante Weise an und stellte sich auf die neue Situation ein, als er merkte, daß er sich in einem extremen Fastenzustand befand. Zunächst reduzierte er meine Körpermasse, damit der Stoffwechsel bei weniger Gewebe energiesparend vonstatten gehen konnte. Meine Hosen fingen an zu rutschen, und ich mußte den Gürtel mehrere Löcher enger schnallen. Dann ließ mich mein Körper eine Art von Lethargie empfinden, die mich zwang, unnütze Muskelanstrengungen zu vermeiden, wie zum Fenster zu gehen, um die Bäume zu betrachten, oder aufzustehen und zuzusehen, wie eine Maus in einer Ecke des Kellers ihre Köttel ablegte oder wie eine Krabbenspinne kopflos über den Fußboden rannte. Mein Puls schlug immer langsamer. Ich zählte einundzwanzig, zweiundzwanzig, dreiundzwanzig, vierundzwanzig, fünfundzwanzig, sechsundzwanzig, und mein Puls schlug in diesen sechs Sekunden viermal, was achtundvierzig Pulsschlägen in einer Minute entsprach. Mir fiel ein, daß ich gelesen hatte – oder hatte ich vielleicht davon geträumt –, daß bei Frauen, die in Konzentrationslagern extremem Nahrungsentzug ausgesetzt waren, Amenorrhö auftrat, ihre Monatsblutung aussetzte; vermutlich ein weiterer Beweis dafür, daß der Körper einigermaßen klug ist. Ruths Monatsbinde fiel mir ein. Wo hatte ich sie hingelegt? Die will ich nie hergeben, dachte ich träge. Warum wollte ich sie eigentlich nie hergeben? Eine große Apathie war über mich gekommen. Das einzige Gefühl, das ich spürte, war ein großes Verlangen nach Essen.

Die Asketen glauben, daß längeres Fasten zu geistiger Vervollkommnung und Tugendhaftigkeit führt. Ihnen zufolge mußte der akute Hunger, den ich unter diesen Umständen spürte, als ein großer Kampf mit mir selbst verstanden werden, der mich befähigen würde, den göttlichen Funken freizusetzen, den ich in mir trug, meine Triebe zu beherrschen, der Welt zu entsagen, meine Seele zu läutern und sie auf die Kontemplation Gottes vorzubereiten. Ich memorierte Babels Erzählungen, solange ich konnte. Bis ich eines Tages selbst zum Denken zu träge war. Ich wollte nicht der Welt entsagen, aber die Welt war ermüdend geworden. Ich war so erschöpft, daß ich nicht mal mehr die Kraft hatte, in der Nase zu popeln. Dann lieber schlafen.

Irgendwann hörte ich eine Stimme, die der meines Bruders José ähnelte, sagen: »Nimm diese Entbehrung und das Martyrium mit Freuden auf dich, denn du wirst dadurch geläutert.« Abgesehen von Josés langweiliger Stimme hörte ich nichts. Ich hatte keine Visionen und setzte keinen göttlichen Funken frei; unwiderstehliche Schläfrigkeit befiel mich. Ich würde sterben, weil mein Körper nicht in der Lage war, seine Leistung eine Zeitlang herunterzuschalten, wie ein Eisbär zum Beispiel oder ein Salamander oder eine gute Maschine.

Ich träume. Schweigende Menschen. Das Mädchen mit dem feuchten Zahnfleisch leckt mich mit seinem Mund voller Perlenzähne. Andere Frauen mit imposantem Busen und gebleichten Haaren gehen über den Platz und klopfen auf das Schafott. Es ist Winter, aber trotzdem heiß. »Das ist nur ein Gotteslästerer«, sagt die eine. Die Übelkeit erregende Stille wird vom Krachen zersplitternder Knochen und dem Heulen des Gefangenen, der um sofortige Hinrichtung bittet, durchbrochen. Die Hände des Henkers sind klein und weiß. Der Körper des Verurteilten ist mit Scheiße und Pisse bedeckt, die schon antrocknen. Die Frauen sehen beflissen angeekelt und aufmerksam zu. Disziplin, Horror, Macht, Lohn und Strafe, so ist die Welt, sagen sie im Chor und halten sich die Nasen zu.

Als ich aufwachte, stand eine Gestalt neben mir. Ein riesiger Mann – sicher, ich lag auf dem Boden, und mein Blickwinkel machte ihn noch größer – hockte sich neben mich.

»Sie sind wahnsinnig«, sagte er, »Sie werden sinnlos verhungern. Geben Sie ihm die Steine.«

Es war der Bucklige. Ich versuchte aufzustehen. Der Bucklige half mir auf den Stuhl. Er war tatsächlich groß, der größte Bucklige, den ich je gesehen hatte.

»Ich lasse mich nicht gern bedrohen.«

»Ich bitte Sie«, sagte der Bucklige.

Ich konnte mich nicht erinnern, daß in der *Reiterarmee* ein Buckliger vorkam. Nur Charles Laughton fiel mir ein, wie er dick, klein und häßlich im *Glöckner von Notre Dame* von William Dieterle »Wasser, Wasser« fleht (das ihm von der schönen Maureen O'Hara gereicht wird).

»Wasser«, sagte ich.

Der Bucklige griff nach der Feldflasche, die auf dem Fußboden stand, und setzte sie mir an den Mund. Ich trank einen kleinen Schluck.

»Ich muß einen Film drehen«, sagte ich.

»Ja, drehen Sie Ihren Film. Sie sind frei, wenn Sie die Steine zurückgeben. Dann können Sie einen, zwei, drei Filme drehen, so viele Sie wollen.«

Wir sahen uns schweigend an, der Bucklige und ich. Ich merkte seinem Blick an, daß er Mitleid mit mir hatte.

»Stirbt er sonst wirklich?«

»Ja. Er ist ein guter Mensch«, sagte der Bucklige.

»Also gut. Ich gebe sie zurück. Aber sagen Sie ihm, daß er sich bei mir entschuldigen soll.«

Wegen meines großen Trägheitsgefühls sagte ich das sehr langsam.

»Das wird er«, sagte der Bucklige.

In diesem Augenblick gab es einen Knall, wie ein Gewehrschuß. Der Bucklige lief zur Tür und verschwand.

Ich hörte Schreie, kommandierende Stimmen. Wieder Schüsse. Schreie. Schüsse. Schritte. Noch mehr Schüsse. Jetzt bin ich dran, dachte ich. Ich blieb sitzen. Es wurde still. Dann leisere Stimmen.

Die Kellertür ging auf, und ein Mann kam herein. Er trug einen dunkelblauen Anzug und zielte mit einem Gewehr auf mich. Jetzt war es so weit.

»Wer sind Sie?« fragte er.

Ich nannte meinen Namen.

»Aufstehen. Beide Hände an die Wand.«

Ich tat mühsam, was er verlangte. Ich wurde abgesucht. Der Mann zog mir die Brieftasche aus der Tasche.

»Still stehen bleiben. Kein einziger Schritt. Ich komm gleich wieder«, sagte er und ging.

Ich wurde es leid, mit den Händen an der Wand zu stehen und kehrte zum Stuhl zurück. Wenn ich schon getötet werden sollte, dann lieber mit einem gewissen Komfort. Der Gedanke zu sterben tat übrigens in diesem Augenblick nicht weh. Wenn einer sehr geschwächt ist, so wie ich es war, verliert das Leben seinen Reiz.

Nach etwa drei Minuten erschien der Mann wieder.

»Sie bleiben noch fünf Minuten hier, dann können Sie gehen. Wenn Sie vorher rausgehen, werden Sie abgeknallt, verstanden?«

Ich blieb auf dem Stuhl sitzen.

Dann hörte ich, daß die Leute weggingen.

Das Geräusch von einem abfahrenden Auto. Danach senkte sich eine so tiefe Stille über den Keller, daß ich meinte, sogar die Krabbenspinnen über den Fußboden laufen zu hören.

Als ich glaubte, daß die fünf Minuten um waren, verließ ich den Keller.

Die Kellertreppe führte in einen Wirtschaftsraum. Auf dem Treppenabsatz lag der Bucklige mit einer tödlichen Kopfverletzung. Er hatte ein schönes Profil, wenn er nicht so bucklig gewesen wäre, hätte er in einem romantischen Film einen Galan spielen können. Ein Stück weiter, in einem großen, mit dunklen Möbeln im Kolonialstil eingerichteten Salon, fand ich die Leiche des Mannes im Mantel. Er war seiner Rolle getreu gestorben, es fehlte nur noch ein Hut auf dem Kopf, dann hätte er wie ein Hauptdarsteller aus einem von Republic produzierten B-Film ausgesehen; er hielt in jeder Hand einen Revolver, und seine Kleidung war blutdurchtränkt. Gleich danach stieß ich auf die Leichen von Diderot und Ulisses. Die beiden waren Arm in Arm gestorben.

»Alcobaça?« rief ich.

Ich hörte ein Stöhnen, das oben aus dem Haus zu kommen schien. Noch ein Stöhnen.

Langsam stieg ich die Treppe hinauf, fest an den gedrechselten Handlauf geklammert. Das Stöhnen kam aus einem der vielen Zimmer im Obergeschoß, deren Türen auf einen breiten Flur mit Ölporträts an den Wänden führten. Ich öffnete mehrere Türen, bis ich den Stöhnenden fand.

Alcobaça lehnte in einem breiten Himmelbett. Er hielt ein Taschentuch an die Brust gedrückt. Er sah mich an und sagte melancholisch und traurig: »Er hat den Florentino mitgenommen.« Gleich darauf sank sein Kopf nach vorn. Er war tot.

Ich ging die Treppe hinunter in den Wirtschaftsraum. Ich machte den Kühlschrank auf. Ich fand ein Aluminiumgefäß mit durchlöchertem Deckel, wie man es zum Milchkochen verwendet, das mit einer undurchsichtigen weißen Flüssigkeit gefüllt war, auf der eine gelbgefleckte Sahneschicht schwamm. Ich trank die Milch direkt aus dem Topf und schüttete sie mir dabei auf Gesicht und Kleidung. Dann bekam ich Brechreiz.

Ich nahm den Milchtopf mit in den Salon und legte mich auf ein Sofa. An den Salonwänden hingen noch mehr Ölgemälde, alte Bilder mit abgeblätterten Goldrahmen. Wer waren diese Männer und Frauen? Verwandte von Alcobaça?

Von dem Gemetzel und den Wegen hinauf und hinunter durch das Haus war ich noch matter geworden. Ich muß wieder zu Kräften kommen, damit ich von hier abhauen kann, dachte ich. In letzter Zeit war ich nur noch auf der Flucht gewesen.

Ich weiß nicht, wie lange ich da lag und Milch trank. Dann hatte ich das Gefühl, ich müßte ein großes Geschäft machen. Die Milch hatte abführend gewirkt. Wieder mußte ich die

Treppe hinaufsteigen, denn im Erdgeschoß fand ich keine Toilette. In Wirklichkeit lagen mir im unteren Stockwerk zu viele Leichen, um in Ruhe darin herumzugehen.

Als ich auf dem Klosett saß, ging ich in Gedanken die letzte Zeit meines Lebens durch. Eine Frau, die ich geliebt hatte, hatte sich das Leben genommen. Mein Vater war einige Zeit davor nach langer, schwerer Krankheit gestorben. Ich war zu einem Dieb geworden. Ich hatte die Edelsteine einer armen Karnevalistin gestohlen, die von Gangstern umgebracht worden war, die nun selbst tot waren. Und ich war zu einem Devisenschmuggler geworden. Ja und? Im Grunde war mein einziger Wunsch in diesem Augenblick, ein großes Geschäft zu machen.

Anschließend tat ich etwas Widerliches: Ich suchte die Leichen nach Geld ab. Ich fand weder Geld noch Ausweise oder Papiere mit ihren Personalien. Die Mörder hatten wohl abgeräumt. Das einzige, was ich fand, war eine Kreditkarte in Diderots Tasche.

Vor dem Haus fiel mein Blick auf einen Garten mit roten und weißen Blumen. Ich drehte mich um, um den Hausgiebel zu betrachten, und mein Herzschlag beschleunigte sich etwas, soweit das bei einem ausgezehrten Menschen möglich war, der gerade seinen Heißhunger mit etwas Milch gestillt hatte. Auf dem Hausgiebel stand, »zwischen zwei abschrekkenden Gorgonen, auf einem halbmondförmigen Vorsprung die Jahreszahl 1831«. Dieser Satz fiel mir ein und auch, wer ihn zu mir gesagt hatte. Ich sah auch die Fenster mit den bunten Scheiben, die riesige Holztür und das Felsgebirge ringsum. Nur gut, daß mein Gedächtnis wieder funktionierte.

Die Landschaft, die ich erblickte, war steinig; überall, wo ich hinsah, lagen aufgehäufte Steine, ganze Steinberge. Der Wagen, der mich hierhergebracht hatte, war verschwunden.

Ich setzte mich auf die Stufen vor dem Hausportal und wartete darauf, daß die fette Milch mir Kraft zum Fliehen gab.

5

Erst als es schon dunkel wurde, fühlte ich mich in der Lage, einen Rundgang um das Haus zu machen. Ein paar Sekunden lang hatte ich die Hoffnung, in einem der beiden Schuppen hinter dem Haus ein Auto zu finden. Im ersten entdeckte ich nur Goldwäscherschalen, Steinhämmer und mir unbekanntes Werkzeug. Und das Mahlwerk, mit dem Alcobaça vermutlich seine Diamanten pulverisiert hatte.

Auch im anderen Schuppen fand ich kein Auto. Aber es waren eine Pferdekutsche da und zwei Sättel, ein englischer und einer mit hohem Sattelknauf. Auf demselben Holzgestell hing Zaumzeug mit doppeltem Zügel, Unterlegtrense und Kinnkette. So ein Gebiß war kaum für einen Neuling im Sattel gedacht, auch nicht für einen zahmen Gaul. Die einfachen Pferde auf dem Land – ich wußte nicht, wo ich mich befand, aber jedenfalls irgendwo tief in der Provinz, vielleicht auch im Fegefeuer, in Anbetracht so vieler Steine – brauchten nur eine Kinnkette, sie waren nicht schwer zu führen. Mir fiel ein, wie ich einmal auf einer Fazenda mit Ruth gewettet hatte, daß ich so ein Pferd nur mit einem Halfter reiten könnte.

Ich machte mich auf die Suche nach dem Pferd. Wenn es ein solches doppeltes Gebiß brauchte, mußte es ein temperamentvolles Tier sein. Es stand in einer Box, und von weitem sah ich, daß es ein großer Manga-larga mit klugen, sanften Augen war, ein schwarzweißer Schecke mit prächtig glänzendem Fell, ein Zeichen, daß er gut gepflegt war. Ich streichelte ihm die Stirn. Ich war so glücklich, einem Pferd zu begegnen, einem so gutartigen Lebewesen, wie ich in der letzten Zeit keinem mehr begegnet war – ich verglich es nicht mit den Skorpionen, die mir im Keller Gesellschaft geleistet hatten, sondern mit den Menschen, mit denen ich zu tun gehabt hatte –, daß ich ihm einen Kuß auf die Nase drückte, wobei ich die harten Knochen seiner Kiefer spürte. Mit leichten Klapsen tätschelte ich ihm Hals und Schulter. Ich ließ meine Hand über seinen sanft gebogenen Rücken bis zur

Kruppe gleiten. Am liebsten hätte ich gesungen. Geweint. Getanzt.

Aber ich tat nichts dergleichen. Aus einem Tau, das ich in der Box fand, improvisierte ich einen Halfter. Dann führte ich das Pferd zu dem Schuppen, in dem die Sättel lagen. Ich entschied mich für den Sattel mit dem hohen Knauf, obwohl ein solches Pferd es verdiente, mit englischem Sattel geritten zu werden. Aber ich war sehr geschwächt, und vielleicht mußte ich mich festhalten, um nicht runterzufallen, falls das Pferd allzu feurig war.

Während ich das Geschirr anlegte, schätzte ich anhand meiner eigenen Nase als Bezugspunkt, daß das Pferd etwa einen Meter siebzig groß war, gemessen vom Boden bis zum Widerrist. Es mußte mindestens sechshundert Kilo wiegen. Auf der Flanke trug es ein A als Brandzeichen.

Beim Satteln überprüfte ich die Länge der Steigbügelriemen, denn die Steigbügel schienen mir sehr hoch zu sitzen. Ich mußte sie drei Löcher tiefer stellen. Alcobaça war um einiges kleiner als ich, wahrscheinlich hatte er dieses Pferd geritten.

Fertig. Jetzt galt es aufzusitzen. Ich setzte den linken Fuß in den Steigbügel, hatte aber keine Kraft, mich hinaufzuschwingen.

»Hab ein bißchen Geduld, mein Schecke, das ist jetzt deine Schuld, du bist zu groß«, sagte ich und streichelte das Pferd. Es sah mich geduldig an.

Ich führte es zu einem Hocker, kletterte darauf und stieg in den Sattel.

Der Sattel war sehr bequem, obwohl der Knauf etwas zu weit hinten saß und mir an die Schenkel stieß. Der Schecke trat sicher auf, und der Ritt im Schritt war bequemer als ein Schaukelstuhl.

Ich ritt zwischen steinbedeckten Hügeln einen Erdweg mit Reifenspuren entlang. Bald darauf gelangte ich an eine Straße, eine Art Kreuzweg. Ich hielt an und wußte nicht, welche Richtung ich nehmen sollte. Der eine Weg war eben. Der andere stieg einen Berg mit schwarzem Felsgestein an.

Ich wußte nicht weiter. Ich entschied mich für den ebenen Weg und fühlte einen ganz leisen Widerstand des Pferdes. Also ließ ich die Zügel locker. Das Pferd schlug den steilen Weg ein. Ich ließ mich von ihm führen.

In der Finsternis der Nacht verschwand die Landschaft vollkommen. Keine Ahnung, wie lange ich so ständig bergauf ritt, ohne zu wissen, wohin, und das Pferd den Weg wählen ließ. Seine Hufe klapperten metallen auf dem Gestein.

Mehrmals nickte ich auf dem Pferd ein. Eine Geschichte von Babel fiel mir ein, in der ein Kosak (Sawitzki, Witjagaitschenko, Ljutow-Babel?) nach einer blutigen Schlacht auf dem Pferd schläft. Ich hatte das für eine Übertreibung des Schriftstellers gehalten. Plötzlich tauchte vor mir in der Höhe unvermittelt ein leuchtendes Kreuz auf. Jetzt habe ich schon Gesichte, dachte ich. Je näher ich dem Kreuz kam, um so echter, wirklicher wurde es. Schließlich stand ich dicht vor den beiden großen, mit brennenden Glühbirnen bestückten Kreuzbalken auf einem Berg. Unten, nicht weit von dort, glitzerten Tausende von Lichtern. Es war eine Stadt, und sie kam mir riesig vor.

Was für eine Stadt konnte das sein? Das beleuchtete Kreuz besagte nichts; jede an einem Berg gelegene Stadt, die ich kannte, hatte ein Kreuz auf dem Berg. Ich bedauerte, daß ich mich nicht besser in Geographie auskannte und wußte, wo der Mendanha lag. Oder die Mendanha. Ich war wirklich sehr ungebildet.

Das Pferd schlug den Weg bergab zur Stadt ein. Irgendwann mußte ich es laufen lassen, das A auf seiner Flanke konnte mich verraten. Schon wieder steckte ich in der Klemme. Ich konnte nicht zur Polizei gehen und die Geschichte von meiner Entführung erzählen. Niemand würde mir glauben, die Wahrheit war zu absurd. Szene: Herr Kommissar, ich bin von der Bande eines Edelsteinschmugglers entführt worden, der nach dem Pulver von lupenreinen Diamanten süchtig ist. Aha, sagt der Kommissar, nach Diamantenpulver süchtig, interessant, schnupft er oder spritzt er das?

Wie ihm das Pulver verabreicht wird, das weiß ich allerdings nicht, sagte ich. Weiter, erzählen Sie weiter, sagt der Kommissar und gibt den anderen Polizisten, die sich auf der Wache befinden, heimlich ein Zeichen. Einer stellt sich an die Tür und legt die Hand auf den Revolverhalfter an seinem Hosenbund; ein anderer geht zum Fenster und schiebt auffällig eine Patrone in die Kammer eines Sturmgewehrs 44. Die Männer haben mich in einen Keller mit Skorpionen, Hundertfüßern und Krabbenspinnen gesperrt, nicht, daß mir das was ausgemacht hätte, ich bin schon über hundertmal von einer Krabbenspinne gebissen worden, und weil ich da im Keller eingesperrt war, habe ich nicht gesehen, wie die Mörder gekommen sind. Habt ihr das gehört, Jungs, sagt der Kommissar, er ist schon über hundertmal von einer Krabbenspinne gebissen worden. Du Dreckstück, sagt der Polizist mit dem Sturmgewehr und schlägt mir mit dem Gewehrkolben auf den Kopf, du hältst uns wohl für blöd, was? Wir wissen genau, was du hier alles in der Gegend verbrochen hast, sagt der Kommissar, wir werden ihn lebendig unter einem Steinhaufen begraben.

Diese Szene beunruhigte mich. Ich sprang vom Pferd und nahm ihm das Geschirr ab. Dann gab ich dem Pferd einen Kuß auf die Nase. »Geh nach Hause, mein Schecke!« rief ich und gab ihm einen Klaps auf die Kruppe, auf das A. Das Pferd galoppierte los. Ich ergriff das Geschirr und warf es einen Abgrund hinunter. Dann setzte ich mich und wartete, bis es Tag wurde; ich wollte nicht spät abends in so einer Stadt auftauchen. Ein Fremder zu Fuß kann sich nur sehen lassen, wenn gerade ein Bus angekommen ist. Normalerweise kommen die Busse frühmorgens an, auf langen Strekken sind Nachtfahrten ganz üblich, und ich war zwar betäubt gewesen, als ich entführt wurde, aber ich wußte, daß ich sehr lange unterwegs gewesen war.

Es blies ein kalter Wind, obwohl es Sommer war. Ich beugte mich vor und umarmte mich selbst. Mir war kalt, dennoch nickte ich ein wenig ein. Als es hell wurde, wachte ich auf. Eine sehr rote Sonne ging in der Ferne auf und leuchtete auf schwarze Steinberge, die sich endlos weit hinzogen. Der Berg, auf dem ich mich befand, war über und über bedeckt mit großen Felsbrocken unterschiedlicher Größe in merkwürdigen, verschiedenen Formen, manche waren riesengroß, poliert, abgeschliffen, vom Wind geformt. Aus den Felsspalten kroch spärliche, gelbliche Vegetation. Es war ein (reales) Szenarium extremer Dürre. Ein dunkler Erd- und Geröllweg, dessen Länge ich auf fünf Kilometer schätzte, führte hinunter an den Fuß des Berges.

Während ich langsam auf die Stadt zuging, überflutete die Sonne das von steilen Straßen mit dunklem Steinpflaster durchzogene Agglomerat von Kirchen und Häusern im Kolonialstil mit Licht; mit seinem barocken Erscheinungsbild erinnerte der Ort an Ouro Preto, aber diese Stadt in Minas Gerais kannte ich, sie war anders gelegen. Zum Teufel, in welcher Stadt befand ich mich?

Schließlich kam ich unten an. Ich drehte mich um und sah, was für ein Gebirge ich überquert hatte, eine furchterregende, graue Steinmauer. Dann kam ich zu den ersten Häusern, und ein Mann ging an mir vorbei, ohne mich neugierig anzusehen, was mich beruhigte.

Unterwegs fragte ich eine Frau: »Wie heißt diese Straße?«

»Rua do Areião.«

Jede Kleinstadt hat einen Platz mit der Hauptkirche: »Wie komme ich zum Kirchplatz?«

»Zum Kirchplatz ... Also, Sie gehen da lang, biegen in die Rua do Rio Grande ein, dann in die Rua do Burgalhau ... dann ein Stück rauf bis zur Praça Barão de Guaicuí, da biegen Sie in eine schmale Straße ein, die liegt dann so rechter Hand, die gehen Sie rauf, und dann sehen Sie schon die Kirche.«

Ich fühlte mich sehr matt. Das Beste war, mich in einem Hotel einzuquartieren, Liliana anzurufen, mich etwas auszuruhen. Geld hatte ich zwar nicht bei mir, aber Diderots Kreditkarte.

Ich ging die Rua do Burgalhau hinauf mit ihren großen, dunkelgrauen Pflastersteinen, die, wie ich jetzt sah, unregelmäßiges Format hatten. Ich hörte das Brummen eines Motors, das gleiche Geräusch wie von dem Auto, in dem ich mit der Kapuze über den Augen entführt worden war. Erschrokken drehte ich mich um und sah einen schwarzen Kombi mit dunklen Scheiben die steile Straße auf mich zufahren. Das sind sie, die Mörder, weglaufen nützt nichts, dachte ich. Der Wagen kam immer näher. Ich lehnte mich an die Steinmauer eines Hauses. Ergeben breitete ich die Arme aus.

Der Kombi fuhr an mir vorbei. Darin saß ein Mann mit Cowboyhut, der nicht mal zu mir rübersah. Auf dem Nummernschild des Autos stand Turmalina. War das der Name dieser Stadt, Turmalina? Ein sehr merkwürdiger Zufall. Ich setzte meine Wanderung durch die steilen, engen Straßen fort. Drogerie Paratodos, Landessparkasse. Wieder ein Auto, Nummernschild aus Gouveia. Noch ein Auto, Nummernschild aus Datas. Scheiße, Turmalina, Gouveia, Datas, wie hieß denn nun diese verfluchte Stadt? Szene: Ich gehe in das Geschäft Casa Jove und frage, wo bin ich, bitte? Einen Moment, sagt ein junger Mann. Von hinten kommt ein Polizist...

In diesem Augenblick, mitten in meiner quälenden Vorstellung, sah ich einen Polizeiwagen, einen grau-weißen Streifenwagen mit einem roten, blitzförmigen Pfeil auf der Tür und der Aufschrift Funkstreife, langsam die Straße entlangfahren, in der ich mich befand. Mein Herz raste, aber der Wagen fuhr an mir vorbei und verschwand.

Schließlich erreichte ich den Kirchplatz. Ich war noch matter geworden. Jede Stadt hat einen Kirchplatz und ein Hotel Metropol.

Ich hielt eine Frau auf der Straße an. Es ist immer besser, mit Frauen zu sprechen.

»Wo ist das Hotel Metropol?«

»Gehen Sie diese Straße rauf, dann nach links. Dann weiter rauf. Das ist die Rua da Quitanda. Da sehen Sie dann schon das Hotel Metropol.«

Immer bergauf, eine Stadt voller steiler Straßen. In der Rua da Quitanda fuhren mehrere Autos an mir vorbei, auf deren Nummernschild Diamantina stand. Endlich wußte ich, wo ich war: In Minas Gerais, Diamantina, einer Stadt mit barocken Häusern und Steinpflaster. Noch ein Auto mit einem Diamantina-Schild. Ich fühlte mich nicht mehr verloren. Alcobaça hatte seinen Landbesitz bei Diamantina, der Stadt, die ihren Namen ihren reichen Diamantenvorkommen verdankte, die ideale Stadt für einen Mann, der Diamanten aß. Die einzig richtige.

Ich betrat das Hotel Metropol über eine kleine Treppe mit zwei Absätzen. Es hatte einen kleinen Innenhof, darin drei Autos, Kennzeichen von Belo Horizonte, und eine enorme, über und über scharlachrot blühende Bougainvillea.

Den Mittelpunkt des Hotelfoyers beherrschte ein Jüngling aus Holz in einer griechischen Tunika mit erhobenen Händen und einem Farn in einem Sphagnumtopf auf dem Kopf. In den Ecken trugen zwei kleine Holzsäulen mit spiralförmigem Schaft silberne Übertöpfe mit Blumenarrangements. In einer Ecke stand als Untersatz für einen Blumentopf ein Holzständer, der nach einem Kirchenleuchter aussah. Blumen, wo man hinsah. Und Bilder an den Wänden: ein Mann mit einer Holzschale voller Kies, der in einem Fluß nach Diamanten sucht; zwei Männer und eine Frau beim Picknick, ähnlich angeordnet wie auf *Le déjeuner sur l'herbe,* nur war die Frau nicht nackt und die Männer waren nicht in Schwarz; Dächer im Kolonialstil von Diamantina.

Am Empfang erhob sich hinter dem Tresen ein junger Mann, als ich hereinkam.

»Ich möchte ein Zimmer. Akzeptieren Sie Kreditkarten?«

»Ja. Das Zimmer mit Bad?«

»Ja.«

Der junge Mann legte mir ein Anmeldeformular vor. Ich hatte die Kreditkarte in die Tasche gesteckt und wußte nicht, wie Diderot mit vollständigem Namen hieß.

Ich holte die Karte aus der Tasche.

»Soll ich die Kartennummer auch eintragen?« fragte ich, während ich Diderots ganzen Namen las. Diderot de Souza.

»Nein, das ist nicht nötig.«

Ich füllte die Anmeldung aus. Diderot de Souza, brasilianische Staatsangehörigkeit, Lehrer, verheiratet, wohnhaft Rua Barata Ribeiro, 242, ap. 101, Rio de Janeiro. Ich war selbst beeindruckt, mit welcher Schlauheit ich mir ohne mit der Wimper zu zucken diese Daten ausdachte und welche Ruhe ich dabei vortäuschte. Tatsächlich war es für mich ein Leichtes, als Portugiesischlehrer der Oberstufe durchzugehen, und mit Sicherheit würde ich im Hotel keinem Menschen begegnen, der mich mit Fragen zu unserer Sprache in Verlegenheit bringen konnte. Die Rua Barata Ribeiro hatte Hunderte von Wohnhäusern. Verheiratet sein flößte mehr Vertrauen ein. Ein Problem konnte es nur geben, wenn die Kreditkarte auf der schwarzen Liste stand. Aber diese Möglichkeit hielt ich für unwahrscheinlich, Diderot war nicht der Typ, der seine Rechnungen nicht bezahlte.

»Und Ihr Koffer?« fragte er.

»Den habe ich verloren«, sagte ich.

»Verloren?«

»Ja, in Belo Horizonte. Als ich in den anderen Bus umgestiegen bin.«

Ich lieferte dazu eine lange Geschichte, die zum Teil von ihm selbst erzählt wurde. Auf diese Weise erfuhr ich den Namen eines Busunternehmens, das mich nach Belo Horizonte gebracht haben konnte, und den eines anderen, mit dem ich von dort nach Diamantina gefahren war.

»Das Schlimme ist, in dem Koffer war mein ganzes Geld. Könnten Sie mir wohl einen Rasierapparat besorgen?«

»Den bringe ich Ihnen gleich. Ihr Schlüssel. Ihr Zimmer liegt im ersten Stock.«

Ich nahm den Schlüssel. Dann ging ich die ersten Stufen der mit einem roten Läufer ausgelegten Treppe hinauf, die in das Obergeschoß führte.

»Das Frühstück wird nur bis zehn Uhr serviert«, sagte er.

»Ich will nur duschen und mich kurz ausruhen. Wo liegt der Mendanha?«

»Hinter dem Berg, auf dem das Kreuz steht.«

Im Zimmer war kein Telefon. Ich öffnete das Fenster. Von

dort hatte ich einen Blick auf die verwitterten Kolonialdächer der Stadt im morgendlichen Sonnenlicht und auf den Felsberg, über den ich gekommen war, mit dem Kreuz auf seinem Gipfel. Dahinter der Mendanha, das alte Haus mit seinen Toten.

Der Rasierapparat, den der Portier mir brachte, hatte eine fast stumpfe Klinge, so oft war er schon benutzt worden, aber trotzdem gelang es mir, mich zu rasieren. Jetzt sah ich etwas besser aus. Ich duschte und legte mich hin, um mich auszuruhen, wohl wissend, daß ich nicht einschlafen durfte. Je schneller ich von hier verschwand, um so besser. Die Toten in Alcobaças Haus konnten jeden Augenblick entdeckt werden, und dann würde die Polizei sich garantiert für Leute wie mich interessieren. Nach dem Frühstück wollte ich mich darum kümmern, mir auf irgendeine Weise eine Busfahrkarte nach Belo Horizonte zu beschaffen.

Ich träume von einem senkrechten Tunnel, einer Art Schornstein, in dem ich langsam hinabschwebe, sozusagen in umgekehrter Levitation. Der Tunnel besteht gänzlich aus schwarzem Gestein, aber die in ihm steckenden Diamanten leuchten mir glitzernd den Weg, je weiter ich hinuntersinke. Ich sehe die Diamanten, denke ich im Traum. Das geht mir so nahe, daß ich aufwache.

Wie viele Stunden hatte ich geschlafen? Ich stand erschrocken auf und öffnete das Fenster. Schon etwas beruhigter sah ich, daß die alten Dächer noch vom gleichen morgendlichen Sonnenlicht beschienen wurden. Bestimmt war es noch nicht zehn Uhr. Ich hatte wohl höchstens eine Stunde geschlafen. Und dennoch fühlte ich mich von dem kurzen Schläfchen vollkommen ausgeruht. Ich hatte Hunger.

Ich ging nach unten in den Raum, in dem das Frühstück serviert wurde.

Im Frühstücksraum waren noch mehr Blumen als im Hotelfoyer. Man konnte sogar ihren starken Duft riechen.

Im ganzen Raum saß nur an einem Tisch ein Mann.

Der Frühstückstisch war aufwendig gedeckt. Das Geschirr schien aus Silber zu sein. Es gab Brötchen, Kekse, Marmeladen, Zwieback, Käse und Schinken. Ein Glas mit rotem Saft, von roter Bete. Und in der Mitte ein Blumenarrangement. Blumen überall. Anthurien, Rhododendron, Kallablüten, Dahlien, Chrysanthemen, Margeriten.

Ein Mann kam zu mir.

»Mein Name ist Odilon. Ich bin der Besitzer des Hotels. Darf ich mich setzen?«

Er setzte sich.

»Ich habe auf Ihrer Anmeldung gesehen, daß Sie Lehrer sind.«

»Ja. Ich unterrichte Portugiesisch. Und Geschichte. Hier in Diamantina bin ich zu einer historischen Untersuchung. Ich mache Urlaub vom Portugiesischen.«

Der Mann, der am Nachbartisch frühstückte, stand auf und kam näher.

»Komm, setz dich her, Gaspar, nicht weglaufen«, sagte Odilon.

»Wann sind Sie in Diamantina angekommen?« fragte Gaspar, während er sich an unseren Tisch setzte.

»Heute früh«, sagte ich.

»Nein, gestern«, sagte Odilon.

»Heute«, sagte ich.

»Gestern . . . Sie haben vierundzwanzig Stunden geschlafen. João, der junge Mann am Empfang, hat gesagt, Sie sind gestern morgen um halb neun aufs Zimmer gegangen und erst heute runtergekommen.«

Ich fühlte, wie mir das Blut aus dem Gesicht wich.

»Was ist?« fragte Gaspar.

»Ich hätte nicht so lange schlafen dürfen.«

»Warum nicht?«

»Ich mußte einen Anruf nach Rio tätigen. Ich habe kein Geld bei mir. Der junge Mann hat Ihnen doch bestimmt erzählt, daß ich meinen Koffer verloren habe und . . .«

»Ja, das hat João erzählt. Geld in einen Koffer zu stecken! Was haben Sie sich bloß dabei gedacht?« sagte Odilon.

»Ja, eben, jetzt will ich sehen, daß man mir Geld schickt.«

»Dann mal los, rufen Sie an.«

Ich mußte vom Empfang aus telefonieren. João hinter dem Tresen lächelte mir zu. Ich wählte Lilianas Nummer direkt, als R-Gespräch.

»Nennen Sie Ihren Namen und den Ort, wo Sie sich befinden«, ertönte es von einem Band.

»Diderot, aus Diamantina«, sagte ich. Ich mußte den Namen nennen, unter dem ich im Hotel gemeldet war, weil João zuhörte.

Ich wartete eine Weile. Dann hörte ich Lilianas Stimme. »Wer?« Dann das Geräusch des Hörers, der aufgelegt wird. Klar, Liliana kannte keinen Diderot.

»Da meldet sich niemand«, sagte ich zu João. »Ich versuche es später noch mal.« Ich sah mich um. Nebenan war ein Raum mit einem Fernsehapparat, zwei Sofas und ein paar Sesseln.

»Nehmen Sie das Mittagessen im Hotel ein?«

»Ja«, antwortete ich. »Wo ist der Busbahnhof?«

»Das wissen Sie nicht?«

»Ach ja, doch, ich weiß nicht, wo ich mit meinen Gedanken bin, ha, ha! Wo ich gestern angekommen bin, natürlich, ha, ha!«

Sollte der junge Mann Verdacht geschöpft haben? Oder sah er mich nur so an, weil er mich für einen Trottel hielt?

Ich verließ das Hotel.

Nachdem ich eine Weile gegangen war, fragte ich eine Frau, die mir entgegen kam, nach dem Busbahnhof.

»Gehen Sie hier runter, dann in die Rua das Mercês und dann immer bergauf«, sagte sie. Diese Stadt war nicht dazu geeignet, von einem entkräfteten Mann besichtigt zu werden.

Ich befolgte die Anweisung der Frau. Schließlich gelangte ich zum Busbahnhof, einer Haltestelle mit ein paar Bänken, einem Zeitungskiosk und einem Schalter.

»Akzeptieren Sie Kreditkarten?« fragte ich.

»Was?«

»Ob Sie Kreditkarten akzeptieren?«

»Wofür?«

»Zum Bezahlen einer Fahrkarte.«

»Zum Bezahlen einer Fahrkarte?«

Ich zeigte ihm die Kreditkarte. Er streckte die Hand aus. Ich schob die Karte unter dem Schalter durch. Er nahm sie und starrte drauf.

»Einen Moment«, sagte er und erhob sich von seinem Stuhl.

Kurz darauf kam er mit der Kreditkarte in der Hand zurück. Er lächelte, zwischen seinen nikotingelben Schneidezähnen wurde ein Kariesloch sichtbar.

»Nein, die nehmen wir nicht«, sagte er.

Ich ging einen anderen Weg zurück, über die Rua Francisco Sá, die einen Bogen machte und mich in die Travessa A. Nelson in der Nähe der Rua da Quitanda führte. Wie konnte ich nur aus dieser verfluchten Stadt wegkommen? Ich mußte hier raus, und zwar schnell. Sollte ich betteln? Stehlen? Odilon anpumpen. Als ich mich im Spiegel einer Apotheke erblickte, blieb ich stehen. Ich sah vollkommen zerknittert aus, mein Hemd war zerrissen. Ich stellte mir vor, wie Oscar Wilde ruiniert und zerlumpt auf einer Straße in Paris die Opernsängerin Nellie Melba trifft und sagt: »Madame Melba, wissen Sie nicht, wer ich bin? Ich bin der berühmte Schriftsteller, und ich werde Ihnen etwas Entsetzliches erzählen ...« Nein, meine Physiognomie sah nicht nach einem Bettler aus, eher nach einem Mörder. Dann lieber jemanden überfallen, um das Geld für die Busfahrt zu beschaffen.

Ich ging die Rua da Quitanda in Richtung Hotel hinauf und überlegte, welche Stelle sich wohl am besten für den Überfall eignete. Ich entschied mich für eine enge Gasse, in Richtung Hotel linker Hand, in der sich ein paar Winkel als Versteck anboten. Ich hatte einen ruchlosen Plan, aber ich würde es nicht fertigbringen, ihn in die Tat umzusetzen. Die Alternative war, zu einem Zeitpunkt, wenn niemand am Empfang war, bei Liliana anzurufen. Auf keinen Fall betteln.

Ich blieb an einem Geschäft stehen, das Kreditkarten akzeptierte, und kaufte Jeans, zwei Unterhosen, zwei Hemden und eine Uhr, die nicht viel taugte, und feilschte kleinlich mit dem Mineiro, der mich bediente, damit er nicht auf den Verdacht kam, meine Kreditkarte sei gestohlen. Ich bat um eine Quittung. Das tat ich in der Absicht, ihm später den Betrag zu erstatten, aber der Dussel wollte mir keine Quittung geben und sagte, er habe mir schon einen großen Preisnachlaß für die Ware gewährt.

»Diderot? Das ist aber ein komischer Name«, sagte er.

»Das war ein Philosoph«, sagte ich.

»So wie Sokrates?«

»So ungefähr. Allerdings war er Franzose. Mit Vornamen hieß er Denis.«

»Denis ist hübscher, nicht?«

»Das finde ich auch.«

»Warum hat Ihr Vater Sie nicht Denis getauft?«

Der Mann wollte reden. Ich redete mit ihm, solange er wollte. Ich erzählte meine Geschichte des Lehrers, der seinen Koffer verloren hatte usw.

Es war elf Uhr vormittags. Ich ging ins Hotel, nach oben auf mein Zimmer, duschte und zog mich um. Ich war hungrig. Ich ging nach unten, aber der Speisesaal war geschlossen, das Mittagessen wurde ab zwölf Uhr serviert. Ich ging in den Fernsehraum neben dem Empfang.

Der Fernsehapparat lief. Im Raum saßen drei Männer. Ich setzte mich mißgelaunt und frustriert. Plötzlich spürte ich, daß mich jemand ansah. Im Raum waren drei Männer, aber keiner von ihnen sah zu mir (auch nicht auf den Fernsehapparat), sie starrten alle auf eine brünette Frau mit übergeschlagenen Beinen. Und die Frau sah zu mir. Sie rauchte eine Zigarette, mehr sah ich nicht, denn gleich darauf wich ich ihrem Blick aus.

Der junge Mann vom Empfang kam in den Raum und sagte, das Mittagessen werde serviert.

Ich stand auf und ging mit gesenktem Blick zu der Treppe, die zum Restaurant führte.

Ich setzte mich an einen der Tische, die genauso sorgfältig

dekoriert waren wie zum Frühstück. Eine Gestalt blieb neben mir stehen. Ich hob den Blick.

Es war die Frau. Ich merkte, daß sie sehr groß war.

»Darf ich hier Platz nehmen?«

»Selbstverständlich«, sagte ich, stand auf und zog ihr den Stuhl zurecht.

Sie setzte sich.

»Ich war im Fernsehraum, da haben mich diese drei unangenehmen Männer angestarrt, und dann kamen Sie herein. Ich habe gleich gesehen, daß Sie ein empfindsamer und trauriger Mensch sind. Das hat mir ins Herz geschnitten. Was für ein Unterschied zu den anderen.«

In diesem Augenblick betraten die Männer, die im Fernsehraum gewesen waren, den Speisesaal. Sie reagierten verblüfft, als sie die Frau mit mir an einem Tisch sahen. Sie warfen uns boshafte Blicke zu. Die Männer wirkten aggressiv. Sollten es die Mörder vom Alten Haus sein?

»Die Sorte kenne ich«, sagte die Frau, hinter den Männern herblickend, nachdem sie vorbeigegangen waren, »Sie ahnen ja nicht, wie gut ich die kenne. Woher sind Sie?«

»Aus Rio.«

»Ich heiße Dália. Ich bin aus Curvelo.« Pause. Ironisch: »Dem Herzen von Minas.«

Odilon erschien in der Tür des Speisesaals. Er lächelte Dália zu, sagte etwas zum Kellner und eilte an unseren Tisch.

»Ihr habt euch schon kennengelernt? Sehr schön, das trifft sich sehr gut.«

»Wir haben uns in diesem Augenblick kennengelernt«, sagte ich.

»Wissen Sie, was diese Kleine schon mal war?«

»Hör auf damit, Odilon.«

»Miss Curvelo war sie. Und Miss Minas Gerais ist sie nur deshalb nicht geworden, weil sie's nicht wollte. Oder vielmehr wegen diesem hundsverdammten Kerl.«

»Laß uns das Thema wechseln«, bat Dália.

»Ist gut. Aber sei mir nicht böse, eine so schöne Frau wie du darf nie böse werden. Wissen Sie, was ich an ihr so mag?

Wie sie sich pflegt, Dália ist immer elegant, immer duftet sie.« Er reckte die Nase vor und roch an Dália. »Hm ... Wissen Sie, so bin ich auch. Vorm Schlafengehen, zum Beispiel, da ziehe ich mich an wie zu einem Fest. Ich ziehe einen Seidenpyjama an – es kann auch Satin sein, je nach Bettwäsche, mein Pyjama paßt immer zur Bettwäsche –, bürste mir die Haare, parfümiere mich, und dann lege ich mich hin und rekele mich, und an den Tagen, wo ich Pediküre mache, reibe ich die Füße aneinander ... ach, das ist so schön. Ich hab' mich zu gern. Ich liebe mich selbst.«

»Warum reiben Sie Ihre Füße aneinander?«

»Wenn ich Pediküre mache, werden die Füße ganz weich, das ist zu schön, einen weichen Fuß am andern zu reiben ...«

Ein Mann in Anzug und Krawatte erschien in der Tür des Speisesaals. Er sah sich der Reihe nach die Personen an den Tischen an und kam langsam herein.

»Herr Kommissar, welch eine Freude, wollen Sie mit uns zusammen zu Mittag speisen?«

Der Kommissar antwortete nicht. Er setzte sich und sah mich an.

»Das ist Senhor Diderot, Lehrer aus Rio, er betreibt historische Studien in unserer Stadt. Und Dália kennen Sie ja.«

»Ich möchte die Anmeldeformulare der Männer da sehen«, sagte der Kommissar leise und hart und wies auf die Typen, die vorher im Fernsehraum gewesen waren. »Sofort.«

Odilon stand mit indignierter Miene auf. Der Tonfall des Kommissars schien ihm nicht gefallen zu haben.

Der Kommissar ging hinter ihm her.

»Ist Ihnen nicht gut?« fragte mich die Ex-Miss Curvelo.

»Doch. Aber ich bin nicht gut beieinander. Ich habe meinen Koffer verloren.«

»Ich weiß, wann ein Mensch leidet«, sagte Dália. »Das habe ich auch durchgemacht. Ich mache es gerade durch.«

Ich bestellte beim Kellner Okraschoten mit Hähnchen,

das neben anderen Gerichten auf der Speisekarte stand. Dália entschied sich für Schweinekotelett mit Bohnenpüree, geröstetem Maniokmehl und Minaskohl.

Vielleicht hatte Dália mir etwas angesehen, aber aufpassen mußte ich beim Kommissar, nicht bei ihr. Dália war nicht an mir interessiert. Sie hatte mit ihren eigenen Problemen zu tun und wollte nur jemanden haben, der sich ihre Lebensbeichte anhörte.

Ich stellte die Frage, die sie hören wollte: »Und worum geht's?«

»Ach, darüber will ich lieber nicht sprechen.« Und dann fing sie mit ihrer Geschichte an. In weniger als zwei Minuten wußte ich alles. Die Ex-Miss Curvelo war die Geliebte des reichsten Mannes der Stadt, der verheiratet war. Die Frau hatte es rausgekriegt – ein blöder Zettel, in der Tasche vergessen – und ihren Mann gezwungen, die Beziehung abzubrechen.

»Das hätte ich von ihm nicht erwartet«, sagte Dália, den Tränen nahe. »Du bist zwei Jahre mit einem Mann zusammen, und auf einmal entdeckst du, was er ist: eine Ratte. Er braucht ihr Geld nicht, warum trennt er sich dann nicht von dieser Kuh?«

»Tja«, sagte ich.

»Ich hätte Miss Minas Gerais werden können, aber er hat es nicht erlaubt. Ich war die aussichtsreichste Kandidatin. Fragen Sie, wen Sie wollen, in Curvelo, Belo Horizonte, Juiz de Fora. Das Mädchen aus Belo war ganz hübsch, aber, Bescheidenheit beiseite, verglichen mit mir war sie ein Äffchen neben einer Pantherin. So haben sie mich auch genannt: die Pantherin aus Minas. Den Spitznamen habe ich, seit ich den Wettbewerb Miss Sommer in Rio gewonnen habe.«

Nachdem sie sich jetzt etwas erleichtert hatte, fing Dália an, mit Appetit zu essen. Sie schnitt einen Happen vom Kotelett ab, nahm dazu ein bißchen Bohnenbrei, eine Prise Maniokmehl, ein Häufchen Kohl, anscheinend immer genau die gleiche Menge, und schob es in den Mund. Sie kaute kräftig. Ihre Zähne waren groß.

»Nach der Wahl zur Miss Minas wäre ich spielend Miss Brasilien geworden. Es waren nur noch zwei Tage bis zur Wahl, und die ganze Presse war hinter mir her, das Fernsehen wollte mich zum Showgirl machen, Radio, Illustrierte, alle redeten nur von mir, und da wurde er eifersüchtig und hat mich gezwungen, zurückzutreten. Wäre ich Miss Minas geworden, dann hätte ich jetzt schon eine Künstlerlaufbahn angefangen, mindestens Model wäre ich, aber nein, er hat's nicht erlaubt, ich sollte mich unterwerfen, abhängig sein. Ich hab' mich ihm geopfert, und das ist der Lohn dafür.«

Odilon kam an den Tisch zurück.

»Habt ihr gesehen, so ein ungehobelter Mann. Nur weil er Kommissar ist, glaubt er, er könnte andere grob behandeln. Am liebsten hätte ich geweint, aber ich habe mich beherrscht. Stell dir vor: wegen einem schlecht erzogenen Polizisten weinen. Ich weine nur aus Liebe. Und wenn ich weine, meine Liebe, dann schießen mir die Tränen mit solcher Kraft raus, daß sie bis zur Wand spritzen.«

»Ich weine auch so«, sagte Dália, »dicke Tropfen, die weit wegspritzen.«

»Und Sie?« fragte Odilon.

»Ich weine nie«, antwortete ich.

»Sie wissen nicht, was Ihnen entgeht, nicht wahr, Dália? Weinen tut gut, es erleichtert.«

»Was wollte der Kommissar?«

»Ich weiß nicht, ob ich's erzählen soll... Er hat mich gebeten, keinem Menschen was zu sagen, bevor er die Verdächtigen vernommen hat.«

»Verdächtige?!«

»Sie brauchen nicht nervös zu werden. Nachdem er festgestellt hat, daß Sie Lehrer aus Rio sind, hat der Kommissar das Interesse an Ihnen verloren. Er glaubt, daß die Mörder Edelsteindiebe sind.«

»Mörder?« fragte Dália.

»Oh! Mein Gott, ich sollte doch nichts erzählen.«

»Wie hat der Kommissar denn festgestellt, daß ich Lehrer aus Rio bin?«

»Ich habe gesagt, daß ich Sie schon lange kenne, daß Sie immer zu Ihren Studien nach Diamantina kommen. Sie sehen nicht nach einem Mörder aus, und ich wollte Ihnen diesen Flegel vom Hals halten.«

»Mörder?« fragte Dália noch einmal.

»Du Plappermaul«, sagte Odilon und klopfte sich dreimal selbst auf den Mund.

»Ist jemand umgekommen?« fragte ich mit möglichst desinteressiert klingender Stimme.

»Versprecht mir, daß ihr es niemandem weitererzählt.«

»Los, Odilon, erzähl schon.«

»Wenn ihr mich so drängt... Da hinten, in der Gegend von Mendanha, das zum Bezirk von Diamantina gehört, hat es auf einem Besitz, der Sítio Velho heißt, ein Blutbad gegeben, fünf Männer haben sie umgebracht. So was ist hier in der Gegend schon seit Jahren nicht mehr vorgekommen.«

Odilon erzählte alles, was der Kommissar ihm gesagt hatte, und das war nicht viel.

»Ich glaube, die Leute, die diese Gemeinheit begangen haben, sind längst über alle Berge. Aber der Kommissar glaubt das nicht.«

Ich versuchte zu essen, konnte aber nicht. Ich tat, als nähme ich eine Gabelvoll in den Mund.

»Schmeckt Ihnen das Hähnchen mit Okraschoten nicht«? fragte Odilon.

»Doch, aber ich habe starke Kopfschmerzen«, sagte ich.

»Ich habe ein gutes Mittel gegen Kopfschmerzen«, sagte Dália.

»Danke, ich habe Schmerztabletten auf meinem Zimmer. Wenn ich mich etwas hinlege, geht es vorüber.«

Ich legte mich in Kleidern aufs Bett. Ich hatte einen solchen Druck auf der Seele, eine solche Unruhe, daß es mir fast die Luft nahm. Und wenn sie nun Diderot identifizierten? Dann würden sie bald auf mich stoßen. Der Name war nicht sehr gewöhnlich, nicht mal in Frankreich. Weg, ich mußte weg: Babel wartete auf mich!

Ich schlief ein.

Ich träume: Lichterloh brennend, in Blut versinkend, auf dem Rosenblütenblätter in überraschendem, lilarotem Morgenlicht schaukeln, sagt sie (wer?) zu mir: »Feuer ist besser als Schimmel.« »Warte«, schreie ich, »laß dich nicht ganz verzehren, ehe du nicht meine Antwort hast.«

6

Ich fuhr aus dem Schlaf hoch, weil es an der Tür klopfte.

»Wer ist da?« fragte ich.

»Dália.«

Ich machte die Tür auf. Sie hatte sich umgezogen.

»Geht's besser?«

»Ja, danke.«

»Wollen Sie nicht eine kleine Runde drehen? Die Stadt ist abends auch sehr schön. Deshalb gibt es hier so viele Bummler, so viele Nachtschwärmer.«

Ich zögerte.

»Ich warte unten«, sagte sie.

Sie hatte wohl gemerkt, daß ich gerade erst aufgewacht war und nahm an, ich wollte mich zum Ausgehen zurechtmachen. Was zurechtmachen? »Gehen wir«, sagte ich, nahm den Zimmerschlüssel und zog die Tür zu.

Während wir die Treppe mit dem roten Läufer hinuntergingen, dachte ich, Madame Dália, wissen Sie nicht, wer ich bin? Ich bin Diderot, und ich werde etwas Entsetzliches tun – Sie um Geld bitten.

»Wenn ich nervös werde, bekomme ich fürchterlichen Hunger«, sagte Dália. »Dann denke ich nur an Essen. Dieser Mistkerl schafft es noch, daß ich fett werde. Geht's Ihnen auch so?«

»Wie?«

»Daß Sie von Sorgen und Kummer Hunger kriegen?«

»Im Gegenteil.«

»Dann haben Sie jetzt Sorgen und Kummer.«

»So ungefähr.«

»Hätten Sie was dagegen, mich zum Abendessen zu begleiten?«

»Natürlich nicht. Es ist mir eine Freude.« Madame Dália, wissen Sie nicht, wer ich bin? Ich bin Diderot, und ich werde etwas Entsetzliches tun – Sie um Geld bitten. Darauf kaute ich herum, während wir die Straße entlanggingen und Dálias Absätze laut auf den Pflastersteinen klapperten.

Es war fast niemand unterwegs. Die Bummler, von denen Dália gesprochen hatte, saßen wahrscheinlich zu Hause vor dem Fernseher.

Das Restaurant befand sich in einer Straße in der Nähe, im Beco do Mota. Wir stiegen eine Treppe hinauf, wobei uns ein schwarzer Kellner vom oberen Absatz beobachtete. Der Speiseraum war leer.

Die Küche aus Minas ist etwas für Leute mit großem Hunger. Dália studierte die Speisekarte. Schließlich zog sie Huhn in Blutsoße oder Maniokbrei mit Jamswurzel und Griebenspeck in die engere Wahl. Wir bestellten Huhn in Blutsoße. Ich war ausgehungert.

Bevor das Essen serviert wurde, trank Dália zwei Gläser Zuckerrohrschnaps.

»Ich bin so nervös, daß ich mich beherrschen muß, um nicht auch noch den Maniokbrei mit Grieben zu bestellen. Da sehen Sie mal, was dieser Mistkerl mit mir macht. Ich habe fünfzig Zentimeter Taillenumfang und wiege sechzig Kilo, was für eine Frau von einem Meter achtzig sehr gut ist. Aber in einem Jahr bin ich eine Kugel! Alles wegen diesem Mistkerl.«

Während Dália das sagte, nahm sie die Hähnchenkeule in die Hand, um die dunkle Blutsoße aus den Knorpeln auszulutschen, die sie nicht mit Messer und Gabel hatte ablösen können. Dann füllte sie sich den Mund mit einer Gabelvoll soßendurchtränktem, dunkel blutbraunem Reis. Ich mußte an die deutschen Frauen denken, die am Würstchenstand in Berlin gegessen hatten. War Dálias arglose Ungezwungenheit Mangel an Schamhaftigkeit oder spielte sie eine Szene?

»Odilon und ich sind sehr gute Freunde, obwohl wir uns erst seit relativ kurzer Zeit kennen, seit meiner Wahl zur Miss Curvelo. Er kam am Tag der Wahl nach Curvelo, man machte uns bekannt, und auf einmal entdeckten wir, daß er genauso wie ich schreckliche Hindernisse überwinden mußte, um es zu etwas zu bringen. Er hat mit zwölf Jahren angefangen zu arbeiten, als einfacher Arbeiter in einer Stofffabrik, wo er es bis zum Geschäftsführer gebracht hat. Ich hab's noch schwerer gehabt als er. Odilon hatte seine Mutter, die er ihr Leben lang vergöttert hat. Ich war Vollwaise. Sie wissen bestimmt nicht, als was ich gearbeitet habe. Bestimmt nicht.«

»Als Arbeiterin.«

»Schön wär's, wenn ich Arbeiterin gewesen wär. Na los, versuchen Sie, es rauszukriegen.«

Während ich nachdachte, wischte Dália ihren Teller mit einem Stück Brot ab. Er wurde so sauber wie von einer Katze abgeleckt. Dália interessierte mich nicht. Mein einziger Wunsch war, nach Rio zu kommen, mich zu Gurian zu setzen und zuzuhören, wie der Alte mir Babels Roman vorlas.

»Geben Sie auf?«

»Bei der Müllabfuhr?«

»Schlimmer. Wissen Sie, was ich mir zum Nachtisch bestelle? Papayaraspelkompott. Haben Sie das schon mal gegessen?«

»Schlimmer als bei der Müllabfuhr?«

»Als Sie hergekommen sind, hat Ihr Bus an der Churrascaria Caverna de Maquiné gehalten, stimmt's?«

»Das weiß ich nicht mehr ...«

»Natürlich hat er da gehalten. Das ist vorgeschrieben. Kurz vor der Abfahrt nach Cordisburgo.«

»Ach ja, jetzt weiß ich's wieder ...«

»Sind Sie zur Toilette gegangen?«

»Ah ... nein.«

»Da gibt es eine Herrentoilette und eine Damentoilette. Ich war für die Damentoilette zuständig. Ich war zehn Jahre alt. Aber einen Lohn bekam ich nicht. Ich lebte vom Trinkgeld, den paar Münzen, die die Pinklerinnen mir gaben. Wenn ein Bus hielt, lief ich in die Toilette und setzte mich mit einer Schachtel mit ein paar Münzen an die Tür, damit die Leute sich vielleicht erbarmten, sie mußten nämlich nicht bezahlen, nur wer wollte, gab was. Vor lauter Uringeruch hab' ich meinen eigenen Geruchssinn verloren, verstehen Sie? Entschuldigen Sie, wenn ich das beim Essen am Tisch erzähle, aber je mehr ich die Toilette geputzt habe, um so mehr hat sie gestunken. Eines Tages hat sie dann nicht mehr gestunken – für meine Nase.«

Wir bestellten Papayaraspelkompott mit Minaskäse.

»Und wie sind Sie aus der Toilette weggekommen?«

»Eine Dame hier aus Diamantina, der ich gefallen hab', hat mich als Kindermädchen für ihre Kinder zu sich genommen. Das war die nächste Tortur. Sie schlug mich wegen jeder Kleinigkeit, wenn ich ohne zu fragen einen Keks gegessen hab', und wenn ich gefragt hab', hat sie mir keinen gegeben, wenn ich eine Brause getrunken hab', wenn ich lachte, warum lachst du, Mädchen?, wenn ich weinte, warum weinst du, Mädchen? – und dann setzte es was, sie schlug mich mit der Handklatsche auf die Hände, einer alten Handklatsche, bestimmt noch aus der Zeit, als die Stadt gegründet wurde, damit hat man die entlaufenen Neger geschlagen. Und ich bin dann auch zu einer entlaufenen Negerin geworden. Und die Handklatsche hab' ich mitgenommen, nur um sie zu ärgern. Ich hab' sie heute noch. Wenn ich mal durchhänge, nehm ich die Handklatsche und schlag mir damit selbst auf die Hand. Ich bin zu Fuß nach Curvelo gegangen, einen Tag und eine Nacht war ich unterwegs. Da hab' ich dann eine Stelle als Packhilfe in einem Supermarkt gekriegt.« Sie machte eine Pause. »Sie haben mich so merkwürdig angesehen, als ich gegessen habe. Was war?«

»Essen ist eine verdeckte Handlung. Aber für Sie nicht. Sie genieren sich nicht beim Essen.«

»Warum sollte ich mich beim Essen genieren?«

»Die Theorie ist auch nicht besonders gut fundiert.«

»Ich geniere mich wegen nichts. Wissen Sie, daß ich Hure

war, bevor ich Miss wurde? Aber nicht irgendeine, ich hab's sogar mit Gouverneuren und Ministern gemacht. Damals hab' ich in Belo Horizonte gewohnt. Als ich viel Geld verdient hatte, bin ich nach Curvelo zurückgekommen.«

»Der Besuch der alten Dame.« Eine Geschichte von Dürrenmatt, die Bernhard Wicki verdorben hat.

»So alt war ich gar nicht. Ich bin dreißig.«

»Ich hab' nur Spaß gemacht.«

»In Curvelo hab' ich nicht mehr angeschafft. Da hab' ich eine Boutique aufgemacht, nur mit Sachen aus Rio oder importierte Ware aus Paris, New York ... Ich diktierte die Mode in Curvelo ... Die dicken, stummeligen, krampfaderigen Matronen der Stadt kamen fast um vor Neid. Und vor Wut, weil ihre lieben Männer wie die Butter in der Sonne dahinschmolzen, wenn sie mich sahen. Ich ließ mich mit keinem näher ein, ich führte ein seriöses Leben, ging nie aus. Die Männer waren alle verzweifelt, selbst der Pater verliebte sich in mich und wollte sich umbringen, weil ich es nicht mit ihm machen wollte. Damals habe ich mich zu den ersten Schönheitswettbewerben angemeldet. Der Haß der Frauen wurde immer größer, aber sie trauten sich nicht, gegen mich anzugehen, nicht mal, mir in die Augen zu sehen. Ich wurde zur Miss Curvelo gewählt. Dann lernte ich diesen Hund kennen. Den Rest wissen Sie schon.«

»Daraus könnte man einen Film machen«, sagte ich.

»Ich weiß«, sagte sie.

Dália trank noch einen Schnaps.

»Ich mußte alles machen – falls Sie verstehen, was ich damit meine ... Túlio rührte sich nicht, wie ein Pascha, und ich mußte mich anstrengen, damit er seinen Spaß hatte ... Dieses Schwein. Ich bin ihm so treu gewesen wie niemand sonst, solange ich mit ihm zusammen war, hab' ich's mit keinem andren gemacht, auch nicht mit dem Pater! Und sein Geld gehörte nicht mal ihm, sondern seinem Vater ... Aber ich brauche Túlios Geld nicht, ich hab' eine Menge auf die hohe Kante gelegt, Aktien, Dollar, Sparbuch, ein ganzes Mietshaus in Belo.« Sie machte eine Pause. Der Schnaps begann seine Wirkung zu tun. Sie umklammerte meinen Arm: »Komm, nimm mich mit ins Hotel und bums mich.«

Madame Dália, Sie kennen mich nicht? Ich bin ... Diderot, und ich werde Ihnen etwas Entsetzliches sagen – Sie um Geld bitten.

»Worauf wartest du? Manche Leute würden ihr Leben dafür geben, wenn sie mich bumsen dürften.«

Madame Dália, Sie kennen mich nicht, ich bin nicht Diderot und ich werde Ihnen etwas Entsetzliches sagen, Sie um Geld bitten.

Wir gingen, sie hakte sich bei mir unter und stützte sich auf mich.

Als wir ins Hotel kamen, standen Odilon und Gaspar am Empfang und flüsterten, wie zwei, die unter einer Decke stecken.

»Aha ... unser Herr Lehrer hat angebissen ... Wie war das noch, Gasparito, was der Mann von Elizabeth Taylor über die Schönheit der Frauen von Diamantina gesagt hat?«

»Das war nicht der Mann der Schauspielerin«, sagte Gaspar ruhig. »Der hieß nur genauso, ein Reisender, der unsere Stadt im letzten Jahrhundert besucht hat. Er sagte, die Männer seien die offensten« (in diesem Augenblick sah Gaspar Odilon in die Augen, und beide lächelten) »und die Frauen die schönsten und liebenswürdigsten, die er in ganz Brasilien getroffen habe.«

Madame Dália, ich werde Ihnen etwas Entsetzliches sagen.

»Odilon, sag João, er soll mir eine Flasche Wein auf mein Zimmer bringen«, sagte Dália.

Wir gingen die Treppe mit dem roten Läufer hinauf. Ich hörte Gaspar und Odilon kichernd hinter unserem Rücken flüstern.

Madame Dália, ich werde Ihnen etwas Entsetzliches sagen, Sie um Geld bitten, und ich würde das gern erst sagen, nachdem ich Sie vernascht habe, aber ich bin so müde, daß ich Angst habe, mich so zu blamieren wie der arme Pasqualino in Lina Wertmüllers Film, der es nicht schafft, Shirley Stoler zu vernaschen.

Vom Zimmerfenster aus sah man den angestrahlten Turm der Hauptkirche.

»Wenn ich überhaupt einen Menschen verabscheue«, sagte Dália und zog sich aus, »abgesehen von diesem Mistkerl Túlio, dann einen ehemaligen Bischof von Diamantina, Dom Joaquim. Er hat die alte Kirche abreißen lassen, wunderschön war sie, ich hab' Fotos gesehen, und das scheußliche Ding da gebaut.«

Dália war nackt.

»Ist meine Nase jetzt nicht kleiner?« fragte sie. »Wenn ich wütend werde, wird meine Nase kleiner, ich merke, wie es auf die Nasenflügel drückt und wie sie sich zusammenzieht. Wenn du mal siehst, daß meine Nase ganz klein geworden ist, dann nimm dich vor mir in acht!«

Ihr Körper war hübsch, bei seinem Anblick zuckte es in meinem Innern. Es würde nicht schwierig werden, meine Libido zu handhaben.

Es klopfte an der Tür.

»Geh du hin«, sagte Dália und versteckte sich im Badezimmer.

Odilon brachte eine Flasche Weißwein mit zwei Gläsern.

»Das geht auf Rechnung des Hauses«, sagte er. »Einen kleinen Rat: Trinken Sie nicht viel, lassen Sie sie trinken. Frauen funktionieren besser, wenn sie betrunken sind, bei Männern wird's schwieriger. Glauben Sie mir, ich weiß, wovon ich rede.«

Er schloß taktvoll die Tür.

Ich klopfte an die Badezimmertür.

»Mochtest du wirklich die alte Kirche lieber?« fragte ich, als Dália herauskam.

»Mich ärgert, daß sie die alte Kirche abgerissen haben. Dom Joaquim hätte ja eine neue Kirche zu seinem Ruhm bauen lassen können, aber wozu die alte abreißen?«

Was sie da sagte, löste bei mir eine gewisse Begierde aus. Mein Glück war, daß ich Menschen mochte.

Dália schenkte in beide Gläser Wein ein. Sie leerte ihr Glas in einem Zug. Ich feuchtete meine Lippen an.

»Leg dich da hin«, sagte sie.

Sie war vom Alkohol überdreht, und außerdem rächte sie sich. Hin und wieder machte Dália eine Pause, um zu trinken. Die Flasche leerte sich. Dálias Glut steigerte sich immer mehr, und ich fing an, Theater zu spielen, schließlich hatte ich riesige Probleme, die ich lösen mußte, ich hatte in letzter Zeit große körperliche Entbehrungen durchgemacht und war erschöpft. Und Babel wartete auf mich!

»Ich muß dir etwas sehr Ernstes sagen.«

»Mitten beim Bumsen?« fragte sie.

»Wir sind nicht mittendrin. Eher schon fast am Schluß.«

»Für mich sind wir mittendrin«, sagte sie.

»Aber es ist etwas sehr Ernstes.«

»Auf Leben und Tod?«

»Auf Tod.«

»Na gut. Aber erst geh' ich ins Badezimmer.«

Ein Hahn krähte mitten in der Nacht. Was bedeutet das? dachte ich.

Dália kam in einem weißen, an den Seiten geschlitzten Seidennachthemd aus dem Badezimmer. Sie legte sich neben mich aufs Bett.

»Ich heiße nicht Diderot«, fing ich an. Dann erzählte ich komprimiert die Geschichte meiner Entführung, ohne jedoch etwas von den Edelsteinen zu sagen – ich behauptete, nicht zu wissen, was der Grund für das alles war –, und daß meine Entführer von Unbekannten umgebracht worden waren.

»Daraus könnte man einen Film machen«, sagte sie.

»Und jetzt werde ich dir etwas Entsetzliches sagen.«

»Dann los.«

»Ich werde dich um Geld bitten.«

»So was höre ich nicht zum erstenmal.«

»Ich zahl's dir später zurück.«

»Auch das höre ich nicht zum erstenmal. Aber es ist das erste Mal, daß ich zahle. Wieviel?«

»Soviel, wie die Fahrt Diamantina-Rio kostet.«

»Nicht mal so viel hast du?«

»Wir sind ohne zu zahlen aus dem Restaurant weggegangen!« fiel mir plötzlich ein.

»Darüber mach dir keine Gedanken. Du hast nicht mal das Geld für die Busfahrt?«

»Ich könnte nicht mal dem Jungen, der die Toilette im Restaurant am Straßenrand putzt, eine Münze geben.«

Sie umarmte mich gerührt. »So, nun komm, noch ein bißchen. Ich bezahl' dir den Flug Belo-Rio.« Sie löste ihre Lippen von meinen und sagte: »Von hier geht nur ein Bus.«

Ich konnte keine Sekunde schlafen. Sobald Dália säuselnd atmete, entzog ich mich ihrer Umarmung, stand auf und schaute hinaus auf das Felsengebirge. Es waren unterschiedlich dunkle Stellen zu erkennen, schwarze Löcher und Spalten, die der Wind im Laufe von Jahrhunderten ausgehöhlt hatte.

Ich wartete am Fenster, bis der Tag anbrach. Zum zweitenmal schon sah ich in Diamantina die Morgenröte. Ob irgendein anderer Mensch so wie ich wach war, so gepeinigt wie ich die Sonne aufgehen sah?

Das Licht drang ins Zimmer. Ich setzte mich auf den Stuhl und betrachtete Dália im Schlaf. Ich schämte mich sehr, so in ihre Intimsphäre einzudringen, ein schlafender Mensch muß in seiner Verletzlichkeit respektiert werden. Ich hielt meine Daumen aneinander, die Zeigefinger aufgestellt und die übrigen Finger geschlossen und setzte Dálias halbnackten Körper mit einer imaginären Kamera ins Bild. Ich hatte nie den Mut, die notwendige Härte besessen, so etwas mit Ruth zu machen. Wenn die geheime Schwäche ihres Körpers sich mir offenbarte, hatte ich immer den Blick abgewendet.

Dália wachte auf und reckte sich.

»Du siehst mich an, als hätte ich heute nacht geschnarcht.«

»Du hast mich am Schlafen gehindert«, sagte ich.

»Du lügst. Mir hat noch keiner gesagt, daß ich schnarche.« Pause. »Magst du mich?«

»Ja.«

»Sehr?«

»Ja . . . wenn man bedenkt, wie kurz wir uns erst kennen.«

»Ich habe beschlossen, ich fahre mit nach Rio.«

»Ich habe schrecklich viel in Rio zu tun.« Ich merkte, daß meine Stimme zitterte. »Höllisch viel, ich könnte mich nicht um dich kümmern.«

»Nicht mal nachts?«

»Auch nicht nachts. In keinem Moment.«

»Was hast du denn so Wichtiges zu tun?«

»Ich muß ein Buch lesen«, sagte ich.

Dália stand vom Bett auf. Sie sah mich an.

»Deine Nase ist so klein«, sagte ich scherzhaft und zeigte auf die Fingernagelspitze meines kleinen Fingers.

In Wirklichkeit sah sie aus, als würde sie gleich weinen.

»Ich komme zurück und hole dich.«

»Auch das höre ich nicht zum erstenmal. Ich habe schon sämtliche Sätze gehört, die ein Mann zu einer Frau sagen kann.«

Ich umarmte Dália. Sie fing an zu weinen, ihr Körper zitterte stumm.

»Ich komme zurück, wirklich, du wirst es sehen. Ganz gleich woher, ich komme dich holen.« Ihr Weinen machte mich so traurig und unglücklich, daß ich am Ende meine Lüge selbst glaubte. Auch sie hatte das Gefühl, ich sagte die Wahrheit, und hörte auf zu weinen.

»Ich möchte versuchen, den ersten Bus zu bekommen.«

»Der erste Bus ist schon weg. So oder so müssen wir warten, bis die Bank aufmacht, und ich das Geld abheben kann.«

Ich mußte große Überredungskünste aufbieten, damit Dália sich einigermaßen rasch anzog und wir das Hotel um zehn Uhr verlassen konnten. Sie ließ mich meine Rechnung nicht mit der Kreditkarte bezahlen.

»Tu das Odilon nicht an, er ist eine gute Seele. Laß, ich bezahl' deine Rechnung.«

Dália hob das Geld in einer Bradesco-Filiale ab.

»Hier hast du Geld für das Flugticket, fürs Taxi und zum Essen. Mein Schatz soll keine Not leiden.«

Mir brannte das Gesicht. Wortlos nahm ich das Bündel Geldscheine. Ich notierte mir Dálias Kontonummer.

Dália bestand darauf, mich zum Busbahnhof zu bringen. Der Bus nach Belo Horizonte sollte um zehn Uhr fünfundvierzig abfahren.

Ich küßte sie auf die Wange.

»Bis bald«, sagte ich.

»Ich warte mit dir, bis der Bus kommt.«

»Das ist nicht nötig.«

»Ich möchte es aber«, sagte sie und setzte sich auf eine Bank.

Ich setzte mich neben sie. Mein Herz klopfte heftig. In wenigen Minuten würde ich diese Gegend verlassen, weg von den Leichen in Alcobaças Haus, der Polizei, der Angst.

Ein grau und weiß lackierter Fiat mit dem Wort Funkstreife und einem blitzförmigen Pfeil auf der Tür fuhr langsam vorüber. Die Streifenpolizisten im Wageninnern sahen zu uns hinüber, und mir erstarrte das Herz.

»Wie heißt dieser Platz?« fragte ich, als fühlte ich mich rundum wohl. »Was für ein Gebäude ist das da?«

»Praça Sagrado Coração. Das Gebäude da ist das Priesterseminar. Kannst du nicht lesen?«

»Ich meine nicht das verblichene blaue. Ich meine das andere, das eigentlich gar keine Farbe hat, mit den beiden ionischen Säulen davor.«

»Das ist alles das Priesterseminar.«

»Und die Fernsehantenne?«

»Seminaristen sehen auch fern, Priester sehen fern, alle Leute sehen fern.«

Der Polizeiwagen war weg.

Ein schlanker Priester mit grauen Haaren und einer sehr schwarzen, gut gebügelten Soutane erschien auf dem Platz. Wer mochte die Soutane des Priesters so sorgfältig bügeln? Er konnte aus dem Seminar gekommen sein oder auch aus der Kirche mit der Rosette in der Mitte und einem überraschenden Lautsprecher am Glockenturm. Nur nicht aus dem Feuerwehrhaus, einem der anderen Gebäude am Platz, und auch nicht aus einem verfallenden Schuppen, auf dessen Wand ÜBERNACHTUNGSQUARTIER FÜR MASCHINENPERSONAL stand. Die Feuerwehr war übrigens in dem ehemaligen Bahnhofsgebäude untergebracht.

Dália hielt meine Hand, unsere Finger waren ineinandergeschlungen.

Das Polizeiauto kam zurück, fuhr langsam an uns vorbei, die Polizisten sahen zu mir herüber – wo blieb der verfluchte Bus!? – und hielten ein Stück weiter an.

Ein Polizist stieg aus und kam auf uns zu. Es war auch wirklich besser, wenn die ganze Geschichte nun ein für allemal ein Ende hatte.

Szene. Auf der Polizeiwache von Diamantina gibt der Kommissar dem Fernsehen ein Interview. »Der Angeklagte«, sagt er, »der unter der Fassade eines achtbaren Künstlers eine schändliche, irregeleitete Seele verbarg, tötete zuerst die Karnevalistin und Schmugglerin Angélica die Dicke, um ihr Edelsteine zu rauben; dann, als er erfuhr, daß Angélicas ruchlose Komplizen noch mehr Edelsteine auf dem Besitz im Mendanha hatten, begab er sich hierher, zusammen mit Meuchelmördern, die wir innerhalb der nächsten Stunden zu verhaften gedenken, weil sie fünf Männer umgebracht haben, das größte Blutbad in der Geschichte von Diamantina, ein grauenhaftes Verbrechen, wie man es in dieser Gegend nicht mehr erlebt hat, seit der abscheuliche Marquês de Pombal im 18. Jahrhundert hier die berüchtigte Real Intendência einsetzte, die königliche Verwaltung«; das Fernsehen zeigt Ausschnitte aus *Der heilige Krieg*; Plessner wird in Berlin interviewt und sagt auf deutsch: »Ich sah sofort, daß er ein übler Ganove war und ließ ihn aus der Bundesrepublik Deutschland ausweisen«, was anschließend ins Portugiesische übersetzt wird.

Der Polizist ging dicht an uns vorbei und weiter. Dann verschwand er hinter einer Tür, auf der MÄNNER stand. Der Mistkerl wollte nur zur Toilette.

Endlich kam der Bus, groß, mit acht Rädern und der Aufschrift GRÜNER VOGEL.

»Das ist dein Bus«, sagte Dália.

»Wo kann ich dich anrufen?« fragte ich.

»Im Metropol. Da richte ich mich häuslich ein, bis du mich nach Rio holst.«

Ich stieg in den Bus. Dália winkte mir von der Haltestelle zu.

An der Stadtausfahrt sah ich eine riesige Tafel mit der Aufschrift WILLKOMMEN IN DIAMANTINA – KLEINOD IM NORDOSTEN VON MINAS. Adieu Diamantina, adieu Dália, adieu ihr Leichen, Felsberge, du sanftäugiger Schecke, adieu Herr Kommissar, adieu Barock. Ich war so euphorisch, daß ich von meinem Sitz aufstand und im Bus auf und ab ging. In der näheren Umgebung der Stadt sah ich noch luxuriöse Häuser, viele davon im Bau, aber schon bald waren wir von grauen Felsbergen umgeben, dazwischen kleine rachitische Vegetationsflächen auf einem mit Itakolumiten, den berühmten biegsamen Quarzitsteinen, durchsetzten Boden. Die Felsen traten in ungewöhnlichen Formen auf, einer sah aus wie ein Kamel, ein anderer wie ein Männerprofil, ein dritter wie ein Zebuschädel. Eine karge und beunruhigende, beängstigende und faszinierende Landschaft.

Um elf Uhr sechsundzwanzig erreichten wir Gouveia. Der Bus hielt, damit ein paar Passagiere aussteigen und andere zusteigen konnten. Der Bus hielt nur fünfzehn Minuten, aber mir kam es wie eine Ewigkeit vor.

Die Landschaft blieb felsig. Streckenweise traten breite Spalten mit Platten und Linsen weißen Itakolumitgesteins auf. Ich hörte, wie einer hinter mir laut sagte: »Es gibt keine zuverlässige Statistik.« Wieder hielt der Bus in einer Ortschaft. Ein Pfeil wies auf die Landstraße nach Presidente Juscelino hin. Ich hörte noch deutlicher die Stimme meines Hintermanns: »Aber man weiß mit relativ großer Sicherheit, daß zwischen 1770 und 1821 aus dem Erdreich rund um die Siedlung Tejuco auf Rechnung des Königs von Portugal eine Million dreihundertzwanzigtausend Karat Diamanten abgebaut wurden.«

Die Stimme des anderen: »Verdammt viele Diamanten!«

Es war zwanzig Minuten vor eins, als der Bus nach Curvelo hineinfuhr, dem Herzen von Minas Gerais. Ich hatte noch etwa vier Stunden Fahrt vor mir. Der Fahrer teilte mit, wir würden zehn Minuten Pause machen. Ich stieg aus, um einen Kaffee zu trinken. Jetzt hatte ich wieder wie vor nicht langer Zeit die Taschen voller Geld, allerdings Scheine einer entwerteten Währung.

Vom Busbahnhof aus ließ sich nicht erkennen, was für eine Stadt dies war, in der Dália so bewegende Zeiten erlebt hatte, doch als der Bus Curvelo verließ, konnte ich bei der Fahrt durch die Straßen sehen, daß es eine blühende Ortschaft mit breiten, sauberen Straßen und komfortablen Häusern war.

Um dreizehn Uhr dreißig fuhren wir an dem Motel Raros vorbei. Dort hatte vermutlich die Romanze zwischen Dália und Túlio ihren Anfang genommen. Um zehn Minuten nach zwei passierten wir Paraopeba, zum Glück, ohne anzuhalten. Die Fahrt schien kein Ende zu nehmen. Auf der Straße tauchten Schilder mit dem Hinweis Hier Minhocuçu auf. Diese Ankündigungen wiederholten sich unzählige Male. Auf manchen stand: Hier Minhocuçu TAG UND NACHT. Was immer dieses Minhocuçu sein mochte, es gab Leute, die nachts aufstanden, um dieses Zeug zu essen, zu trinken oder zu besteigen.

Es war vierzehn Uhr zwanzig, und die Leute schliefen im Bus, da wurde meine Euphorie gedämpfter. Ich erblickte das Ortsschild von Cordisburgo, einem Ort, wo bedeutende Leute geboren werden, aber das war nicht der Grund, eigentlich hätte Cordisburgo mich nur fröhlich stimmen können. Mir wurde traurig zumute, als der Bus an der Churrascaria Caverna de Maquiné hielt und ich an Dália denken mußte.

»Zehn Minuten«, sagte der Fahrer.

Ich stieg aus und ging zur Damentoilette. Eine Frau wollte gerade hineingehen, und ich sagte zu ihr: »Würden Sie bitte das Mädchen, das da drin ist, bitten, zu mir rauszukommen?«

Ein kleines, dünnes Mulattenmädchen erschien schüchtern in der Tür.

»Sie wollen mich sprechen?«

»Ein Mädchen, das hier mal gearbeitet hat, schickt dir das hier.«

Ich gab dem Mädchen die Hälfte von dem Geld, das Dália mir gegeben hatte.

Sie sah mich mit dem Geld in der Hand entgeistert an.

»Das Geld gehört dir, verstehst du? Dir. Niemandem sonst. Dir ganz allein.«

Um vierzehn Uhr fünfzig – wie spät es war, wußte ich, weil ich ständig auf die Uhr schaute und darauf wartete, endlich bei Babel zu sein! – sah ich am Straßenrand die ersten riesigen, qualmenden, schwarzen Hallen, wie aus dem Film *Metropolis* von Fritz Lang: Itaminas, Interlagos, Roheisenhütten, die ihren Qualm nach draußen stießen.

Wir passierten Esmeraldas.

Irgendwann schlief ich ein.

Ich träume: Ich weiß, daß ich träume und beschließe, mir beim Träumen zuzusehen. »Der da bin ich«, sage ich vor einer Leinwand, einer schwarzen Leinwand. Das wiederholt sich, immer und immer wieder, viele Male.

Um fünfzehn Uhr fünfunddreißig, bereits kurz vor Belo Horizonte, wachte ich auf, die ersten Motels kamen schon, das Status, das Le Premier und die Wohnsiedlungen.

Gleich nach der Ankunft fragte ich jemanden, wo ich ein Taxi zum Flughafen finden könne.

»Ein Taxi? Das kostet ein Vermögen. Nehmen Sie einen Bus von der Firma São Jorge, die fahren hier direkt vom Busbahnhof ab.«

In nicht mal einer Stunde erreichten wir den Flughafen Confins, »am äußersten Ende«, ein wahrhaft würdiger Name für Minas.

Um acht Uhr abends landete das Flugzeug auf dem Flughafen von Rio. Ich wartete ungeduldig auf den Augenblick, endlich wieder Babel in den Händen zu halten. Und es gab noch etwas Wichtiges zu erledigen.

7

Vom Flughafen fuhr ich direkt zu Gurian.

Eine Frau machte auf.

»Ist Herr Gurian da?«

»Herr was?«

»Der Hausherr. Wer sind Sie?«

»Die Putzfrau.«

»Sie sind die Putzfrau und kennen den Hausherrn nicht?«

»Dona Sara hat mich zum Putzen hergeschickt. Ich will Ihnen mal was sagen, so eine verdreckte Wohnung hab' ich im Leben noch nicht gesehen.«

Ich schob die Frau beiseite und ging hinein.

Auf dem Wohnzimmertisch ausgebreitet lag Babels Manuskript, voller Notizen mit rotem Stift, ein unleserliches Gekritzel, wahrscheinlich in Kyrillisch. Dieser verrückte Alte...

Mit zitternden Händen packte ich die Blätter zusammen. Dann preßte ich das Manuskript glücklich an die Brust. Die Putzfrau starrte mich an und wußte nicht recht, was sie tun sollte. Ich sah mich mit grimmiger Miene um, damit sie Angst bekam und mich nicht mit Fragen belästigte. Ich konnte keine Zeit mit Erklärungen verlieren, dafür hatte ich zu viel zu tun.

Ich ging zum Regal und suchte nach dem *Mahabharata*, ergriff die Schachtel mit den Steinen und steckte sie in die Tasche. Dann schob ich das Manuskript sorgfältig zwischen das *Mahabharata* und *Les Fleurs du Mal.*

Ich rief Sara an.

Sie sagte, Gurian sei wieder ins Krankenhaus eingeliefert worden.

»Er darf nicht trinken, er weiß doch, daß er nicht trinken darf«, sagte Sara.

»Ich bin in seiner Wohnung. Ich habe ein paar Sachen von mir geholt, die hier waren«, sagte ich. »Hat er Ihnen etwas von einem Manuskript von dem Schriftsteller Babel gesagt, das er für mich geprüft hat?«

»Sie haben ihm also diese Papiere gebracht? Sie sind schuld daran, daß Boris einen Rückfall bekommen hat.«

»Wie bitte?«

»Sind das nicht Papiere auf russisch?«

»Ja, doch.«

»Eben, und als ich neulich bei ihm reingeschaut habe, war Boris betrunken, wie immer – dieser unselige Mensch trinkt sich noch zu Tode –, und las die Papiere und machte Notizen, und ich habe gefragt: ›Boris, trinkst du wieder?‹, und er hat mir mit den Papieren vor der Nase rumgefuchtelt und gesagt: ›Das hier ist Grund, noch viel mehr zu trinken.‹ Sie sind schuld, weil Sie ihm dieses Zeug zu lesen gegeben haben.«

»Das sind sehr wichtige Papiere.«

»Das hat doch nichts mit Spionage zu tun, oder? Boris ist zu alt, um sich auf Abenteuer einzulassen. Sie dürfen nicht mehr mit ihm sprechen, hören Sie? Sie haben einen schlechten Einfluß auf ihn.«

Gurian lag im Santa-Matilde-Krankenhaus, wo nur donnerstags Besuch erlaubt war. Es war Dienstag, und ich wollte nicht noch zwei Tage warten, bis ich ihn sehen konnte. Ich hatte zwar noch etwas anderes sehr Wichtiges zu tun, aber zuerst wollte ich Gurian sehen.

Ich fuhr zum Santa Matilde. An der Anmeldung saß eine junge Frau in Dienstkleidung.

»Liegt hier ein Herr Boris Gurian?«

Sie sah in einem Karteikasten nach, der vor ihr stand.

»Ja.«

»Ich bin ein Cousin von ihm. Ich bin gestern abend aus Deutschland gekommen. Dürfte ich vielleicht nur für eine Sekunde zu ihm?«

»Leider nicht. Er liegt auf der Intensivstation.«

»Nur dreißig Sekunden.«

»Das Santa Matilde hat strenge Vorschriften zum Wohle der Patienten.«

»Aber ich bin Arzt.«

Die Frau dachte kurz nach. Dann griff sie zum Telefon.

»Doktor Paulino, hier ist ein Arzt, der ein Cousin eines Patienten ist. Er möchte den Patienten besuchen.«

Während die Empfangsdame am Telefon redete, bemerkte ich einen Wachmann vor den Fahrstühlen.

»Doktor Paulino kommt gleich.«

Neben der Anmeldung hing ein Spiegel. Ich betrachtete mich darin. Ich sah nach allem möglichen aus, nur nicht nach einem Arzt.

Dr. Paulino war ein Mann um die fünfzig, noch gut in Form, sympathisch. Er begrüßte mich als Kollegen.

Aber er war nicht dumm. »Mein erster Eindruck war, wir kennen uns, wir hätten zur gleichen Zeit studiert, aber Sie sind sehr viel jünger, Herr Kollege.«

»Ich habe in Campinas studiert«, sagte ich.

»Ach, in Campinas. Da gibt es eine gute medizinische Fakultät. Und was ist Ihre Fachrichtung? Vielleicht haben wir ja die gleiche?«

Er hatte nicht den Mut, sich meinen Ausweis zeigen zu lassen, ehe er nicht die Gewißheit hatte, daß ich ein Hochstapler war. Ganz gleich, für welches Fach ich mich entschied, Paulino würde mir sicher peinliche Fragen stellen. Aber mein Wunsch, Gurian zu sehen, war so groß, daß es mir nichts ausmachte, demaskiert zu werden. Und welche Maske würde mir denn abgerissen werden? Das Wagnis lohnte sich.

»Das halte ich für unwahrscheinlich«, sagte ich.

»Was?«

»Daß wir dieselbe Fachrichtung haben. Es ist ein neuer Lehrstuhl, den es bislang nur in Campinas gibt.«

»Und welcher ist das?«

»Lithotherapie. In Deutschland wird sie schon an verschiedenen Universitäten gelehrt, wie zum Beispiel in Berlin. Eine schöne Stadt, Berlin, ich bin kürzlich da gewesen. Berlin hat als erste Universität und Campinas als zweite der Welt einen Lehrstuhl für Lithotherapie eingerichtet.«

»Lithotherapie ...«

»Der Einsatz von Steinen zu medizinischen Zwecken, wie der Name sagt.«

»Interessant. Erzählen Sie mir doch bitte etwas mehr darüber.«

»Anfangs haben wir den Bezoar eingesetzt, dann Alektoria oder auch Hahnenstein, von alektor, griechisch der Hahn, wie Sie wissen. Aber in jüngster Zeit haben wir bestimmte Minerale getestet, die aus Vulkanschloten ausgespien worden sind.« Während ich sprach, verhedderte ich mich mit den Wörtern, denn ich konnte mich nicht mehr genau daran erinnern, was Alcobaça mir erzählt hatte.

»Dürfte ich Ihren Ausweis sehen?« fragte er höflich. Der Wachmann kam näher. Paulino hatte ihm wohl ein Zeichen gegeben.

»Ich muß mit Herrn Gurian sprechen. Nur eine Minute, bitte.«

»Es ist besser, Sie gehen«, sagte Dr. Paulino eindringlich. Wahrscheinlich hielt er mich für einen Irren. Verrückte geben sich gern als Ärzte aus.

Im Krankenhausflur hing ein Spiegel. Ich betrachtete Paulino und mich darin. Paulino sah aus wie ein Arzt aus einem amerikanischen Film, sauber, gutaussehend, vertrauenerweckend. Ich sah wirklich wie ein Verrückter aus einem französischen Film aus, bei dem die Grenze zwischen Exzentrizität und Wahnsinn nicht ganz klar ist.

Der Wachmann führte mich zur Tür. Ich drehte mich um und sah, wie der Arzt mit einem Blick auf mich etwas zu der jungen Frau an der Anmeldung sagte. Beide lachten.

Von einer Telefonzelle rief ich bei Maurício zu Hause an und sagte, ich würde in einer halben Stunde in seiner Firma Florentino sein.

»Jetzt am Abend?«

Ich hängte wortlos ein.

Ich wurde sofort empfangen. Ein Mann erwartete mich an der Pförtnerloge und brachte mich durch diverse Flure direkt zu Maurícios Büro.

»Wo bist du gewesen?« fragte er.

»Das weißt du.«

»Ich?«

Wir sahen uns an. Wie würde ich diese Szene in einem Film darstellen? Beide angespannt und auch neugierig? Eine gewisse Verbitterung in meinem Blick? Und auch in seinem, warum nicht? Und Müdigkeit auf beiden Gesichtern.

»Du hast dreckige Arbeit gemacht oder machen lassen, da auf dem Sítio Velho im Mendanha«, sagte ich.

»Ich weiß nicht, wovon du sprichst.« Müde, sehr müde.

»Du und deine Killer, ihr habt da auf dem Anwesen Alcobaça umgebracht.«

»Du träumst.«

»Du hast einen Fehler gemacht. Du hast vergessen, daß du mir das Haus vom Sítio Velho beschrieben hattest. Die Gorgonen, die Inschrift 1831 ...«

Maurício seufzte. Müde, resigniert, verbittert.

»Du hast mir vom Florentino erzählt. Der unglückselige Alcobaça hat, im Sterben liegend, gesagt, daß ihr den Diamanten mitgenommen habt.«

»Unglückselig, im Sterben liegend?« Müde, resigniert, verbittert, neugierig. Eine schwierige Szene.

»Ihr habt euch wie viehische Schlachter benommen. Habt ihn noch leiden lassen, bevor er starb.«

Wir schwiegen.

»Warum hast du ihn umgebracht, du Schwein?« Verbitterung in der Stimme, Traurigkeit, kein Geschrei.

»Alcobaça wollte den Florentino zu Pulver zermahlen und ihn schlucken, weil er meinte, das würde ihn von seiner Krankheit heilen«, sagte Maurício und seufzte.

»Das hätte er nur im äußersten Notfall getan. Er war stolz, daß er den Florentino besaß.«

»Ich weiß. Aber er wollte am Leben bleiben, das ging ihm über alles. Ich bitte dich, laß mich die Geschichte von Anfang an erzählen. Setz dich bitte.«

Maurício nahm ein Bild von der Wand. Dann holte er aus einem Safe einen schwarzen Samtkasten. Er setzte den schwarzen Kasten auf den Tisch. Wir saßen einander gegenüber, der Tisch stand zwischen uns.

»Alcobaças Großvater, der Komtur, ein sehr reicher Mann«, begann Maurício, »kaufte den Florentino irgendwann in den zwanziger Jahren in Europa, wahrscheinlich in Österreich oder Ungarn. Alcobaça wuchs in Europa auf, ein verwöhnter Junge, er hat nie in seinem Leben gearbeitet. Sein Vater hat im übrigen auch nie etwas gemacht. Für das brasilianische Großbürgertum der damaligen Zeit war Arbeit entwürdigend. Alcobaças Vater hatte zeit seines Lebens in verschiedenen Gegenden der Welt Affären mit schlauen Frauen, die ihm dabei behilflich waren, einen beträchtlichen Teil des Geldes durchzubringen, das der Großvater zusammengetragen hatte. Jedenfalls ging das Vermögen der Familie durch Verschwendung, Unfähigkeit oder Leichtsinn zur Neige. Der junge Alcobaça, also unser Freund, war kein Verschwender, dafür litt er aber an einer schweren Krankheit, die kein Arzt diagnostizieren konnte und die schließlich sehr kostspielig wurde.«

»Über seine Krankheit hat er mir alles erzählt«, sagte ich. »Das kannst du überspringen.«

»Vor ein paar Jahren kam der Bucklige, eine Art Guru-Wunderheiler, zu mir und wollte Diamanten für Alcobaça kaufen. Er erzählte mir von der Krankheit und der seltsamen Behandlung seines Patienten. Die Sache interessierte mich, und schließlich lernte ich Alcobaça persönlich kennen. Er erzählte mir vom Florentino. Ich kannte bereits die geheimnisumwitterte Geschichte dieses Steins, und als ich ihn sah, verliebte ich mich unsterblich in ihn, ich benannte sogar meine Firma in Florentino um. Ich träumte ständig von diesem Stein, ich glaube, das habe ich dir schon gesagt. Um in seiner Nähe sein zu können, freundete ich mich mit Alcobaça an. Manchmal besuchte ich ihn nur, um mir von ihm den Stein zeigen zu lassen.

Alcobaças Krankheit kostete immer mehr Diamanten von großer Reinheit. Er kaufte das Anwesen im Mendanha, um selbst nach Diamanten zu schürfen, fand aber nur Quarz, Itakolumit und Karbonat, das, was die Franzosen als diamant concretionné bezeichnen. Es ist sehr wenig wert und war für ihn als Medikament unbrauchbar. Ich belieferte Alcobaça mit Diamanten, aber er bezahlte sie mir nicht. Ich ließ seine Schulden absichtlich anwachsen und machte ihm eines Tages ein Angebot: Wenn er mir den Florentino gäbe, würde ich ihm sein Leben lang die für seine Behandlung notwendigen Diamanten liefern. Er war einverstanden. Aber er gab mir den Florentino nicht, obwohl ich ihm weiterhin so viele Diamanten gab, wie der Bucklige verlangte. Alcobaça fand immer neue Ausreden. Schließlich beschloß ich, mir den Stein zu holen. Ich wußte, daß er sich mit gefährlichen Leibwächtern umgab, und nahm ein paar Wachleute aus meiner Firma mit. Als wir ankamen, griffen sie uns an, und wir mußten uns wehren. Das ist alles. Ich bedauere sehr, daß es so ein Ende genommen hat.«

Maurício öffnete den schwarzen Samtkasten, der vor ihm stand. Er griff in den Kasten und holte, zwischen Zeigefinger und Daumen geklemmt, einen riesigen, funkelnden Stein heraus. Bei jeder Handbewegung blitzte der Stein hell auf.

»Du siehst, der Florentino leuchtet, als wäre die Mittagssonne in ihm eingefangen ... Selbst nachts, in tiefster Finsternis, funkelt er noch ...«, sagte Maurício und hielt den Diamanten zwischen sein und mein Gesicht.

»Du bist ein elendiger Lügner«, sagte ich. »Alcobaça war nicht bei Kräften und wurde im Bett umgebracht. Der Bucklige hätte auch keinem etwas zuleide getan. Die beiden hätten nicht umgebracht werden müssen. Auch Diderot nicht. Du hast tabula rasa gemacht!«

Ungerührt legte Maurício den Florentino sorgfältig in den Kasten zurück. Dann stand er auf, öffnete den Safe und legte den Diamanten wieder hinein.

»Komm her, du Hund, ich hab' dir noch nicht alles gesagt!« schrie ich.

»Beherrsch dich«, sagte er.

Ich holte die Schachtel mit den Steinen heraus, die ich bei Gurian abgeholt hatte, und schüttelte sie wie eine Rumbarassel vor Maurícios Gesicht. Dann öffnete ich sie ein Stück, so daß die Steine zu sehen waren, und rieb sie an seiner Wange, wobei zwei Steine herausfielen.

Er drehte das Gesicht weg und machte zwei Schritte rückwärts.

»Als Alcobaça nicht mehr zahlen konnte, hast du ihm vorgeschlagen, für dich Edelsteine zu schmuggeln«, sagte ich. »Und alles lief wunderbar, bis Angélica, die Dicke, auf die Idee kam, euch zu bestehlen und ein Leibwächter von Alcobaça sie umbrachte. Da wurdest du nervös. Das konnte die Polizei aufmerksam machen, Verdacht aufkommen lassen.«

»Nein, nein. Du kannst die Steine behalten. Das alles ist nur so gekommen, weil Alcobaça sein Versprechen nicht gehalten hat. Er hätte den Florentino zu Pulver zermahlen.« Maurício packte mich am Arm. »Kein Mensch darf ein Meisterwerk der Natur zerstören, um seine eigene dreckige Haut zu retten!«

»Wegen eines Diamanten hast du fünf Menschen umgebracht.«

»Für den Florentino würde ich tausend umbringen!«

»Du bist wahnsinnig.«

»Dich habe ich verschont, oder etwa nicht?«

Mir fiel ein, wie Maurício als Achtjähriger mit Puppen spielte und wir anderen Jungs ihn verachtet hatten. Ein paar Sekunden lang stand ich mit der Schachtel voller Steine in der Hand ratlos da. Dann schloß ich sie und steckte sie in die Tasche.

Ich ging zur Tür und hinaus auf den Flur.

Maurício kam hinterher: »Begreif es doch ... der Florentino besitzt die größte Klarheit und Leuchtkraft, die je ein Diamant besessen hat ... Er ist nicht klassifizierbar, er steht weit über dem höchsten Wert der HRD-Tabelle, exceptional white plus ...«

Im Krankenhaus war kein Betrieb.

An der Anmeldung war ein Mann. Ich ging zu ihm und zog die Schachtel heraus.

»Das hier ist ein Aquamarin. Keine Ahnung, wieviel er wert ist, aber bestimmt ein Vermögen. Er gehört Ihnen, wenn Sie mich zu Senhor Gurian lassen, der auf der Intensivstation liegt.«

Der Mensch nahm den Stein in die Hand und betrachtete ihn gegen das Licht.

»Ich riskier' meine Stelle.«

»Kein Mensch erfährt was. Sagen Sie, ich bin Arzt. Sagen Sie, was Sie wollen. Irgendwas.«

»Kommen Sie«, sagte er und steckte den Stein ein.

Wir fuhren im Fahrstuhl nach oben und stiegen in einem leeren Flur aus. Dann kamen wir zu einer Tür: INTENSIVSTATION – ZUTRITT VERBOTEN.

»Hier ist es«, sagte er, »ich muß wieder auf meinen Posten.«

Gurian hatte einen Schlauch in der Speiseröhre und eine Infusionsnadel im Arm. Er lag mit offenen Augen da und lächelte traurig, als er mich sah. Er gab mir ein Zeichen, ich solle näherkommen. Er sagte etwas, was ich nicht verstand. Ich beugte den Kopf vor und hielt mein Ohr dicht an seinen Mund.

»Diesmal komme ich nicht durch«, sagte er heiser, er sprach teils durch den Mund, teils durch das Loch in der Luftröhre. »Wo bist du abgeblieben?«

Ich durfte keine Zeit verlieren.

»Was ist mit Babels Manuskript?« fragte ich.

Gurian lachte auf, und das Lachen kam ganz durch die Luftröhre.

»Das Manuskript ist nicht von Babel«, sagte er. »Ich will nicht mehr weiterleben.«

Ich hielt mich am Bett fest, um nicht umzufallen.

Unter größter Anstrengung sagte Gurian, das Buch sei von einem Anfänger, einem Schriftsteller namens A. Kulikow, der mit Babel befreundet war, aber jünger als er, und der das Buch wahrscheinlich Babel gegeben hatte, um es von ihm als anerkanntem Schriftsteller begutachten zu lassen. Am Ende des Buches fand sich die Unterschrift von Kulikow und eine Notiz, mit der er um die »Meinung des großen Meisters und Verfassers der *Reiterarmee*« bat.

»Bist du sicher?!« schrie ich Gurian ins Ohr.

»Absolut«, sagte er und schloß die Augen.

Ich küßte den Alten auf die Stirn und ging. Ich lief die Straßen entlang, ging durch den Tunnel und erlebte den Tagesanbruch am Strand von Leme, im Sand liegend. Ich dachte über vieles nach, über die Steine – was sollte ich damit anfangen; sie verkaufen, um meinen Film zu machen? welchen Film? wollte ich überhaupt noch einen Film machen? sie ins Meer werfen? –, über Ruth, über meinen Vater, über Liliana, über mein Leben. Ich dachte an Ivan; hatte er gewußt, daß das Manuskript nicht von Babel war, und Plessner getäuscht?

Ich beschloß, das Manuskript aus Gurians Wohnung zu holen, es als Päckchen zu verschnüren und mit der Post an Plessner in Berlin zu schicken. Er war bestimmt sehr unglücklich, weil man ihm Babels Manuskript genommen hatte. Aber vorher hatte ich noch etwas Wichtiges zu erledigen.

Die ersten Badegäste kamen mit ihren Sonnenschirmen. Die Sonne wurde heißer. Ich stand auf und klopfte mir den Sand ab, der an meinem verschwitzten Hemd klebte.

Von einer Telefonzelle rief ich Liliana an.

»Du Wahnsinniger, wo hast du gesteckt?« Ich hörte heraus, daß sie froh und erleichtert war, meine Stimme zu hören.

»Ich bin bald bei dir, dann erzähl' ich alles. Vorher muß ich nur noch einen Besuch machen.«

An der Avenida Atlântica nahm ich ein Taxi und ließ mich nach Tijuca fahren.

Ich wußte noch, welches Haus es war und welche Nummer die Wohnung hatte.

Ich klingelte.

Mildred machte auf.

»Erinnern Sie sich noch an mich?« fragte ich.

»Ja, Sie waren verschwunden, kommen Sie rein, kommen Sie rein.«

»Ist Negromonte da?«

»Er duscht gerade.«

»Und was macht der Karneval?«

»Wir nähen schon das Kostüm. Es wird phantastisch. Hier.« Mit einer Handbewegung zeigte sie auf Marijó, die am Tisch einen weiten Umhang bestickte.

Ich gab ihr die Schachtel mit den Edelsteinen.

»Ein paar Steine für Negromontes phantastisches Kostüm.«

»Vielen Dank«, sagte Mildred, nahm die Schachtel und schüttete die Steine in eine große Schachtel voller Glasperlen, Pailletten, Stabperlen und bunter Steine. »Wollen Sie wirklich nicht reinkommen und einen Kaffee trinken?«

»Ich kann nicht. Sagen Sie Negromonte, ich lasse ihn ganz herzlich grüßen.«

Ich ging. Als ich an die Straßenecke kam, blieb ich stehen und hielt mich an einem Eisenpfosten fest, als wäre er ein Baum in voller Blüte.

Alles war phantastisch, ein Traum, eine Welt grenzenloser Gefühle und unvollendeter Gedanken.

Inhalt

Mempo Giardinelli

Heißer Mond

Luna caliente. Roman.
Aus dem argentinischen Spanisch von Curt Meyer-Clason.
130 Seiten. Geb.
(Auch in der Serie Piper 1097 lieferbar)

Die Revolution auf dem Fahrrad

Roman. Aus dem argentinischen Spanisch von Willi Zurbrüggen.
314 Seiten. Geb.

Die Geschichte eines alternden Revolutionärs, der ein Leben lang gegen die wechselnden Diktaturen seiner Heimat Paraguay gekämpft hat und immer noch von einem Sieg träumt. Für Giardinelli ist »Die Revolution auf dem Fahrrad« eine Parabel auf die völlige Unverhältnismäßigkeit der Mittel bei allen Bewegungen, die den Umsturz von unten versuchen.

Wie einsam sind die Toten

Roman. Aus dem argentinischen Spanisch von Willi Zurbrüggen.
227 Seiten. Geb.

Eine lateinamerikanische Kriminal-Romanze, brisant, zärtlich und melancholisch